Märchenschatz

Hans-Jörg Uther

Märchenschatz

Das grosse Buch
der deutschen Märchen

Mit Illustrationen
von Otto Ubbelohde

Knaur

Besuchen Sie uns im Internet:
www.knaur.de

Die Einschweißfolie ist biologisch abbaubar.
Dieses Buch wurde auf chlor- und säurefreiem Papier gedruckt.

Satz: Ventura Publisher im Verlag
Druck und Bindung: Ebner & Spiegel, Ulm
Printed in Germany
ISBN 3-426-66125-x

2 4 5 3 1

Märchenschatz

Das Gruseln

Es waren einmal zwei Brüder, von denen war der eine, der älteste, nicht auf den Kopf gefallen, vielmehr anstellig und pfiffig über alle Maßen; der jüngere aber hatte, wie man so sagt, ein Brett vor dem Kopf. Das machte dem Vater große Sorge, ihm aber keine, denn er lebte ganz sorglos und arglos in die Welt hinein, wie die Dummen leben, und er mochte wohl, ohne daß er's wußte, das Sprüchlein im Kopfe haben: Hänschen lerne nicht zuviel, du mußt sonst zuviel tun. Wenn der Vater etwas verrichtet haben wollte, so mußte er's allemal dem ältern, dem Matthes sagen, denn der andre, das Hänschen, richtete alles verkehrt aus, zerbrach den Ölkrug und die Branntweinflasche oder blieb eine Ewigkeit aus. Matthes dagegen machte alles gut, nur einen Fehler hatte er, er war furchtsamer Natur, es gruselte ihn gar zu sehr. Wenn er abends am Kirchhof vorbeiging, so gruselte ihn, und wenn er eine Gespenstergeschichte erzählen hörte, so bekam er vom eitel Gruseln eine Gänsehaut wie ein Reibeisen und klagte: »Ach, ach, ach, es gruselt mich gar zu sehr.« Sein Bruder aber, das dumme Hänschen, lachte ihn oft deshalb aus und sagte: »Hä, hä, wie kann es einen nur gruseln? Die Kunst möcht ich können, mich gruselt's all mein Lebtage nicht – möchte wahrlich das Gruseln lernen!«

»Du siehst aus wie einer, der was lernen möcht!« schalt der Vater auf Hänschen. »Zeit wär's freilich, du wirst ein großer starker Lümmel – aber mit dem Gruselnlernen, du Hansdampf, da ist's nichts, das ist keine

Kunst, damit verdienst du kein Körnlein Salz zum lieben Brote. Und weißt du denn auch, wie man das Gruseln lernt? Was gilt die Wette, daß du auch dazu zu dumm bist?«

Während der Vater und der Bruder noch das dumme Hänschen auslachten, kam der Nachbar Küster und Schulmeister herüber zum Besuch und hörte noch, wie das Hänschen verlacht wurde, und bekam erzählt, daß der Bube gern das Gruseln lernen wolle. »Das kann er bei mir prächtig lernen!« sprach der Küster. »Mein Schulhaus ist das allerelendeste Nest von einem Hause im ganzen Orte, mich gruselt's den ganzen Tag, daß mir's über den Kopf zusammenfällt und einmal die hoffnungsvollen Rangen miteinander erschlägt. Gebt mir das Hänschen herüber, ich muß ja so manchem Dummbart Wissenschaften beibringen, werd ihm doch wohl auch das Gruseln anlehren können!« Der Vater war den Vorschlag zufrieden, und das Hänschen folgte dem Küster hinüber in das alte, wackelige Schulhaus. Ihn gruselte das aber mitnichten, es war ihm gerade so einerlei, daß das Haus den Einsturz drohte, wie es dem Schulzen und der ehrsamen Gemeinde einerlei war.

Nun sann der Küster auf ein andres Stücklein, das dem Hänschen auf alle Fälle das Gruseln beibringen sollte. Er hieß ihn die Abendglocke läuten, schlüpfte aber noch vor ihm heimlich hinauf in die Glockenstube, und als Hänschen zur Treppe hinauf war und den Strang zur Abendglocke faßte, hörte er von der Treppe her einen dumpfen stöhnenden Laut. Wie er sich umsah, stand dort eine große weiße Schleiergestalt starr und unbeweglich. »Wer bist du? Was willst du?« fragte Hänschen, ohne daß ihn nur im mindesten gegruselt hätte. Keine Antwort. »Ich frage dich, wer du bist?« rief Hänschen mit

stärkerer Stimme. Keine Antwort. »Hast du kein Maul, Schneemann? Noch einmal: Was willst du?« Keine Antwort.

Mein Hänschen nicht faul, springt mit einem Satz auf die Gestalt los, wie der Kasper im Puppenspiel auf den Teufel, und rennt sie, die sich solcher Herzhaftigkeit nicht versah, pardauz! über den Haufen, daß sie ein ganz Stück die Stiegen hinunterkollert, und was für Stiegen? Stiegen von so einziger Art, wie sie nur auf alten Dorfkirchtürmen anzutreffen sind, ausgetreten, verrottet, eng, voll jahrhundertalten Staubes. Drunten lag das Gespenst und ächzte und krächzte, Hänschen aber läutete zum Abendgebet und schwang gar wacker den Glockenstrang, als wäre eben nichts vorgefallen; dann kletterte er wohlgemut die Stiege hinab und ging aus dem Turme, dessen Türe er hinter sich zuschloß. Die Küsterin wußte gar nicht, wo ihr Mann blieb. »Wo ist denn Er?« fragte sie Hänschen. »Wer?« fragte Hänschen. »Er!« sagte die Küsterin. »Er ist ja vor dir hinüber auf den Turm.«

»So!« sagte Hänschen, »ist er das gewesen? Es stand ein weißer Labutzel an der Treppe, der wollte mir nicht Red und Antwort geben, da hab ich ihn die Treppe hinabgestoßen, er liegt noch drüben und krächzt.«

»Galgenstrick!« schrie die Küsterin, riß Hänschen den Schlüssel aus der Hand und sprang auf den Turm, da lag ihr Mann in seinem Bettuch und hatte ein Bein gebrochen.

Jetzt erging es Hänschen gar nicht gut; die Küsterin verklagte ihn bei seinem Vater, und der wurde ganz wild und schrie: »Ein Taugenichts ist der Junge, aus den Augen soll er mir! Fort marsch! Hier ist Geld. Geh, laß dich henken, wo du willst, mir kommst du nimmermehr vor die Augen. Schimpf und Schande und Schaden hat man von dir, du Nichtsnutz!«

»Geh mit Gott, Hänschen!« spottete Matthes. »Sorge fein, daß du das Gruseln lernest, das Gruseln soll jetzt Mode sein, und den Menschen draußen in der Welt gruselt's vor allerhand, da wirst du schon vom Gruseln auch deinen Teil bekommen!«

Hänschen ging, er hatte Geld, und wenn einer Geld hat, braucht's ihn erst recht nicht zu gruseln. Unterwegs sprach er öfter vor sich hin: »Wenn mich doch nur gruselte, wenn mich doch nur gruselte!« Das hörte ein Mann, der hinter Hänschen kam, und sprach zu ihm: »Schau dorthin – dort steht der Dreibein, da hängt eine schöne Gesellschaft dran – gerade ihrer sieben, was man so sagt: ein Galgen voll. Dort nimm unter den sieben dein Nachtlager, da lernst du das Gruseln.«

»Wenn das wahr wäre«, sprach Hänschen, »so wollt

ich dir morgen früh all mein Geld geben. Kannst zu mir kommen und es holen, oder du kannst ja auch gleich bei mir bleiben!«

»Daß ich ein Narr wäre und unterm lichten Galgen bei dir bliebe!« antwortete jener. »Nein, mein guter Gesell, das Gruseln lernt sich viel besser, wenn einer allein, als wenn er zu zweien ist. Gute Nacht! – auf Wiedersehen morgen in der Frühe!«

Hänschen setzte sich unter den Galgen, machte sich, weil es kalt war, ein Feuerchen an, das schien hübsch hell hinauf zu den Gehenkten, und der scharfe Nachtwind bewegte ihre schlotternden Körper hin und her, hin und her.

»Ei, ihr gar armen Teufel!« rief Hänschen hinauf. »Euch friert ja, daß ihr schnappert und klappert. Wartet, ich will euch herunterholen, sollt euch wärmen an meinem Feuer.« Und Hänschen nicht faul, fand eine Galgenleiter, stieg hinauf, knüpfte die Gehenkten los und setzte sie an sein Feuer, das er nun stärker und größer machte. Jene aber schauten gottserbärmlich aus, grün, gelb und jämmerlich, blitzblau, abscheulich, wie das Sprichwort sagt, und regten und rührten sich nicht; das Feuer fraß um sich und begann die Lumpen und Fetzen anzukohlen, welche um die toten Leichname herumhingen. »Na?« sagte Hänschen, »laßt ihr ja eure Kleider verbrennen! Da heißt's recht bei euch: gleiche Lumpen, gleiche Lappen! Wartet – ich will euch helfen, so unachtsam zu sein!« Nahm sie, einen nach dem andern, und hing sie wieder hinauf, hüllte sich in seinen Mantel, streckte sich an sein Feuer und schlief ein. So fand ihn der Mann, mit dem er gestern gegangen und der heute kam, das Geld zu holen. Da er aber Hänschen so ruhig schlafen sah, wuchs ihm wenig Hoffnung, daß es das Gruseln über Nacht gelernt haben möchte, und als Hänschen nun aufwachte und ihm erzählte, was er vorgenommen habe, da wandte sich der Mann zum Gehen und sprach: »Dein Geld hab ich dasmal nicht verdient, du lernst das Gruseln nimmermehr.«

Wie Hänschen nun auch weiter und seines Weges ging, sprach er vor sich hin: »'s ist doch alleweil schade, daß ich das Gruseln nicht erlernen kann, muß wohl zu dumm dazu sein. Ei, ei – wenn ich doch nur das Gruseln könnte.«

Das hörte ein Fuhrmann, der desselben Weges daherschritt, der sprach zu Hänschen: »Ei, kannst du das Gruseln nicht? Da kehre nur dort in dem Wirtshaus am Weg ein, wenn du nämlich Geld hast, der Wirt macht hautschaudrige Zechen, mich hat's noch jedesmal überlaufen, wenn ich hab in dessen Haus einkehren müssen.«

»Das wollen wir sehen!« sprach Hänschen, dankte dem Fuhrmann und schritt auf dasselbige Wirtshaus zu.

»Was schaffens?« fragte der Wirt. »Möcht's Gruseln lernen«, antwortete Hänschen. »Die Leute auf der Landstraße sagen, bei Euch wär's leicht zu lernen, Ihr machtet so grusliche Rechnungen und führt eine so grusliche Kreide!«

»Warte, Lecker!« dachte der Wirt. »Dir will ich wohl was lehren, daß dich das Gruseln ankommt.« Und zu Hänschen sprach er: »Mein lieber Wandergesell, Ihr seid mit Unwahrheit berichtet worden; in meinem Hause kann man das Gruseln keineswegs lernen, und ich bediene meine Gäste nicht so, wie Euch irgendein Schalksnarr erzählt und vorgelogen hat. Ist's Euch um Gruseln zu tun, so geht dort hinauf auf das alte verwünschte Schloß da droben und seht zu, daß Ihr die Königstochter zur Frau bekommt, die ihr Vater dem versprochen hat, der das Schloß von seinen Poltergeistern befreit; da gibt's was zu gruseln und reich zu werden.«

»Ich will so tun, wie Ihr mir ratet«, sagte Hänschen, und der Wirt sprach wieder: »Damit, daß Ihr hinaufgeht, ist's noch nicht getan. Erst müßt Ihr beim König um Erlaubnis bitten und müßt drei Nächte lang droben bleiben. Kommt Ihr mit dem Leben davon, so ist die Prinzessin Eure Frau.«

»Und wenn ich nicht mit dem Leben davonkomme, was dann?« fragte Hänschen – und der Wirt lachte ihm ins Gesicht und sprach: »Ich merke schon, Ihr seid ein Schlaukopf, Ihr hättet sicher das Pulver erfunden, wenn's noch nicht erfunden wär!«

Und Hänschen ging eilend zu dem König, bat um die

Erlaubnis und erhielt sie, auch sprach der König: »Mein Sohn, du darfst dir auch dreierlei mitnehmen, aber nur nichts Lebendiges.« Nun hatte Hänschen schon in seiner Jugend immer gar zu gern Feuer angemacht, an der Schnitzelbank gesessen und auch bisweilen an der Drehbank und verstand, mit solchen Dingen umzugehen. Darum begehrte er weiter nichts mit auf das Schloß zu nehmen als ein gutes Feuerzeug, eine Schnitzelbank und eine Drehbank, »damit mich nicht friert«, sagte er, »und ich mir die Zeit vertreiben kann.«

Das ward dem Hänschen gern gegeben, und er schlug seinen Sitz in einem hübschen Zimmer mit großem Kamin im alten Schloß auf. Als es Nacht wurde, machte Hänschen ein helles Feuer an, das wärmte und leuchtete sehr

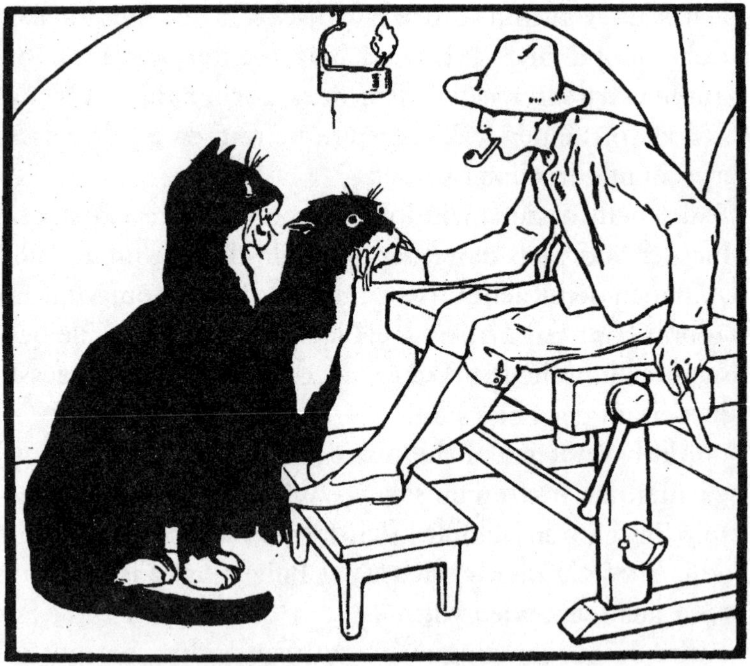

schön. Auf einmal kamen zwei kohlschwarze Katzen, die hatten Augen wie von grünem Feuer und schrien: »Miau, miau, uns friert!«

»Ei, wenn euch friert, so wärmt euch doch; hier ist ein Feuer!« sprach Hänschen. Das taten die Katzen auch, dann sagten sie: »Die Zeit wird uns zu lang, wir wollen zu dritt Karte spielen, Dreiblatt oder Pochens.«

»Meinetwegen Pochens«, sagte Hänschen, »wenn ihr Karten mitgebracht habt.« Die Katzen hatten wirklich ein Kartenspiel und zeigten es Hänschen, und da sah Hänschen, daß sie fürchterliche Krallen an ihren schwarzen Pfoten hatten, und sagte: »Mit Verlaub, eure Frau Mutter hat euch die Nägel recht lange nicht geschnitten, schämt euch was, kommt, ich will sie euch putzen!« und packte die Katzen und klemmte ihnen die Pfoten in die Drehbank. Da bissen sie nach ihm, und so nahm er sein Schnitzmesser und schnitzte ihnen die Köpfe ab und warf Katzenköpfe und Leiber aus dem Fenster in den Schloßgraben. Als er wieder zum Feuer kam, saß ein großer Hund dort und bleckte ihm die Zähne und hatte eine feurige Zunge armslang zum Halse heraushängen. Dies gefiel Hänschen wieder nicht, er nahm abermals sein Schnitzmesser und hieb damit dem Hund gerade zwischen die Zähne in den Rachen, da fiel die Zunge herunter, und der obere Kopf nahm Abschied von seinem Unterteil. Nun meinte Hänschen Ruhe zu haben und wollte sie auch genießen; in der Ecke stand ein Bett, da legte er sich hinein und deckte sich zu. Er war aber noch nicht eingeschlafen, da fing das Bett an zu fahren wie ein Dampfwagen und fuhr im ganzen Schloß herum, treppauf, treppab, durch Säle und Zimmer – aber Hänschen sagte: »Schau, nun spür ich doch, wie's tut, wenn die großen Herren fahren. Fahre du nur immer zu.«

Endlich mochte das Bett des Fahrens müde sein, es rollte wieder in Hänschens Zimmer, wo das Feuer noch lustig brannte, da stand es still, und Hänschen schlief ein und schlief wie ein Toter.

Am andern Morgen stand der König an seinem Bett und sagte: »Na, das heiß ich einen gesunden Schlaf, wenn ich den hätte! So gut schläft kein König. Freut mich, daß der Junge noch lebt und schnarcht. Heda! Hänschen!«

»Schön guten Morgen Herr König! Schon so frühe?« fragte Hänschen. »Wünsche wohl geruht zu haben!« sprach der König. »Danke, gleichfalls!« sprach Hänschen. »Kannst auf meine Rechnung drunten beim Wirt frühstücken und zu Mittag essen, aber abends bist du wieder hier oben, magst du?« sprach und fragte der König.

»Ei, freilich wohl«, sagte Hänschen, »drei Nächte müssen's sein.«

Wie Hänschen zum Wirte kam, wunderte der sich sehr und fragte: »Nun? Noch lebendig? – Aber das Gruseln wird man doch gelernt haben in heutiger Nacht?«

»Nicht rühran!« erwiderte Hänschen. Da fing es dem Wirt selber an, vor Hänschen über und über zu gruseln. Hänschen ließ sich's wohl sein auf des Königs Rechnung und sorgte sich nicht um diese, und als es Abend wurde, war er schon wieder oben im Spukschloß und machte sich sein Feuer an. Auf einmal prasselte es droben im Schornstein, als breche alles in tausend Trümmer, und da kam ein Kerl heruntergefahren, der war aber nur halb. »Na«, sagte Hänschen, »was soll denn das sein? Da fehlt ja noch eine Halbschied, anderthalb Mann sind doch noch keine Gesellschaft.« Kaum hatte Hänschen das gesagt, bautz! kam die andre Hälfte nachgefallen, mitten in das Feuer. Hänschen nahm die beiden Hälften, warf sie aus dem Kamin in die Stube und brachte sein Feuer wieder in Ordnung. Wie er damit zustande war und umschaute, war aus den beiden Hälften ein einziger Kerl geworden, aber kein schöner, der saß auf Hänschens Stuhl.

»Platz da!« schrie Hänschen, »hier sitze ich, marsch, oder ich halbier dich mit dem Schnitzelmesser!«

Auf einmal polterte es wieder im Schornstein, Totenbeine und Schädel prasselten herab und noch einige Männer vom greulichsten Aussehen. »Guten Abend, meine Herren!« sagte Hänschen. »Sie sind doch ganze Männer, das laß ich mir gefallen. Gehören vielleicht in die Familie Schön? Ach wie schade, daß kein Spiegel im Zimmer hängt. Womit könnt ich Ihnen denn eigentlich dienen?«

Die Männer sahen Hänschen mit furchtbaren Blicken an, einer nahm die Totenbeine, es waren gerade neun, und stellte sie als Kegel auf, die andern nahmen die Schädel und rollten sie nach den Kegeln.

»Kegelschieben tu ich für mein Leben gern!« sagte Hänschen: »Erlauben Sie nicht, daß ich auch mitspiele? Spielen Sie Brettspiel oder Partens? Ums Partiegeld? wie?«

»Hast du Geld?« fragten die Männer grimmig.

»Oui!« sagte Hänschen und fuhr in die Tasche und klimperte.

»Nun, so schieb an!« schrie einer der Männer und reichte ihm einen Totenschädel dar.

»Mit Verlaub, das ist eine eckige Kugel. Gebt her, da hab ich eine Drehbank stehen, wollen sie hübsch rund drehen, damit wir gut alle neun treffen.« Sprach's und setzte sich und drehte die Schädel rund. Dann ging das Spiel an, Hänschen schob gut, aber die Männer schoben noch besser, Hänschen verlor etwas, und das Spiel fing wieder an, Hänschen schob und rief freudig: »Alle neun!«

»Nein, zwölf!« riefen die Männer mit dumpfem Ton

und verschwanden mit Knochen und Schädeln, und die alte Uhr auf dem Schloßturm schlug zwölf. »Nun so was!« rief Hänschen. »Ist das auch eine Manier? Erst lokken sie mir mein bißchen Geld ab, und nun ich gut schiebe, machen sie sich aus dem Staube.« Darauf legte er sich wieder in das Bett, das heute ganz ruhig blieb, und schlief bis an den hellen Morgen.

»Heute wird er wohl nicht mehr am Leben sein«, sprach der König, als er auf Hänschens Zimmer zuging, »ich höre ihn nicht wie gestern schnarchen, wird wohl aus sein mit ihm.« Aber Hänschen ermunterte sich sehr schnell und sprach: »Wünsche wohl geruht zu haben, Majestät!«

»Gleichfalls, danke schön!« antwortete der König. »Wie ging es diese Nacht?«

»Recht hübsch, danke der gütigen Nachfrage, Herr König!« antwortete Hänschen. »Es war eine Sorte Schlotfeger da, sie kamen zum Schornstein heruntergefahren, und wir haben mit Totenbeinen gekegelt.« Dem König schauerte die Haut, und er sagte: »Aber das ist ja ganz gruselig!«

»Was denn, Herr König?« fragte Hänschen.

»Das eben!« erwiderte der König. »Nun Glück zu, zur dritten Nacht!«

»'s ist doch recht fatal, daß ich nimmermehr das Gruseln lerne!« sprach Hänschen zu sich selbst, als die dritte Nacht herbeikam. Auf einmal entstand ein großer Rumor, sechs Männer traten in das Zimmer, die trugen eine Totenlade auf der Bahre, stellten sie vor Hänschen hin und verschwanden. Hänschen dachte: Wer mag da drinnen liegen? und öffnete den Sarg. Da lag einer drin, der war steif und eiskalt.

»Ach, den friert, er ist ganz steif vor Frost«, sagte Hänschen, »den muß ich wärmen!« Hob den Toten aus dem Sarge und trug ihn an sein Feuer, aber er blieb kalt. »Der muß ins Bette, da wird er schon erwärmen« – und nahm ihn und legte ihn ins Bette und sich dazu. Nach einer Weile wurde der Tote warm und wachte auf und machte sich breit und sagte: »Wer hat dir geheißen, mich in meiner Ruhe stören? Jetzt sollst du sterben!«

»Ist das eilig?« fragte Hänschen, packte jenen rasch an, warf ihn in die Totenlade, den Deckel darauf und schraubte denselben schnell zu. Da kamen gleich die sechs Männer wieder, die hoben den Sargkasten auf und trugen ihn fort.

Bald darauf trat ein greulicher Riese herein, mit großem langem Bart, der schrie: »Wurm! Jetzt mußt du sterben! Du mußt mit mir!«

»Ich gehe nicht mit dir!« sagte Hänschen. »Es pressiert mir nicht. Ich habe noch zu tun, wie du siehst!« Und setzte sich an die Drehbank und trat das Rad und drehte die Spindel und hielt den Meißel an das Werkholz. Der Riese bog sich über das Rad her und wollte Hänschen fassen. Mit einem Male schrie er aber laut: »Au! au! mein Bart, mein Bart!« Es war das Ende des Bartes zwischen die Darmsaite, die das Rad umschwingen half, gekommen und hatte sich durch das schnelle Drehen festgewickelt und zog nun den ganzen Kopf nach sich, und Hänschen trat frisch darauf los und sagte: »Kerl, hab acht, jetzt drehe ich dir deine große Nase ab und drehe dir die Augen aus und drehe aus deinem dicken Kopf eine Kegelkugel, so wahr ich Hänschen heiße!« Da gab der Riese die besten Worte, Hänschen solle ihn gehen lassen, er wolle ihm auch die drei Kisten voll Gold zeigen, eine sei dem König, die zweite sei den Armen bestimmt, die dritte wolle er ihm schenken. »Nun wohl«, sagte Hänschen, »gib das Ding her, aber bis ich's habe, bleibst du in den Bock gespannt und trägst die Drehbank auf den Schultern.«

Das war ein sehr unbequemes Tragen, die Bank auf den Schultern und den Bart ins Rad verflochten, das zog. Der Riese ging nun in ein andres Zimmer voran und zeigte Hänschen die Kisten voll Gold. Indem schlug es zwölfe, und da verschwand er, und die Drehbank stand ohne Träger. Hänschen war es, als ob die Kisten auch Miene machten zu verschwinden, da rief er: »Halt, halt!« und faßte sie und hielt sie fest und zog sie hinüber in sein Zimmer, worauf er sich schlafen legte, wieder ohne Gruseln.

Am andern Morgen kam der König und fragte: »Nun, diese Nacht war dir's doch ganz gewiß recht gruselig?«

»Wieso denn, Herr König?« fragte Hänschen. »Ich habe eine Kiste voll Gold geschenkt bekommen, auch eine für Euch und eine für die Armen. Muß es einem gruselig werden, wenn man Gold geschenkt bekommt?«

»Du hast Großes vollbracht!« sprach der König. »Durch deine Furchtlosigkeit hast du das Schloß von den Poltergeistern befreit und den verzauberten Schatz an das Licht gezwungen. Du sollst auch deinen Lohn haben und meine Tochter heiraten!«

»Obligiert, Herr König!« sagte Hänschen, »es ist aber doch schade, daß ich heiraten soll und bin noch so dumm, daß ich noch nicht das Gruseln gelernt habe.«

»O mein lieber Sohn und Schwiegersohn!« erwiderte der König. »Heirate du nur, da wird sich alles finden. Es hat schon mancher das auch nicht gekonnt und hat geheiratet, und da ist er außerordentlich gruselig geworden und hat die Gänsehaut nicht wieder loswerden können.«

»Selbige Hoffnung freut mich, Herr König!« rief Hänschen vergnügt aus.

Bald war herrliche Hochzeit, Hänschen war sehr glücklich, sehr reich und hatte eine wunderschöne Frau, doch sagte er: »Weiß nicht, wie lange es noch dauern soll, bis ich's Gruseln lerne.«

»Nun warte, Hänschen! Dich soll es doch noch gruseln«, sprach zu sich selbst die junge Königin, Hänschens Gemahlin, ließ einen Eimer Wasser mit kleinen Gründlingen und Elritzen herbeischaffen, und da Hänschen schlief, nahm sie ihm die Bettdecke weg und schüttete den Eimer voll Wasser und Fischlein über Hänschen her. »Brrr!« fuhr er auf und schnapperte vor Kälte. »Mir träumte, ich wäre in den Fischteich gefallen – brrr! Es gruselt mich, es gruselt mich! Hab eine Gänsehaut, wie ein Reibeisen! Siehst du, liebe Frau? Endlich nun – nun kann ich das Gruseln, nun kann ich das Gruseln.«

DIE GEISS MIT IHREN ZEHN ZICKLEIN UND DER BÄR

Es war einmal eine alte Geiß, die hatte zehn kleine, kleine Zicklein, die waren wie die Orgelpfeifen; immer eines kleiner wie das andere, und das kleinste war nur so groß wie ein kleiner Finger. Nun traf es sich einmal, daß die alte Geiß sagte: »Meine Kinderchen, hört, was ich euch sage. Ich gehe auf den Markt einkaufen Salat und Kraut, und ich bringe euch was mit, Milch im Zitz und weiches, weißes Brot. Schließt die Türe nur gleich hinter mir und laßt niemanden herein, der nicht eine feine Stimme und weiße Hände hat. Das aber bin ich. Sonst kommt der garstige Bär und frißt euch alle, wenn ihr ihn hineinlasset.«

»Nein, nein, Mutter, wir wollen gut folgen und niemanden hineinlassen, bis Ihr nicht kommt«, sprachen die Zicklein.

Nun nahm die Geißmutter den Quersack und ging. Die Zicklein schlossen zu und tanzten auf dem Fußboden herum und waren gar lustig. Als aber die Geiß durch den Wald ging, sah sie der Bär und dachte gleich: »Aha! Nun kannst du die Zicklein leicht bekommen und fressen!« Wie jene vorbeigegangen war, lief er gleich vor die Stube der Geiß, stieß in die Türe und brummte und murmelte gar erschrecklich: »Macht mir auf, macht mir auf!« Die kleinen armen Zicklein stoben ganz verblüfft, daß sie kein Leben hatten, auseinander und verkrochen sich, wohin sie konnten, eines unter die große Mulde, eines unter den Waschtrog, eines unter den Milchnapf, eines in die Uhr, eines in die Ofenröhre und so weiter und das kleinste in die Asche. Wie nun der Bär draußen brummte und lärmte, aber doch nicht hineinkonnte, nahmen sich die neun größten Zicklein ein Herz und sagten: »Unsere Mutter sagte, wir sollten niemanden hereinlassen, der nicht eine feine Stimme und weiße Händchen habe.« Nun fingen sie an auch zu spotten – aber das hätten sie können bleiben lassen – und sagten: »Herr Gevatter Bär, nicht wahr, das Zickleinfleisch schmeckt gut? Nun, kommt doch herein durch das Schlüsselloch. Ihr denkt ja, Ihr wäret der Stärkste und Klügste und könntet alles!« Da wurde der Bär giftig und lief weg und dachte: »Nun wartet, ich will euch schon bekommen!« Die Zicklein aber bekamen Mut. Wie sie merkten, daß der Bär nicht vor der Türe war, sprangen sie hervor aus dem Winkel und tanzten wieder und waren lustig. Nur der Aschenputtel jammerte:

»Was habt ihr getan?
Wie wird es uns gehn?
Der Bär ist zornig,
Der Bär ist stark.«

Der Bär lief stracks zu einem Schleifer und sprach: »Gleich schleife mir meine Zunge, daß ich auch so fein reden kann wie die alte Geiß.« Der Schleifer mußte es tun, denn der Bär wollte ihn auch sonst fressen. Dann ging der Bär wettergallig auf die Zickleinstube los. Wie er ganz nahe war, ging er leise und brummte nicht mehr wie ein Bär und kam vor das Schlüsselloch und schrie ganz fein wie die alte Geiß: »Macht mir auf!« Die Zicklein schreckten zusammen, hörten auf mit Tanzen, blieben aber auf der Stelle stehen. Nur der Aschenputtel war gleich in der Asche.

Nach einer Weile, wie der Bär wieder rief, fragte eines: »Bist du unsere Mutter?«

»Ja, ja!« antwortete der Bär.

»Nun, laß deine Hände sehen!« Der Bär aber hatte vergessen, seine schwarzen garstigen Pranken weiß zu machen. Wie er sie nun zeigte, sahen die Zicklein, daß es der Bär war, und fingen wieder wie früherhin an zu spotten. Der Bär kochte vor Zorn und brummte bei sich im Weglaufen: »Nun wartet, ihr sollt mir dieses bezahlen!« Die Zicklein tanzten und sprangen wieder herum und waren lustig.

Der Bär aber lief geradezu in die Mühle und rief dem Müller zu: »Mach mir meine Pratzen so weiß wie die der alten Geiß!« Der Müller mußte es tun, denn sonst wollte ihn der Bär fressen. Als es geschehen war, eilte der Bär wieder zu den Zicklein und ging ganz leise, wie er in der Nähe war, und rief dann vor dem Schlüsselloch ganz fein wie die alte Geiß: »Ihr meine Kinderchen, Kinderchen, macht mir auf!«

Die Zicklein wurden wieder ganz stutzig, hörten auf vom Tanzen, bleiben aber auf der Stelle stehn, nur der kleine Aschenputtel war gleich in der Asche. »Bist du unsere Mutter?« fragten die anderen.

»Ja, ja!« sagte der Bär. »Nun weiset die Hände!« Da zeigte der Bär seine weiß gemachten Pratzen, und nun glaubten sie, er wäre ihre Mutter, und waren froh und sprangen und wollten gerne sehn, was sie ihnen gebracht hätte, und schlossen die Türe auf. O Schrecken, da sahen sie den garstigen Bären. Nun hättet ihr sehen sollen, wie sie durcheinanderliefen! Allein das half nichts. Der Bär sah, wohin sie alle liefen, fing eines nach dem andern und schluckte sie alle ein. Der Aschenputtel aber zitterte in der Asche und fürchtete sich, der Bär werde auch ihn finden.

Allein er hatte es nicht gesehen, und so dachte er, er wäre fertig, und ging weg und war froh.

Wie er an den Berg und den Wald kam, so sah er die Geiß. Die kam eben vom Markte heim und brachte allerhand Einkäufe auf dem Rücken heim. Er fragte sie ganz lustig: »Nun, woher kommt Ihr, Gevatterin?«

»Nun, vom Markt!« antwortete sie höflich – denn sie dachte, es ist immer besser, man tut freundlich –, »man muß ja zuweilen etwas einkaufen!« Aber es war ihr gar nicht recht, daß der Schreckliche so spaßhaft war. »Nun, ich komme von der Hochzeit und habe gar gut gelebt«, sagte der Bär. Die Geiß aber ging schnell weiter und lief heim und wollte sehen, ob ihre Kinder vor dem Garstigen ruhig geblieben wären. Aber wie wurde es ihr, als sie die Türe angelweit offen und in der Stube alles umgedreht sah und alles mäuschenstill war!

»Meine Kinderchen, meine Kinderchen, wo seid Ihr, kommt doch hervor!« Aber es ließ sich lange nichts hören. Der Aschenputtel zitterte und fürchtete, es wäre wieder der Bär und er hätte sich nur verstellt. Endlich guckte er ein wenig aus der Asche heraus und sah nun, daß es seine leibhaftige Mutter war, und sprang heraus und erzählte nun alles, wie es gekommen war.

Da wurde die alte Geißmutter zornig über den Bären und sagte: »Nun warte, ich will ihm's gleich bezahlen! Bleibe du, mein Aschenputtelchen, nur hübsch zu Hause, bis ich dich rufe.« Sie wollte gerade zu dem Bären aufs Gebäude. Aber als sie an den Wald kam, war er noch da, wo sie miteinander geredet hatten, und lag an einem Rain und sonnte sich. Nun kam die Geiß zu ihm und sagte: »Wie habt Ihr es doch, lieber Gevatter, auf der Hochzeit so gut gehabt. Wie gut werdet Ihr nun schlafen. Soll ich Euch nicht ein wenig lausen?«

»Wie gut wird das sein. Ei, wahrlich, tut das, Gevatterin!«

Nun fing sie an zu lausen, und er schlief darunter bald ein. Schnell lief sie nach Hause und rief ihrem Jüngsten: »Komm mit, bring die Nadel, den Zwirn und auch die Schere. Ich soll den Mühlstein tragen.«

So eilten sie zum Bären, der aber schleppte Klötze (schnarchte), daß es eine Freude war. Die Geiß nahm die Schere und schlitzte dem Bären den Bauch auf. Sogleich sprangen die neun Zicklein alle heraus und waren froh, wie sie ihre Mutter sahen und daß sie wieder im Lichte waren. Denn im Bären ist es, wie im Ochsen, ganz dunkel. Ihre Mutter aber klopfte sich auf den Mund und winkte ihnen, sie sollten ganz stille sein und nach Hause gehen. Nur der Aschenputtel blieb da und war zur Hand. Nun nahm sie den Mühlstein und tat ihm den Bären in den Bauch und nähte ihn wieder zu. Er aber schlief noch fest und merkte nichts. Als er bald darauf erwachte, reckte er sich und rieb sich die Augen. Der Aschenputtel verkroch sich hinter einen Strauch.

»Weh!« seufzte der Bär, »es liegt wie ein Stein im Magen!«

»So geht es, wenn man zu gut lebt!« sprach die Geiß. »Allein, nicht lasset Euch, seid frisch, seht, wie munter ich bin!« Und die Geiß sprang und war lustig. Aber der Bär sah garstig aus und konnte sich mit Mühe nur von der Stelle rühren. »Nun, Ihr seid ein elender Kerl!« sagte die Geiß. »Ihr könnt nicht einmal über diesen Brunnen springen. Seht mir einmal zu!« Im Nu war die Geiß drüben.

Der Bär wollte nicht recht, aber er schämte sich zu sagen: »Nein, das kann ich nicht!«, denn er dachte, er wäre der Größte und könnte alles. Er ging einigemal um den Brunnen herum und wollte und wollte auch nicht. Endlich nahm er einen Anlauf und sprang, aber der Mühlstein zog ihn in den Brunnen. Die Geiß aber rief ihm fröhlich nach:

»Rumple, rumple, Mühlenstein,
Meine zehn Zicklein sind daheim!«

Der Aschenputtel lief nach Hause und rief auch die andern. Nun kamen sie alle und sprangen um den Brunnen und sangen:

»Gevatter Bär, Gevatter Bär,
So seht doch nur ein wenig her.
Ihr denkt, Ihr hättet Zicklein im Bauch,
Es ist Knochigers noch, Ihr alter Gauch.
Nun sauft gut auf den Mühlenstein,
Und bleibt ein andermal hübsch daheim!«

So mußte der Bär elendig ertrinken, und das war ihm recht.

GLÜCK UND VERSTAND

Verstand und Glück gingen einmal zusammen auf Reisen, um sich die Welt zu besehen und ihre Gaben unter die Menschen auszuteilen. »Wem ich helfe, dem gelingt's«, sagte der Verstand. »Das kommt noch auf die Probe an«, meinte das Glück. Da fanden sie am Wege einen Schäferjungen, der lag da und schlief. »Wie wär's, wenn wir mit dem gleich einen Versuch machten«, sagte das Glück, »fang du an.« Der Verstand war gleich dabei und fuhr, wie er ging und stand, in den Jungen hinein.

Als der erwachte, rieb er sich die Augen und dachte: »Ei, was sollst du hier immer die Schafe hüten; du willst dein Glück in der Stadt versuchen.« Er sprang auf, ließ seine Schafe Schafe sein und wanderte in die Stadt. Hier fand er nach längerem Suchen und Fragen denn auch eine Stelle bei einem reichen Goldschmied und Uhrmacher, der hielt sich Kutschen und Reitpferde und brauchte gerade einen Stallknecht. Die neue Herrschaft fand bald großes Wohlgefallen an ihm, denn er ging sehr geschickt mit den Pferden um und pflegte sie so gut, daß sie bald die schönsten in der ganzen Stadt waren.

Aber es dauerte nicht lange, da war ihm die Arbeit im Stall nicht mehr genug; darum machte er sich mittags, wenn Meister und Gesellen zu Tisch gingen, heimlich in die Werkstatt und besserte an den Uhren. Die Gesellen merkten das bald und sprachen zum Meister: »Es muß jemand, während wir essen, in die Werkstatt kommen und an den Uhren weiterarbeiten, aber viel besser, als wir es gemacht hätten; alles daran hat Schick.«

»Dem will ich bald auf die Spur kommen«, sagte der Meister; und als die Gesellen wieder bei Tische waren, stellte er sich heimlich von draußen ans Fenster und guckte in die Werkstatt. Auf einmal sah er seinen Stallknecht, wie er eine Uhr vornahm und ausbesserte, und dann wieder eine und wieder eine – und wie flink ihm das von der Hand ging! Nach einer Weile konnte der Meister sich nicht mehr halten, öffnete die Tür und rief: »Also du bist der große Meister! Du gehörst nicht in den Stall und sollst von heute an mein erster Geselle sein!«, stellte ihm einen Gesellenbrief aus und setzte ihn über die ganze Werkstatt. Alle Arbeit mußte er vorher beschauen, und dann kam sie erst an die andern Gesellen. Und er selber machte nun bald so künstliche Uhren, daß alle Welt sich darüber verwunderte.

Nun hatte der König in der Stadt eine Singuhr, an der hing sein ganzes Herz. Eines schönen Tages aber machte es Schnurr, und das Räderwerk stand still und war nicht wieder in Bewegung zu setzen. Da ließ der König ausrufen, wer ihm die Singuhr wieder in Gang brächte, dem gäbe er zur Belohnung fünftausend Gulden; wer es aber unternähme und nicht damit fertig würde, dem koste es das Leben. Da fand sich lange kein Uhrmacher, weder Meister noch Geselle im ganzen Reiche, der sich daranwagte. Als es aber der Schäferjunge hörte, ging er sogleich zum König und bat um die Uhr, er wolle sie ausbessern. Der König schüttelte den Kopf und sprach: »Junge, Junge, das kannst du nicht! Es kostet dir dein Leben; keiner von den vielen Meistern hat sich getraut, und du willst es besser verstehen?« Aber der Junge sagte voll Zuversicht: »Es wird mir schon gelingen, und ich fürchte nicht für mein

Leben!« Da ließ der König die Uhr herbeibringen, und der Junge nahm gleich sein Werkzeug, zerlegte sie, besserte und besserte, setzte sie wieder zusammen, und als man sie an Ort und Stelle hängte, sang sie viel schöner als vordem. Und der König hatte große Freude darüber. Er gab ihm nicht nur die fünftausend Gulden, sondern behielt ihn auch bei Hofe und machte ihn zu seinem Wirtschafter. Von Tag zu Tag wurde der Junge dem König lieber.

Nun hatte der König eine einzige Tochter, die hatte in ihrem Leben nie gelacht, und das bekümmerte den Vater sehr. Darum hatte er bestimmt, wer sie zum Lachen brächte, der sollte sie zur Gemahlin haben; wer es aber versuchte und es gelänge ihm nicht, der sollte noch denselben Tag an den Galgen kommen. Schon viele Freier hatten es unternommen, doch alle hatten den Tod gefunden, nun wagte es lange niemand mehr. Als der Schäferjunge davon hörte, dachte er bald an nichts anderes mehr als an die Prinzessin, und nach einiger Zeit trat er vor den König und sprach: »Ich möchte deine Tochter wohl zum Lachen bringen!«

»Armer Junge, das kannst du nicht«, sprach der König, »es wäre ja schade um dein Leben, laß ab davon.« Aber der Junge hörte nicht auf zu bitten, bis der König es endlich zuließ. Er begab sich mit einem Minister zur Königstochter, trat ehrerbietig vor sie und fing an zu erzählen: »Ein Bildhauer, ein Maler und ein Sprachmeister gingen einmal zusammen auf die Wanderschaft. Eines Nachts kamen sie in einen großen Wald. Da fürchteten sie sich vor den wilden Tieren, machten ein Feuer an und verabredeten, daß sie immer einer für die andern wachen sollte. Sie losten, und da traf es zuerst den Bildhauer, dann den Maler und als letzten den Sprachmeister. Während nun die andern beiden schliefen, bekam der Bildhauer Langeweile, nahm einen Block und schnitzte daraus ein wunderschönes Frauenbild. Als er damit fertig war, da war auch gerade seine Wache zu Ende. Da nahm der Maler, der jetzt an die Reihe kam, seine Farben und Pinsel und bemalte sie so schön, daß es aussah, als ob sie lebte. Und als er den letzten Pinselstrich daran getan hatte, war auch gerade seine Zeit um. Wie nun der Sprachmeister sie sah, nahm er sie und lehrte sie sprechen. Da erwachten die andern, und es entstand ein Streit unter den dreien um ihr Geschöpf. Wem von den dreien gehört nun die lebendige Jungfrau von Rechts wegen? Niemand weiß das zu beantworten.« Da lachte die Königstochter und rief: »Das versteht sich doch von selbst, dem Sprachmeister!«

Der Junge freute sich und ging mit dem Minister schnell zum König. Dieser fragte sogleich: »Hat sie gelacht?«

»Ja!« sprach der Junge ganz fröhlich. »Nein!« rief der Minister ernst. Da bat der Junge, der König solle einen anderen Minister zu der Prinzessin schicken und sie fragen lassen. Das tat der König.

Auch der sprach: »Nein!«

»So schicke noch einen dritten.«

Es geschah, doch auch der kam zurück und sprach: »Nein!«

»Jetzt kann ich dir nicht helfen!« sagte der König ganz traurig. »Was Gesetz ist, ist Gesetz, und darnach mußt du den Tod erleiden!« Schon hatte man den Jungen bis zur Richtstätte geführt, da kam just das Glück dazu, das war bisher allein in der Welt herumgegangen, und rief dem Verstand leise zu, daß es niemand hören konnte: »Du hast deine Schuldigkeit getan, jetzt ist es an mir; komm heraus und laß mich hinein!« Kaum war das geschehen, so hörte man Trompetengeschmetter und eine fröhliche Musik, und in einer Kutsche kamen der König und seine Tochter hergefahren und hielten hoch ein weißes Tuch zum Zeichen der Gnade. Denn gerade noch zur rechten Zeit hatte sich alles aufgeklärt; und weil die Minister so boshaft gelogen hatten, wurden sie anstatt des Jungen gehängt. Dieser aber mußte sich nun neben die Königstochter in die Kutsche setzen und fuhr mit ihr heim. Da wurde eine glänzende Hochzeit gefeiert, die vier Wochen lang dauerte, und der Junge wurde bald König, und das Glück wohnte bei ihm und verließ ihn nicht bis an sein Ende.

Brüderchen und Schwesterchen

Brüderchen nahm sein Schwesterchen an der Hand und sprach: »Seit die Mutter tot ist, haben wir keine gute Stunde mehr; die Stiefmutter schlägt uns alle Tage, und wenn wir zu ihr kommen, stößt sie uns mit den Füßen fort. Die harten Brotkrusten, die übrigbleiben, sind unsere Speise, und dem Hündlein unter dem Tisch geht's besser: dem wirft sie doch manchmal einen guten Bissen zu. Daß Gott erbarm, wenn das unsere Mutter wüßte! Komm, wir wollen miteinander in die weite Welt gehen.«

Sie gingen den ganzen Tag über Wiesen, Felder und Steine, und wenn es regnete, sprach das Schwesterchen: »Gott und unsere Herzen, die weinen zusammen!« Abends kamen sie in einen großen Wald und waren so müde von Jammer, Hunger und dem langen Weg, daß sie sich in einen hohlen Baum setzten und einschliefen.

Am andern Morgen, als sie aufwachten, stand die Sonne schon hoch am Himmel und schien heiß in den Baum hinein. Da sprach das Brüderchen: »Schwesterchen, mich dürstet, wenn ich ein Brünnlein wüßte, ich ging und tränk einmal; ich mein, ich hört eins rauschen.«

Brüderchen stand auf, nahm Schwesterchen an der Hand, und sie wollten das Brünnlein suchen. Die böse Stiefmutter aber war eine Hexe und hatte wohl gesehen, wie die beiden Kinder fortgegangen waren, war ihnen nachgeschlichen, heimlich, wie die Hexen schleichen, und hatte alle Brunnen im Walde verwünscht. Als sie nun ein Brünnlein fanden, das so glitzerig über die Steine sprang, wollte das Brüderchen daraus trinken; aber das Schwesterchen hörte, wie es im Rauschen sprach: »Wer aus mir trinkt, wird ein Tiger; wer aus mir trinkt, wird ein Tiger.« Da rief das Schwesterchen: »Ich bitte dich, Brüderchen, trink nicht, sonst wirst du ein wildes Tier und zerreißest mich.« Das Brüderchen trank nicht, ob es gleich so großen Durst hatte, und sprach: »Ich will warten bis zur nächsten Quelle.« Als sie zum zweiten Brünnlein kamen, hörte das Schwesterchen, wie auch dieses sprach: »Wer aus mir trinkt, wird ein Wolf; wer aus mir trinkt, wird ein Wolf.« Da rief das Schwesterchen: »Brüderchen, ich bitte dich, trink nicht, sonst wirst du ein Wolf und frissest mich.« Das Brüderchen trank nicht und sprach: »Ich will warten, bis wir zur nächsten Quelle kommen, aber dann muß ich trinken, du magst sagen, was du willst: mein Durst ist gar zu groß.« Und als sie zum dritten Brünnlein kamen, hörte das Schwesterlein, wie es im Rauschen sprach: »Wer aus mir trinkt, wird ein Reh; wer aus mir trinkt, wird ein Reh.« Das Schwesterchen sprach: »Ach Brüderchen, ich bitte dich, trink nicht, sonst wirst du ein Reh und läufst mir fort.«

Aber das Brüderchen hatte sich gleich beim Brünnlein niedergekniet, hinabgebeugt und von dem Wasser getrunken, und wie die ersten Tropfen auf seine Lippen gekommen waren, lag es da als ein Rehkälbchen. Nun weinte das Schwesterchen über das arme, verwünschte Brüderchen, und das Rehchen weinte auch und saß so traurig neben ihm. Da sprach das Mädchen endlich: »Sei still, liebes Rehchen, ich will dich ja nimmermehr verlassen.« Dann band es sein goldenes Strumpfband ab und tat es dem Rehchen um den Hals und rupfte Binsen und flocht ein weiches Seil daraus. Daran band es das Tierchen und führte es weiter und ging immer tiefer in den Wald hinein.

Und als sie lange, lange gegangen waren, kamen sie endlich an ein kleines Haus, und das Mädchen schaute hinein, und weil es leer war, dachte es: »Hier können wir bleiben und wohnen.« Da suchte es dem Rehchen Laub und Moos zu einem weichen Lager, und jeden Morgen ging es aus und sammelte sich Wurzeln, Beeren und Nüsse, und für das Rehchen brachte es zartes Gras mit, das fraß es ihm aus der Hand, war vergnügt und spielte vor ihm herum.

Abends, wenn Schwesterchen müde war und sein Gebet gesagt hatte, legte es seinen Kopf auf den Rücken des Rehkälbchens, das war sein Kissen, darauf es sanft einschlief. Und hätte das Brüderchen nur seine menschliche Gestalt gehabt, es wäre ein herrliches Leben gewesen. Das dauerte eine Zeitlang, daß sie so allein in der Wildnis waren.

Es trug sich aber zu, daß der König des Landes eine große Jagd in dem Wald hielt. Da schallte das Hörnerblasen, Hundegebell und das lustige Geschrei der Jäger durch die Bäume, und das Rehlein hörte es und wäre gar zu gerne dabeigewesen. »Ach«, sprach es zum Schwesterlein, »laß mich hinaus in die Jagd, ich kann's nicht länger mehr aushalten«, und bat so lange, bis es einwilligte. »Aber«, sprach es zu ihm, »komm mir ja abends wieder, vor den wilden Jägern schließ ich mein Türlein; und damit ich dich kenne, so klopf und sprich: ›Mein Schwesterlein, laß mich herein‹; und wenn du nicht so sprichst, so schließ ich mein Türlein nicht auf.«

Nun sprang das Rehchen hinaus und war ihm so wohl und war so lustig in freier Luft. Der König und seine Jäger sahen das schöne Tier und setzten ihm nach, aber sie konnten es nicht einholen, und wenn sie meinten, sie hätten es gewiß, da sprang es über das Gebüsch weg und war verschwunden. Als es dunkel ward, lief es zu dem Häuschen, klopfte und sprach: »Mein Schwesterlein, laß mich herein.« Da ward ihm die kleine Tür aufgetan, es sprang hinein und ruhete sich die ganze Nacht auf seinem weichen Lager aus.

Am andern Morgen ging die Jagd von neuem an, und als das Rehlein wieder das Hüfthorn hörte und das Hoho! der Jäger, da hatte es keine Ruhe und sprach: »Schwesterchen, mach mir auf, ich muß hinaus.« Das Schwesterchen öffnete ihm die Türe und sprach: »Aber zu Abend mußt du wieder da sein und dein Sprüchlein sagen.«

Als der König und seine Jäger das Rehlein mit dem goldenen Halsband wieder sahen, jagten sie ihm alle nach, aber es war ihnen zu schnell und behend. Das währte den ganzen Tag, endlich aber hatten es die Jäger abends umzingelt, und einer verwundete es ein wenig am Fuß, so daß es hinken mußte und langsam fortlief. Da schlich ihm ein Jäger nach bis zu dem Häuschen und hörte, wie es rief: »Mein Schwesterlein, laß mich herein«, und sah, daß die Tür ihm aufgetan und alsbald wieder zugeschlossen ward. Der Jäger behielt das alles wohl im Sinn, ging zum König und erzählte ihm, was er gesehen und gehört hatte. Da sprach der König: »Morgen soll noch einmal gejagt werden.« Das Schwesterchen aber erschrak gewaltig, als es sah, daß sein Rehkälbchen verwundet war. Es wusch ihm das Blut ab, legte Kräuter auf und sprach: »Geh auf dein Lager, lieb Rehchen, daß du wieder heil wirst.« Die Wunde aber war so gering, daß das Rehchen am Morgen nichts mehr davon spürte. Und als es die Jagdlust wieder draußen hörte, sprach es: »Ich kann es nicht aushalten, ich muß dabei sein; so bald soll mich keiner kriegen.« Das Schwesterchen weinte und sprach: »Nun werden sie dich töten, und ich bin hier allein im Wald und bin verlassen von aller Welt: ich laß dich nicht hinaus.«

»So sterb ich dir hier vor Betrübnis«, antwortete das Rehchen, »wenn ich das Hüfthorn höre, so mein ich, ich müßt aus den Schuhen springen!« Da konnte das Schwesterchen nicht anders und schloß ihm mit schwerem Herzen die Tür auf, und das Rehchen sprang gesund und fröhlich in den Wald. Als es der König erblickte, sprach er zu seinen Jägern: »Nun jagt ihm nach den ganzen Tag bis in die Nacht, aber daß ihm keiner etwas zuleide tut.«

Sobald die Sonne untergegangen war, sprach der König zum Jäger: »Nun komm und zeige mir das Waldhäuschen.« Und als er vor dem Türlein war, klopfte er an und rief: »Lieb Schwesterlein, laß mich herein.« Da ging die Tür auf, und der König trat herein, und da stand ein Mädchen, das war so schön, wie er noch keins gesehen hatte. Das Mädchen erschrak, als es sah, daß nicht sein Rehlein, sondern ein Mann hereinkam, der eine goldene Krone auf dem Haupt hatte. Aber der König sah es freundlich an, reichte ihm die Hand und sprach: »Willst du mit mir gehen auf mein Schloß und meine liebe Frau sein?«

»Ach ja«, antwortete das Mädchen, »aber das Rehchen muß auch mit, das verlaß ich nicht.« Sprach der König: »Es soll bei dir bleiben, solange du lebst, und soll ihm an nichts fehlen.« Indem kam es hereingesprungen, da band es das Schwesterchen wieder an das Binsenseil, nahm es selbst in die Hand und ging mit ihm aus dem Waldhäuschen fort.

Der König nahm das schöne Mädchen auf sein Pferd und führte es in sein Schloß, wo die Hochzeit mit großer Pracht gefeiert wurde, und war es nun die Frau Königin und lebten sie lange Zeit vergnügt zusammen; das Rehlein ward gehegt und gepflegt und sprang in dem Schloßgarten herum. Die böse Stiefmutter aber, um derentwillen die Kinder in die Welt hineingegangen waren, die meinte nicht anders, als Schwesterchen wäre von den wilden Tieren im Walde zerrissen worden und Brüderchen als ein Rehkalb von den Jägern totgeschossen. Als sie nun hörte, daß sie so glücklich waren und es ihnen so wohl ging, da wurden Neid und Mißgunst in ihrem Herzen rege und ließen ihr keine Ruhe, und sie hatte keinen andern Gedanken, als wie sie die beiden doch noch ins Unglück bringen könnte. Ihre rechte Tochter, die häßlich war wie die Nacht und nur ein Auge hatte, die machte ihr Vorwürfe und sprach: »Eine Königin zu werden, das Glück hätte mir gebührt.«

»Sei nur still«, sagte die Alte und sprach sie zufrieden: »Wenn's Zeit ist, will ich schon bei der Hand sein.«

Als nun die Zeit herangerückt war und die Königin ein schönes Knäblein zur Welt gebracht hatte und der König gerade auf der Jagd war, nahm die alte Hexe die Gestalt der Kammerfrau an, trat in die Stube, wo die Königin lag, und sprach zu der Kranken: »Kommt, das Bad ist fertig, das wird Euch wohltun und frische Kräfte geben: geschwind, eh es kalt wird.« Ihre Tochter war auch bei der Hand, sie trugen die schwache Königin in die Badstube und legten sie in die Wanne; dann schlossen sie die Tür ab und liefen davon.

In der Badstube aber hatten sie ein rechtes Höllenfeuer angemacht, daß die schöne junge Königin bald ersticken mußte. Als das vollbracht war, nahm die Alte ihre Tochter, setzte ihr eine Haube auf und legte sie ins Bett an der Königin Stelle. Sie gab ihr auch die Gestalt und das Ansehen der Königin, nur das verlorene Auge konnte sie ihr nicht wiedergeben. Damit es aber der König nicht merkte, mußte sie sich auf die Seite legen, wo sie kein Auge hatte.

Am Abend, als er heimkam und hörte, daß ihm ein Söhnlein geboren war, freute er sich herzlich und wollte ans Bett seiner lieben Frau gehen und sehen, was sie machte. Da rief die Alte geschwind: »Beileibe, laßt die Vorhänge zu, die Königin darf noch nicht ins Licht sehen und muß Ruhe haben.« Der König ging zurück und wußte nicht, daß eine falsche Königin im Bette lag.

Als es aber Mitternacht war und alles schlief, da sah die Kinderfrau, die in der Kinderstube neben der Wiege saß und allein noch wachte, wie die Türe aufging und die rechte Königin hereintrat. Sie nahm das Kind aus der Wiege, legte es in ihren Arm und gab ihm zu trinken. Dann schüttelte sie ihm sein Kißchen, legte es wieder hinein und deckte es mit dem Deckbettchen zu. Sie vergaß aber auch das Rehchen nicht, ging in die Ecke, wo es lag, und streichelte ihm über den Rücken. Darauf ging sie ganz stillschweigend wieder zur Türe hinaus, und die Kinderfrau fragte am andern Morgen die Wächter, ob jemand während der Nacht ins Schloß gegangen wäre, aber sie antworteten: »Nein, wir haben niemand gesehen.«

So kam sie viele Nächte und sprach niemals ein Wort dabei; die Kinderfrau sah sie immer, aber sie getraute sich nicht, jemand etwas davon zu sagen. Als nun so eine Zeit verflossen war, da hub die Königin in der Nacht an zu reden und sprach:

»Was macht mein Kind? Was macht mein Reh?
Nun komm ich noch zweimal und dann nimmermehr.«

Die Kinderfrau antwortete ihr nicht, aber als sie wieder verschwunden war, ging sie zum König und erzählte ihm alles. Sprach der König: »Ach Gott, was ist das! Ich will in der nächsten Nacht bei dem Kinde wachen.«

Abends ging er in die Kinderstube, aber um Mitternacht erschien die Königin wieder und sprach:

»Was macht mein Kind? Was macht mein Reh?
Nun komm ich noch einmal und dann nimmermehr.«

Und pflegte dann des Kindes, wie sie gewöhnlich tat, ehe sie verschwand. Der König getraute sich nicht, sie anzureden, aber er wachte auch in der folgenden Nacht. Sie sprach abermals:

»*Was macht mein Kind? Was macht mein Reh?*
Nun komm ich noch diesmal und dann nimmermehr.«

Da konnte sich der König nicht zurückhalten, sprang zu ihr und sprach: »Du kannst niemand anders sein als meine liebe Frau.«

Da antwortete sie: »Ja, ich bin deine liebe Frau«, und hatte in dem Augenblick durch Gottes Gnade das Leben wiedererhalten, war frisch, rot und gesund. Darauf erzählte sie dem König den Frevel, den die böse Hexe und ihre Tochter an ihr verübt hatten. Der König ließ beide vor Gericht führen, und es ward ihnen das Urteil gesprochen.

Die Tochter ward in den Wald geführt, wo sie die wilden Tiere zerrissen, die Hexe aber ward ins Feuer gelegt und mußte jammervoll verbrennen. Und wie sie zu Asche verbrannt war, verwandelte sich das Rehkälbchen und erhielt seine menschliche Gestalt wieder; Schwesterchen und Brüderchen aber lebten glücklich zusammen bis an ihr Ende.

ASCHENPUTTEL

Einem reichen Manne, dem wurde seine Frau krank, und als sie fühlte, daß ihr Ende herankam, rief sie ihr einziges Töchterlein zu sich ans Bett und sprach: »Liebes Kind, bleib fromm und gut, so wird dir der liebe Gott immer beistehen, und ich will vom Himmel auf dich herabblikken und will um dich sein.« Darauf tat sie die Augen zu und verschied.

Das Mädchen ging jeden Tag hinaus zu dem Grabe der Mutter und weinte und blieb fromm und gut. Als der Winter kam, deckte der Schnee ein weißes Tüchlein auf das Grab, und als die Sonne im Frühjahr es wieder

herabgezogen hatte, nahm sich der Mann eine andere Frau.

Die Frau hatte zwei Töchter mit ins Haus gebracht, die schön und weiß von Angesicht waren, aber garstig und schwarz von Herzen. Da ging eine schlimme Zeit für das arme Stiefkind an. »Soll die dumme Gans bei uns in der Stube sitzen!« sprachen sie. »Wer Brot essen will, muß es verdienen: hinaus mit der Küchenmagd.« Sie nahmen ihm seine schönen Kleider weg, zogen ihm einen grauen alten Kittel an und gaben ihm hölzerne Schuhe. »Seht einmal die stolze Prinzessin, wie sie geputzt ist!« riefen sie, lachten und führten es in die Küche. Da mußte es von Morgen bis Abend schwere Arbeit tun, früh vor Tag aufstehn, Wasser tragen, Feuer anmachen, kochen und waschen. Obendrein taten ihm die Schwestern alles ersinnliche Herzeleid an, verspotteten es und schütteten ihm die Erbsen und Linsen in die Asche, so daß es sitzen und sie wie-

der auslesen mußte. Abends, wenn es sich müde gearbeitet hatte, kam es in kein Bett, sondern mußte sich neben den Herd in die Asche legen. Und weil es darum immer staubig und schmutzig aussah, nannten sie es Aschenputtel. Es trug sich zu, daß der Vater einmal in die Messe ziehen wollte, da fragte er die beiden Stieftöchter, was er ihnen mitbringen sollte. »Schöne Kleider«, sagte die eine, »Perlen und Edelsteine« die zweite. »Aber du, Aschenputtel«, sprach er, »was willst du haben?«

»Vater, das erste Reis, das Euch auf Eurem Heimweg an den Hut stößt, das brecht für mich ab.« Er kaufte nun für die beiden Stiefschwestern schöne Kleider, Perlen und Edelsteine, und auf dem Rückweg, als er durch einen grünen Busch ritt, streifte ihn ein Haselreis und stieß ihm den Hut ab. Da brach er das Reis ab und nahm es mit.

Als er nach Haus kam, gab er den Stieftöchtern, was sie sich gewünscht hatten, und dem Aschenputtel gab er das Reis von dem Haselbusch. Aschenputtel dankte ihm, ging zu seiner Mutter Grab und pflanzte das Reis darauf und weinte so sehr, daß die Tränen darauf niederfielen und es begossen. Es wuchs aber und ward ein schöner Baum. Aschenputtel ging alle Tage dreimal darunter, weinte und betete, und allemal kam ein weißes Vöglein auf den Baum, und wenn es einen Wunsch aussprach, so warf ihm das Vöglein herab, was es sich gewünscht hatte.

Es begab sich aber, daß der König ein Fest anstellte, das drei Tage dauern sollte und wozu alle schönen Jungfrauen im Lande eingeladen wurden, damit sich sein Sohn eine Braut aussuchen möchte. Die zwei Stiefschwestern, als sie hörten, daß sie auch dabei erscheinen sollten, waren guter Dinge, riefen Aschenputtel und sprachen: »Kämm uns die

Haare, bürste uns die Schuhe und mache uns die Schnallen fest, wir gehen zur Hochzeit auf des Königs Schloß.« Aschenputtel gehorchte, weinte aber, weil es auch gern zum Tanz mitgegangen wäre, und bat die Stiefmutter, sie möchte es ihm erlauben. »Du, Aschenputtel«, sprach sie, »bist voll Staub und Schmutz und willst zur Hochzeit? Du hast keine Kleider und Schuhe und willst tanzen!« Als es aber mit Bitten anhielt, sprach sie endlich: »Da habe ich dir eine Schüssel Linsen in die Asche geschüttet, wenn du die Linsen in zwei Stunden wieder ausgelesen hast, so sollst du mitgehen.«

Das Mädchen ging durch die Hintertüre nach dem Garten und rief: »Ihr zahmen Täubchen, ihr Turteltäubchen, all ihr Vöglein unter dem Himmel, kommt und helft mir lesen,

Die guten ins Töpfchen,
Die schlechten ins Kröpfchen.«

Da kamen zum Küchenfenster zwei weiße Täubchen herein und danach die Turteltäubchen, und endlich schwirrten und schwärmten alle Vöglein unter dem Himmel herein und ließen sich um die Asche nieder. Und die Täubchen nickten mit den Köpfchen und fingen an pik, pik, pik, pik, und da fingen die übrigen auch an pik, pik, pik, pik und lasen alle guten Körnlein in die Schüssel. Kaum war eine Stunde herum, so waren sie schon fertig und flogen alle wieder hinaus. Da brachte das Mädchen die Schüssel der Stiefmutter, freute sich und glaubte, es dürfte nun mit auf die Hochzeit gehen. Aber sie sprach: »Nein, Aschenputtel, du hast keine Kleider und kannst nicht tanzen: du wirst nur ausgelacht.« Als es nun weinte, sprach sie: »Wenn du mir zwei Schüsseln voll Linsen in einer

Stunde aus der Asche rein lesen kannst, so sollst du mitgehen«, und dachte: »Das kann es ja nimmermehr.«

Als sie die zwei Schüsseln Linsen in die Asche geschüttet hatte, ging das Mädchen durch die Hintertüre nach dem Garten und rief: »Ihr zahmen Täubchen, ihr Turteltäubchen, all ihr Vöglein unter dem Himmel, kommt und helft mir lesen,

Die guten ins Töpfchen,
Die schlechten ins Kröpfchen.«

Da kamen zum Küchenfenster zwei weiße Täubchen herein und danach die Turteltäubchen, und endlich schwirrten und schwärmten alle Vöglein unter dem Himmel herein und ließen sich um die Asche nieder. Und die Täubchen nickten mit ihren Köpfchen und fingen an pik, pik, pik, pik, und da fingen die übrigen auch an pik, pik, pik, pik und lasen alle guten Körner in die Schüsseln. Und eh eine halbe Stunde herum war, waren sie schon fertig und flogen alle wieder hinaus.

Da trug das Mädchen die Schüsseln zu der Stiefmutter, freute sich und glaubte, nun dürfte es mit auf die Hochzeit gehen. Aber sie sprach: »Es hilft dir alles nichts: du kommst nicht mit, denn du hast keine Kleider und kannst nicht tanzen; wir müßten uns deiner schämen.« Darauf kehrte sie ihm den Rücken zu und eilte mit ihren zwei stolzen Töchtern fort.

Als nun niemand mehr daheim war, ging Aschenputtel zu seiner Mutter Grab unter den Haselbaum und rief:

»Bäumchen, rüttel dich und schüttel dich,
Wirf Gold und Silber über mich.«

Da warf ihm der Vogel ein golden und silbern Kleid herunter und mit Seide und Silber ausgestickte Pantoffeln.

In aller Eile zog es das Kleid an und ging zur Hochzeit. Seine Schwestern aber und die Stiefmutter kannten es nicht und meinten, es müßte eine fremde Königstochter sein, so schön sah es in dem goldenen Kleide aus. An Aschenputtel dachten sie gar nicht und dachten, es säße daheim im Schmutz und suchte die Linsen aus der Asche. Der Königssohn kam ihm entgegen, nahm es bei der Hand und tanzte mit ihm. Er wollte auch mit sonst niemand tanzen, also daß er ihm die Hand nicht losließ, und wenn ein anderer kam, es aufzufordern, sprach er: »Das ist meine Tänzerin.« Es tanzte, bis es Abend war, da wollte es nach Haus gehen. Der Königssohn aber sprach: »Ich gehe mit und begleite dich«, denn er wollte sehen, wem das schöne Mädchen angehörte.

Sie entwischte ihm aber und sprang in das Taubenhaus. Nun wartete der Königssohn, bis der Vater kam, und sagte ihm, das fremde Mädchen wär' in das Taubenhaus gesprungen. Der Alte dachte: »Sollte es Aschenputtel sein«, und sie mußten ihm Axt und Hacken bringen, damit er das Taubenhaus entzweischlagen konnte; aber es war niemand darin. Und als sie ins Haus kamen, lag Aschenputtel in seinen schmutzigen Kleidern in der Asche, und ein trübes Öllämpchen brannte im Schornstein; denn Aschenputtel war geschwind aus dem Taubenhaus hinten herabgesprungen und war zu dem Haselbäumchen gelaufen: da hatte es die schönen Kleider abgezogen und aufs Grab gelegt, und der Vogel hatte sie wieder weggenommen, und dann hatte es sich in seinem grauen Kittelchen in die Küche zur Asche gesetzt.

Am andern Tag, als das Fest von neuem anhub und

die Eltern und Stiefschwestern wieder fort waren, ging Aschenputtel zu dem Haselbaum und sprach:

»Bäumchen, rüttel dich und schüttel dich,
Wirf Gold und Silber über mich.«

Da warf der Vogel ein noch viel stolzeres Kleid herab als am vorigen Tag. Und als es mit diesem Kleide auf der Hochzeit erschien, erstaunte jedermann über seine Schönheit. Der Königssohn aber hatte gewartet, bis es kam, nahm es gleich bei der Hand und tanzte nur allein mit ihm. Wenn die andern kamen und es aufforderten, sprach er: »Das ist meine Tänzerin.«

Als es nun Abend war, wollte es fort, und der Königssohn ging ihm nach und wollte sehen, in welches Haus es ging: aber es sprang ihm fort und in den Garten hinter dem Haus. Darin stand ein schöner großer Baum, an dem die herrlichsten Birnen hingen, es kletterte so behend wie ein Eichhörnchen zwischen die Äste, und der Königssohn wußte nicht, wo es hingekommen war. Er wartete aber, bis der Vater kam, und sprach zu ihm: »Das fremde Mädchen ist mir entwischt, und ich glaube, es ist auf den Birnbaum gesprungen.« Der Vater dachte: »Sollte es Aschenputtel sein«, ließ sich die Axt holen und hieb den Baum um, aber es war niemand darauf.

Und als sie in die Küche kamen, lag Aschenputtel da in der Asche, wie sonst auch, denn es war auf der andern Seite vom Baum herabgesprungen, hatte dem Vogel auf dem Haselbäumchen die schönen Kleider wiedergebracht und sein graues Kittelchen angezogen.

Am dritten Tag, als die Eltern und Schwestern fort waren, ging Aschenputtel wieder zu seiner Mutter Grab und sprach zu dem Bäumchen:

»Bäumchen, rüttel dich und schüttel dich,
Wirf Gold und Silber über mich.«

Nun warf ihm der Vogel ein Kleid herab, das war so prächtig und glänzend, wie es noch keins gehabt hatte, und die Pantoffeln waren ganz golden. Als es in dem Kleid zu der Hochzeit kam, wußten sie alle nicht, was sie vor Verwunderung sagen sollten. Der Königssohn tanzte ganz allein mit ihm, und wenn es einer aufforderte, sprach er: »Das ist meine Tänzerin.«

Als es nun Abend war, wollte Aschenputtel fort, und der Königssohn wollte es begleiten, aber es entsprang ihm so geschwind, daß er nicht folgen konnte. Der Königssohn hatte aber eine List gebraucht und hatte die ganze Treppe mit Pech bestreichen lassen: da war, als es hinabsprang, der linke Pantoffel des Mädchens hängengeblieben. Der Königssohn hob ihn auf, und er war klein und zierlich und ganz golden.

Am nächsten Morgen ging er damit zu dem Mann und sagte zu ihm: »Keine andere soll meine Gemahlin werden als die, an deren Fuß dieser goldene Schuh paßt.« Da freuten sich die beiden Schwestern, denn sie hatten schöne Füße. Die Älteste ging mit dem Schuh in die Kammer und wollte ihn anprobieren, und die Mutter stand dabei. Aber sie konnte mit der großen Zehe nicht hineinkommen, und der Schuh war ihr zu klein, da reichte ihr die Mutter ein Messer und sprach: »Hau die Zehe ab: wann du Königin bist, so brauchst du nicht mehr zu Fuß zu gehen.« Das Mädchen hieb die Zehe ab, zwängte den Fuß in den Schuh, verbiß den Schmerz und ging heraus zum Königssohn. Da nahm er sie als seine Braut aufs Pferd und ritt mit ihr fort. Sie mußten aber an dem Grabe vorbei, da saßen die zwei Täubchen auf dem Haselbäumchen und riefen:

»Rucke di guck, rucke di guck,
Blut ist im Schuck (Schuh):
Der Schuck ist zu klein,
Die rechte Braut sitzt noch daheim.«

Da blickte er auf ihren Fuß und sah, wie das Blut herausquoll. Er wendete sein Pferd um, brachte die falsche Braut wieder nach Haus und sagte, das wäre nicht die rechte, die andere Schwester sollte den Schuh anziehen. Da ging diese in die Kammer und kam mit den Zehen glücklich in den Schuh, aber die Ferse war zu groß. Da reichte ihr die Mutter ein Messer und sprach: »Hau ein Stück von der Ferse ab: wann du Königin bist, brauchst du nicht mehr zu Fuß zu gehen.«

Das Mädchen hieb ein Stück von der Ferse ab, zwängte den Fuß in den Schuh, verbiß den Schmerz und ging heraus zum Königssohn. Da nahm er sie als seine Braut aufs Pferd und ritt mit ihr fort. Als sie an dem Haselbäumchen vorbeikamen, saßen die zwei Täubchen darauf und riefen:

»Rucke di guck, rucke di guck,
Blut ist im Schuck:
Der Schuck ist zu klein,
Die rechte Braut sitzt noch daheim.«

Er blickte nieder auf ihren Fuß und sah, wie das Blut aus dem Schuh quoll und an den weißen Strümpfen ganz rot heraufgestiegen war. Da wendete er sein Pferd und brachte die falsche Braut wieder nach Haus. »Das ist auch nicht die rechte«, sprach er, »habt Ihr keine andere Tochter?«

»Nein«, sagte der Mann, »nur von meiner verstorbenen Frau ist noch ein kleines verbuttetes Aschenputtel da: das kann unmöglich die Braut sein.« Der Königssohn sprach, er sollte es heraufschicken, die Mutter aber antwortete: »Ach nein, das ist viel zu schmutzig, das darf sich nicht sehen lassen.« Er wollte es aber durchaus haben, und Aschenputtel mußte gerufen werden. Da wusch es sich erst Hände und Angesicht rein, ging dann hin und neigte sich vor dem Königssohn, der ihm den goldenen Schuh reichte. Dann setzte es sich auf einen Schemel, zog den Fuß aus dem schweren Holzschuh und steckte ihn in den Pantoffel, der war wie angegossen. Und als es sich in die Höhe richtete und der König ihm ins Gesicht sah, so erkannte er das schöne Mädchen, das mit ihm getanzt hatte, und rief: »Das ist die rechte Braut!«

Die Stiefmutter und die beiden Schwestern erschraken und wurden bleich vor Ärger: er aber nahm Aschenputtel aufs Pferd und ritt mit ihm fort. Als sie an dem Haselbäumchen vorbeikamen, riefen die zwei weißen Täubchen:

»Rucke di guck, rucke di guck,
Kein Blut im Schuck:
Der Schuck ist nicht zu klein,
Die rechte Braut, die führt er heim.«

Und als sie das gerufen hatten, kamen sie beide herabgeflogen und setzten sich dem Aschenputtel auf die Schultern, eine rechts, die andere links, und blieben da sitzen. Als die Hochzeit mit dem Königssohn sollte gehalten werden, kamen die falschen Schwestern, wollten sich einschmeicheln und teil an seinem Glück nehmen.

Als die Brautleute nun zur Kirche gingen, war die Älteste zur rechten, die Jüngste zur linken Seite: da pickten die

Tauben einer jeden das eine Auge aus. Hernach, als sie herausgingen, war die Älteste zur linken und die Jüngste zur rechten: da pickten die Tauben einer jeden das andere Auge aus. Und waren sie also für ihre Bosheit und Falschheit mit Blindheit auf ihr Lebtag gestraft.

Lieber grosse als kleine Fische

Es kam einst ein guter Geselle in ein Wirtshaus an einen Tisch, an dem bereits viele Herren saßen. Und es kam unter anderm ein köstliches Essen mit Fisch auf den Tisch, und dem Gesellen wurden die kleinsten und unachtbarlichsten Fische zugekehrt. Da nahm er der kleinsten Fische einen und tat so, als ob er etwas mit ihm redete, hielt ihn an sein rechtes Ohr, als wollte er hören, was ihm der Fisch sagte. Die Herren sahen ihn an und lachten. Einer von ihnen ergriff das Wort: »Lieber Freund, was meint ihr mit dem Fisch, daß ihr ihn also an die Ohren haltet?« Der gute Gesell stellte sich, als ob er es nicht gern sagte, und sprach: »Meine Herren, ich habe etwas mit ihm zu bereden gehabt, das braucht euch nicht zu beunruhigen!«

Die Herren baten ihn, er sollt's doch sagen. Er sagte: »Liebe Herren, mein Vater ist vor etlichen Jahren nicht weit von hier ertrunken. So habe ich den Fisch gefragt, ob er ihn nicht gesehen hätte. Da antwortete er mir, er sei noch jung, ich solle seine Eltern fragen, die könnten mir Bescheid geben.«

Da lachten die Herren und legten zwei große Fische auf seinen Teller, merkten wohl, daß es seine Meinung sei, daß er gern von den großen Fischen gegessen hätte, und nachdem sie sich ausgelacht hatten, schenkten sie ihm das Mahl und ließen ihn davonziehen.

GOLDMARIKEN UND GOLDFEDER

Es war einmal ein Edelmann, der hatte eine wunderschöne Tochter, die hieß Goldmariken. Einst wollten ihre Eltern ausfahren, und da wollte Goldmariken gerne mit, aber die Eltern wollten es nicht haben. Da blieb Goldmariken allein zu Hause. Nachts aber, als sie wieder nach Hause wollten, verirrten sie sich in einem großen Walde und konnten sich gar nicht wieder zurechtfinden.

Endlich begegnete ihnen ein großer Pudel. »Ich will euch wohl auf den rechten Weg bringen«, sagte der Pudel, »wenn ihr mir das geben wollt, was aus eurem Hause euch zuerst begegnet.« Da dachten die Eltern gleich an ihr liebes Goldmariken und fürchteten, sie möchte ihnen zuerst entgegenkommen; aber da das Wetter immer schlimmer ward und sie den Weg ganz verloren hatten, so willigten sie endlich ein und versprachen dem Pudel, was er verlangt hatte; denn sie dachten: »Vielleicht kommt auch unser Hofhund zuerst an unsern Wagen.« Nun waren sie bald zu Hause; aber die erste, die ihnen entgegenkam, war richtig doch niemand anders als Goldmariken. Da sprach der Pudel: »Jetzt gehört sie mir und nicht mehr euch.« Und so sehr die Eltern nun auch baten, er möge sich alles andere nehmen und ihnen nur ihr liebes Goldmariken lassen, dem Pudel war es gerade recht, daß er Goldmariken haben sollte; darum half all ihr Bitten nichts. Nur drei Tage wollte er Frist geben, dann würde er wiederkommen und sie abholen.

Goldmariken benutzte nun die Zeit, um von allen Verwandten und Bekannten Abschied zu nehmen; da gab es unter diesen ein großes Jammern und Wehklagen, sie selbst aber blieb ganz ruhig und zufrieden. Am letzten Abend sagte Goldmariken zu ihrer Mutter: »Nun will ich unserer alten Nachbarin auch noch Adieu sagen.«

»Meine Tochter«, antwortete die Mutter, »was willst du doch bei der alten Frau tun?«

»Ja«, sagte Goldmariken, »ich will und muß da hin.« Und als sie zu der Alten kam, sagte diese: »Fürchte dich nicht, mein Kind, ich will dich heute abend, wenn du diese Nacht bei mir schlafen willst, das Wünschen lehren, daran sollst du dein ganzes Leben denken, und das wird dir viel nützen.« Goldmariken ward ganz froh und ging zu ihrer Mutter, um zu sagen, sie wolle diese Nacht bei der Nachbarin schlafen. Da sagte die Mutter: »Was willst du doch bei der Alten schlafen?« Aber Goldmariken hörte nicht darauf, sondern ging des Abends doch hin.

Sie gingen nun miteinander zu Bette, und als Goldmariken am andern Morgen aufstand, konnte sie alles zaubern, was sie wollte. Sie dankte der Alten von Herzen und hoffte, durch ihre Kunst ihre Eltern sehen zu können, sooft sie wollte.

Als sie nun nach Hause kam, war der Pudel auch schon da, sie abzuholen. Goldmariken nahm Abschied von ihren bekümmerten Eltern, sagte aber nichts davon, daß sie das Wünschen gelernt hatte. Wie sie aufs Feld kamen, sprach der Pudel: »Setze dich auf meinen Rücken, so will ich dich wohl zur Stelle bringen.« Goldmariken tat das, und es dauerte nicht lange, so machten sie halt vor einem Hause, darin wohnten zwei Mädchen; da gingen sie hinein, und der Pudel verwandelte sich gleich in ein altes Weib, das war die Mutter von den beiden Mädchen. »Nun«, sprach sie, »habe ich drei Mädchen, daran ich mich ergötzen kann. Du, Goldmariken, sollst es recht gut bei mir haben, wenn du immer gehorsam bist.« Goldmariken versprach das, und wenn die Alte sagte: »Goldmariken, tue dies oder das«, so konnte sie immer leicht damit fertig werden, denn sie wünschte sich nur immer alles zurecht.

Einst ging die Alte wieder als Pudel in den Wald, da fand sie einen jungen hübschen Mann, der hatte sich verirrt und hieß Goldfeder. Der Pudel sprach zu ihm: »Ich will dich hinausführen, wenn du mir versprichst, nachher zu mir zu kommen und bei mir zu bleiben.« Goldfeder antwortete, daß er nichts dazu sagen könnte, denn er sei eines Königs Sohn und müsse zuvor erst mit seinem Vater sprechen. Endlich aber, da er sich gar nicht zurechtfinden konnte, mußte er doch ja sagen und dem Pudel versprechen, ihm zu gehören; da brachte der Pudel Goldfeder aus dem Wald an den Hof seines Vaters. Aber nach drei Tagen kam er wieder, um Goldfeder abzuholen. Der Vater wollte es nicht zugeben, mußte aber doch dareinwilligen, denn der Pudel sprach: »Goldfeder hat es selber zugesagt, und er muß Wort halten.« Da mußte Goldfeder mit, und er kam dahin, wo Goldmariken war. Goldmariken sprach zu Goldfeder: »Nimm dich in acht vor der Alten, denn das ist keine Gute, und sie kann mehr als Brot essen. Morgen sollst du gewiß Gras mähen.«

»Ja«, sagte Goldfeder, »das kann ich nicht, ich weiß nicht, wie ich das machen soll.«

Am Abend sagte auch die Alte zu ihm: »Goldfeder, du könntest eine Sense zurechtmachen, denn morgen sollst du Gras mähen.« Da ging Goldfeder zu Goldmariken und sagte: »Ich soll eine Sense zurechtmachen und verstehe es nicht.«

»Oh«, sagte sie, »klopfe nur ein bißchen auf die Sense,

dann wird sie bald fertig werden.« Das tat Goldfeder, und die Sense ward gleich zurecht. Am andern Morgen sagte die Alte: »Goldfeder, gehe hin und mähe das Gras!« Er ging aber erst zu Goldmariken und fragte sie: »Wie fange ich das an? Ich verstehe nichts davon.« Goldmariken antwortete: »Streiche du nur die Sense, daß es klingt, gegen die Zeit, wenn dir die Alte Essen bringt.« Nun ging Goldfeder auf die Wiese und legte sich erst nieder und schlief; zu der Zeit aber, als ihm das Essen gebracht werden sollte, strich er die Sense, daß es klang; da fiel alles Gras mit einemmal um. Nun kam die Alte, und da sie sah, daß alles getan war, lobte sie ihn wegen seines Fleißes und versprach ihm, daß er es gut dafür haben sollte.

Am andern Tage sprach die Alte wieder zu Goldfeder. »Heute, mein Sohn, geh hin und mache ein Beil scharf, dann sollst du Holz hauen!« Er aber wußte wieder nicht, wie er ein Beil scharf machen sollte, ging darum wieder zu Goldmariken, um sich Rat zu holen. Goldmariken sagte: »Nimm einen Stein und streich das Beil nur zwei-, dreimal darauf her und hin, dann wird es wohl scharf sein.« Goldfeder strich das Beil auf einem Stein zwei-, dreimal her und hin, und in einem Augenblicke hatte er es stumpf. Bald darauf sagte die Alte: »Nun geh in den Wald und hau mir Holz!« Er ging, aber er konnte gar nichts abkriegen. Endlich kam Goldmariken und brachte ihm Frühstück. »Ach«, sagte er, »du mußt mir doch wieder helfen, denn ich verstehe das Holzhauen nicht!«

»Ja«, sagte sie, »ich soll dir immer helfen, und du hilfst mir nie!«

»Oh, süßes Goldmariken«, antwortete Goldfeder, »glaube mir, ich will dich auch immer liebhaben und nie verlassen, solange nur noch ein Tropfen warmes Blut in mir ist. Hilf mir nur auch diesmal aus der Not!«

»Nun denn«, sagte sie, »so kehre nur das Beil um und schlage an den Baum!« Er tat es, und da lag in einem Augenblick das Holz umgehauen.

Mittags, als die Mutter kam, wunderte sie sich, daß er so fleißig gewesen sei, lobte ihn und versprach ihm, daß er es auch ferner gut haben sollte. Als Goldfeder nun abends nach Hause kam, legte er sich auf sein Bette und dachte viel an seine Eltern, aber mehr noch an Goldmariken.

Am andern Morgen sprach die Alte: »Du kannst wohl ein Paar Harken zurechtmachen, denn heute sollt ihr das Heu kehren und eintragen.«

»Mutter«, sagten die Töchter, »wie sollen wir das Heu eintragen? Das geht doch wohl nicht an.«

»Ja«, sagte sie, »das soll geschehen, und ihr müßt es tun!« Da ging Goldfeder hin, und nachdem Goldmariken ihm geholfen, waren die Harken fertig. Als nun die beiden Töchter mit Goldfeder hinaus auf die Wiese gingen und auch Goldmariken kam, sagte Goldfeder leise zu ihr: »Wie sollen wir nun das Heu eintragen?«

»Nimm du nur«, sprach sie, »wie ich es mache, einen Stock auf den Nacken; dann wird das Heu schon einkommen.« Als nun die beiden Töchter mit einer Tracht Heu voraufgingen, so nahmen Goldmariken und Goldfeder ihre Stöcke auf den Nacken, und alles Heu kam hinter ihnen her, und bald hatten sie es da zusammen, wo es liegen sollte. Da kam die Alte und lobte Goldfeder und die anderen, daß sie alle so fleißig gewesen waren.

Nun sollte er am Tage darauf das Holz nach Hause tragen. Als er aber hinging, konnte er gar wenig fortbringen und war gleich müde; da klagte er es wieder Goldmariken. Die aber sprach: »Mache es nur so wie beim Heu«, und als Goldfeder das tat, war gleich alles Holz zu Hause. Nun sprach die Alte: »Mache jetzt auch ein Paar Spaten zurecht, denn morgen sollst du Lehm graben, und mache auch Formen zu Mauersteinen, denn du sollst mir Lehmsteine streichen.« Goldmariken mußte ihm wieder helfen, da waren Spaten und Formen bald fertig, und als er nun Lehm graben sollte und nichts herausbringen konnte, kam Goldmariken und sagte ihm, er solle nur tüchtig mit dem Spaten stoßen, dann würde Lehm genug herausfliegen.

Als Goldfeder nun mit der Arbeit fertig war, da kam die älteste Tochter und lobte ihn gar sehr; aber Goldmariken sprach: »Ihr lobt mir ihn allzuviel, ich habe doch auch mitgearbeitet.« Aber die Tochter meinte, Goldfeder verdiente noch viel mehr Lob. »Das bedeutet nichts Gutes für mich«, sagte Goldmariken zu Goldfeder, als die Tochter nachher weggegangen war, »daß sie dich so sehr lobte«, aber Goldfeder antwortete: »Ich will dir ganz gewiß treu bleiben, liebes Goldmariken, solange ich lebe.« Als jetzt die Alte kam, sagte sie, er solle Lehmsteine streichen. Goldfeder tat das, und als sie trocken waren, sollte er sie nach Hause schaffen, aber sie waren ihm viel zu schwer.

Da ging er wieder zu Goldmariken, sich Rat zu holen. »Du bist doch recht ein Dummerjan«, sagte sie, »ich hab es dir ja so oft gesagt, du solltest nur einen Stock auf den Nacken nehmen, dann würde alles wohl nachkommen.« Goldfeder nahm einen Stock auf den Nacken, und alle Steine folgten ihm. Nun sprach die Alte: »Verstehst du auch einen Ofen zu bauen?«

»Nein«, sagte er, »aber ich will mir Mühe geben.« Goldfeder machte sich ans Werk, konnte aber weder Lehm zurechtmachen noch die Steine legen; er ging also wieder zu Goldmariken, daß sie ihm aus der Not hülfe. »Oh, du verstehst auch nichts«, antwortete sie, »nimm einen Stock und schlage in den Lehm, dann wird er wohl was taugen, und beim Mauern kannst du ja nur ein bißchen auf einen Stein pinken, dann wird der Ofen wohl fertig!«

Während der Arbeit kam nun die Alte, um nachzusehen, und als er fragte, ob sie zufrieden sei, bejahte sie es. Aber als er fertig war, kam Goldmariken zu ihm und sprach: »Wir müssen uns nun bald reisefertig machen, denn ich habe die Alte sagen hören, daß wir ihr zu klug würden, und wenn der Ofen fertig sei, sollten wir darin gebraten werden. Darum sage ich dir, Goldfeder, wenn dir dein Leben lieb ist, so verlasse mich nicht, denn du allein vermagst nichts gegen sie. Morgen will sie dich ruhen lassen, um dich übermorgen zu braten, darum sei auf deiner Hut.«

Goldfeder wurde ganz bange; es kam aber so, wie Goldmariken gesagt hatte. »Morgen«, sagte die Alte zu ihm, »kannst du ausruhen.« Aber ganz frühe, da es eben Tag wurde, stand Goldmariken auf und weckte Goldfeder. Sie machten sich schnell reisefertig, und als sie davongehen wollten, spuckte Goldmariken ihre Kammertür zweimal an auf beiden Seiten und sprach: »Wenn die Alte mich zum ersten Male ruft, dann antwortest du: ›Ich komme‹, und ruft sie zum zweiten Mal, so antwortest du: ›Ich komme gleich.‹«

Morgens schrie die Alte nach Goldmariken; da antwortete die Tür aus der Kammer: »Ich komme!« Als sie aber zum zweiten Male rief, antwortete die Tür aus der Küche: »Ich komme gleich!« Aber niemand kam. Da stand die Alte endlich auf, sah in der Kammer und in der Küche nach; da waren Goldmariken und Goldfeder fort. Nun weckte sie schnell ihre beiden Töchter und sprach: »Steht auf, Goldfeder und Goldmariken sind fort, und ihr müßt ihnen nach. Geh du zuerst«, sprach sie zu der jüngsten,

»am Abhange vor dem blauen Berge steht ein Rosenbusch mit einer verdorrten Rose, die mußt du auf jeden Fall abpflücken und mir bringen.« Die Tochter ging und eilte den Flüchtlingen nach. Die waren schon eine gute Strecke gegangen, endlich aber sprach Goldmariken zu Goldfeder: »Tritt mir auf den linken Fuß und sieh mir über die rechte Schulter, ob jemand kommt.« Da sprach Goldfeder: »Die jüngste Tochter der Alten kommt uns nachgelaufen!«

»So will ich mich zu einem Rosenbusch und dich zu einer verdorrten Rose machen«, sagte Goldmariken, »aber laß dich ja nicht abbrechen und stich tüchtig; denn bricht sie dich ab, so sind wir beide verloren!« Als nun das Mädchen an den Busch kam, wollte sie die Rose abpflücken, aber die stach so sehr, daß sie davon abstehen mußte. Da ging sie wieder nach Hause, aber von ihrer Mutter bekam sie viel Ausschelte, daß sie so dumm gewesen wäre. Dann sprach die Mutter zu der ältesten Tochter: »Nun geh du aus, und wenn du über den blauen Berg kommst, so steht da eine weiße Kirche, darin steht ein Prediger auf der Kanzel, den fasse bei der Hand an und bring ihn mit!«

Goldmariken und Goldfeder waren unterdes weitergegangen. Bald aber sprach Mariken wieder: »Tritt mir auf den linken Fuß und sieh mir über die rechte Schulter, ob uns auch jemand nachkommt!«

»Ja«, sagte Goldfeder, »die älteste Tochter kommt!«

»So will ich«, sprach Goldmariken, »mich in eine Kirche und dich in einen Prediger verwandeln, aber laß dich ja nicht anfassen, denn sonst sind wir verloren!« Nun kam die älteste Tochter und ging in die Kirche, aber zu der Kanzel konnte sie nicht kommen und mußte so wieder nach Hause. Nun aber ward die Alte schrecklich böse und lief gleich selbst fort. Da sprach Goldmariken wieder zu

Goldfeder: »Tritt mir auf den linken Fuß und sieh mir über meine rechte Schulter, ob uns auch jemand nachkommt!«

»Ja«, sagte Goldfeder, »nun kommt die Alte selbst!«

»So will ich mich zu einem Teiche und dich zu einer Ente machen; aber ich sage dir, Goldfeder, laß dich nicht an das Ufer locken, daß sie dich fassen kann, ihre goldenen Ringe aber, die sie hinwerfen wird, dich zu fangen, die nimm, wenn du sie ohne Gefahr kriegen kannst!« Nun kam die Alte zum Teiche und lockte die Ente, die immer darauf herumschwamm. Sie warf ihre goldnen Ringe einen nach dem andern hinein, aber die Ente ließ sich nicht dadurch verführen, bis die alte Hexe zuletzt keinen Ring mehr hatte; da wurde sie so böse, daß sie den Teich austrinken wollte, und da legte sie sich nieder und trank so lange, bis sie zerplatzte. Nun nahmen Goldmariken und Goldfeder ihre wahre Gestalt wieder an und schwuren einander ewige Treue und daß sie sich nie verlassen wollten; von der Alten aber hatten sie nun nichts mehr zu fürchten.

Nach langer Wanderung kamen sie endlich in die Stadt, wo Goldfeders Vater wohnte und König war. Als sie nun vor das Schloß kamen und Goldfeder hineinwollte, sagte Goldmariken zu ihm: »Höre, Goldfeder, ich bitte dich nur um eins, damit du mich nicht, wenn du in deines Vaters Haus kommst, vergißt und mich nicht hier draußen auf dem breiten Stein stehen läßt: hüte dich davor, daß dir jemand einen Kuß gibt; dann hat's keine Not, daß du mich so bald vergißt.«

Goldfeder versprach das und gedachte der Warnung, als er ins Haus kam, und wie Vater und Mutter ihm entgegeneilten und ihn begrüßen wollten, küßte er sie nicht. Als er aber in die Stube trat, war da seine alte Braut, die hieß Menne; sobald sie ihn sah, sprang sie voll Freuden auf ihn zu und hatte ihn geküßt, ehe er sich's versah. Da war ihm in einem Augenblicke sein liebes Goldmariken aus dem Sinne.

Das stand lange draußen auf dem breiten Stein und wartete, daß er sie holen sollte; als aber niemand kam, da weinte sie erst lange Zeit; und als sie sich ausgeweint hatte, ging sie fort, mietete ein kleines hübsches Haus, dem Schlosse gegenüber, und gab sich für eine Näherin aus. Da wohnte sie von nun an ganz allein, nur ein paar Tauben waren stets zur Gesellschaft bei ihr in der Stube, und auf dem Grasplatz hinterm Hause hielt sie sich ein kleines Kalb, das fütterte sie tagtäglich und hatte ihre Freude daran, es großzuziehen. Weil sie aber so geschickt im Nähen war, so bekam sie bald Arbeit vollauf; kein Mädchen in der ganzen Stadt, sagte man, wüßte es feiner und zierlicher zu machen als Goldmariken.

Nun hatten die jungen Herren vom Schlosse und in der Stadt es aber auch bald herausgebracht, was Goldmariken für ein hübsches Mädchen sei, und sie wären gern mit ihr genauer bekannt geworden. Aber Goldmariken ließ sich nicht stören und sah gar nicht auf von der Arbeit, wenn sie immer vor ihrem Fenster auf und nieder gingen. Da waren nun drei Brüder unter den Hofleuten auf dem Schlosse, die waren vor allen andern in Goldmariken verliebt.

Sie baten endlich ihre Mutter um etwas feine Leinwand, Goldmariken mache so niedliche Arbeiten, sie wollten sich von ihr Kragen nähen lassen. Der älteste ging zuerst hin, sagte Goldmariken guten Tag und setzte sich nieder und sprach mit ihr. »Morgen abend könnt Ihr Eure Kragen holen«, sagte Goldmariken. Als er nun am andern Abend wiederkam, um die Kragen zu holen, da bat sie ihn, noch ein wenig zu bleiben; und so blieb er auch bis zur Bettzeit.

Da wollte er wieder fort; Goldmariken aber sagte: »Ihr könnt auch gerne diese Nacht bei mir bleiben.« Damit war der junge Mann ganz zufrieden. Als Goldmariken aber zu Bette wollte, hieß sie ihn hingehen und die Haustür zuschließen, und als er das Schloß anfaßte, rief sie:

»Mann an Schloß und Schloß an Mann,
Daß ich geruhig schlafen kann.«

Da saß er an der Tür fest und mußte die ganze Nacht da stehen bleiben. Morgens aber, als Goldmariken aufgestanden war, fiel es ihr ein, daß er noch da stehe, und sie sagte:

»Mann vom Schloß und Schloß vom Mann,
Daß er hereinkomme und sich für ruhigen
Schlaf bedank'.«

Da kam er herein, dankte für den ruhigen Schlaf, nahm seine Kragen, mit denen er sehr zufrieden war, und ging. Zu Hause aber sagte er nichts. Danach sprach der zweite Bruder: »Heut abend muß ich hin.«

Abends ging der nun zu Goldmariken und sagte: »Ich möchte gerne Kragen genäht haben, wie mein Bruder sie bekommen hat.«

»Das kann geschehen«, sagte Goldmariken, »sitzt nur ein wenig nieder und verweilt Euch.« Der Abend ging nun so hin, Goldmariken nähte, und sie sprachen miteinander; aber um die Bettzeit wollte er fortgehen. Da sagte sie auch zu ihm, daß er diese Nacht gerne bei ihr bleiben könnte. Als sie aber zu Bette wollte, sprach sie: »Ich habe ganz vergessen, die Gartentür zuzumachen; wollt Ihr nicht so gut sein und es für mich tun?«

»Recht gern«, sagte der junge Mann und lief schnell hin. Als er aber den Ring an der Tür angefaßt hatte, rief sie:

»Mann an Ring und Ring an Mann,
Daß ich geruhig schlafen kann.«

Da konnte er nicht loskommen und mußte die ganze Nacht da stehen bleiben, bis morgens Goldmariken aufstand und sagte:

»Mann vom Ring und Ring vom Mann,
Daß er hereinkomme und sich für ruhigen
Schlaf bedank'.«

Dann ließ der Ring los, und er kam herein und bedankte sich für ruhigen Schlaf.

Als er nun mit seinen Kragen nach Hause kam, fragte ihn sein ältester Bruder gleich: »Wo hast du diese Nacht gestanden?«

»Was«, antwortete er, »ich habe geschlafen.«

»Das ist nicht wahr«, sagte der Älteste, »sage mir, wo du gestanden hast, so sage ich dir, wo ich gestanden habe.« Da sagte er: »Ich habe an der Gartentür gestanden.«

»Und ich bei der Haustür«, sagte der andere; nun aber machten sie es untereinander ab, ihrem jüngsten Bruder nichts davon zu sagen, damit er auch angeführt würde.

Der jüngste Bruder ging nun an diesem Abend hin. »Guten Abend, Goldmariken«, sprach er, »willst du mir nicht ein paar Kragen nähen, wie meine Brüder sie bekommen haben, aber womöglich noch hübscher?«

»Herzlich gern«, antwortete Goldmariken, »setze dich nur ein wenig nieder und warte.« Als nun der Abend zu Ende war, bat sie ihn auch, diese Nacht bei ihr zu bleiben. Das wollte er gar gerne tun. Aber als Goldmariken zu Bette wollte, so sprach sie wieder: »Ach, mein Kalb ist noch nicht gefüttert, es geht auf dem Hofe, tu mir den Gefallen!«

»Mit Freuden«, sagte er und lief hinaus. Als er aber das Tau anfaßte, sprach sie:

»Mann an Tau und Tau an Mann,
Daß ich geruhig schlafen kann.«

Da lief das Kalb mit ihm über Stock und Block, durch dick und dünn, die ganze Nacht hindurch. Am andern Morgen erinnerte Goldmariken sich, daß der junge Mann noch mit dem Kalb herumliefe, und sagte:

»Mann vom Tau und Tau vom Mann,
Daß er hereinkomme und sich für ruhigen
Schlaf bedank'.«

Nun kam er herein, dankte für ruhigen Schlaf und freute sich sehr über seine Kragen, die noch viel schöner waren als die seiner Brüder. Als er nach Hause kam und seine Brüder ihn fragten, gestand er nicht, daß er die ganze Nacht mit dem Kalbe herumgelaufen wäre.

Während dieser Zeit war es soweit gekommen, daß Goldfeder mit Menne Hochzeit geben sollte. Als nun der Wagen mit dem Brautpaar vom Schloß herunterkam und bei Goldmarikens Fenster vorbeifahren wollte, da wünschte sie, daß er sogleich vor ihrer Tür in einen tiefen Morast versinken sollte. Der Wagen blieb stecken, und Pferde und Menschen konnten ihn nicht von der Stelle bringen. Da ward der alte König sehr verdrießlich und befahl, es sollten mehr Pferde vorgespannt werden und mehr Menschen anfassen; aber es half alles nichts.

Unter den Hofleuten, die den Bräutigam zur Kirche begleiten sollten, waren nun auch die drei Brüder. Da sprach der älteste von ihnen zu dem König: »Herr König, hier in dem kleinen Hause wohnt ein Mädchen, die kann wünschen, was sie will; gewiß hat sie den Wagen hier festgewünscht!«

»Woher weißt du das denn, daß sie das kann?« sagte der alte König. Er antwortete: »Sie hat mich einmal an die Tür gewünscht, und da habe ich eine ganze Nacht daran stehen müssen!«

»Ja«, sprach der zweite Bruder, »aber wenn sie einen festgewünscht hat, so wünscht sie ihn auch wieder los.«

»Und woher weißt du das?« fragte der König. »Ich habe einmal eine ganze Nacht an ihrer Gartentür stehen müssen, aber am Morgen hat sie mich wieder frei gemacht.« Da wollte der alte König schon zu Goldmariken hineinschicken, aber der jüngste Bruder sprach: »Herr König, das Mädchen hat auch ein Kalb, das hat Kräfte für zehn Pferde; laßt den Bräutigam nur hineingehen und sie bitten, es uns zu leihen; so wird der Wagen schon loskommen.«

»Ja«, sagte der Bräutigam, »das will ich schon tun«, stieg aus dem Wagen und ging zu Goldmariken und bat sie ganz freundlich, ihm ihr Kalb zu leihen; denn er hätte gehört, es hätte so viele Kräfte. Da antwortete sie: »Das Kalb könnt Ihr gerne nehmen, aber Ihr müßt mir versprechen, daß ich noch mit zur Hochzeit geladen werde und meine beiden Tauben auch.« Der Bräutigam versprach ihr das, und als nun das Kalb vorgespannt wurde, zog es den Wagen ganz leicht heraus.

Als die beiden jungen Leute nun nach der Trauung nach Hause kamen und viele Gäste sich versammelt hatten, da kam auch Goldmariken mit ihren beiden Tauben. Sie wurde freundlich empfangen und in den Saal geführt; ihre Tauben aber blieben immer bei ihr und saßen ihr auf beiden Schultern. Nun ging es zu Tische, und köstliche Gerichte wurden aufgetragen; man setzte auch Goldmariken davon vor, aber sie aß keinen Bissen und saß ganz stumm und traurig. Da wunderten sich die Leute darüber, daß das schöne Mädchen so betrübt sei und nichts von den Speisen anrührte; als man sie darum fragte, da antworteten die Tauben:

»Täubchen, Täubchen mag nicht essen,
Goldfeder hat Goldmariken auf dem Stein
vergessen.«

Das hörte der Bräutigam, und er befahl den Dienern, ihr noch einmal, und zwar noch köstlichere Speisen vorzusetzen; aber Goldmariken rührte nichts an, und die Tauben sagten:

»Täubchen, Täubchen mag nicht essen,
Goldfeder hat Goldmariken auf dem Stein
vergessen.«

Da wurde der Bräutigam ganz nachdenklich, sah Goldmariken einmal recht genau an und erkannte sie. Dann sprach er zu seiner Braut: »Liebe Braut, du kannst doch eine Frage beantworten. Ich habe einen Schrank, dazu habe ich zwei

Schlüssel, einen alten, den ich einmal verloren, nun aber wiedergefunden habe, und einen neuen, den ich für den alten, als er verloren war, anschaffte. Sage mir nun, welchen ich zuerst nehmen und gebrauchen soll, den alten oder den neuen?« Da antwortete sie: »Den alten mußt du erst brauchen!«

»Nun«, sagte er, »so hast du dein eigen Urteil gesprochen, denn dies ist mein liebes Goldmariken, mit der ich Freud und Leid bei der alten Hexe im Walde geteilt habe, die mir allzeit half und mich gerettet hat und der ich ewige Treue geschworen.« Da mußte Menne von Goldfeder abstehen, und alle Leute, ihre und seine Eltern sagten, daß keine es auch mehr verdient hätte, seine Frau zu werden, als Goldmariken. So gaben sie denn Hochzeit und lebten viele, viele Jahre glücklich.

Das kleine Rotkäppchen

In einer schönen und fruchtbaren Gegend lag einmal vor Zeiten ein großes Dorf.

Die Häuser desselben waren zwar klein, aber doch freundlich von außen und reinlich von innen und von einem wohlgepflegten Gärtchen umgeben. Mitten in dem Dorfe stand die Kirche auf einem großen Platze, der mit Bäumen bepflanzt war, die an Alter der Kirche selbst gewiß nicht nachstanden und die im Sommer den schönsten Schatten gaben.

Auf diesem Platze kam die liebe Dorfjugend zum Spielen zusammen, wenn die Schulstunden vorbei waren und es auf dem Felde eben nichts Besonderes zu tun gab, und dann wurde gelacht und gejubelt, daß man es, wer weiß wie weit, hören konnte. Kinder gab es genug in dem Dorfe, und auch recht artige Kinder, die gern in die Kirche und die Schule gingen, um etwas Nützliches zu lernen. Auch recht hübsche Kinder gab es daselbst, mit hellen Augen und roten Backen; aber ein kleines Mädchen überstrahlte doch in jeder Hinsicht alle andern Kinder.

Dieses Mädchen war so schön und wunderlieblich, wie man nur ein Kind sehen konnte, und dabei so artig, so freundlich und gefällig, wie eigentlich alle Kinder sein sollten. Seine Mutter liebte es auch über alle Beschreibung, und seine Großmutter war ganz vernarrt in das liebe Kind.

Diese gute Frau, die in einem benachbarten Dorfe

wohnte, ließ ihrer kleinen Enkelin ein Käppchen machen, von rotem Samt, mit schwarzen Spitzen besetzt.

Das Käppchen war dem Kinde sehr lieb, weil es ein Geschenk von der guten Großmutter war, aber auch, weil es ihm so allerliebst stand. Etwas Niedlicheres gab es aber auch nicht als das Kind mit seinem roten Käppchen, mit den schönen blonden Locken, die darunter hervorkamen, und mit den hellen, freundlichen Augen, die jeden anlächelten. Sein Käppchen setzte es gar nicht mehr ab, und daher nannte man es bald im ganzen Dorfe nicht anders als Rotkäppchen. Ging Rotkäppchen durch die Straßen des Dorfes, so blieben alle Leute, große und kleine, stehen und sahen ihm nach.

Die Mütter aber zeigten es ihren eignen Kindern und sagten: »Da geht Rotkäppchen! Ach, wenn ihr doch auch so hübsch, aber auch so brav und so freundlich würdet!«

Eines Tages hatte Rotkäppchens Mutter schöne Kuchen gebacken und legte einen davon beiseite auf einen Tisch und setzte auch ein Töpfchen Butter dazu.

Was sie damit machen wollte, werden wir sogleich hören, denn sie sagte zu ihrer Tochter: »Rotkäppchen, du könntest wohl einmal gehen und sehen, was deine Großmutter macht. Ich habe gehört, daß sie unwohl ist. Nimm ihr dann auch gleich einen von den schönen Kuchen und einen Topf Butter mit.«

Das war Rotkäppchen sehr angenehm zu hören, denn es ging gern zu seiner Großmutter, die es so liebhatte, und ging auch gern durch den Wald, durch welchen der Weg führte und wo so süße Beeren und so schöne Blumen wuchsen. Es schlug also ein weißes Tuch um den Kuchen und um den Buttertopf und machte sich sogleich auf den Weg.

Kaum hatte Rotkäppchen das Haus verlassen, so hatte es auch schon von weitem einen Begleiter, aber einen recht häßlichen. Das war der Wolf, der Gevatter des schlauen Fuchses, welcher zwar nicht, wie dieser, den Bauern die Hühner und Gänse stiehlt, dafür aber ihre Schafe und Ziegen holt.

Dieser Wolf schlich also, wie gesagt, unserem Rotkäppchen von weitem nach und hätte gar zu gerne das niedliche Kind erwürgt und aufgefressen. Auf dem freien Felde wagte er das aber nicht, aus Furcht, gesehen zu werden.

»Im Walde wird es bessergehen«, dachte er und ließ seine Beute nicht aus den Augen.

Als daher Rotkäppchen in dem Walde angelangt war, war auch Gevatter Wolf gleich bei der Hand. Aber auch jetzt durfte er es noch nicht wagen, sein böses Vorhaben auszuführen, weil in der Nähe Holzhauer sich hören ließen, die damit beschäftigt waren, einige große Bäume umzuhauen.

Diese würden ihm wahrscheinlich schön mit ihrer Axt auf den Pelz gekommen sein, wenn er sich unterstanden hätte, ihrem lieben Rotkäppchen etwas zuleide zu tun.

Der Wolf stellte sich nun ganz fromm, machte ein so gutmütiges Gesicht, wie es ihm nur möglich war, und fragte Rotkäppchen, wohin es ginge. Das gute Kind, welches noch nicht wußte, wie gefährlich es ist, sich mit einem Wolf in eine Unterhaltung einzulassen, und welches alle Geschöpfe für eben so schuldlos hielt, als es selbst war, antwortete ohne alle Scheu: »Ich will meine Großmutter besuchen und ihr einen Kuchen und ein Töpfchen Butter bringen, welches meine Mutter ihr schickt.«

»Wohnt deine Großmutter weit von hier?« fragte der schlaue Wolf. »O ja«, antwortete Rotkäppchen; »wenn man durch den Wald ist, dann kommt man erst an eine Mühle, und jenseits der Mühle liegt ein Dorf, und in dem ersten Häuschen desselben wohnt meine Großmutter. Kennst du die gute alte Frau?«

»Nein«, antwortete der Wolf, »aber ich möchte sie gern kennenlernen. Ich werde sie einmal besuchen.«

»Ach ja, das tue doch«, antwortete Rotkäppchen ganz vergnügt. »Das wird meiner Großmutter gewiß recht lieb sein. Die gute Frau muß ja immer so ganz allein in ihrem Zimmerchen sitzen.«

»So? Ganz allein wohnt deine Großmutter?« fragte der Wolf weiter.

»Ei freilich«, antwortete Rotkäppchen; »wer sollte denn bei ihr sein?«

Das war nicht ganz recht von Rotkäppchen, daß es so zutraulich gegen den Wolf war, den es doch zum erstenmal in seinem Leben sah. Jemandem, den man nicht ganz genau kennt, muß man nicht alles erzählen, was man vorhat, oder überhaupt ihm nicht Dinge anvertrauen, die ihn nichts angehen.

Der Wolf merkte sich recht gut, was er eben gehört hatte, und sogleich war sein Entschluß gefaßt, die alte Großmutter auch zu seiner Beute zu machen.

»Ich habe jetzt gerade Zeit«, fuhr er fort, »und will deiner Großmutter gleich meinen Besuch machen. Bleib du nur hier auf dem Weg, ich will da den Seitenweg gehen, und dann wollen wir einmal sehen, wer zuerst da ist.«

Jetzt fing der Wolf zu laufen an, so schnell er nur konnte, und zwar auf dem kürzesten Wege. Rotkäppchen aber nahm sich Zeit. Bald kam es an einen Strauch, auf welchem schöne Haselnüsse wuchsen, und davon wurden einige abgepflückt, aufgeknackt und gegessen. Bald sah es schöne rote Heidelbeeren aus dem Grase hervorgucken, und diese sammelte es, um der Großmutter eine Freude damit zu machen. Zuletzt kam es gar an eine Stelle, wo rundum die niedlichsten Blümchen wuchsen. Da setzte sich denn Rotkäppchen ganz ruhig nieder, legte sein Bündelchen neben sich und begann ein Sträußchen zu binden und ein hübsches Kränzchen zu winden. Darüber ging dann eine geraume Zeit hin, und Rotkäppchen merkte kaum, daß der Abend herannahte.

Unterdessen war der Wolf tüchtig drauflos gelaufen und hatte bald das Häuschen erreicht, in welchem die Großmutter wohnte. Er schlich einigemal um dasselbe herum, um zu untersuchen, ob die alte Frau auch wirklich allein und keine Gefahr für ihn da wäre. So geht es dem Bösewicht immer. Denn wer kein gutes Gewissen, der muß die Gesellschaft redlicher Leute scheuen, und jedes rauschende Blatt jagt ihm Furcht ein. Die Tür des Häuschens war zu, und obgleich der Wolf sich lauschend immer näher und näher schlich, so konnte er doch nicht das geringste Geräusch in demselben vernehmen. Da faßte er sich ein Herz und klopfte mit dem Klöpfer leise an die Tür.

Die alte Großmutter war wohl zu Hause, aber sie war wirklich krank geworden. Sie hatte sich deshalb zu Bett gelegt und Medizin eingenommen, welche sie sich schon früher aus der Stadt hatte mitbringen lassen, da sie dergleichen Zufälle öfter hatte.

Um nun nicht aufstehen zu müssen, wenn jemand in das Haus wollte, hatte sie eine Schnur an den Riegel der Haustür befestigt, mit welcher man diesen von außen aufziehen konnte.

Wie wir gehört haben, hatte der Wolf endlich mit dem Klöpfer an die Haustür gepocht: tup! tup!

»Wer ist da?« fragte sogleich die Großmutter.

»Ich bin es, das kleine Rotkäppchen!« antwortete der Wolf mit verstellter und so feiner Stimme, wie er nur hervorbringen konnte. »Ich bringe dir einen Gruß von meiner Mutter und auch einen Kuchen und ein Töpfchen Butter. Mache geschwind die Tür auf!«

»Ziehe nur von außen an der Schnur, mein Herzchen, so wird der Riegel aufgehen«, antwortete die Großmutter, welche durchaus an keinen Betrug dachte.

Der Wolf zog an der Schnur, und die Tür ging auf. Geschwind fiel er über die gute alte Frau her und verschlang sie in wenigen Augenblicken, denn er war sehr hungrig, da er bereits seit drei Tagen nichts gegessen hatte. Hierauf ging er an den Kleiderschrank der Großmutter, band sich ein Halstuch um, setzte sich eine Mütze auf und legte sich endlich in das Bett, um auf Rotkäppchen zu warten, welches, wie er dachte, doch viel besser schmecken müßte als die alte Großmutter.

Rotkäppchen blieb auch nicht lange aus, denn es war schon ziemlich dunkel geworden. An die ihm wohlbekannte Haustür klopfte es mit dem Klöpfer an: tup! tup!

»Wer ist da?« fragte von innen eine rauhe Stimme. Rotkäppchen erschrak anfangs vor diesem rauhen Tone, doch beruhigte es sich bald wieder, weil es glaubte, die Großmutter habe sich erkältet und sei deshalb so heiser.

»Ich bin es«, antwortete es daher, »dein liebes Rotkäppchen. Ich wollte dich gern einmal besuchen, um zu sehen, wie es dir geht, und meine Mutter schickt dir einen Kuchen und ein Töpfchen Butter. Mache mir doch geschwind die Tür auf, denn ich bin sehr müde.« Der Wolf gab sich nun wieder die größte Mühe, seine Stimme soviel als möglich zu verstellen, und sagte: »Ziehe nur an der Schnur, mein Herzchen, so wird der Riegel aufgehen.«

Rotkäppchen zog an der Schnur, die Tür öffnete sich, und es trat in die Stube. Der Wolf sah mit arger Schadenfreude das liebe Kind hereinkommen und versteckte sich dann geschwind bis dicht an die Ohren unter das Deckbett.

Es war in der Stube schon ziemlich dunkel geworden, und dies erleichterte dem bösen Wolf seinen Betrug, indem man ihn nicht erkennen konnte, und weil er aus dem Deckbett hervorsprach, hatte auch seine rauhe Stimme nichts Verdächtiges.

»Wie geht es dir, liebe Großmutter?« fragte Rotkäppchen zärtlich. »Gar nicht gut, mein Kind«, stöhnte der Wolf. »Aber warum kommst du so spät?«

»Es war so hübsch in dem Walde«, antwortete Rotkäppchen, »und ich fand da so schöne Haselnüsse und so schöne Heidelbeeren und Blumen. Sieh nur, was ich dir alles mitgebracht habe. Beeren und ein Sträußchen und ein allerliebstes Kränzchen! Und was die Mutter dir schickt, wird dir gewiß auch schmecken: schöne Kuchen und frische Butter. Jetzt bin ich aber recht müde und kalt, denn seit einiger Zeit weht draußen ein rauher Wind.«

»So lege die schönen Sachen nur auf den Tisch oder auf

einen Stuhl«, sagte der Wolf, »und komm zu mir ins Bett; da wirst du schon warm werden und kannst dich hübsch ausruhen.«

Rotkäppchen zog sich hierauf sein Kleidchen aus und wollte sich zu der Großmutter ins Bett legen. Wie erstaunte es aber, als es nun näher trat und die Veränderung bemerkte, die mit derselben vorgegangen war.

»Großmutter, was hast du für große Arme?«

»Um dich besser umarmen zu können, mein Töchterchen.«

»Großmutter, was hast du für lange Beine?«

»Um besser laufen zu können.«

»Großmutter, was hast du für große Ohren?«

»Um besser damit hören zu können, mein Kind.«

»Großmutter, was hast du für große Augen?«

»Um dich besser sehen zu können, mein Herzchen.«

»Großmutter, was hast du für große Zähne?«

»Die brauche ich, um dich zu fressen.«

Und mit diesen Worten warf sich der schändliche Wolf auf unser liebes Rotkäppchen und verschlang es ebenso rasch, als er vorher die Großmutter verschlungen hatte.

Das Pfefferkuchenhaus

Ein Holzmacher hatte zwei Kinder, einen Sohn und eine Tochter, die beide noch sehr jung waren. Als er einst in den Wald ging, baten ihn die Kinder, sie mitzunehmen. Er tat das um so lieber, weil er bei dieser Gelegenheit sie loszuwerden hoffte; denn er hatte wenig zu beißen und zu brechen und konnte sie nur sehr mühsam ernähren.

Im Walde angekommen, steckte er sie in einen Sack und hing diesen an einem Baume auf, an einen andern Baum, der nicht allzu weit entfernt war, hängte er ein Stück Holz. Zu den Kindern aber sagte er: »Ihr werdet mich wohl hacken hören. Verhaltet euch ruhig; wenn ich mit der Arbeit fertig bin, will ich's euch sagen.« Mit diesen Worten entfernte er sich und überließ die Kinderchen ihrem Schicksale.

Die Kleinen, die von dem ungewohnten Wege sehr ermüdet waren, schliefen in dem Sacke bald ein. Als sie aber erwachten und das Holzstück, welches vom Winde hin und her bewegt ward, an den Baum anschlagen hörten, so meinten sie, der Vater sei noch mit dem Holzmachen beschäftigt. Als es ihnen aber endlich zu lange dauerte – denn es begann schon zu dämmern –, sah der Knabe oben zum Sacke hinaus, konnte jedoch ringsum niemanden erblicken. Die armen Kinder stiegen deshalb aus dem Sacke heraus und gingen auf den Ort zu, woher der Schall kam. Da sie an jenem Platze nichts anderes fanden als das Stück Holz, den Vater aber nirgends sahen, wußten sie nicht, was sie beginnen sollten, und weinten bitterlich. Endlich aber sprach der Knabe: »Ich werde auf einen Baum steigen, vielleicht nehme ich in der Nähe ein Licht wahr.«

Er stieg auf einen Baum und bemerkte in nicht allzu großer Entfernung ein Licht. Sie gingen darauf los und kamen zu einem Pfefferkuchenhäuschen. Der Hunger plagte

sie. Darum krochen sie auf das Dach des Häuschens und aßen fleißig. Noch nicht lange hatten sie gegessen, da kam eine alte Hexe heraus und sprach:

»Wer kritzt, wer kratzt an meinem Haus?
Ich reiß' ihm Lung' und Leber raus.«

Erschrocken hörten die Kinder auf zu essen, das Mädchen aber schrie wie eine Katze: »Miau, miau!« Da entfernte sich die Alte mit den Worten: »Wänns duus best, mai Katzla, do friis wätter!« Und die Kinder aßen wieder weiter. Es dauerte aber nicht lange, so kam die Hexe wieder heraus und sprach abermals:

»Wer kritzt, wer kratzt an meinem Haus?
Ich reiß' ihm Lung' und Leber raus.«

Das nachgeahmte Katzengeschrei beschwichtigte sie nochmals. Bald aber trat sie zum dritten Male heraus, sah sich genau um und bemerkte die Kinder. »Kommt rein!« sprach sie zu ihnen, »ich werde euch zu essen geben.«

Die Kinder gingen willig mit ihr ins Haus. Dort sperrte sie dieselben in die Hühnersteige ein und gab ihnen Semmelmilch zu essen. Als einige Wochen verstrichen waren und die Kinder von dieser ihrer täglichen Nahrung recht fett geworden waren, machte sie im Backofen ein tüchtig Feuer an und sprach zu ihnen: »Kommt, Kinder, wir wollen sehen, wie das Kuchenschieben geht.«

Zuerst wollte sie den Knaben in den Ofen schieben, der aber war pfiffig und bat die Hexe, sie möcht' ihm doch einmal zeigen, wie man das mache. Sie setzte sich nun ohne Arg auf die Schoße, der Knabe aber war schnell bei der Hand, schob sie in den Ofen hinein und lehnte denselben hinter ihr zu. Nun entflohen die Kinderchen eiligst, nachdem der Knabe einen Spiegel, eine Bürste und einen Schwamm zu sich gesteckt hatte.

Noch nicht weit vom Häuschen entfernt, merkten sie, daß ihnen die Alte nachsetzte. Sofort warf der Knabe den Spiegel weg und sprach: »So wollt' ich doch, es wäre hinter uns so glatt wie ein Spiegel.«

Kaum hatte er die Worte gesprochen, so lag eine spiegelglatte Fläche hinter ihnen, und die Hexe fiel einmal übers andermal hin, kam aber doch immer näher und näher an sie heran. Nun warf der Knabe die Bürste hinter sich, indem er dabei die Worte sprach: »Ich wollt', es wäre hinter uns ein Wald, so dicht wie eine Bürste.«

In dem Walde, der sich sofort erhob, kamen sie der Hexe wieder ein gutes Stück zuvor; doch in kurzem war sie wieder hart hinter ihnen. Endlich warf er auch den Schwamm weg und wünschte, daß er ein Teich werde und seine Schwester ein Schwan in demselben.

Als gleich darauf die Hexe zu dem Teiche kam, hätte sie am liebsten den Schwan gefangen; dieser aber schwamm immer in der Mitte herum. Deshalb legte sich die Alte an den Rand des Teiches und schlürfte das Wasser in vollen Zügen, in der Meinung, sie könne so den Teich ausleeren und dann den Schwan ergreifen. Sie trank aber so lange, bis sie zerplatzte und ihr Leib wie Pech auseinanderfloß. Jetzt waren die Kinder frei und gingen ungehindert ihres Weges.

Die Geschichte von der Metzelsuppe

In einem Dorfe hatten die Bauern ihren Pfarrer so gern, daß sie ihm beinah alle, sooft sie ein Schwein schlachteten, etwas von der Metzelsuppe schickten. Da geschah es, daß der Pfarrer selbst einmal ein Schwein gemästet hatte; als es aber geschlachtet werden sollte, fiel ihm mit Schrecken ein, daß er allen Bauern, die ihm sonst etwas geschickt, nun ebenfalls ein Stück Fleisch und ein paar Würste schicken müsse. »Dazu wird das eine Schwein kaum hinreichen, und für mich behalte ich gar nichts«, dachte er und begab sich zu seinem Mesner und fragte den um Rat, wie er es doch machen solle, daß er den Bauern keine Metzelsuppe zu geben brauche. Da riet ihm der Mesner: Wenn er das Schwein geschlachtet habe, so solle er es nur vor dem Hause hängen lassen, bis es Nacht sei, es dann still beiseite schaffen und am andern Tage den Bauern sagen, das Schwein sei ihm gestohlen worden, so werde niemand eine Metzelsuppe von ihm erwarten. Dieser Rat gefiel dem Pfarrer so gut, daß er ihn sogleich in Ausführung brachte und das Schwein schlachten und vor dem Hause aufhängen ließ.

Als es nun dunkle Nacht war, kam der Mesner ganz heimlich, nahm das Schwein herunter und ging damit fort in seine Wohnung. Darauf begab sich der Pfarrer am andern Morgen zu dem Mesner und sprach: »Da ist mir doch gestern abend ein arger Streich gespielt worden, man hat mir mein Schwein gestohlen!«

»Ja, ja«, sprach der Mesner, »so muß man sagen, dann glauben's die Leute!«

»Nein, in der Tat, es ist kein Spaß, man hat mir ganz eigentlich mein Schwein gestohlen!« sagte der Pfarrer. »So ist's recht, so muß man sagen«, sprach der Mesner, »und ich will schon helfen, daß es unter die Leute kommt.« Als aber der Pfarrer gar nicht nachgab, sagte endlich der Mesner: »Ach, Herr Pfarrer, ich weiß ja alles, ich habe Ihnen ja selbst diesen Rat gegeben, bei mir bedarf's keiner Verstellung!« Da wurde der Pfarrer nur immer ungeduldiger, und weil das Betragen des Mesners ihm verdächtig vorkam, so bat er ihn zuletzt, ob er nicht eine Kiste, die er im Augenblick nicht gut unterbringen könne, ihm einige Tage lang in seiner Stube aufbewahren wolle. Ja, das wolle er recht gern tun. In die Kiste aber steckte der Pfarrer seine Schwiegermutter, die sollte horchen und ausspüren, ob nicht der Mesner das Schwein weggenommen habe; denn der Pfarrer meinte gewiß, daß er sich mit seiner Frau davon unterhalten würde. Dem Mesner aber sagte er noch, daß er die Kiste ja nicht öffnen solle.

Am nächsten Sonntag nun kochte die Frau des Mesners Sauerkraut und dazu ein Stück von dem frischen Schweinefleisch; und als sie bei Tisch saßen und aßen, sagte die Tochter des Mesners: »Ach, wie schmeckt des Herrn Pfarrers Fleisch gut!« Das hörte nun die alte Schwiegermutter in der Kiste und konnte das Lachen nicht verhalten, so daß es der Mesner merkte. Da dachte er: »Wart, ich will dir doch für deine Horcherei ein Andenken geben«, und nahm eine Schwefelschnitte, zündete sie an und steckte sie durch eine Ritze in die Kiste hinein.

Die Frau aber verhielt sich ganz ruhig in der Kiste und rief nicht um Hilfe, wie er erwartet hatte. Deshalb brach er nach einer Weile selbst die Kiste auf. Allein, wie erschrak er da, als die Frau, von dem Schwefeldampfe erstickt, tot dalag. Neben ihr lagen Fleisch und Brot, davon sie gegessen hatte. Da nahm der Mesner schnell ein Messer, schnitt ein Stück von dem Fleische ab und steckte ihr das in den Hals und machte dann die Kiste wieder zu.

Als nun am folgenden Tage der Pfarrer die Kiste zurückholen ließ und sie aufmachte, da schlug er die Hände über sich zusammen und rief: »Ach, du lieber Gott, meine Schwiegermutter ist erstickt, was soll ich armer Mann nun anfangen?« Dann ließ er den Mesner kommen und sagte ihm, die Schwiegermutter sei so plötzlich gestorben, daß er fürchte, man werde ihm Vorwürfe machen, weil er keinen Arzt zur Hilfe gerufen habe. Deshalb möge er sie doch heimlich begraben, er wolle ihm auch gern dafür einen Scheffel Dinkel geben, er dürfte sich ihn selbst einmessen.

Der Mesner war es zufrieden, nahm die Tote und trug sie mit auf den Kornboden, wo er sich den Scheffel Frucht einmaß; und als er damit fertig war, stellte er die Frau mitten in den Kornhaufen und ging heim. Auf der Treppe aber verzettelte er eine ganze Handvoll von dem Korn. Und als nun am andern Morgen die Magd die Treppe abkehren wollte und das Korn sah, strich sie es zusammen und trug es wieder in die Fruchtkammer. Kaum aber hatte sie die Tür aufgemacht, so sah sie die alte tote Frau in dem Kornhaufen stehen und entsetzte sich darüber so sehr, daß sie kaum die Treppe hinabsteigen und zu dem Pfarrer gehen und ihm sagen konnte, was sie auf dem Fruchtboden erblickt hatte. Der Pfarrer aber eilte zum Mesner und fragte ihn, ob er denn seine Schwiegermutter nicht begraben habe. »Ei, freilich hab' ich sie begraben!«

»Nicht möglich«, sprach der Pfarrer, »sie steht ja auf meinem Fruchtboden!«

»Die wird eine Hexe sein«, sagte der Mesner, »sonst wäre sie wohl nicht wiedergekommen!«

Da bat der Pfarrer den Mesner so dringend und bot ihm hundert Gulden als Belohnung an, wenn er sie noch einmal begraben wolle, so daß er sich endlich dazu verstand und die Leiche mitnahm und sie in den Wald trug. In dem Walde aber traf er unter einem Baume einen Krämer, der war eingeschlafen und hatte eine große Kiste neben sich stehen. Da rief ihn der Mesner an und schüttelte ihn; allein der Mann schlief so fest, daß er davon nicht aufwachte.

Darauf öffnete der Mesner die Kiste und nahm alle Waren, die sich darin befanden, heraus, versteckte sie in einem hohlen Baume und legte dafür die tote Frau hinein und schloß die Kiste wieder zu. Dann hielt er sich in der Nähe bis gegen Abend auf, wo der Krämer endlich wach wurde, und ging zu ihm und fragte, was er da zu verkaufen habe. Da sprach der Krämer: »Ich habe allerlei Waren, besonders sehr schönes schwarzes Zeug; wißt Ihr mir niemand, der etwas kauft?«

»O ja«, sagte der Mesner, »geht nur da ins nächste Dorf zum Pfarrer, der hat Trauerkleider nötig, weil ihm seine Schwiegermutter gestorben ist.«

Da begab sich der Krämer ins Pfarrhaus, bot seine Ware an, und als er sie sehen lassen wollte und die Kiste aufmachte, da rollte eine tote Frau heraus. »Um Gottes willen«, rief der Pfarrer, »da ist ja meine Schwiegermutter wieder!« Der Krämer aber fiel vor Schrecken in Ohnmacht.

Nun ließ der Pfarrer sogleich wieder den Mesner holen und sagte, ob er denn seine Schwiegermutter nicht begraben habe. »Ei freilich«, sagte er, »schon zweimal: Ich habe sie diesmal noch dazu in den Wald hinausgetragen;

aber daran, daß sie immer wiederkommt, kann man recht deutlich sehen, daß sie eine Hexe gewesen sein muß.«

Der Pfarrer bat ihn, doch noch einmal die Schwiegermutter zu begraben, und der Mesner versprach es denn auch endlich für zweihundert Gulden und führte es diesmal wirklich aus.

»Was bekomme ich denn für meine Ware?« sprach der Krämer, der sich allmählich wieder erholte.

»Ich kann Euch nichts geben«, sagte der Pfarrer, »ich habe von Euch ja nichts bekommen!«

»Dann verklage ich Euch«, sagte der Krämer, »und Eure Schwiegermutter dazu; denn die hat mir meine Sachen gestohlen, die wenigstens zweihundert Gulden wert waren.«

»Nun, so haltet nur reinen Mund und bringt meine Schwiegermutter nicht in das Gerede der Leute«, sprach der Pfarrer, »ich will Euch die zweihundert Gulden geben!«

Das ist die wahrhafte Geschichte von der Metzelsuppe, die der Pfarrer für sich allein zu verzehren gedachte.

Armreich und Schmerzenreich

Es war einmal eine reiche Wirtin, der war der Mann schon gestorben, als sie noch ein kleines Mädchen bekam. Sie taufte es Marie. Nun hätte die Wirtin gerne wieder geheiratet, aber sie bekam keinen Mann; darum ließ sie kundtun, sie wolle auch einen Armen nehmen: wenn schon kein Reicher kam, so sollte doch nur irgendeiner kommen. Bald darauf meldeten sich ein paar arme Männer. Aber wer immer kam, dem wäre schon das Mädchen lieber gewesen. So bekam die Mutter gar keinen Mann.

Nun hatte sie einen Gevatter, der war ein armer Schuster, und zu dem sagte sie: »Gevatter, bring mir meine Marie um. Führ sie in den Wald hinaus und bring mir ihre Arme und ihren Magen als Zeichen«, und gab ihm gleich dreißigtausend Gulden. »Frau Gevatterin«, sagte er, »in drei Tagen komme ich sie holen.« Und als die drei Tage um waren, kam er. Die Wirtin sagte ihrer Tochter, sie kann mit ihrem Paten spazierengehen, und das Mädchen zog sich an und ging mit ihm. Er führte sie aus der Stadt hinaus, und dann wanderten sie drei Stunden lang in einen tiefen Wald hinein. Dort sagte der Mann: »Marie, du wirst es nicht wissen, warum du mit mir hast spazierengehen dürfen.« Und wie sie »nein« sagte, packte er sie und zog ein langes Messer aus dem Stiefelschacht. Sie fiel gleich auf ihre Knie und bat um Gnade. Der Pate aber sagte: »Gnade kann ich dir nicht geben, ich muß deiner Mutter deine Arme und deinen Magen bringen.« Sie weinte: »Ich will gerne meine Arme hergeben, aber laß mir doch mein Leben!« Sie streckte ihm auch gleich die Arme hin, und er schnitt ihr die Hände bis zum Ellenbogen ab. Er hatte einen großen Hund mit, den erschoß er und schnitt ihm den Magen heraus. Dann nahm er die zwei Hände und brachte alles der Wirtin nach Hause. Die war damit zufrieden. Die Marie kam im Wald zu einem Teich; da legte sie sich auf den Bauch und hielt ihre Armstümpfe in den Morast. Die ganze Nacht tat sie so, bis das Blut stockte. Am dritten Tag – sie war schon sehr hungrig – kam sie zu einem Holzbirnenbaum. Da mußte sie sich wieder auf den Bauch legen, um die herabgefallenen Holzbirnen essen zu können – sie hatte ja keine Hände. Und so tat sie den ganzen Sommer. Eines Tages kam sie zu einem Steinfelsen, der hatte ein Loch, in das sie gerade hineinschlupfen konnte. Da löste sie ihre Schürze ab, scharrte mit den Füßen das Laub zusammen und trug es mit ihren Armstümpfen, so gut es halt ging, in das Loch hinein. Und als eine Lagerstätte fertig war, sammelte sie sich Holzbirnen und Holzäpfel für den Winter.

Im Frühjahr gab der König im Wald eine Jagd, auf die er seine drei Leibjäger mitnahm. Die schickte er in verschiedene Richtungen und sagte: »Wir schießen aber heute nur Fasanen, kein anderes Wild. Wenn einer einen Doppelschuß macht, so laufen wir alle zusammen.«

Seine Hunde jagten gerade zu dem Felsen hin – dort blieben sie stehen und bellten unentwegt. Als der König hinkam, schaute er mit seinem Kopf so ein wenig in die Höhle hinein, er sah aber nicht mehr als ihren Kopf, weil sie im Laub ganz eingegraben war. »Wer bist denn du?« rief er hinein.

»Ich bin ein guter Geist«, sagte sie.

»So komm heraus!«

»O Herr, ich schäm mich!« rief sie zurück.

»Ja warum schämst du dich denn?« fragte er sie.

»Ich bin ja halb nackt!«

Da zog er seinen Jagdmantel aus und warf ihn ihr hinein. Sie hängte sich ihn um und kam heraus: Wie wunderschön war sie mit ihren goldgesträhnten Haaren! Und der König, der ledig war, sagte zu ihr: »Sei getrost, ich mache dich zu meiner Königin!« Er gab gleich mit seinem Doppelgewehr zwei Schüsse ab, und seine Leibjäger liefen daraufhin herbei. »Das Meinige«, sagte der König, »hab ich mir heute schon abgeschossen und bin damit recht zufrieden. Jeder von euch soll drei Finger in die Höhe recken und für sie schwören, daß sie eine Prinzessin ist. Der erste aber, der über sie spricht, der wird erschossen werden. Und jetzt gehen wir nach Hause.«

Da sie ja wenig gegessen hatte, war die Frau so matt, daß die Jäger sie abwechselnd tragen mußten. Vor der Stadt war ein großes, herrschaftliches Wirtshaus, da kehrten sie ein. Sie nahmen gleich im oberen Stockwerk ein schönes Zimmer, da speiste der König mit ihr; die Jäger nahmen ihre Mahlzeit herunten ein. Der König hatte für die Frau gute, kräftige Speisen angeschafft; sie begannen zu essen, aber sie konnte nichts hinunterbringen. Die Speisen waren ihr zu üppig. So ließ er eine Kuh melken und ihr die kuhwarme Milch bringen. Die trank sie, dann warf sie den Mantel weg, hinter sich auf den Stuhl. Da fing der König zu weinen an. »Aber«, sagte er, »wo hast du denn deine Hände?«

»Meine Hände hab ich verloren.«

»Das wird alles nichts ausmachen«, sagte er, »auch wenn du keine Hände mehr hast.« Er schickte gleich einen Diener zu einem Handschuhmacher, der kam und mußte gleich abmessen, wie lang ihre Oberarme waren und wie lang die Unterarme sein mußten. Und noch in der

Nacht brachte er neue und schraubte sie ihr an. Da war ein Draht so angebracht, daß sie die fünf Finger bewegen konnte, wenn sie den Ellbogen beugte. So bemerkte kein Mensch, daß es unechte Hände waren.

Ein volles Jahr hielt der König sie in diesem Wirtshaus verborgen, da sie die Nahrung nicht gewohnt war. Und sobald sie alles essen konnte, schickte er ihr königliche Kleider; sie war kräftig und gesund geworden und war noch einmal so schön und noch einmal so dick, wie sie es im Wald gewesen war. Er ließ vier Schimmel anspannen und sie zu seiner Mutter, der Königin, hinfahren. »Mutter«, sagte er, »das wird meine Frau.«

»Bravo, mein Kind, die gefällt mir auch«, sagte die Königin. So wurde noch in derselben Woche Hochzeit gefeiert.

Sie waren schon ein volles Jahr verheiratet, da wurde dem König der Krieg erklärt. Die junge Königin aber sollte jeden Tag entbinden. Da sagte er zu ihr: »Du, meine liebe Frau, ich habe zwei Siegel machen lassen, Königssiegel. Ohne dieses Siegel darfst du keinen Brief übernehmen und lesen und werde ich keinen Brief übernehmen und lesen, so daß keine Falschheit entstehen kann.« Er verabschiedete sich von der jungen Königin, und die Mutter, die alte Königin, stand auch dabei. Zu ihr sagte er: »Paß gut auf sie auf, daß sie gesund bleibt.«

Er setzte sich auf seinen Schimmel und ritt fort auf das Schlachtfeld. Nach drei Wochen kam schon der erste Brief. Nach der Entbindung hatte die Dienerschaft acht Tage lang in ihrem Zimmer bedient und ihr dabei den Stempel gestohlen, mit dem sie den Brief hätte siegeln sollen. Den gaben sie der alten Königin. So hatte den ersten Brief, den der König bekam, nicht die junge Königin geschrieben, da war schon die Falschheit der alten drin. Da stand: »Lieber Mann, ich habe zwei Hunde geboren.« Sie hatte aber zwei Prinzen bekommen. Er las den Brief und zerriß ihn gleich, während seine Generäle um ihn herumstanden. Dann schrieb er noch auf dem Pferd einen Brief zurück: »Auch wenn du zwei Hunde geboren hast, so bleibst du doch meine Frau.« Dieser Brief kam nach Hause zur alten Königin, und die verbrannte ihn gleich im Feuer. Dafür schrieb sie einen anderen Brief: »Ermordet mir dieses Luder und tut mir ihren Magen in einen Glaskasten hinein.«

Schon waren drei Wochen vorbeigegangen, und die Kinder waren noch immer ungetauft. »Du, Marie«, sagte die alte Königin, »vor der Taufe mußt du mit deinen Kindern noch eine Spazierfahrt machen.« Die Marie ließ anspannen, da waren außer dem Kutscher noch sechs Leibjäger da: drei ritten vorne und drei hinten. Sie setzte sich mit ihren zwei Prinzen in die Kutsche, und sie fuhren fort. Sie fuhren in den Wald, und wie sie tief drinnen waren, sagten die Leibwächter, sie soll aus dem Wagen steigen. Da erschrak sie sehr. »Königin«, sagten sie, »Sie müssen ermordet werden.« Sie fiel nieder auf ihre Knie: »Bei Gott, früher einmal war ich so unglücklich und jetzt wieder. Liebe Diener, wenn ihr schon mich nicht verschont, so verschont doch meine zwei Kinder!« Da kam ein Reh dahergesprungen, das schossen sie und schnitten ihm den Magen heraus. Dann saßen sie auf und ritten in die Burg zurück. Zur alten Königin sagten sie: »Da ist der Magen der jungen Königin.« Sie war es zufrieden und belohnte sie reichlich. Den Magen ließ sie einbalsamieren, dann tat sie ihn in einen gläsernen Kasten als Wahrzeichen für den heimkehrenden König, daß seine Frau tot sei.

Im Wald draußen kniete die junge Königin nieder und dankte Gott, daß er ihr mit ihren zwei Kindern das Leben geschenkt hatte. Dann überfiel sie die Nacht, und sie legten sich aufs Laub nieder. Drei Tage irrte sie im Wald herum. Sie war schon hungrig und durstig – da hörte sie ein Wasser rinnen. Als sie dort war, legte sie die beiden Kinder ins Gras, kniete nieder und bat Gott um eine Taufe. Dann nahm sie ein Kind in den linken Arm und ging zum fließenden Wasser. Mit der rechten Hand griff sie ins Wasser und sprach: »Ich taufe dich im Namen Gottes, des Vaters, des Sohnes und des Heiligen Geistes. Du sollst heißen: Schmerzenreich.« Da fiel ihr die künstliche Hand weg und fiel ins Wasser, und sie hatte ihre gute Hand wieder. Sie legte das Kind weg und nahm das andere auf den guten Arm. Mit der anderen Hand griff sie wieder ins Wasser hinein und sprach: »Ich taufe dich im Namen Gottes, des Vaters, des Sohnes und des Heiligen Geistes, du sollst heißen: Armreich.« Nun fiel ihr auch diese Hand weg und schwamm fort, und sie hatte auch auf dieser Seite ihre gute Hand wieder. Jetzt erst trank sie selber und stillte ihren Durst. Dann kam die Nacht, und sie legte sich mit ihren Kindern wieder ins Laub. Am nächsten Tag baute sie im dicksten Gestrüpp aus Zweigen eine Hütte und machte sich drinnen ein Bett und ein Sofa; das legte sie mit Moos und darunter mit Laub aus. Wie sie fertig war, war sie halt wieder hungrig und durstig, sie hatte ja seit langem nichts gegessen. Da kam nach einer Weile eine Hirschkuh mit einem großen Euter, die legte sich vor der Hütte nieder. Die Königin ging hin und schmeichelte ihr, um zu sehen, ob sie wohl stillhalten würde. Und als das Tier ganz ruhig blieb, machte sie aus großen Blättern ein Stanitzel und molk es voll. Dann tranken sie sich satt. Und so lebten sie sieben volle Jahre.

Unterdessen kam der König aus dem Feld nach Hause. Als erstes fragte er nach seiner Frau. Die alte Königin zeigte ihm gleich den Glaskasten mit dem Magen drin und ließ ihn den falschen Brief lesen, den sie selbst geschrieben hatte. »Aber den habe ich nicht geschrieben«, sagte er, »ich habe geschrieben, daß sie meine Frau bleibt, auch wenn sie zwei Hunde geboren hat.«

Am nächsten Tag nahm er seine drei Leibjäger und ritt fort. Sie hatten Lebensmittel für drei Tage auf die Rosse gepackt. Am dritten Tag kamen sie in den Wald und ritten den ganzen Tag bis zum Abend. Da kamen sie zur Hütte der Königin: »Wer bist denn du?« fragte er sie. »Ich bin ein armes Jägersweib.«

»Können wir bei dir übernachten?«

»O ja«, antwortete sie.

Er legte sich ins Bett, und die drei Leibjäger setzten sich aufs Sofa. Sie nahm ihre beiden Kinder auf den Schoß und setzte sich daneben hin. Und mitten in der Nacht – der Mond leuchtete gerade in die Hütte herein – fiel dem König die Hand aus dem Bett, als er sie ausstreckte. Da sagte die Königin: »Schmerzenreich, tu deinem Vater die Hand ins Bett hinein.«

»Aber Mutter«, antwortete das Kind, »dieser schöne Mann wird doch nicht mein Vater sein!« Und sie: »Wenn ich dir es sage, so ist er dein Vater.« Da nahm Schmerzenreich ganz ruhig den Arm des Königs und legte ihn aufs Bett zurück. Nach einer Weile fiel ihm der andere Arm aus dem Bett. »Armreich«, sagte die Mutter, »leg deinem Vater die Hand hinein ins Bett.« Der sagte weiter nichts und legte sie ihm hinein. Die drei Jäger schliefen aber nicht und hatten das alles gehört.

Am Morgen standen sie auf und ritten fort. Einem jeden Kind schenkte der König sieben Dukaten. Nachdem sie schon zwei Stunden geritten waren, sagte einer von den Leibjägern zum anderen: »Wir haben ja heute bei der

Königin geschlafen. Das müssen wir dem König doch sagen!« Sie gaben ihren Pferden die Sporen und ritten ihm nach. Als sie ihn eingeholt hatten, schrien sie alle drei: »Halt, Eure Majestät!« Der König hielt an: »Was wollt ihr denn, Kinder?«

»Eure Majestät, wir dienen nun schon 24 Jahre und haben Euch nie belogen: Es ist nicht wahr, daß die Königin umgebracht worden ist! Wir haben heute bei ihr übernachtet!« Da schrie der König: »Kehrt um, meine Kinder, wir reiten zu ihr!« Als sie zurückkamen, kniete sie nieder und bat um Pardon; sie fürchtete, sie würden sie töten. »Pardon genug, wenn du Königin bist!« sagte er. »Steig herauf auf mein Pferd!« Und die Leibjäger hoben sie gleich hinauf zu ihm. Er hängte ihr seinen Mantel um, weil sie ja in diesen sieben Jahren nur Gewänder aus Blättern getragen hatten. Erst am Morgen kamen sie in die Burg. Seine Mutter schaute beim Fenster herunter, und als sie im Hof waren, rief er hinauf zu ihr: »Komm herunter!«

»Da schau her«, sagte er, »die größte Freude hast du meinem Herzen geraubt. Statt zwei Hunden sind das zwei gute Prinzen, und die sind mir lieber als mein Königreich!«

Er ließ sechs Mann antreten, die mußten seine Mutter erschießen und ganz hinten im Garten eingraben.

Nun stand er mit seiner Frau zusammen und sah, daß sie zwei gute Hände hatte. »Du«, sagte er, »so sehr ich dich geliebt habe, so sehr hasse ich dich jetzt. Früher hast du keine Arme gehabt und jetzt hast du zwei gesunde. Ist das von Gott oder ist das Zauberei?«

»Gott habe ich gebeten, und er hat mich erhört. Wie ich meine Kinder getauft habe, ist mir eine Hand um die andere weggeflossen.«

»Und«, sagte er, »woher kommst du denn, aus was für einer Familie?«

»Ich bin eine Wirtstochter, und meine Mutter hat meinetwegen keinen Mann bekommen. Da hat sie ihrem Gevatter befohlen, mir meine Arme abzuhacken.« Da ritt er mit seinen Soldaten hin und ließ sie fangen und erschießen wie seine eigene Mutter.

Das Märchen von dem Knüppel aus dem Sacke

In einem kleinen Dorfe wohnte ein Bauer, der hatte Haus und Hof und Scheune und Ställe und drei Söhne. Diesen erzählte er aber so oft von anderen Dörfern und Städten und ganz anderen Ländern, die er in frühen Jahren gesehen hatte, daß sie alle eine Sehnsucht fühlten, auf einmal diese fremden Länder zu sehen.

Da trat denn erst der älteste der drei Söhne vor den Vater und sprach: »Vater, gib mir mein Erbgut, ich will einmal hinaus in die Welt, von der Du soviel zu erzählen weißt, und will sehn, daß ich mein Glück mache.« Da ging aber der Vater zu seinem Gevattermann, der ihm den ältesten Sohn über die Taufe gehoben hatte, und ratschlagte mit ihm, was er tun sollte. Aber der Gevatter sprach: »Lasset ihn ziehen in Gottes Namen! Er ist groß, und klug kann er auch sein nach seinem Alter. Vielleicht macht er sein Glück und bringt Euch großen Reichtum mit.« Da gab ihm der Vater sein Erbteil in Geld und ließ ihn ziehen, wohin er wollte. Und Hans zog aus von dannen, weit, weit, wie er meinte, über Flur und Feld, bis er am Abend in einen dichten Wald kam. Aber die Sonne neigte sich schon zum Untergange.

Da trat zu ihm ein klein, klein eisgrau Männlein, dem der Bart herabhing bis an den Gürtel, und sprach zu ihm: »Guten Abend, Hans. Wo gehst du hin?«

»In die Welt«, sprach Hans. »Ich will mein Glück machen und hab darum mein Erbteil mitgenommen.«

»Ei, gib mir das!« sagte das eisgraue Männlein. »Ich gebe Dir dafür ein Tischlein-deck-dich, das sich von selbst deckt mit Speis und Trank, was das Herz begehrt.« Das gefiel Hans, denn er war träg und dachte, er dürfe alsdann gar nicht mehr arbeiten, und es wär köstlich, wenn er immer einen wohlgedeckten Tisch habe und essen und trinken könnte, was er wollte. Denn er aß auch gern was Gutes. Darum sprach er zu dem Männlein: »Gibst Du mir das Tischlein, so sollst Du mein ganz Erbteil haben.«

Da führte ihn das eisgraue Männlein auf einen Seitenweg ein wenig in den Wald hinein, bis sie an eine Hütte kamen, die erbaut war von Moos und Rinden der Bäume. Als sie aber durch die Türe hineintraten, erstaunte Hans, denn sowas hatte er in seinem Leben noch nie gesehen. Das eisgraue Männlein stieß einen Laden auf, da fiel das Tageslicht in hundert Farben durch die farbigen Steine, woraus die Scheiben zusammengesetzt waren. Auf dem Boden lag ein Teppich von schwarzem Samt mit wunderbaren goldenen Linien und Winkeln durchwirkt. Die Wände waren jede nur ein großer Spiegel, darin aber alles golden schimmerte, was man darin erblickte. Und Hans erschrak, als er sich darin sah, denn er meinte, er sehe jetzt so golden aus. Die Decke schien so hoch als der Himmel, obgleich das Hüttlein von außen nur ganz niedrig erschien. Und die Farbe der Decke war tiefblau, und schimmerten hier und da rötliche und gelbe Funken darin wie Sterne. Auf dem Boden lagen zwei schwarze Polster zum Sitzen, und dazwischen stand ein alt einfach Tischlein von schlechtem Tannenholze, das gar wundersam zu der übrigen Pracht abstach. »Sieh«, sprach das Männlein, »das ist Dein Tisch. Gib mir Dein Geld und nimm ihn dafür mit Dir! Wenn Du Essen und Wein haben willst aller Art, so sag nur zu ihm: ›Tischlein deck dich!‹ Jetzt geh und versuch's draußen selber! Wenn Dich der Handel reut, so komm nur gleich wieder, Du sollst Dein Geld dann ohne Widerrede zurückbekommen.«

Da ging Hans hinaus auf den breiten Weg und stellte dort sein Tischlein unter eine große Eiche und sprach: »Tischlein deck dich!« Und alsbald war das Tischlein gedeckt, und standen darauf sechs Platten und Schüsseln voll köstlicher Speisen, wie sie Hans noch nie gesehen hatte und von welchen er gar nicht wußte, ob man sie mit der Gabel oder mit dem Löffel ißt. Und auf jeder Ecke stand eine Flasche Wein.

Da setzte sich Hans ins Gras unter das Tischlein und ließ sich's schmecken, wie es ihm vorher noch nie geschmeckt hatte. Wenn aber ein müder Wandersmann oder ein paar Handwerksburschen des Weges kamen, so winkte er sie zu sich und zeigte ihnen das Weinglas von ferne und hieß sie mit essen und trinken. Und so ließ er das Tischlein sich etlichemal rüsten, bis es ganz Abend war. Dann packte er's auf die Schulter und wanderte zurück und kehrte im nächsten Wirtshause ein, um da zu übernachten.

Als ihm der Wirt aber hinaufleuchten wollte in seine Kammer, packte er sein Tischlein auch auf, um es mitzunehmen. Da fragte ihn der Wirt: »Mein, sag mir doch, warum haltet Ihr Euer alt schlecht Tischlein so wert, daß Ihr's mit Euch schleppen möget? Wenn Ihr glaubt, es könne Euch gestohlen werden, so irrt Ihr sehr. Ich habe gerade so eins und schenk's Euch auf der Stelle noch dazu, wenn Ihr es haben wollt.« Da lachte Hans recht herzlich und sprach: »Ja, ja, Ihr meint's vielleicht. Doch so ein Tischlein habt Ihr nicht, zu dem man nur sagen braucht: ›Tischlein deck dich!‹, wenn man essen will, und das sich von selbst mit Speis und Trank versieht.« Als der Wirt das hörte, machte er ein Paar große Augen vor Verwunderung und sprach: »Ja, wenn's freilich so ist, dann nehm ich's Euch nicht übel, daß Ihr so große Stücke darauf haltet.« Darauf wünschte er ihm eine geruhsame Nacht und ging hinab. Hans war aber müde von seiner Wanderschaft und legte sich nieder und schlief fest ein.

Aber dem Wirt ging's gewaltig im Kopfe herum, was Hans gesagt hatte von seinem Tischlein, und er erzählte es drunten seiner Frau, daß der Gast ein Tischlein habe, das sich von selbst decke, wenn man daran essen wolle. »Frau«, sprach er, »so ein Tischlein sollten wir haben. Wie oft kommt uns ein Gast, wenn gerade nichts zu essen im Hause ist. Dann hätt's keine Not mehr mit unserer Wirtschaft.«

»Ei«, sprach die Frau, »wer hindert uns? Komm, laß uns hinaufgehn und ihm sein Tischlein nehmen und unseres dafür hinstellen! Denn beide Tischlein sind eins wie das andere.« Aber der Wirt wollte doch nicht recht daran, denn er sagte, es sei unrecht, einem andern das Seinige zu nehmen. Da ward seine Frau aber böse und sprach: »Was, Unrecht hin, Unrecht her. Du bleibst doch dumm Dein

Leben lang! Wenn Dir auch das Glück einmal eine gebratene Wurst unter die Nase hält, hast Du nicht einmal das Herz, darein zu beißen.« Und so schalt sie fort, bis er sein alt Tischlein nahm und mit ihr hinaufging.

Sie klopfte erst an die Türe ganz sacht an, zu hören, ob Hans nicht wache. Aber Hans schlief so fest, daß er schnarchte. Da traten sie beide hinein, und die Wirtin nahm Hansens Tischchen, und der Wirt stellte das seinige auf die Stelle und schlich sich wieder hinaus. Als er aber wieder hinabkam, saß seine Frau schon hinter dem gedeckten Tischchen und versuchte die Speisen. Er setzte sich aber auch zu ihr und aß jetzt noch einmal mit ihr zu Nacht und ließ sich besonders den Wein schmecken, denn er war viel besser als der beste, den er im Keller hatte und den er um zehn Kreuzer verzapfte. Als sie aber darauf zu Bette gingen, trugen sie das Tischlein-deck-dich in ihre Schlafkammer.

Des andern Morgens stand Hans vor Tage auf und nahm das Tischchen und ging hinab, und nachdem er dem Wirt sein Schlafgeld bezahlt hatte, machte er sich auf den Weg nach seinem Dorfe. Aber er lief, ohne auszuruhen und ohne zu essen, bis nach Hause. Da verwunderte sich sein Vater, als er ihn schon wiederkommen sah, und sprach: »Nun, was gibts, Hans? Hast Du dein Glück schon gemacht?«

»Ja, Vater! Ja, Vater!« antwortete Hans. Da fragte ihn der Vater: »Aber warum bringst Du denn den alten zerbrechlichen Tisch mit dir?«

»Der ist eben mein Glück!« antwortete Hans. Da schalt ihn der Vater und fragte ihn, wo er mit seinem Gelde denn hingekommen sei. Hans antwortete ihm aber, er habe alles für das Tischlein gegeben. Aber das sei auch ein Tischlein, so gebe es keins mehr in der ganzen Welt.

Als sein Vater ihn darauf wieder schelten wollte, sagte er: »Seid nur ruhig, Vater, und wartet noch mit Eurem Schelten. Ihr werdet mich noch loben, gebt nur acht. Jetzt geht und ladet alle Eure Verwandten, Freunde und Gevatterleute im ganzen Dorfe zum Nachtessen ein. Sagt ihnen, daß ich wieder heimkommen sei und sie den Abend bewirten will. Und das sag ich Euch: Die Sanne soll gar nichts kochen, kein Span Holz soll auf dem Herde verbrannt werden. Und ich mach Euch doch satt, alle miteinander.«

Da wurde der Vater neugierig und lief herum im Dorfe und lud zusammen seine Gevatterleute, seine Verwandten und Freunde.

Und als sie zusammenkamen, da guckten alle erst in die Küche, zu sehen, ob's auch wahr wäre, was sie von Hansens Vater gehört hatten, daß sie satt werden sollten, obgleich kein Span Holz auf seinem Herde verbrannt würde. Als nun aber der Gevatter …lmüller zuletzt kam, sagte Hans: »Jetzt stellt Euch alle um mein Tischlein da herum, das ich mit von meiner Reise gebracht habe, und gebt recht acht, was es geben wird!« Es gab aber nichts als ein Gelächter unter den Gästen. Denn Hans schrie wohl vierzigmal: »Tischlein deck dich!« Das Tischchen deckte sich aber nicht, sondern blieb da stehn, ungedeckt, ohne Speise und ohne Wein, und die geladenen Gäste mußten hungrig wieder nach Hause gehn.

Aber von der Stunde hieß Hans im ganzen Dorfe der Großhans, darum, daß er sich etwas vermessen, das er nicht leisten konnte.

Des andern Tages packte er nun sein Tischchen wieder auf und wollte es dem eisgrauen Männlein wiederbringen und sagen, der Kauf reue ihn. Er fand das Männlein aber nirgend, und selbst seine Hütte war verschwunden. Und jeder, den er nach ihm fragte, lachte ihn aus und sagte: »Vom eisgrauen Männlein weiß man hier herum nichts, und so eine Hütte hat nie in dem Walde gestanden.« Da zog er denn wieder traurig nach Hause und arbeitete bei seinem Vater als Knecht, und ihn reute herzlich, daß er sein Glück zu machen ausgezogen war und sein Unglück gemacht hatte.

Jetzt fiel es aber dem zweiten Bruder ein, er wolle hinaus und wolle die Welt sehen und sein Glück machen, aber besser als Hans. Denn er dünkte sich klüger. Darum trat er vor seinen Vater und sprach: »Vater, gebt mir mein Erbteil! Ich will die Welt sehen und mein Glück aufsuchen.«

»Gelt«, sagte der Vater, »wie der Hans? Nein, Stoffel, sei gescheit und bleib daheim!« Stoffel wollte aber nicht bleiben und hatte Tag und Nacht keine Ruhe und ließ auch dem Vater keine Ruhe, bis er ihm sein Erbteil ausbezahlte und ihn ziehen ließ. Aber alle Bauern im Dorfe lachten darüber, daß wieder einer von des alten Xaviers Söhnen auszog, sein Glück zu machen.

Stoffel war kaum einen Tag gegangen, so kam er gegen Abend in einen dichten, dichten Wald, und auf einmal trat das eisgraue Männlein mit dem langen Barte zu ihm und fragte ihn: »Wohin, Stoffel?« Stoffel verwunderte sich, daß er ihn kenne, und antwortete: »Ich hab mein Erbteil vom Vater bekommen und will mein Glück in der Welt machen.«

»Da hättest Du zu niemand besser kommen können als zu mir«, sagte das Männlein. »Gib mir Dein Erbteil, und ich geb Dir einen Goldesel dafür, der nicht mit Geld zu bezahlen ist. Sagst Du zu ihm: ›Esel, schlag aus!‹, so schlägt er Dir aus mit allen vier Füßen, und aus jeder Hufe fliegen allemal die Goldstücke zu Haufen heraus, als wären's vier

Kästlein, die ausgeschüttet werden, daß Du nur auflesen darfst.« Das gefiel Stoffel, und er versprach, wenn dem so wäre, sei er den Handel zufrieden.

Da führte ihn das eisgraue Männlein ein wenig vom Weg ab in den Wald und zeigte ihm den Stall, darin das Eselein stand. Aber Stoffel erstaunte, als er hineintrat. Der Stall war schöner, als er noch je eine Stube gesehen, und die Krippe war von Silber, der Trog war von Golde, und statt des Strohes waren ihm lauter ungesponnene Seidenfäden gestreut, darauf das Eselein lag, zwar kleiner, aber sonst völlig wie andere Esel auch. Denn es fraß auch Disteln und Kleie besonders gern und hatte davon in der Krippe und im Trog. Aber das eisgraue Männlein jagte das Eselein auf und sagte: »Nun, Stoffel, versuch's einmal, ob's auch wahr ist, was ich Dir davon gesagt habe!« Und Stoffel rief: »Esel, schlag aus!« Da schlug er aus, und die Goldstücke flogen im Stalle umher. Darob freute sich Stoffel über die Maßen, gab dem eisgrauen Männlein sein Erbteil und führte den Esel mit sich heimwärts. Die Nacht überfiel ihn aber bald.

Da kehrte er im nächsten Wirtshaus ein – und es war dasselbe Wirtshaus, wo sein Bruder Hans auch schon einmal mit seinem Tischlein über Nacht Herberge genommen hatte. Als ihm aber der Wirt das Eselein in den Stall führte, sagte Stoffel zu ihm: »Herr Wirt, haltet mir nur das Tierlein gut in Ehren! Legt ihm statt der Streu ein gutes Federbett unter! Ich will's Euch morgen reichlich bezahlen. Denn so gibts nur einen Esel in der Welt. Sagt aber ja nicht zu ihm: ›Esel, schlag aus!‹ Sonst könnt's ein Unglück geben, für das ich nicht stehn mag.« So sagte er, damit er dem Wirte Angst machte, und hoffte jetzt gewiß zu sein, daß ihm der Esel nicht veruntreut würde. Denn nun, glaubte er gewiß, werde es dem Wirte nicht einfallen, zu dem Esel zu sagen: »Esel, schlag aus!« Und werde es so auch nicht merken, daß der Esel mit jedem Schlag seiner Hufe Gold von sich werfe.

Aber gerade umgekehrt. Als unser guter Stoffel nun schlief, ging der Wirt mit seiner Frau in die Scheune, wo er durch eine Ritze in der Tür in den Stall sehen konnte, darin das Goldeselein lag. »Da kann's doch kein Unglück geben«, sagte er zu seiner Frau, »er mag ausschlagen, wie er will. Wenn ich hinter der bretternen Türe stehe, so kann er mich nicht treffen.«

»Ach, was wird er Dich treffen!« antwortete die Frau. »Sag's nur! Ich bin recht begierig, was es geben wird.«

»Wenn's aber doch ein Unglück gäbe?« sagte der Wirt. Da schalt ihn die Wirtin einen alten furchtsamen Hasenfuß, und er schämte sich und rief schnell durchs Astloch in der Stalltüre: »Esel, schlag aus!« Und lief schnell weg hinaus in den Hof.

Aber die Frau war zu begierig zu sehn, was es geben werde, als daß sie weglaufen konnte. Sie war an der Ritze stehengeblieben und hatte zugesehen, was das Eselein machte. Und jetzt kam sie schnell in den Hof gelaufen und rief lachend, aber doch ganz heimlich, mehr im Winken als mit Worten, ihren Mann in die Scheune und sagte: »Hab ich's nicht gesagt? Da sieh einmal in den Stall und sieh, was hinter dem Esel liegt!« Und als er hineinging und verwundert eine Handvoll von glänzenden Goldstücken aufhob, rief sie ihm zu: »Gelt, was ein Unglück! Wenn nur alle Tage so eines über uns verhängt wäre!«

Da zog der Wirt seine weiße baumwollene Mütze ab und warf sie in die Höhe, daß sie an der Decke des Stalles abfuhr, und drehte sich auf einem Bein herum und rief: »Juchhei, nun sind wir reiche Leute! Nun will ich ein anderes Wirtshaus bauen, als das eins ist, und der Esel darf mir nicht mehr aus dem Stalle!«

»Ja«, sagte die Frau, »das ist all recht. Aber der Fremde wird seinen Esel morgen früh wollen, und was willst Du da machen? Du mußt ihn doch hergeben.«

»Nein, nein, ich geb ihn nicht mehr her!« rief der Wirt ganz eifrig. »Laß mich nur machen, ich will ihn schon kriegen. O du liebes Goldeselein, nein, von Dir kann ich mich nicht mehr trennen! Weißt Du was, Frau? Hat nicht der Mühlhannes drunten im Tale geradeso ein klein Eselein wie das? Ich laufe geschwind hinunter und kauf's ihm ab und sage, es sei ein Gast bei mir, der es durchaus haben wollte und gut bezahle. Und wenn ich ihm vier von den Goldstücken dafür biete, so gibt er mir's mit Freuden.«

Und als er das sagte, lief er schon zur Türe hinaus und über den Hof. Und schnell rannte er den Hügel hinab bis an die Mühle. Da machte er mit dem Müller den Kauf sogleich richtig und brachte fröhlich den Grauen hinauf. Und als er kam, suchte seine Frau noch mit der Laterne im Stroh herum, denn sie hatte das Goldeselein gar manchmal ausschlagen lassen, bis es ganz matt auf sein Federbett hingesunken war. Die Goldstücke sammelte sie aber alle gar sorgfältig, damit man am andern Morgen keines finden sollte, was bei dem Fremden leicht Verdacht erweckt haben würde. Als ihr Mann aber jetzt des Mühlhannes Mühleselein brachte, da ward erst ihre Freude recht groß, denn nun sah sie, daß es dem Goldeselein völlig ähnlich war wie ein Ei dem andern. Da banden sie denn das Goldeselein ab und versteckten es im Keller unter der Scheune, wo sie im Herbst ihre Kartoffeln und ihren Rosmarienstock aufhoben. Aber an seiner Stelle banden sie das Mühleselein und gingen dann schlafen. Doch einschlafen konnten sie lange nicht vor Freuden über ihr

Glück. Und als die Frau eingeschlafen war, träumte ihr sogar von dem Goldesel, und sie rief einmal über das anderemal: »Esel, schlag aus!« Und als es Tag wurde, weckte sie sogar ihren Mann mit den Worten: »Esel, wach auf!« Denn sie konnte an gar nichts anderes mehr denken als an den Esel.

Unser guter Stoffel war aber auch bald aufgewacht, denn auch er konnte nicht ruhig schlafen vor Freude über das Goldeselein. Und wenn er sich dachte, in welches Ansehn er kommen würde in seinem Dorfe, bei seinem Vater und dessen Nachbarn, wenn er ein solch Wundertier mit sich brächte, so wußte er sich gar nicht mehr zu lassen vor Freude. Darum kleidete er sich schnell an und ging hinunter und bezahlte sein Schlafgeld und nahm den Esel und ward nicht gewahr, daß er ihm vertauscht worden, und zog mit ihm von dannen in sein Dorf.

Und er kam an, noch ehe zu Abend die Betglocke geläutet war. Sein Vater hatte aber eben die Kühe gefüttert und wollte die Treppe hinaufgehen, da sah er Stoffel durchs Unterdorf heraufziehen und den Grauen mit den langen Ohren vor ihm her. Und als er näher kam, rief er ihm entgegen: »Nun, woher so bald? Und Du kommst gar zu zweien? Hast Du schon Dein Glück gemacht?«

»Ja, Vater«, antwortete Stoffel und trieb seinen Langohr vor ihm her in den Hof. Da ward der Vater unwillig und rief: »Am Ende hast Du Dein Erbgut all für den krüpplichten Esel hingegeben und hältst nun den für Dein Glück?«

»Ja, Vater, er ist's auch!« antwortete Stoffel und band seinen Esel dabei ans Staffelgeländer. »Seid aber nur nicht böse! Gebt acht, ich hab's klüger gemacht als der Bruder Hans. Jetzt geht nur und ladet alle Eure Gevatterleute und Freunde und Nachbarn zusammen. Dann soll mein Esel sein Kunststück machen, daß Ihr Euch verwundern sollt.«

»Ja, ja«, sagte der Vater, »ich kann mir's schon denken, was das für ein Kunststück sein wird. Daß Dich auch das ganze Dorf auslacht, wie es Deinem Bruder Hans erging, der jetzt überall nur der Großhans heißt.«

»Vater«, antwortete Stoffel, »seid nur ruhig und tut, wie ich Euch sagte! Ihr werdet mich gewiß loben, wenn Ihr seht, welch einen guten Kauf ich getan habe. Wir sind reich, reicher als der Schulz und reicher als der gnädige Herr selbst, der droben im Schloß wohnt. Denn das ist kein gemeiner Esel, den ich da habe, das ist ein Goldesel.«

»Ein Goldesel?« fragte der Vater verwundert und schüttelte den Kopf, aber nicht mehr ganz so ungläubig. Denn er ging hinab und betrachtete das Wundertierlein hinten und vorn und von den Seiten und ging dann und lud seine Freunde und Gevatterleute und Nachbarn zusammen und führte sie mit sich heim und erzählte ihnen unterwegs, daß sein Sohn Stoffel einen Goldesel mitgebracht habe von seiner Wanderschaft, der ihn so reich mache wie den gnädigen Herrn selber und noch reicher sogar.

Als er aber mit seinen geladenen Gästen heimkam, war der Esel nicht mehr im Hofe, und als er die Staffel hinaufkam und in die Stube, da hatte Stoffel den Esel schon in die Stube geführt und eine Lampe angezündet. Denn es war in der Zeit dunkel geworden, und Stoffel fürchtete, man möchte in dem Hofe die Goldstücke nicht so leicht finden. Als sie nun alle in der Stube waren, hieß sie Stoffel sich in einem Kreise herumsetzen, und er stellte sich mit dem Grauen in die Mitte der Stube und sagte: »Jetzt gebt acht!«

Darauf wandte er sich zu dem Esel und rief: »Esel,

schlag aus!« Aber der Esel schlug nicht aus. Und er rief wieder: »Esel, schlag aus!« Aber der Esel blieb stehen nach wie vor und senkte die Ohren und rührte sich nicht. Da fingen schon die Nachbarn insgeheim an zu lachen, und der Vater fing an, in sich zu brummen, und Stoffeln ward's bange, er möchte in Schimpf und Schande bestehen wie sein Bruder Hans. Und er schlug nun mit seiner Faust dem Esel ein Tüchtiges hinten auf und schrie lauter: »Esel, schlag aus!« Das verstand das Mühleselein endlich aber unrecht. Es stellte sich auf seine Vorderfüße und schlug mit seinen Hinterfüßen hinten hinaus, so weit es konnte, und schrie: »Ia, ia, ia!« Stoffel war aber gerade hinter ihm gestanden und bekam darum von den Hufen des Esels einen so gewaltigen Schlag an die Beine, daß er umpurzelte. Da lachten die Freunde und Nachbarn und Gevatterleute aus vollem Halse und gingen und bedankten sich im Fortgehen, daß er ihnen den schönen Spaß gemacht habe. Und von der Stunde an hieß Stoffel im ganzen Dorf der Eselstoffel, und wo er sich nun sehen ließ, riefen ihm die Kinder nach: »Esel ia! Esel, schlag aus!« Und je böser er darüber ward, je mehr neckten sie ihn.

Stoffel ging aber auch wieder von dannen und wollte dem eisgrauen Männlein im Walde sein Eselein wiederbringen. Allein er fand weder das Männlein noch den Stall und mußte betrübt wieder nach seinem Dorfe zurückkehren. Und von nun an arbeitete er als Knecht bei seinem Vater.

Nun war die Reihe an dem jüngsten Bruder, der Thomas hieß. Dem fiel es jetzt auch ein, er wolle die Welt sehen und vielleicht sein Glück besser machen als seine beiden ältern Brüder. Darum ging er zu seinem Vater und begehrte sein Erbteil. Der Vater hatte aber nicht Lust dazu und sagte: »Thomas, Du warst von Kindheit an folgsamer als Deine Brüder. Sei mir nun auch in dem Stücke folgsam und bleib im Lande und nähre Dich redlich, daß ich nicht auch an Dir Schimpf und Schande erleben muß, wenn die Kinder auf der Gasse Dich zum Gespötte machen.« Thomas antwortete aber seinem Vater bittend: »Laßt mich nur ziehen, Vater! Und wenn mir's auch so geht wie meinen Brüdern, so ist's ja auch gut. Das soll mir ebenso lieb sein, als wenn ich mein Glück gemacht hätte. Seht, Vater, ich kann's so nicht mehr länger aushalten. Ihr haltet mich als Euern Sohn, und meine Brüder seht Ihr als Knechte an, und sie sind doch ebensogut Eure Söhne als ich. Hab ich aber mein mütterlich Erbteil auch verschleudert wie meine Brüder, so sind wir wieder gleich, dann könnt Ihr uns wieder alle als Söhne annehmen, oder ich werd Euch Euer Knecht wie meine Brüder und habe keinen Vorzug mehr vor ihnen, wie es recht ist.« Das gefiel dem Vater, und er umhalste seinen Sohn und sagte: »Ja, Du hast recht. Komm, Du sollst Dein Erbteil auch haben und in die Welt gehen.« Mit diesen Worten schloß er die Kiste auf und gab ihm aus der Nebentruhe sein Erbteil in Geld und ließ ihn ziehen.

Als die Leute im Dorfe aber hörten, daß jetzt auch der dritte Sohn des Xaviers ausgezogen sei in die Welt, um sein Glück zu machen, sagten sie untereinander, der alte Mann müßte selbst am Verstand schwach sein, daß er in die Torheit seiner Söhne so einwilligen könnte.

Der kleine Thomas war aber weit hinausgezogen am selben Tage und kam gegen Abend auch in den dichten, dunklen Wald, der gar kein Ende nehmen wollte. Da trat ihm auf einmal, wo der Weg am schmalsten war, das eisgraue Männlein mit dem langen weißen Barte entgegen und sagte: »Guten Abend, Thomas!«

»Ei, woher kennst Du mich denn?« fragte Thomas. Da

sagte das Männlein: »Ach, ich kenne Dich schon lange und weiß alles von Dir. Ich weiß, daß Du Dein Erbteil bei Dir trägst und daß es Dir eins ist, ob Du Dein Glück damit machst oder ob Du es auch verlierst wie Deine Brüder, weil Du Deine Brüder liebhast und nicht besser gehalten sein willst von Deinem Vater, als sie auch gehalten werden. Willst Du nun mir Dein Vertrauen schenken, so gib mir Dein Erbteil, und ich will Dir dafür etwas geben, das Dir zwar nicht viel wert scheinen wird, das Dir aber doch in der Welt noch gar gute Dienste leisten kann.«

»Wenn ich das wüßte«, sagte Thomas, »so wollte ich Dir mein Erbteil schon geben. Aber was ist es denn, das Du mir dafür geben willst?«

»Ich gebe Dir den Knüppel-aus-dem-Sack«, antwortete das Männlein. »Wenn Du den in der Tasche trägst und Du oder ein anderer sagt: ›Knüppel aus dem Sack!‹, so fährt er aus der Tasche heraus und prügelt die gar wacker durch, die es nicht gut mit Dir meinen, bis Du selbst sagst: ›Knüppel in den Sack!‹« Das gefiel dem kleinen Thomas. Er gab dem Männlein sein Geld und bekam dafür den Knüppel-aus-dem-Sack, den er sorgfältig in seiner Tasche verwahrte. Und dann kehrte er um, nach Hause zu gehen. Da rief ihm das Männlein noch nach: »Kehre nur im nächsten Wirtshaus vor der Waldhöhe ein, dort findest Du gute Herberge!«

Und Thomas kam im Wirtshause an, als es eben Nacht wurde. Weil er aber nur noch ein paar Groschen in der Tasche hatte, ließ er sich nur ein Stück trockenes Brot und ein Glas Bier zum Abendbrot geben und ging damit schlafen. Als er aber zur Türe hinausging, sagte er zu dem Wirte und seiner Frau: »Daß nur diese Nacht niemand in meine Schlafkammer geht und ruft: ›Knüppel aus dem Sack!‹ Es möchte ihm sonst übel bekommen.« Damit ging er hinauf und legte sich schlafen. Als er aber fort war, sagte die Wirtin: »Hast Du's gemerkt, Mann? Da läßt sich wieder etwas fischen. Das hat der Fremde nicht umsonst gesagt.«

»Ja«, antwortete der Wirt. »Ich hätte beinahe Lust, es doch zu versuchen. Aber freilich – so ein Knüppel könnte keinen Spaß verstehen. Es lautet gar zu verdächtig.«

»Ach was, verdächtig!« antwortete die Wirtin. »Gelt, das ›Esel, schlag aus!‹ lautete auch verdächtig, und doch ist Dir's gar wohl bekommen. Wer weiß? Der Knüppel bringt uns vielleicht gar noch größeres Gut als der Esel. Vielleicht wird man recht gesund oder gar wieder jung, wie man dergleichen ja schon in den alten Märlein gehört hat.«

»Du kannst wohl recht haben«, versetzte der Wirt. »Wir wollen's gleich einmal versuchen.«

Und bald darauf schlichen sie hinauf in die Stube, wo Thomas schlief, und als sie ihn schlafend fanden, traten sie näher und sagten voller Erwartung: »Knüppel aus dem Sack!« Da fuhr der Knüppel aus Thomsens Tasche und schlug tüchtig bald auf den Rücken des Wirtes, bald auf den Rücken der Wirtin, daß sie jämmerlich zusammen schrien und daß Thomas davon erwachte.

Thomas freute sich aber herzlich, daß die Wirtsleute für ihre betrügerische Neugierde so schön bestraft wurden, und rief selbst noch einmal: »Knüppel aus dem Sack!« Da fuhr der Knüppel mit doppelter Eile und mit doppelter Stärke auf dem Rücken der Wirtsleute herum, und sie liefen schreiend zur Türe hinaus und die Treppe hinunter. Aber der Knüppel fuhr ihnen immer nach und verfolgte sie durch das ganze Haus und wohin sie nur gingen und tanzte ihnen weidlich auf dem Rücken. Und so kamen sie wieder herauf zu Thomas und baten ihn mit Tränen und Jammergeschrei, er möge doch seinem Knüp-

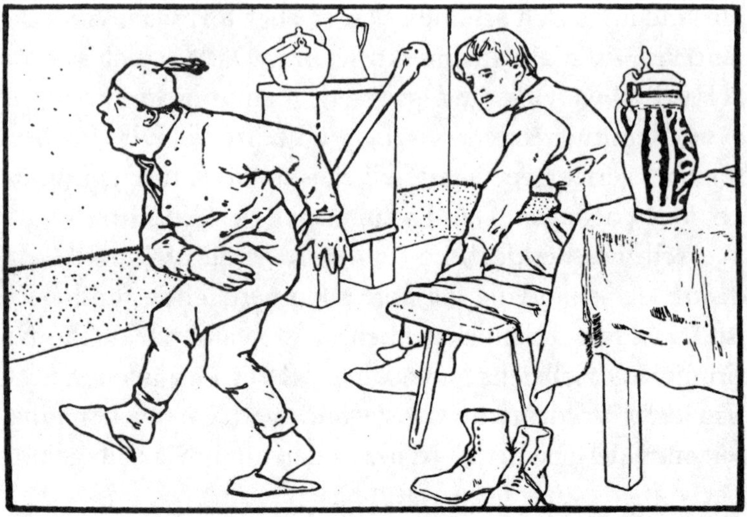

pel befehlen, daß er aufhöre. Sie wollten ihm auch das Tischchen-deck-dich und den Goldesel geben. Er möge nur den Knüppel einmal wieder in seine Tasche bringen. Da sagte Thomas: »Knüppel in den Sack!« Und der Knüppel fuhr den Augenblick in seine Tasche. Da mußte Thomas lachen.

Aber die Wirtsleute gingen weinend hinunter und legten sich zu Bette. Sie konnten aber gar nicht schlafen, nicht vor Freude, wie bei dem Tischchen-deck-dich und bei dem Goldesel, sondern vor Ärger, daß sie sich damit nicht begnügt hatten und durch ihre habsüchtige Neugier um das alles gekommen waren.

Am andern Morgen kam Thomas früh herunter und verlangte gleich das Tischchen-deck-dich und den Goldesel. Da weigerten sich der Wirt und die Wirtin. Aber Thomas fragte: »Soll ich meinen Knüppel herauslassen?« Da schrien sie aber beide: »Nein, lieber, goldener Herr! Laßt nur den Knüppel weg! Wir haben noch genug von der Nacht her!« Und holten gutwillig das Tischlein. Und der Mann brachte auch den Esel aus dem Stalle.

Thomas war aber nicht dumm. Er versuchte erst das Tischchen und sagte: »Tischchen deck dich!« Da deckte es sich und war versehen mit allerlei Speisen. Die ließ er sich wohl behagen. Dann mußte auch der Esel sein Probestücklein machen, und als er rief: »Esel, schlag aus!«, da schlug er aus, und die Goldstücke flogen in dem Hofe herum. Da sagte Thomas zu dem Wirte: »Nehmt das Gold für mein Nachtlager!« Und packte das Tischlein-deckdich dem Goldeselein auf den Rücken und zog freudig von dannen. Aber die Wirtsleute sahen ihm traurig nach.

Als aber am andern Abende nach Thomsens Abreise der alte Vater Xavier wieder auf seiner Treppe vor der Haustüre stand und hinaus auf die Landstraße sah, zog ein junger Bursche daher, der einen beladenen Esel vor sich hertrieb. Und als er näher kam, dachte er: »Der sieht gerade aus wie mein Thomas.« Und als Thomas ins Unterdorf kam, erkannte er ihn.

Aber diesmal durfte der Vater nicht erst seine Freunde und Gevatterleute und Nachbarn zusammenladen. Das ganze Dorf, jung und alt, lief Thomsen von selber nach. Und die Kinder schrien und schalten, und die Alten freuten sich schon wieder auf den Spaß, den es nun wieder in Xaviers Hause geben würde, da wieder einer von seinen Söhnen von der Wanderschaft zurückgekommen sei.

Thomas trug aber alles ganz geduldig und sagte nichts, die Leute mochten spotten und schelten, soviel sie wollten. Und als er nun vor seines Vaters Haus ankam, stellte er schweigend sein Tischlein von des Esels Rücken und rief dann seinen Vater und seine Brüder. Die kamen zwar, waren aber ganz verlegen, denn sie fürchteten, es gehe wieder wie vorher immer.

Als sie aber bei ihm waren, sagte Thomas: »Tischchen deck dich!« Und das Tischlein war mit den köstlichsten Speisen versehen. Dann sagte Thomas: »Esel, schlag aus!« Und der Esel schlug aus, und die Goldstücke flogen umher, und manche von den Kindern, die seiner vorher gespottet hatten und gescholten, bückten sich jetzt danach und wollten sich auch von den glänzenden Goldstücken etliche aufnehmen. Da sagte er aber: »Knüppel aus dem Sack!« Und der Knüppel fuhr aus seiner Tasche und schlug unter die Menge und traf recht tüchtig auf die alle, die seiner vorher gespottet und ihn gescholten hatten. Und als sie davonlaufen wollten, flog ihnen der Knüppel nach durchs ganze Dorf und erregte viel Gelächter und Geschrei und Lärmen, aber machte auch manchem einen blauen Rücken, ehe Thomas sagte: »Knüppel in den Sack!«

Und als nun alle fort waren, die Spötter, da gab Thomas seinem Bruder Hans sein Tischchen-deck-dich und seinem Bruder Stoffel den Goldesel und sagte: »Was Euch gehört, soll Euer sein, und ich will's Euch nicht vorenthalten.« Da fielen ihm der Vater und die Brüder um den Hals und dankten ihm herzlich, und führte jeder seine Gabe mit sich. Dann setzten sie sich fröhlich zusammen, und das Tischchen-deck-dich mußte sich gar manchesmal decken, und fortan lebten sie in treuer brüderlicher Eintracht beisammen.

Aber als sie durch den Goldesel immer reicher wurden und auch manchem ihrer Nachbarn aus der Not halfen, da verlor Hans nach und nach seinen Spottnamen Großhans, und von dem Esel Ia sprachen alle Leute im Dorfe mit großer Ehrerbietigkeit, und hieß niemand mehr den guten Stoffel, wie vorhin, den Eselstoffel. Wenn aber Thomas durch die Gasse ging, zogen alle, die ihm begegneten, den Hut ab, und wenn er vorbei war, zeigten sie ihn ihren Kindern und sagten ihnen dabei: »Seht, der hat das Tischchen-deck-dich und den Esel-schlag-aus seinen Brüdern gebracht. Er selbst hat aber den Knüppel-aus-dem-Sack in der Tasche. Seid brav und hütet Euch, sonst läßt er ihn heraus, und dann gibts tüchtige Schläge!«

Und als das Tischchen-deck-dich schon lange zerbrochen und der Esel-schlag-aus schon lange gestorben und Thomas schon lange begraben und auch der Knüppel-aus-dem-Sack schon lange zerschlagen war, da warnte man die Kinder in jenem Dorfe noch immer vor ihnen. Und alle Kinder, welche die Geschichte davon erfuhren, hatten Furcht vor ihm und wurden seinetwillen alle brav.

Heutzutage ist aber die Geschichte beinahe ganz vergessen, darum gibt's auch so viele böse Kinder. Hütet Euch aber und spottet niemand, der ruhig seiner Wege hingeht! Wer weiß? Am Ende ist's sonst vielleicht gar so ein Thomas mit einem Knüppel in dem Sack.

Der kleine Däumling

Es war einmal ein Holzhauer, der hatte mit seiner Frau sieben Kinder, und zwar lauter Knaben. Das älteste war erst zehn Jahre und das jüngste noch nicht sieben. Man wird sich wundern, wie der Holzhauer in so kurzer Zeit so viele Kinder haben konnte; aber seine Frau hatte sich ein wenig getummelt und war immer mit Zwillingen niedergekommen. Die guten Leute hatten nun gar nicht viel zu leben, und ihre sieben Kinder wurden ihnen schwer zu erhalten, weil noch keins davon etwas verdienen konnte. Am meisten waren sie darüber bekümmert, daß der jüngste Bube so zärtlich war und fast gar nicht sprach; und ob dies gleich ein Zeichen seines Verstandes war, so hielten sie ihn doch für dumm. Es war auch ein gar kleiner Knabe, und da er auf die Welt kam, war er kaum so groß als ein Daumen; darum nannten sie ihn auch nur den kleinen Däumling. Der arme Junge war das Marterholz im Hause, und wenn es etwas gab, so mußte er immer Unrecht haben. Gleichwohl war er der verschlagenste und aufgeweckteste von seinen Brüdern, und wenn er wenig sprach, so hörte er desto aufmerksamer zu.

Nun kam ein Mißjahr, und es entstand eine Hungersnot, und die armen Leute sannen auf Mittel, ihre Kinder loszuwerden. Als die Kinder eines Tags zu Bette waren und der Holzhauer mit seiner Frau noch am Feuer saß, sagte er voll Bekümmernis zu ihr: »Du siehst, wir können unsre Kinder nicht länger ernähren, und eh' ich sie vor meinen Augen will Hungers sterben seh'n, so will ich sie lieber morgen in dem Walde lassen. Denn während sie Reisig zu Wellen suchen, können wir uns heimlich davonmachen, ohne daß sie es merken.«

»Ach«, versetzte die Frau, »kannst du es über das Herz bringen, Mann, dich deiner Kinder zu entledigen?«

Ihr Mann stellte ihr noch einmal die große Armut vor, in der sie lebten, aber er predigte tauben Ohren; sie wollte nicht einwilligen; denn ob sie schon arm war, so war sie doch ihre Mutter. Da sie aber überlegte, was für Kummer es ihr aber machen würde, wenn sie sie Hungers sterben sähe, so willigte sie endlich unter vielen Tränen ein und ging zu Bette, aber sie konnte die ganze Nacht kein Auge zutun.

Der kleine Däumling hatte das ganze Gespräch mit angehört; denn da er in seinem Bette merkte, daß seine Eltern was Wichtiges abhandelten, war er ganz sachte aufgestanden und unter den Schemel gekrochen, auf dem sein Vater saß, damit sie ihn nicht sehen sollten. Er legte sich hierauf wieder ins Bett, konnte aber ebensowenig schlafen als seine Mutter, sondern sann die ganze Nacht darauf, was zu tun sei. Ganz früh stand er auf und ging an den Bach und las kleine weiße Kiesel auf, die er in die Tasche steckte, und ging so wieder nach Hause. Nun ging die Reise fort, und der kleine Däumling sagte seinen Brüdern kein Wort von dem, was er gehört hatte. Sie kamen in einen dicken Wald, wo man keine zehn Schritte vor sich sehen konnte. Der Holzhauer hieb Holz, und seine Kinder lasen Reisig auf, um Wellen zu machen. Da ihre Eltern sie so beschäftigt sahen, entfernten sie sich anfänglich ganz sachte, und dann liefen sie auf einem krummen Fußsteige aus Leibeskräften weiter. Die Kinder merkten bald, daß sie allein waren, und fingen an zu rufen und zu weinen. Aber der kleine Däumling ließ sie immer rufen, und es war ihm gar nicht bange, wie er wieder nach Hause kommen wollte; denn als sie in den Wald gegangen waren, hatte er auf dem ganzen Wege die kleinen weißen Kiesel gestreut, die er in der Tasche hatte. Er sagte daher zu seinen Brüdern: »Laßt euch nur nicht bange sein; unsre Eltern haben uns hiergelassen; aber ich will euch schon wieder nach Hause bringen; geht mir nur nach.« Sie gingen ihm nach, und er führte sie bis an ihr Haus. Anfänglich wagten sie es nicht hineinzugehen, sondern setzten sich vor die Türe, um zu hören, was ihr Vater und ihre Mutter sprächen.

Als der Holzhauer und seine Frau nach Hause gekommen waren, hatte ihnen der Gutsherr zehn Taler geschickt, die er ihnen seit langer Zeit schuldig war und auf die sie nicht mehr rechneten. Dies gab ihnen das Leben wieder, denn die armen Leute starben beinahe vor Hunger. Der Holzhauer schickte seine Frau sogleich in die Fleischbank; und da sie in langer Zeit nichts gegessen hatten, so kaufte sie dreimal mehr Fleisch ein, als für zwei Leute nötig war. Da sie sich nun satt gegessen hatten, sagte die arme Frau: »Ach, wo werden jetzt unsre armen Kinder sein? Die könnten sich nun noch satt essen an dem, was uns übrigbleibt. Da bist du nun schuld daran, Mann; ich habe dir gleich gesagt, daß es uns gereuen würde. Was mögen sie nun jetzt in dem Walde machen? Ach du lieber Gott, wenn sie nur die Wölfe nicht schon gefressen haben. Du bist doch ein rechter Rabenvater; deine eignen Kinder so im Stiche zu lassen.«

Der Holzhauer wurde endlich ungeduldig; denn sie sagte ihm noch hundertmal, daß es ihn gereuen würde und daß sie es gar wohl gesagt hätte; und er drohte ihr am Ende mit Schlägen, wenn sie nicht stille schwieg. Im Grunde tat es dem Holzhauer ebenso leid als seiner Frau;

aber sie ließ ihm auch gar keine Ruhe, und es ging ihm wie andern ehrlichen Leuten, die es auch wohl gerne sehen, wenn ihre Weiber recht haben, aber die nur nicht leiden können, wenn sie immer recht gehabt haben wollen ... Die Frau hörte nicht auf, zu heulen und zu schreien: »Ach, daß Gott erbarm'! Wo sind jetzt meine Kinder, meine armen Kinder?« Sie wurde dabei einigemal so laut, daß die Kinder es an der Türe hörten und alle auf einmal riefen: »Da sind wir, da sind wir.«

Sie lief gleich hin und machte die Tür auf, herzte und küßte sie und sagte einmal über das andre: »Wie dank' ich meinem lieben Gott, daß ihr wieder da seid! Ihr seid wohl recht müde und habt großen Hunger? Ach, wie hast du dich fertiggemacht, Peter! Komm her, ich will dich abwischen ...« Peter war der Älteste, und sie hatte ihn am liebsten, weil er rote Haare hatte wie sie auch. Sie setzten sich hierauf zu Tische und aßen mit gutem Appetit und erzählten ihren Eltern, wie sie sich gefürchtet hätten und wie angst ihnen im Walde geworden wäre, und dabei redeten sie immer alle auf einmal. Die armen Leute waren sehr froh, daß sie ihre Kinder wiederhatten, und diese Freude dauerte so lange, als die zehn Taler währten; aber da das Geld alle war, ging die Not von neuem an, und sie beschlossen nun wieder ernstlich, ihre Kinder im Stiche zu lassen; und um ihrer Sache gewiß zu sein, sie noch tiefer in den Wald zu führen als das erste Mal. So leise sie dies Projekt auch abhandelten, so merkte der kleine Däumling es doch und beschloß, sich wie das erste Mal zu helfen. Er stand deshalb wieder ganz früh auf, um Kieselsteine aufzulesen; aber es war nichts; denn die Haustüre war fest verschlossen. Er wußte nun nicht, was er machen sollte; aber da ihm seine Mutter das Morgenbrot gab, fiel ihm ein, daß er das Brot statt der Steine brauchen könnte, indem er es stückchenweise auf den Weg streute. Er steckte es also in die Tasche. Ihre Eltern führten sie nun an den dicksten und finstersten Ort des Waldes und gingen dann davon wie das erste Mal.

Der kleine Däumling bekümmerte sich wenig darum, denn er glaubte mit Hilfe des ausgestreuten Brotes den Weg leicht wiederzufinden; aber er erschrak nicht wenig, als er kein Krümchen mehr fand; denn die Vögel waren gekommen und hatten alles aufgefressen. Nun waren sie in großer Not, denn sie verirrten sich und kamen immer tiefer in den Wald; endlich wurde es gar Nacht, und es erhob sich ein Sturm, der sie angst und bange machte. Von allen Seiten glaubten sie das Heulen der Wölfe zu hören, die sie treffen wollten. Sie getrauten sich kaum, das Maul aufzutun oder sich umzusehen. Dann kam ein starker Platzregen, der sie bis auf die Haut durchnäßte; bei jedem Schritte gleiteten sie aus und fielen in den Kot, wobei sie sich über und über schmutzig machten.

Der kleine Däumling stieg endlich auf einen Baum, um sich umzusehen; und nachdem er lange umhergeschaut hatte, erblickte er endlich einen schwachen Schein wie von einer Lampe; aber das war noch weit, weit vom Walde. Er stieg wieder vom Baume herab, und da er auf die Erde kam, sah er nichts mehr. Da war nun guter Rat teuer. Indes marschierte er mit seinen Brüdern immer drauf los nach der Gegend zu, wo er das Licht gesehen hatte, und endlich kamen sie aus dem Walde heraus und sahen das Licht wieder. Schließlich kamen sie gar an das Haus, wo das Licht drin war, aber mit Zittern und Zagen; denn wenn sie in die Tiefe kamen, verloren sie es immer wieder aus dem Gesichte. Sie klopften an, und es kam eine Frau, machte auf und fragte, was sie wollten. Der kleine Däumling antwortete, sie wären arme Kinder, die sich im Walde verirrt hätten, und bäten sie um ein Nachtlager. Da die Frau sah, daß es lauter hübsche Kinder waren, fing sie an zu weinen und sagte: »Ach, ihr armen Kinder, wo seid ihr hingeraten. Wißt ihr wohl, daß dieses Haus einem Menschenfresser gehört, der die kleinen Kinder frißt?« Das fuhr den Kindern eiskalt über den Leib, und sie zitterten und bebten. »Ach«, sagte der kleine Däumling, »liebe Mutter, was sollten wir in aller Welt anfangen? Wenn ihr uns nicht aufnehmt, so fressen uns die Wölfe ganz gewiß noch diese Nacht; und da wollen wir doch lieber von dem Herrn gefressen sein. Vielleicht erbarmt er sich unser, wenn Sie ihn recht schön darum bittet.« Die Frau hoffte, sie bis an den andern Morgen wenigstens vor ihrem Manne zu verbergen, und ließ sie hinein und setzte sie ums Feuer herum, welches lichterloh brannte; denn es steckte ein ganzer Hammel am Bratspieße zum Abendessen für den Menschenfresser.

Sie waren kaum wieder ein wenig aufgetaut, als sie es drei- oder viermal tüchtig an die Türe schlagen hörten; es war der Menschenfresser, der wieder nach Hause kam. Da steckte die Frau die Kinder geschwind unter das Bett, und dann lief sie und machte die Türe auf. Der Menschenfresser trat hinein, und seine erste Frage war, ob das Abendessen fertig wäre und ob sie den Wein abgezogen hätte; und dann setzte er sich gleich zu Tische. Der Hammel war noch halb roh; aber das war ihm eben recht, und er schmeckte ihm nur desto besser. Darauf schnupperte er rund um sich her. »Frau«, sagte er, »ich rieche Menschenfleisch.«

»Ach«, sagte die Frau, »es wird das Kalb sein, das ich eben ausgeweidet habe.«

»Ich rieche frisches Menschenfleisch, sag ich dir«, sagte der Menschenfresser noch einmal und sah seine Frau gefährlich dazu an. »Es steckt hier was drunter, wohinter ich noch nicht kommen kann.« Bei diesen Worten stand er auf und ging gerade auf das Bett los. »Aha«, sagte er, »du denkst, mich anzuführen, du Zeterhexe. Ich werde kurzes Federlesen machen und dich zuerst fressen und die Jungen hinterdrein. Ei, hätte ich doch nicht gedacht, daß ich so delikates Wildbret finden würde; das kommt mir eben zupasse, um drei von meinen guten Freunden damit zu traktieren, die mich in kurzem besuchen werden.« Dabei zog er einen nach dem andern unter dem Bette vor. Die armen Kinder fielen auf die Knie und baten um Gnade; aber sie wußten nicht, daß sie gerade an den allerunbarmherzigsten Menschenfresser gekommen waren, der sie schon mit den Augen verschlang und zu seiner Frau sagte, wenn sie da eine gute Brühe daran machte, so würde es eine leckere Mahlzeit geben. Er ging auch schon hin und holte ein großes Messer, um sie abzuschlachten, und wetzte es auf einem großen Steine, den er in der linken Hand hielt. Als er eben einen angepackt hatte, sagte seine Frau zu ihm: »Was willst du ihn denn noch so spät abschlachten? Hast du denn nicht morgen noch Zeit genug dazu?«

»Halt's Maul!« antwortete der Menschenfresser. »Was gehen dich die Krabben an?«

»Aber du hast ja noch Fleisch die Menge«, erwiderte die Frau, »ein Kalb, zwei Hammel und ein halbes Schwein.«

»Du hast recht«, antwortete der Menschenfresser, »füttere sie nur gut, damit sie nicht mager werden, und dann laß sie zu Bette legen.« Die gute Frau war darüber sehr vergnügt. Sie gab ihnen tüchtig zu essen, aber sie konnten vor Angst nichts hinterbringen. Der Menschenfresser hielt sich seinerseits an den Wein und freute sich innerlich, daß ihm der Himmel eine so gute Mahlzeit für seine Freunde beschert hatte. Er trank ein Dutzend Becher mehr als gewöhnlich; der Wein stieg ihm in den Kopf, und er mußte sich zu Bette legen.

Der Menschenfresser hatte sieben Töchter, die noch klein waren. Sie waren alle rund und fett, denn sie aßen auch rohes Fleisch wie ihr Vater, aber sie hatten kleine, runde graue Augen, gebogene Nasen und große Mäuler mit langen scharfen Zähnen, die weit auseinanderstanden. Sehr schlimm waren sie eben noch nicht; aber sie versprachen alles mögliche, denn sie bissen schon die kleinen Kinder, um ihnen das Blut auszusaugen.

Sie waren beizeiten schlafen gegangen und lagen alle in einem großen Bette, und jede hatte eine goldne Krone auf dem Kopfe. In derselben Kammer stand noch ein anderes Bett von derselben Größe. In dieses Bett brachte die Frau die sieben Knaben und legte sich dann selbst zu ihrem Manne. Der kleine Däumling, der gleich gesehen hatte, daß die kleinen Menschenfresserkinder goldne Kronen auf den Köpfen hatten, und dem bange war, es möchte den Menschenfresser gereuen, sie nicht noch den Abend abgeschlachtet zu haben, stand um Mitternacht auf, setzte den sieben Mädchen seine und seiner Brüder Mützen auf und nahm ihnen dafür die Kronen ab und setzte sie sich und seinen Brüdern auf, damit der Menschenfresser sie für seine Töchter und seine Töchter für die Jungen halten möchte, die er schlachten wollte.

Es kam gerade so, wie er sich's eingebildet hatte. Der Menschenfresser war um Mitternacht aufgewacht, und es hatte ihn gereut, die Tötung bis auf den andern Tag aufgeschoben zu haben. Er sprang also aus dem Bette, nahm sein großes Messer und sagte: »Ich will doch sehen, was die jungen Herrn oben machen. Diesmal soll's gewiß das letzte Mal sein.« Er tappte die Treppe hinauf und kam in die Kammer, wo seine Mädchen schliefen. Darauf ging er an das Bett, wo die Jungen lagen und schnarchten. Nur der kleine Däumling schlief nicht, sondern fühlte gar wohl, wie ihm der Menschenfresser auf dem Kopfe herumtappte, so wie er es auch bei seinen Brüdern getan hatte. Da der Menschenfresser die Kronen fühlte, sagte er: »Nun, da hätte ich einen schönen Streich machen können. Ich merke wohl, daß ich gestern abend über den Durst getrunken habe.« Dann ging er an seiner Töchter Bett, und da er hier die Jungenmützen fühlte, sagte er: »Da find' ich ja die kleinen Bälge. Nun frisch ans Werk.« Bei diesen Worten schnitt er seinen sieben Töchtern die Kehlen ab, mir nichts, dir nichts; und wie er damit fertig war, legte er sich guten Mutes wieder zu seiner Frau ins Bett. Als ihn der kleine Däumling schnarchen hörte, weckte er geschwind seine Brüder auf und sagte ihnen, sie sollten sich schnell anziehen und ihm folgen. Sie taten es, gingen ganz sachte hinab in den Garten und sprangen über die Mauer. Dann liefen sie die ganze Nacht unter Zittern und Zagen und ohne zu wissen, wo sie hinkämen.

Den andern Morgen wachte der Menschenfresser auf und sagte zu seiner Frau: »Geh hinauf und mache die kleinen Jungen zurecht.« Die Frau wußte gar nicht, was sie von der großen Güte ihres Mannes denken sollte; denn da er ihr befahl, die Kinder zurechtzumachen, meinte sie nicht anders, als sie sollte sie anziehen. Sie ging also hinauf und war beinahe des Todes, da sie ihre sieben Töchter im Blute schwimmen sah. Sie fiel in Ohnmacht; denn das ist immer das erste, was die Frauen tun, wenn sie nicht weiterwissen. Der Menschenfresser ging ihr nach, um ihr zu helfen, damit sie nicht zu lange trödeln sollte. Er erschrak beinahe ebensosehr wie seine Frau bei dem Anblick seiner geschlachteten Töchter.

»Ach«, schrie er, »was hab ich da getan! Aber ich will sie dafür bezahlen, die Schurken!«

Er goß hierauf seiner Frau einen Eimer Wasser ins Gesicht, wodurch sie wieder zu sich kam. Dann sagte er zu ihr: »Hole mir gleich meine Siebenmeilenstiefel, ich will sie schon einholen.« Er machte sich auf den Weg; marschierte bald da-, bald dorthin und kam endlich auf die Straße, welche die armen Kinder zogen, die nur noch hundert Schritte von ihres Vaters Hause waren. Sie sahen den Menschenfresser von ferne, der über die breitesten Ströme wegschritt, als wenn es Bäche wären. Der kleine Däumling ward zum guten Glücke einen hohlen Felsen in der Nähe gewahr, unter den er mit seinen sechs Brüdern kroch und aufpaßte, was der Menschenfresser anfangen würde. Dieser war von dem langen, unnützen Laufen so müde (denn die Siebenmeilenstiefel nahmen ihren Mann auch tüchtig mit), daß er ein wenig ausruhen mußte; und durch ein sonderbares Ungefähr setzte er sich gerade auf den Felsen, unter welchen die Knaben sich versteckt hatten, nieder.

Vor großer Müdigkeit schlief er bald darauf ein und fing an so entsetzlich zu schnarchen, daß den armen Kindern ebenso bange dabei wurde wie da, als er ihnen das Messer an die Kehle setzte. Dem kleinen Däumling war am wenigsten angst, und er sagte zu seinen Brüdern, sie sollten nur nach Hause gehen, während der Menschenfresser schliefe, und seinetwegen unbekümmert sein. Sie folgten seinem Rat und eilten ins Haus.

Der kleine Däumling aber kroch aus seinem Loche heraus und schlich sich auf den Zehen zu dem Menschenfresser hin, zog ihm ganz sachte die Stiefel von den Beinen und zog sie selbst an. Die Stiefel waren zwar sehr groß und weit; aber da sie bezaubert waren, so konnte sie jedermann anziehen, und sie paßten gleich an jeden Fuß, und so saßen sie auch dem kleinen Däumlinge, als wenn sie ihm angemessen wären. Er ging gerade in des Menschenfressers Haus, wo er die Frau bei ihren toten Kindern in Tränen fand. »Euer Mann«, hob der kleine Däumling an, »ist in großer Gefahr. Räuber haben ihn überfallen und drohen, ihm das Leben zu nehmen, wenn er nicht all sein Gold und Silber herausgibt. Da sie ihm eben das Messer an die Kehle setzten, wurde er nicht gewahr und bat mich, Euch die Nachricht von diesem unglücklichen Zufalle zu bringen und mir alles von Euch geben zu lassen, was er von Wert besitzt, ohne etwas zurückzubehalten. Denn sonst werden sie ihn ohne alle Barmherzigkeit totschlagen. Da die Sache keinen Aufschub litte, hat er mir seine Siebenmeilenstiefel gegeben, wie Ihr seht, um geschwinder vom Flecke zu kommen und um mich bei Euch zu legitimieren.«

Die gute Frau gab ihm im ersten Schrecken alles, was sie hatte; denn sie hatte ihren Mann lieb, obwohl er gleich die kleinen Kinder fraß; und der kleine Däumling kam, mit den Reichtümern des Menschenfressers beladen, in seines Vaters Hause an und ward mit offenen Armen aufgenommen.

Über diesen letzten Umstand ist man indes nicht recht einig, und manche behaupten, der kleine Däumling habe den Menschenfresser nicht bestohlen, sondern ihm nur seine Siebenmeilenstiefeln ohne Bedenken weggenommen, weil er den kleinen Kindern damit nachlief. Diese Leute versichern, dies von guter Hand zu wissen und selbst in dem Hause des Holzhauers bekannt zu sein. Sie erzählen, der kleine Däumling habe die Stiefel angezogen und sei damit an den Hof gegangen, weil er wußte, daß man daselbst über den Zustand einer Armee, die zweihundert Meilen entfernt war, und über den Ausgang einer Schlacht unterrichtet zu sein wünschte. Der König versprach ihm eine große Summe Geldes, wenn er ihm Nachricht brächte; und Däumling brachte sie noch denselben Abend. Hierdurch machte er sich bekannt und verdiente unglaublich viel Geld; denn der König bezahlte ihn reichlich, um seine Befehle an die Armee zu bringen; und eine Menge Damen gaben ihm, was er wollte, damit er ihnen Nachricht und Briefchen von ihren Liebhabern brächte. Dies trug ihm das meiste ein. Es fanden sich auch einige Frauen, die ihm Briefe an ihre Männer mitgaben; aber diese bezahlten nicht sonderlich, diese Einnahme schlug bei ihm nicht hoch zu Buche. Nachdem er eine Zeitlang den Boten gemacht und unermeßliches Geld gesammelt hatte, kam er wieder zu seinen Eltern, die eine ganz unbeschreibliche Freude hatten, als sie ihn wiedersahen. Er gab der ganzen Familie von seinen Reichtümern ab. Er kaufte seinem Vater und jedem seiner Brüder eine einträgliche Stelle, setzte sie alle in gute Umstände und vergaß sich auch selbst bei der Gelegenheit nicht.

Die zwölf Räuber und die Müllerstochter

Vor vielen Jahren ist es geschehen in einer Mühle, die stand am Walde, und es ist eine ganz besondere Geschichte. Der Müller dort hatte einen Sohn und drei Töchter, und in der Mühle arbeitete ein alter Mühljunge. Einmal nun, wie die Weihnachten wieder herankamen, da hatte die jüngste Müllerstochter, das war die klügste, einen ganz sonderbaren Traum; es träumte ihr, sie solle daheim bleiben in der Mettennacht, dann würde das Haus vor einem großen Unglück bewahrt. Und darum bestand das Mädel darauf, daß sie daheim blieb, während alle anderen in die Kirche gingen.

In der finsteren Stube, in der nur am Altarl ein armseliges Ölfunserl brannte, blieb nun das Mädchen sitzen beim offenen Fensterguckerl und horchte in die Nacht hinaus; denn es war ihr immer, als müßte tatsächlich etwas kommen, dem sie begegnen müsse. Es dauerte auch gar nicht lange, so hörte sie Knistern im Schnee und sah zwölf Gestalten auf die Mühle zuschreiten. Sie hielt sich nun mäuschenstill und vernahm, wie die heimlich ausmachten: »Durchs Fenster können wir nicht, denn alle sind vergittert. Die Tür ist verriegelt, es bleibt nur das Kellerfenster übrig, und da können wir leicht hinein, einer nach dem andern.«

Da nahm das mutige Mädchen rasch die Ampel vom Altarl weg und eilte damit in den Vorkeller, so daß das Kellerfenster in einem Dämmerschein lag, rückte den

Hackstock zum Fenster hin und bewaffnete sich mit der Fleischhacken aus der Kematen. Es währte auch gar nicht lange, so kamen die zwölf Räuber zum Kellerfenster hin, hoben vorsichtig das Glasfenster aus und ließen dann den ersten einsteigen. Kaum steckte er aber den Kopf in den Keller über den Hackstock, da sauste die Hacke nieder, und der Kopf rollte in einen Winkel. Dann faßte sie den Geköpften und zog ihn in den Keller.

Und das gleiche geschah dem zweiten, dem dritten, jedem, auch dem elften Räuber.

Der zwölfte aber war der Hauptmann, und der war schlauer als die anderen; dem war die Stille im Keller aufgefallen, und einen Schatten hatte er gemerkt, der ihm verdächtig vorkam. Und so ging er vorsichtig zu Werke. Aber bald hätte es auch ihn getroffen. Das Mädel hatte aber zu früh zugeschlagen und dem Hauptmann mit der Hacke einen Hieb in die Wange versetzt, worauf er sofort zurückkroch und flüchtete.

Nicht lange darauf kamen die Hausleute. Auf ihr Klopfen ließ sie die zuerst nicht ein und öffnete ihnen erst auf ihr Rufen, darauf erzählte sie ihnen, was sie getan hatte. Die andern wollten ihr zwar anfangs nicht glauben, als sie aber dann die elf Leichen sahen, da lobten alle sie wegen ihrer Tapferkeit. Man grub nun am Waldesrand eine tiefe Grube und legte die Leiber der Geköpften und ihre Köpfe hinein.

Der Winter verging, der Frühling kam, und der Sommer auch. Da sprach ein fremder, fescher Mühljunge mit verbundener Wange bei der Mühle vor und fragte um Arbeit. Da der alte Mühljunge bereits recht gebrechlich war, so war es dem Müller ganz recht, noch einen Gehilfen zu dem alten zu bekommen, und der neue Mühljunge war so fleißig und willig, daß bald seine Kameraden wie auch seine Herrenleute große Stücke auf ihn hielten, zumal er von besseren Leuten war. »Ja, meine Familie stammt aus der Stadt und ist reich«, sagte er des öfteren, »und mein Vater hat auch eine Kunstmühle, und da soll ich Müller werden. Aber ich soll es zuerst noch in der Fremde probieren, hat der Vater gesagt.«

Nur eine war im ganzen Haus, die ihn nicht leiden konnte, und das war die jüngste Tochter. Sie hatte eine solche Scheu vor ihm, sie wußte selbst nicht, warum, und wich ihm aus, wo sie nur konnte. Und gerade auf sie schien er es abgesehen zu haben, er ging ihr nach auf Schritt und Tritt, wenn's möglich war, und sagte auch, er wüßte schon, welche von allen er allein nehmen möchte. So trat er denn eines Tages vor den Müller hin und warb um die Jüngste. Der Alte war hocherfreut, einen solchen vornehmen Schwiegersohn zu bekommen, doch als er seine Tochter in der Küche fragte, was sie dazu sage, da erwiderte sie kurz und bündig: »Nein.« Umsonst machte der Müller dem Freier eine Aussicht auf eine der beiden anderen: »Entweder die Jüngste oder keine«, sagte der.

Wieder vergingen etliche Wochen voll Arbeit, und der Mühljunge war fleißiger denn je. Und dann trat er wieder vor den Müller mit der Werbung hin. Der nahm sich wieder die Tochter ins Gebet, doch trotz aller Vermahnung blieb die bei ihrem »Nein«.

Aber noch nicht ließ sich's der Mühljunge verdrießen und arbeitete, daß es eine Freude war, ihm zuzusehen, und der Müller bereute bereits, daß er dem Dickköpferl zuviel nachgegeben, und nahm sich vor, falls der Mühljunge nochmals mit der Werbung komme, einfach sein Mädel zum Jawort zu zwingen.

Und als nach ein paar Wochen neuerdings der Mühljunge mit seiner Werbung vor ihm stand, da sagte er sofort ja und amen, ließ seine Tochter rufen und befahl ihr, zur Werbung ja zu sagen; sie möge des vierten Gebotes eingedenk sein. Darauf erwiderte das Mädchen: »Euretwillen wohl, aber meinetwillen nicht.«

Da tat der Mühljunge einen Juchzer und erbat einen mehrtägigen Urlaub. Und nach drei Tagen kam er mit einem feinen Gefährt zurück, um, wie er sagte, seiner Braut seine Kunstmühle zu zeigen.

Wohl zögernd stieg sie in den Wagen – wenn sich auch der Bräutigam immer zart benommen hatte – und fuhr mit ihm fort. Zuerst ging es in den dunklen Wald, dann über Waldwiesen zu einem Jungwald, wo einzelne hochragende Samlärchen standen.

»Hier ist's schön«, meinte er da, »hier wollen wir rasten. Der Baumstrunk ladet zum Sitzen ein. Setz dich hin und schau nach, was mich am Kopfe beißt; es wird doch kein Ungeziefer sein!« Dabei legte er ihr den Kopf in den Schoß und streifte das Tüchlein dabei von der Wange. Als sie an der Wange die Schramme sah, erkannte sie in ihrem Bräutigam den zwölften Räuber und erschrak in ihrem Herzen gar sehr; er aber vernahm ihr Herzklopfen, erhob sich plötzlich und sagte: »So, jetzt hab ich dich endlich. Elf Knechte hast du mir umgebracht. Dafür will ich dich nun mutternackt ausziehen und aus deiner Haut mir Riemen schneiden und damit dich dann zu Tode peitschen.«

»Ach, lieber Räuber«, bat sie ihn da voll Todesangst, »eine Gnade nur gewähre mir! Dreimal laß mich um Hilfe schreien!«

»Das magst du meinetwegen tun«, sagte er und wetzte dabei das Messer, »denn niemand wird dich hören.«

Da lief sie ein paar Schritte hinweg und lief laut in den Wald hinein: »Lieber, viellieber Vater mein, o komm, mir zu helfen! Er will mich morden, Riemen schneiden aus meinem Leib.«

Doch rauschten nur die Bäume im Wind, sonst war kein Laut umher.

Und wiederum rief sie in den Wald: »Liebe, vielliebe Mutter mein, o komm, mir zu helfen! Er will mich ermorden, Riemen schneiden aus meinem Leib.«

Und wieder war nichts anderes zu hören als nur das Rauschen in den Bäumen. Der Räuber aber hatte sein Messer gewetzt und ging nun daran, ihr die Kleider auszuziehen, um Riemen aus ihr zu schneiden.

Da rief sie zum dritten Male noch lauter in den Wald: »Lieber, viellieber Bruder mein, o komm, mir zu helfen! Er will mich ermorden, Riemen schneiden aus meinem Leib.«

Dabei fiel aber schon das letzte Stück Gewand von des armen Mädchens Leib, und er band sie mit Stricken an einen Lärchenbaum.

Den Ruf aber hatte der Bruder des Mädchens gehört, der im Walde jagen war; rasch schickte er seinen Hund voraus, und dieser fiel den Räuber an und riß ihn zu Boden, während das zitternde Mädchen auf die Seite taumelte.

Bald kam auch der Jäger selbst; der machte mit dem Räuber kurzen Prozeß, band ihn an den Baum und erschoß ihn. Dann half er dem Mädchen beim Ankleiden, sperrte das Messerbesteck in das Wagenkastle, kehrte den Wagen um und fuhr mit seiner Schwester heim.

War das ein Staunen und dann eine Freude, als der Bruder erzählte, wie er die Schwester gerettet hatte!

Gevatter Tod

Ein armer Mann hatte schon zwölf Kinder, und als ihm nun das dreizehnte geboren wurde, wußte er sich nicht mehr zu helfen und lief in seiner Not hinaus in den Wald. Da begegnete ihm der liebe Gott und sagte: »Ich will der Gott deines Kindes werden, und ich will einen Doktor der Heiligen Schrift aus ihm machen, und er soll ein Heiliger werden im Himmel.« Der Mann antwortete: »Ich will dich nicht zum Gotte meines Kindes, denn so müßte er ein Märtyrer und Kreuzträger sein auf Erden, sein Leben lang.« Bald begegnete ihm der Teufel und sprach: »Ich will dein Gevatter sein, und ich will dein Kind zum Doktor der Rechte machen, und er soll Geld und Gut haben und alles Vergnügen auf der Welt.« Der Mann versetzte: »Ich will dich nicht zum Gevattersmann; denn so würde mein Kind durch Unrecht ins Verderben kommen in alle Ewigkeit.« Zuletzt begegnete ihm der Tod, der zu ihm sprach: »Ich will der Tod deines Kindes sein, und ich will einen Doktor der Arznei aus ihm machen, und er soll reich werden an Ehren und Würden.« Der Mann sagte: »Du bist mir der rechte Gevatter, wie ich ihn wünsche; denn du machst keinen Unterschied zwischen den Menschen, und wie wir uns hier betten, so liegen wir dort ohne dein Zutun.«

Zur festgesetzten Stunde kam auch der Tod und hielt das Kind über die Taufe. Nachdem es groß geworden, kam er einmal wieder und führte seinen Paten in den Wald und sprach zu ihm: »Jetzt will ich dich zum Doktor

machen. Nun ist zwar für den Tod kein Kräutlein gewachsen, und du magst's damit halten, wie du willst. Aber dieses Zeichen geb' ich dir, und wenn du es recht gebrauchest, so wirst du zu großen Ehren und Würden gelangen, wie ich deinem Vater versprochen. Drum merke: Wenn ein Mensch, der am Sterben liegt, durch den Priester die Ölung empfängt, da bin ich auch dabei. Siehst du mich nun zu den Häupten des Kranken stehen, so wird er genesen. Siehst du mich aber zu den Füßen desselben stehen, so wird er sterben. So kannst du denn allzeit im voraus sagen, ob er wieder gesund werde oder sterben müsse. Und so wird es denn nicht fehlen, daß du in den bedenklichsten Fällen zu Rate gezogen und um deiner Wissenschaft willen mit großen Ehren und reichlichen Geschenken wirst überhäuft werden.«

Das hat denn auch der Doktor getan, wie ihm der Tod geraten; und es ist so geschehen, wie ihm sein Tod gesagt hat. Sein Ruf ging weit hinaus in die Länder. Und was reich und vornehm war, ließ ihn holen, und er gewann an Gütern, Ehren und Würden so viel, daß er's kaum zu rechnen und schätzen wußte.

Endlich aber, als er zu hohen Jahren gekommen, verfiel auch er in Krankheit. Da, wie ihm nun der Priester das Sakrament erteilte, schaute er sich um, und er sah, daß ihm der Tod zu den Häupten stand. Also prophezeite er den Umstehenden, daß er an der Krankheit nicht sterben werde, worüber sich alle verwunderten.

Nach einem Jahre aber wurde er wiederum schwer krank, und in derselben Zeit sah er zu seinem Schrecken den Tod zu seinen Füßen stehen. Er faßte sich aber sogleich und raffte seine letzten Kräfte zusammen und legte sich verkehrt, so daß der Tod ihm nun an seinem Haupte zu stehen kam; und er wurde wiederum gesund.

Nach Verlauf eines Jahres befiel ihn dieselbe Krankheit, und er lag sterbensmatt im Bette. Während nun der Priester die Gebete las und der Kranke die Sterbekerze in der Hand hielt, da wollte immer noch kein Tod erscheinen; aber plötzlich strich ein kalter Luftzug durch das Zimmer und löschte die Kerze aus, und in demselben Augenblick war auch der Kranke tot.

Die Mär vom Machandelbaum

Das ist nun alles lange her, wohl zweitausend Jahr, da war ein reicher Mann, der hatte eine schöne, fromme Frau, und sie hatten sich beide sehr lieb, hatten aber keine Kinder; sie wünschten sich aber sehr welche, und die Frau betete so viel darum, Tag und Nacht; dennoch kriegen sie keine und kriegen keine. Vor ihrem Hause war ein Hof, darauf stand ein Machandelbaum, hinter dem steht die Frau einst im Winter und schält sich einen Apfel. Und als sie sich den Apfel so schälte, so schnitt sie sich in den Finger, und das Blut fiel in den Schnee. »Ach«, sagte die Frau und seufzte so recht hoch auf und sah das Blut vor sich an und war so recht wehmütig, »hätte ich doch ein Kind so rot wie Blut und so weiß wie Schnee!« Und als sie das sagte, da ward ihr so recht fröhlich zumute, ihr war recht, als sollte das was werden. Da ging sie zu dem Hause, und es ging ein Monat hin, der Schnee verging und zwei Monde – da war das Grün, und drei Monde – da kamen die Blumen aus der Erde, und vier Monde –, da drängten sich alle Bäume ins Holz, und die grünen Zweige waren alle ineinandergewachsen. Dort sungen die Vögelchen, daß das ganze Holz schallte, und die Blüten fielen von den Bäumen. Da war der fünfte Mond weg, und sie stand hinter dem Machandelbaum, der roch so schön; da sprang ihr das Herz vor Freuden, und sie fiel auf ihre Knie und konnte sich nicht lassen. Und als der sechste Mond vorbei war, da wurden die Früchte dick und stark, da ward sie ganz still. Und der siebente Mond – da griff sie nach den Mandelbeeren und aß sie so naschig, daß sie traurig und krank ward. Da ging der achte Monat hin, und sie rief ihren Mann und weinte und sagte: »Wenn ich sterbe, so begrabe mich hinter dem Machandelbaum!« Da wurde sie ganz getrost und freute sich, bis der neunte Monat vorbei war, da kriegte sie ein Kind so weiß wie Schnee und so rot als Blut; und als sie das sah, so freute sie sich so, daß sie starb.

Da begrub sie ihr Mann hinter dem Machandelbaum, und er fing an zu weinen, einige Zeit ganz untröstlich; dann ward er was stiller, und als er sich ausgeweint hatte, da hörte er auf, und noch einige Zeit – da nahm er sich wieder eine Frau.

Mit der zweiten Frau kriegte er eine Tochter, das Kind aber von der ersten war ein Söhnchen und war so rot als Blut und so weiß wie Schnee. Wenn die Frau ihre Tochter ansah, so hatte sie sie so lieb; aber sah sie den lustigen Jungen an, und das ging ihr so durchs Herz, und ihr däuchte, als stünde er ihr allerwegen im Weg, und dachte zumal immer, wie sie ihrer Tochter all das Vermögen zuwenden wolle. Und der Böse gab ihr das ein, daß sie dem Jungen ganz gram ward und stets um ihn herum, von einer Ecke in die andre, und pufft ihn hier und knufft ihn dort, so daß das arme Kind immer in Angst war; wenn er denn aus der Schule kam, so hatte er keine ruhige Stunde.

Einst war die Frau auf die Kammer gegangen, da kam das Töchterchen auch herauf und sagte: »Mutter, gib mir einen Apfel!«

»Ja, mein Kind«, sagte die Frau und gab ihr einen schönen Apfel aus der Kiste; die Kiste aber hatte einen großen, schweren Deckel mit einem großen scharfeisernen Schloß. »Mutter«, sagte die Tochter, »soll Bruder nicht auch einen haben?« Das verdroß der Frau, doch sagt sie: »Ja, wenn er aus der Schule kommt.« Und als sie aus dem Fenster gewahr wurde, daß er kam, so war das recht, als wenn der Böse über sie kam, und sie griff zu und nahm ihrer Tochter den Apfel wieder weg und sagte: »Du sollst nicht eher einen essen als Bruder.« Darauf schmeißt sie den Apfel in die Kiste und macht die Kiste zu. Da kommt

der Junge an die Tür; da gab ihr der Böse ein, daß sie freundlich zu ihm sagte: »Mein Sohn, willst du einen Apfel essen?« und sah ihn so hastig an. »Mutter«, sagte der kleine Junge, »was siehst du grausig aus, ja, gib mir einen Apfel!« Da war ihr, als sollte sie ihn töten. »Komm mit mir«, sagt sie und macht den Deckel auf, »hol dir einen Apfel heraus!« Und wie sich der Jung hineinbückt, so rät ihr der Böse: bratsch – schlug sie den Deckel zu, daß der Kopf abflog und unter die roten Äpfel fiel. Da überlief sie das in der Angst und dachte: »Konnte ich das von mir bringen?« Drauf ging sie bebend nach ihrer Stube, nach ihrem Tragkasten und holte aus der Wäschlade ein weites Tuch und setzte den Kopf wieder auf den Hals und band das Halstuch so um, daß man nichts sehen konnte, und setzte ihn vor die Tür auf einen Stuhl und gab ihm den Apfel in die Hand.

Da kam darnach Marleinichen zu ihrer Mutter in die Küche, die stand bei dem Feuer und hatte einen Kessel mit heißem Wasser vor sich, den rührte sie immer um. »Mutter«, sagte Marleinichen, »Bruder sitzt vor der Tür und sieht ganz weiß aus und hat einen Apfel in der Hand; ich habe ihn gebeten, er soll mir den Apfel geben, aber er antwortet mir nicht. Da ward mir ganz traurig.«

»Geh noch mal hin«, sagte die Mutter, »und wenn er dir nicht antworten will, so gib ihm eins an die Ohren.« Da ging Marleinichen hin und sagte: »Bruder, gib mir den Apfel!« Aber er schwieg still; darauf gab sie ihm eins auf die Ohren, da fiel der Kopf herunter. Darüber entsetzte sie sich und fing an zu weinen und zu trauern und lief zu ihrer Mutter und sagte: »Ach Mutter, ich habe meinem Bruder den Kopf abgeschlagen!« und weinte und wollte sich nicht zufriedengeben. »Marleinichen«, sagte die Mutter, »was hast du denn? Aber schweig nur still, daß kein Mensch merkt, das ist nun doch nicht zu ändern; wir wollen ihn in Suppe kochen.« Da nahm die Mutter den Jungen und hackte ihn in Stücken, tat ihn da in den Topf und kochte ihn zu Brühe. Marleinichen aber stand dabei und weinte und weinte, und die Tränen fielen alle in den Topf.

Da kam der Vater nach Hause und setzte sich zu Tisch und sagte: »Wo ist denn mein Sohn?« Da trug die Mutter eine große, große Schüssel auf mit schwarzer Brühe, und Marleinichen weinte und konnte sich nicht halten. Da sagte der Vater wieder: »Wo ist denn mein Sohn?«

»Ach«, sagt die Mutter, »er ist über Land gegangen, nach M. zum Oheim, er will dort was bleiben.«

»Was macht er denn da? Und hat mir nicht mal adieu gesagt!«

»Oh, er wollte gern hin und bat mich, ob er da wohl sechs Wochen bleiben könnte.«

»Ach«, sagte der Mann, »mir ist so recht traurig, das ist doch nicht recht, er hätte mir doch adieu sagen sollen!« Und er fing an zu essen und sagte: »Marleinichen, was weinst du? Bruder wird wohl wiederkommen!«

»Ach Frau«, sagt er dann, »was schmeckt mir das Essen schön, gib mir mehr«; und je mehr er aß, je mehr wollte er haben und sagte: »Gebt mir mehr, ihr sollt nichts da-

von haben, das ist, als wenn das alles mein wäre!« Und er aß und aß, und die Knochen schmiß er alle unter den Tisch, bis er alles aushatte. Marleinichen aber ging hin nach ihrer Kommode und nahm aus dem untersten Fach ihr bestes seidnes Tuch und holte alle die Beinichen und Knochen unter dem Tisch herauf und band sie in das seidene Tuch und trug sie vor die Tür und weinete ihre blutigen Tränen. Da legte sie sie unter den Machandelbaum in das grüne Gras, und als sie sie dahin gelegt hatte, so war ihr mit einmal so recht leicht und weinte nicht mehr. Da fing der Machandelbaum an, sich zu bewegen, und die Zweige taten sich immer so recht voneinander und wieder zusammen, so recht, als wenn sich einer so recht freut und mit den Händen so tut. Und alsbald ging daraus so ein Nebel von dem Baum, und recht im Nebel, da brannte ein Feuer, und aus dem Feuer, da flog so ein schöner Vogel heraus, der sang so herrlich und flog hoch in die Luft. Und als er weg war, da war der Machandelbaum, wie er zuvor gewesen, und das Tuch mit den Knochen war weg. Marleinichen aber war so recht leicht und vergnügt, recht als wenn der Bruder noch lebte. Darauf ging sie wieder ganz lustig ins Haus bei Tisch und aß.

Der Vogel aber flog weg und setzte sich auf eines Goldschmieds Haus und fing an zu singen:

»Mein Mütterlein mich bräkelte,
Mein Väterchen mich häkelte,
Mein Schwesterlein Marleinichen,
Die suchte meine Beinichen,
In eines Tüchleins seidnem Sarg
Am Baum sie mein Gebeine barg!
Piroli, Mahandel, Mahandelbaum,
Ich bin ein Vogel und weiß es kaum!«

Der Goldschmied saß auf seiner Werkstelle und machte eine goldene Kette. Da hört er den Vogel, der auf seinem Dach saß und sang, und das dünkt ihm so schön. Da stand er auf, und als er hinausging, so verlor er einen Pantoffel, er ging aber so recht mitten auf der Straße, einen Pantoffel und eine Socke an, sein Schurzfell hat er vor, und in der einen Hand hatte er die goldne Kette und in der andern die Zange. Und die Sonne scheint so hell auf der Straße, da ging er rechts zu stehen und sah den Vogel an. »Vogel«, sagt er da, »wie schön kannst du singen, sing mir das Stück noch mal!«

»Nein«, sagt der Vogel, »zweimal singe ich nicht umsonst, gib mir die goldne Kette, so will ich dir das noch mal singen!«

»Da«, sagt der Goldschmied, »hast du die goldne Kette und sing mir das noch mal.« Da kam der Vogel und nahm die goldne Kette so in die rechte Kralle und ging vor den Goldschmied und sang:

»Stiefmütterchen hat mich zerrissen,
Mein Väterchen hat mich gebissen,
In das Schürzchen meine Mareile
Zusammenlas meine Gebeine,
Die hat sie getragen zum Baum, zum Baum,
Zu der Mutter grünem Mahandelbaum!
Kiwidi, kiwidi, kiwit!
Ich bin kein Vogel nit!«

Da flog der Vogel weg nach einem Schuster und setzte sich nieder auf seinem Dach und sang dasselbige Liedel.

Der Schuster hörete das und lief vor seine Tür im aufgestrisselten Hemdenärmel und sah nach seinem Dach und mußte die Hand vor die Augen halten, damit die Sonne ihn nicht blende. »Vogel«, sagt er, »was kannst du schön singen!« Da rief er in seine Tür herein: »Frau, komm mal heraus, dort ist ein Vogel, sieh mal, der Vogel da kann mal schön singen!« Da rief er seine Tochter und Kinder und Gesellen und die junge Magd, und kamen alle auf die Straße und sahen den Vogel an, wie er schön wäre. Und er hatte so recht rote und grüne Federn, und um den Hals war das aus lauter Gold, und die Augen blitzerten ihm im Kopf wie Sterne. »Vogel«, sagt der Schuster, »nun sing mir das Stück noch mal!«

»Nein«, sagt der Vogel, »zweimal sing ich niemals umsonst, du mußt mir was schenken.«

»Frau«, sagt der Mann, »geh nach der Bank auf der Oberstube, da stehen ein Paar rote Schuhe, die bring her.« Da ging die Frau hinauf und holte die Schuhe. »Da, Vogel«, sagt der Mann, »nun sing mir das Stück noch mal!« Drauf kam der Vogel und nahm die Schuh in die linke Klau' und flog wieder auf das Dach und sang das vorige Liedel.

Und als er ausgesungen hatte, so flog er weg. Die Kette hatte er in der rechten und die Schuhe in der linken Klau', und er flog weit weg nach einer Mühle, und die Mühle ging klipp klapp – klippe klappe – klipp klapp, und in der Mühle, da saßen zwanzig Müllerburschen, die hauten einen Stein und hackten, hick hack – hicke hacke – hick hack, und die Mühle ging dazu klipp klapp – klippe klappe – klipp klapp. Da ließ sich der Vogel auf einem Lindenbaum nieder, der vor der Mühle stand und sang:

»Stiefmutter, die mich zerreißt«,
da hörte ein Mühlknappe auf,
»Mein Vater mich aufspeist«,

da hörten noch zwei auf und hörten das,
»Mein Schwesterchen Marleinichen«,
da hörten wieder vier auf,
»hat 'funden meine Beinichen!
In einem Scharlachschreinichen«,
nun hackten noch acht Mann,
»Sie trug sie«,
nun noch fünf Mann,
»zum Mahandelbaum!«,
nun noch ein Mann,
»Kitsch-schitsch-scheritschie!
Ich bin der Vogel hie!«

Da hört der letzte auch auf und hat das letzte noch gehört. »Vogel«, sagt er, »was singst du schön, laß mich das auch hören, singe mir das noch mal!«

»Nee«, sagt der Vogel, »zweimal singe ich nit umsonst, gib mir den Mühlenstein, so will das noch mal singen!«

»Ja«, sagt der Mühlbursche, »wenn er mir allein gehört, so sollst du ihn haben!«

»Ja«, sagten die andern, »wenn er noch mal singt, so soll er ihn haben.«

Da kam der Vogel herab, und die Müllers faßten alle zwanzig mit Bäumen an und bohrten den Stein auf in die Höhe, ho hopp hoch – huh nuh nuff! Darauf steckte der Vogel den Hals durch das Loch und nahm den Mühlstein um wie einen Kragen und flog wieder auf den Baum und sang das alte Lied. Und als er das ausgesungen, da tat er die Flügel voneinander und hat in der rechten Klaue die Kette und in der linken die Schuhe und um den Hals den Mühlenstein und flog weit weg nach seines Vaters Hause.

In der Stube saß der Vater, die Mutter und Marleinichen bei Tisch, und der Vater sagt: »Ach, wie wird mir leicht, mir ist recht groß zumute!«

»Nein«, sagt die Mutter, »mir ist so angst und bange, so recht, als wenn ein schwer' Gewitter käme!« Marleinichen aber saß und weinte und weinte. Da kam der Vogel angeflogen und so, daß er sich auf das Dach setzt. »Ach«, sagt der Vater, »mir ist so recht freudig, und die Sonne scheint heute so schön, mir ist recht, als sollte ich einen alten Bekannten wiedersehen!«

»Nein«, sagt die Frau, »mir ist so bänglich, die Zähne klappern mir, und da ist mir wie Feuer in den Adern!« Und sie richtete sich ihr Kissen zurecht und so mehr. Aber Marleinichen saß in einer Ecke und weinte und hatte ihr Tüchel vor den Augen und weinte das Tüchlein ganz madennaß. Da setzte sich der Vogel auf den Machandelbaum und sang:

»Meine Mutter, die mich gesäbelt«,

da hielt die Mutter die Ohren zu und kniff die Augen zu und wollte nicht sehen und hören. Aber das brauste ihr in den Ohren wie der allerstärkste Sturm, und die Augen brannten ihr und zückten wie Blitze,

»Mein Vater, der mich geschnäbelt«,

»Ach Mutter«, sagt der Mann, »das ist ein schöner Vogel, der singt so herrlich, die Sonne scheint so warm, und das riecht wie lauter Zimmet!«

»Meine Schwester, das Marleinichen«,

da ließ Marleine den Kopf auf die Knie und weinte in eins weg. Der Mann aber sagte: »Ich geh' heraus, ich muß den Vogel dicht besehen!«

»Ach, gehe nicht«, sagte die Frau, »mir ist, als bebte das ganze Haus und stünde in Flammen.« Aber der Mann ging heraus und sah den Vogel an.

»Nahm die gesagten Beinichen,
Und tat sie in dem seidnen Saum
Da unter den Mahandelbaum!
Kitsch-schitsch-scheritschie!
Ich bin der Vogel von hie!«

Damit ließ der Vogel die goldne Kette fallen, und sie fiel dem Mann just um den Hals, so recht hier herum, daß sie so recht schön paßte. Dann ging er herein und sagte: »Sieh, was ist das für ein schöner Vogel, hat mir so eine schöne goldne Kette geschenkt und sieht so schön aus!« Der Frau aber war so entsetzlich und fiel der Länge lang in die Stube hin, und die Mütze fiel ihr vom Kopfe. Da sang der Vogel wieder:

»Mutter, Mutter, die mich zerdrucket«,

»Ach, daß ich tausend Fuder unter der Erde wäre, daß ich das nicht hören sollte!« schrie die Frau.

»Mein Vater hat mich verschlucket«,

da fiel die Frau für tot nieder,

»Die Schwester, mein Marleinichen«,

»Ach«, sagte Marleine, »ich will auch herausgehn und sehen, ob der Vogel mir was schenkt.« Da ging sie heraus,

»Sie suchte all meine Gebeinichen
Und legte ihm feinen Leinichen«

da warf er ihr die Schuhe herab,

»Sieh untern Mahandelbaumbaumbaum hi!
Kitsch-schitscheritsch-schitscheritschie!«

Da war ihr so leicht und fröhlich, da zog sie die neuen roten Schükelchen an und tanzte und sprang herum. »Ach«, sagte sie, »ich war so traurig, als ich herausging, und nun ist mir so leicht, das ist mal ein herrlicher Vogel, hat mir ein Paar rote Schuhchen geschenkt!«

»Nein«, sagte die Frau, und die Haare standen ihr zu Berge wie Feuerflammen, »mir ist, als solle die Welt untergehen, ich will auch heraus, ob mir leichter werden soll!«

Nun, als sie aus der Tür kam – bratsch! – schmiß ihr der Vogel den Mühlenstein auf den Kopf, daß sie ganz zu Splitter und Brei ward.

Der Vater und Marleinichen hörten das und gingen heraus, da ging ein Dampf und Flamme und Feuer auf von der Stätte, und als das vorbei war, da stand der leibhaftige Bruder, und er nahm seinen Vater und Marleinichen bei der Hand, und waren alle drei so recht vergnügt, und er ging mit ihnen in das Haus zu Tisch, und da saßen sie denn. Und sind sie nicht über dem Essen gestorben, so essen sie noch heute.

Die sieben Schwäne

Der Graf Carolus hatte mit seiner Gemahlin in hohem Frieden bis an das Ende ihrer Tage gelebt und durch sie die Idee bekommen, daß es lauter gute und gar keine bösen Weiber geben könne. Ihre fast zwanzigjährige Ehe war mit sieben Söhnen und einem Töchterchen, welche viel jünger als ihre Brüder war und der kleine Spätling genannt ward, gesegnet. Diese Söhne waren schon stattliche Buben und die ältesten sogar mannhafte Ritter, als ihre Mutter an einem Schlagflusse starb und sie alle in die größte Betrübnis versetzte. Der jüngste der Söhne war im dreizehnten Jahre, Kunigunde im zehnten, und es sah äußerst betrübt aus, den gebeugten Vater mit seinen tief trauernden acht Kindern der geliebten Leiche folgen zu sehen. Es herrschte auch eine lange Zeit nachher die tiefste Trauer im ganzen Schlosse, bis die Söhne, die sich alle zärtlich liebten, die Burg auf einige Zeit verließen und der Graf mit seiner Kunigunde allein blieb.

So gut und liebenswürdig dies Kind auch war und zu so großen Hoffnungen sie den Vater auch berechtigte, so war sie doch leider jetzt noch nicht in dem Alter, wo der Graf Pflege und Zeitverkürzung von ihr fordern konnte. Und er, der durch die Verstorbene an weibliche Pflege und liebende Sorgfalt gewöhnt war, wünschte sich oft eine Gefährtin, welche ihn trotz seines Alters lieben, ihm die Stelle der Verstorbenen ersetzen und eine gute Mutter für seine Kinder sein möchte.

Er sah sich lange unter den Töchtern des Landes nach

einer Gehilfin um, aber die eine war zu jung, die andre zu alt. Die ihn genommen hätten, mochte er nicht, und die er gern erwählt hätte, lachten seines grauen Kopfes und wünschten, daß er das Heiraten seinen wackern Söhnen überlassen möchte. So freite er beinahe drei Jahre umher, holte sich eine Menge Körbe zusammen, ward immer älter und schwächer und war im Begriff, das Suchen nach einer Gehilfin zu unterlassen, als er eine Frau kennenlernte, welche, fern von dem Geräusche der Welt, auf einem entlegenen Schlosse wohnte und mit der ihn das Ohngefähr zusammenführte. Noch nie hatte er die Frau von West – so hieß diese Dame – gesehen. Sie lebte in der größten Eingezogenheit und war in der Gegend, wo sie wohnte, nur unter dem Namen der Einsamen bekannt. Denn auf ihrem Schlosse war nie einer ihrer Nachbarn gewesen, und niemand kannte die innere Beschaffenheit ihrer Wohnung noch viel weniger ihre Art zu leben.

Eines Tages hatte sich der Graf auf der Jagd verspätet. Er war von seinen Leuten fortgekommen, und die Nacht überraschte ihn bei der Verfolgung einer schönen weißen Hindin, welche sich auf einmal in einem schönen Park verlor, der immer dichter und dichter ward und in dessen dunkelstem Schatten ein nettes Landhaus stand. Er ließ sogleich von der fernen Nachsuchung der Hindin ab und näherte sich behutsam dem Landhaus, wo ihm eine Dame entgegentrat, welche, ohnerachtet das Stufenjahr der weiblichen Schönheit hinter ihr lag, dennoch so blendende Reize hatte, daß der Graf ganz erstaunt zurücktrat und durch einige tiefe Bücklinge seine Verwirrung ihren Augen entziehen wollte.

Aber sie war ihr dennoch nicht entwischt, und sie fragte ihn mit einer Art, die ihm Zutrauen machte, ob er sich etwa verirrt habe oder was ihn sonst in dieses einsame Gehölz führe.

Er entdeckte ihr den Zufall, daß er durch Verfolgung einer weißen Hindin so weit von seinem Weg abgekommen sei, daß er nun aber zeitlebens das Ohngefähr segnen werde, welches ihn eine so reizende Nachbarin kennengelernt habe.

Frau von West verneigte sich sehr artig und bat ihn, in ihrer Einsiedelei sich auf einige Augenblicke, welche er doch gewiß zu einer Erholung bedürfe, gefallen zu lassen.

Diese Bitte war dem ermüdeten Grafen sehr willkommen. Er folgte ihr in einen allerliebsten Saal, wo ihm der schönste Wohlgeruch entgegenduftete, und ließ sich mit Vergnügen neben seiner reizenden Nachbarin auf einem weichen Sofa nieder. Sie schellte, worauf sogleich ein paar schöne krausköpfige Buben einen Tisch mit Erfrischungen hereinbrachten, worauf neben den schönsten Früchten und leckerstem Gebacknen ein Flasche des lieblichsten Tokaier nebst zwei Gläsern vom reinsten Kristall standen. Die Dame schenkte ein, wobei der Graf ihre Hand und den runden elfenbeinernen Arm bewunderte. Sie kredenzte den Wein und gab ihn mit einer freundlichen Miene dem liebetrunkenen Grafen, welcher die Stelle suchte, die ihre schönen Lippen berührt hatten, und mit großer Schnelle das Glas und mehrere hintereinander hinunterstürzte. Sie bat ihn, nun auch vom Gebacknen zu versuchen, und legte ihm sowohl Früchte als auch Backwerk vor.

Er fand alles schön, und nachdem er den Rest der Flasche noch geleert hatte und ein heftiges Feuer in seinen Adern zu toben anfing, so rückte er näher zu seiner schönen Nachbarin, bedeckte ihre Hände und Arme mit glühenden Küssen und fragte, sie zärtlich betrachtend, wer sie denn sei und warum so viele Schönheit so unbewundert in dieser Einsamkeit verblühen solle.

Sie schlug über dieser Frage ihre Augen bescheiden nieder und sagte ihm, sie sei die Witwe eines Herrn von West, der vor drei Jahren in dieser Gegend auf einer Reise, welche sie zusammen gemacht hätten, gestorben sei. Untröstlich über seinen Verlust, habe sie dies Landgut gekauft, ihn hier beerdigen lassen und sich seit dieser Zeit von aller Gesellschaft ferngehalten.

Diese Erzählung erinnerte den Grafen an seinen Verlust. Er teilte ihr seine ganze Lage mit, und durch den Tokaier mit doppeltem Mute beseelt, trug er sich ihr sofort zum Freier und, wenn sie wollte, augenblicklich zum Ehemann an. Die schöne Witwe errötete, aber der Graf war nur dringender und sagte ihr so oft, daß man im Herbste des Lebens jeden Augenblick festhalten müsse, daß sie endlich, sanft widerstrebend, was den halbtrunkenen, von Wein und Liebe berauschten Grafen nur noch heftiger machte, nachgab und gelobte, seine Gattin zu werden.

Hoch entzückt schloß sie der Graf in seine Arme. Bald teilte sie, glühender noch als er, ihm das Feuer ihrer Empfindungen mit. Das Sofa ward ihr Brautbett, und Frau von West erwachte in den Armen des Grafen Carolus.

Zwar wollte sie ihn mit Tränen und Vorwürfen überhäufen. Aber der Graf wußte sie zu trösten, und sie fuhr gegen Mittag auf das Schloß ihres Liebhabers, wo Kunigunde, voll hoher Freude über die Ankunft ihres Vaters, um den sie so sehr gesorgt hatte, die fremde Dame ganz übersah und wie vom Blitz getroffen dastand, als ihr Vater ihr in der Frau von West ihre neue Mutter vorstellte und ihr Liebe und Gehorsam gegen solche gebot. Ehrerbietig küßte sie ihr die Hand. Aber Frau von West nahm sie in ihre Arme und gewann durch innige Liebkosungen das Herz des holden, unbefangenen Mädchens nur zu bald.

Der Graf veranstaltete ein glänzendes Hochzeitsfest und entbot dazu seine sieben Söhne, welche er in drei Jahren nicht gesehen hatte. Sie gehorchten auch pünktlich seinem Befehl und trafen den Abend vor der Vermählung alle sieben bei ihm ein. Kunigunde saß unter den hohen Linden im Schloßhofe, als ihre Brüder auf sieben weißen Pferden angeritten kamen. Sie eilte frohlockend in ihre Arme, und die Brüder konnten sich nicht satt an ihr sehen. Ein Kind hatten sie verlassen, eine holde mannbare Jungfrau stand vor ihnen.

Im Triumph führte Kunigunde ihre Brüder zu dem Brautpaar. Sie fanden ihren Vater, der sehr alt geworden war, an der Seite einer reizenden Frau, deren Auge nur zu deutlich Begierden verriet und deren wollüstiger Körper in einem so leichten Anzuge sich befand, daß die Ritter ihre Augen von diesem unangenehmen Anblick wandten: ihren alten Vater mit der Verliebtheit eines Jünglings in den Armen eines verbuhlten Weibes!

Frau von West merkte die Verwirrung ihrer Söhne recht gut. Aber statt sie auf die richtige Art auszulegen, schrieb sie diese auf Rechnung ihrer Reize und bot den Jünglingen Wange und Mund, als der Vater sie zum Handkuß herbeirief.

Colestin, der älteste der Brüder, ging am Abend des Beilagers mit den übrigen sechsen in ein entlegenes Kämmerchen, zog sein Schwert und bat die Brüder mit ernster Stimme, auf dieses Schwert ihm zu schwören, daß keiner sich von den Liebkosungen der Gräfin wolle verführen lassen, das Bette ihres alten Vaters zu beflecken.

Alle schworen einen gräßlichen Eid mit feierlicher Stimme und gelobten sich von neuem Treue und Liebe bis in den Tod. Hierauf fragten sie Colestin, was er für Gründe zur Forderung dieses Schwurs gehabt habe.

Worauf er ihnen entdeckte, daß ihn ein Zwerg gebeten habe, diese Nacht am inneren Schloßtor seiner zu harren. »Ich glaube, er ist von unserer reizenden Mutter abgesandt. Denn nicht umsonst kredenzte sie mir heute den Becher so fleißig«, setzte er zähneknirschend hinzu. »Wenn sie nun sieht, daß ich standhaft auf die Ehre meines alten Vaters halte, so wird sie sich gewiß an einen von euch wenden. Und da bitte ich euch, meine teuren Brüder, gedenkt dieses eures Schwures! Rache sei dem geschworen, der ihn bricht!«

Alle sechs Brüder wiederholten dies Gelübde, und sie gingen auf verschiedenen Seiten in den Saal zu den Tanzenden, wo sie ihren Vater taumelnd dem bräutlichen Gemache zuwanken sahen, ohne daß ihm seine Vermählte folgte, welche in einem lustigen Reihentanze begriffen war.

Colestin folgte unmerkbar seinem Vater und ergrimmte, als er in dem Gemach ein paar fremde krausköpfige Buben fand, welche ihren Spott mit dem alten Mann trieben. Er jagte die Buben mit einigen herben Hieben von dannen, entkleidete sorgfältig den alten trunkenen Vater, legte ihn zur Ruhe und rief dann einen der älteren Bedienten, welchem er die Sorge für seinen Vater übertrug. Und da die Glocke bereits auf Mitternacht zeigte, begab er sich an das innere Tor des Schlosses, wo der Zwerg bereits seiner harrte und ihn durch einen unterirdischen Gang in einen Saal führte, wo Üppigkeit und Schwelgerei sich schwesterlich die Hand boten.

Als er so dastand und schon ärgerlich war, dies Abenteuer eingegangen zu sein, öffnete der Zwerg eine Seitentür, winkte ihm näher zu treten und verschwand in einem

Gange. Der mißmutige Colestin näherte sich dem Zimmerchen, woraus ihm der Duft des lieblichsten Rauchwerks entgegenschlug, und sobald er auf die Schwelle trat, hub eine sanfte, schmelzende Musik an, welche ihn von allen Seiten zu umgeben schien. Er sah sich schnell um, aber vergebens: Sein forschendes Auge entdeckte nichts. Und er begab sich vollends in das Kabinett hinein, wo in einer Nische auf einer weißseidnen Ottomane Frau von West in einer der reizendsten Lagen von der Welt und in einem leichten, mehr entblößenden als bedeckenden Anzuge lag.

Der bescheidene Sohn blieb, wie vom Blitz gerührt, stehen und fragte steif und hölzern wie ein preußischer Soldat: »Madam! Sie haben mich hieher beschieden. Was befehlen, was wünschen Sie von mir?«

»Welch eine kalte Frage!« rief Frau von West. »Verstelle dich nicht, mein Teurer! Dein Auge hat mir schon längst die Wünsche deines Herzens verraten, und ich dächte, du müßtest mir es Dank wissen, daß ich dich über alle Verlegenheit hinweg sogleich zum Ziele führe.«

»Sie irren sich, Madam!« antwortete der Ritter, ohne sie nur eines Blickes zu würdigen. »Es war von jeher die Pflicht der Ritter, die Ehre und das Eigentum anderer in Ehren zu halten und zu schützen, aber doppelt heilig sind diese Pflichten gegen einen geliebten Vater. Ja, noch mehr. Ich gestehe Ihnen, Sie waren mir zuwider im ersten Augenblick, als ich Sie sah. Denn in Ihren Zügen las ich Wollust und Verschlagenheit.«

»Halt!« rief die Zauberin. »Nicht weiter in deinen Schmähungen! Und damit du deine Tugend immer so rein und unsträflich erhaltest, so werde sofort zu einem weißen Schwan und flattre in die fernste Wildnis, auf den einsamsten mit Schilf bewachsenen See!«

Ehe Colestin noch ein Wort antworten konnte, ging der grausame Wunsch schon in Erfüllung, und er verließ tief seufzend das Zimmer der Zauberin, welche sich voll Unmut nach den Schlosse begab, über Colestins Starrsinn wütete und tobte und sich endlich an die Seite ihres alten Gemahls legte.

Vergebens hatten die übrigen Brüder auf Colestin geharrt. Als es aber Tag ward und er nicht zurückkehrte, erfüllten sie das Schloß mit ihren Wehklagen, drangen in das Zimmer ihres Vaters und forderten den geliebten Bruder von der Hand der Frau von West, die aber die Vorstellung so weit zu treiben verstand, daß der alte Vater seinen Söhnen befahl, das Zimmer zu verlassen und ihrer neuen Mutter das angetane Unrecht abzubitten. Er ward bei diesen Worten abgerufen, und da nur seine Gegenwart dem Zorn der Brüder Einhalt getan hatte, so brach dieser jetzt ohne Rückhalt los, und sie drangen mit Drohungen, welche sie gewiß erfüllt haben würden, auf sie ein.

Aber wütend erhob sich die Zauberin und rief mit grimmiger Gebärde: »Folgt ihm nach, dem argen Bösewicht! Werdet, was er ist, ihr Unsinnigen, und teilt sein Schicksal!«

Sofort wurden die sechs Brüder zu weißen Schwänen und verschwanden auf den das Schloß umgebenden See.

Als der Graf zurückkehrte, fand er seine Gemahlin in Tränen, und er mußte viele Bitten anwenden, sie zu besänftigen und Verzeihung für die raschen Jünglinge zu erhalten. Ach, hätte er das Schicksal dieser geliebten Kinder und die Teufelei seines Weibes gekannt, er würde der Zauberin den Dolch in ihr verräterisches Herz gestoßen haben.

Als die Brüder am Abend nicht wiederkamen, war Kunigunde ganz untröstlich. Sie weinte so kläglich die ganze

Nacht, daß ihre alte Amme bittere Tränen vergoß und auf tausenderlei Pläne sann, wie sie doch erfahren wolle, wo die sieben Brüder geblieben seien. Die neue Gräfin war bei ihr in großem Verdacht. Denn der Alten waren die Blicke nicht entgangen, womit sie die kraftvollen Jünglinge gemustert hatte. Noch weniger gefielen ihr die schändlichen Erzählungen, womit sie Kunigundens reines Herz zu vergiften dachte. Aber sie verbarg ihren Argwohn dem holden Mädchen noch und riet ihr, die Götter zu bitten, ihre Brüder aus einer Bezauberung, worein sie gewiß gefallen seien, zu erretten.

Als die Sonne mit ihren ersten Strahlen die Welt begrüßte, verließ Kunigunde, ohne geschlafen zu haben, ihr Bett und wanderte nach einem entlegenen Teil des Gartens, um dort in der Einsamkeit um so andächtiger für ihre Brüder zu beten. Sie sank auf ihre Knie nieder, faltete die Hände und wollte eben ein Gebet beginnen, als sieben weiße Schwäne sie umringten, welche sie an der Sprache sogleich für ihre Brüder erkannte, daher sie sie mit Tränen bat, ihr doch zu sagen, wie sie in diesen Zustand gekommen seien.

Die Schwäne erzählten ihr, was sie, ihrer Schamhaftigkeit unbeschadet, von der schändlichen Geschichte hören konnte, worüber die arglose Kunigunde so heftig erschrak, daß sie durchaus nicht wieder zu ihrer ruchlosen Mutter zurückkehren, sondern viel lieber das Schicksal ihrer Brüder teilen wollte.

»Du kannst uns erlösen«, hub Colestin zu dem weinenden Mädchen an, »wenn du Mut und Standhaftigkeit genug hast, in sieben Jahren kein Wort zu reden, keine Träne zu weinen und alle Jahre ein Manneshemd zu verfertigen, welches aber deine einzige Arbeit sein muß. Sehen wirst du uns in diesen ganzen sieben Jahren nicht, und erst

am letzten Tage im siebenten Jahre werden wir, wenn du kein Wort gesprochen, keine Träne geweint hast, als vollkommene Männer wieder vor dir stehen.«

Kunigunde ging sogleich diese Forderung ein. Die sieben Jahre dünkten sie gar nicht lang, und sie begab sich mit Freuden zu einem hohlen Baume, worin sie sieben zugeschnittne Manneshemden fand, sagte ihren Brüdern ein trauriges Lebewohl und fing sogleich ihre Arbeit an.

Vier Jahre hatte sie schon in dem Baume zugebracht. Vier Hemden waren fertig, und sie hatte in dieser ganzen Zeit kein lebendiges Wesen um sich her wahrgenommen als ein Vögelchen, welches ihr täglich Speise und Trank brachte und bei ihrer einfachen Mahlzeit sie mit seinem Gesang belustigte, als eines Tages Hörnergetön und Hundegebell aus der Ferne sich hören ließ. Sie merkte die Annäherung einer großen Jagd und saß noch einmal so still, weil sie sich fürchtete, entdeckt zu werden.

Aber ihre Vorsicht half diesmal nichts. Die Hunde umgaben den Baum und bellten so unaufhörlich, daß der König, welcher hier jagte, neugierig ward und einem Jäger befahl, hinaufzusteigen und zu sehen, was in dem Baume befindlich sei. Der Jäger stieg hinauf und meldete seinem Herrn, daß ein wunderschönes Frauenzimmer darin sitze, welche aber stumm zu sein scheine, denn sie antworte auf alle Fragen kein Wort und schüttle immer mit dem Kopfe.

Der König ward durch diese Erzählung neugierig. Er stieg selbst an dem Baume hinauf, und da ihn Kunigundens Schönheit in Erstaunen setzte, so befahl er ihr, gutwillig hervorzukommen, sonst werde er Gewalt brauchen. Als sie sah, daß es Ernst war, so fügte sie sich in die Notwendigkeit, packte ihre Hemden zusammen und verließ mit der größten Behendigkeit den Baum.

Ihre schlanke, edle Gestalt entsprach dem schönen Gesicht, und da ihre Kleider ein vornehmes Frauenzimmer verrieten, so ließ ihr der König mit aller Achtung begegnen und sie in seinem eignen Wagen nach dem Schlosse fahren, wo er ihr ein paar hübsche Zimmer zu ihrer Wohnung anweisen ließ.

Als er sie aus dem Holze mit nach dem Schlosse nahm,

hatte er gar keinen Plan mit ihr, als daß sie besser und bequemer leben sollte. Als er sie aber täglich sah, zog ihn ihre Schönheit sehr an. Selbst ihr Stummsein und die hohe Sanftmut, mit der sie sich betrug, machten sie ihm reizend, und er faßte den Entschluß, sie zu seiner Gemahlin zu erheben. Sobald er hierüber mit sich ganz einig war, ließ er ihr eine schöne Wohnung dicht an der seinigen bereiten und gab ihr Kleider, welche ihrem neuen Stande angemessen waren. Dann schrieb er an seine Mutter, die verwitwete Königin, machte ihr seinen Entschluß bekannt und bat sie, zu ihm herüberzukommen und seine Braut kennenzulernen.

Die Königinmutter war eine hochfahrende und stolze Frau, welche der Plan ihres Sohnes mit dem größten Ärger erfüllte. Denn sie hatte ganz andere Pläne mit ihm, und es war ihr gar nicht gelegen, daß eine unbekannte stumme Person die Mutter des künftigen Königs werden und ihr auf einen Thron folgen sollte, welchen sie mit so vielem Glanz bekleidet hatte.

Indes sie alle diese Überlegungen anstellte, sagte der König Kunigunden auf eine feine und zärtliche Art, daß er sie liebe und sie, wenn sie ihn nicht hasse, bitte, seine Gemahlin zu werden.

Sie reichte ihm mit einem freundlichen Kopfnicken ihre Hand, denn sie liebte den schönen, guten König, und ihr edles Herz war über alle weibliche Ziererei weit erhaben. Sie wähnte sich in diesen Tagen der ersten Liebe unaussprechlich glücklich, und aus ihren herzlichen Liebkosungen konnte der Geliebte nur zu deutlich sehen, daß sie, inniger Empfindungen fähig, ihn aus voller Seele liebte.

Mit der Ankunft der Königinmutter verschwand die Heiterkeit der schönen Braut. Und da diese sie wirklich stumm glaubte, also von dieser Seite ganz sicher war, daß ihr Sohn nichts wieder erfahren konnte, so behandelte sie die Arme vor seinen Augen äußerst freundlich, aber sobald er den Rücken wandte, fiel sie mit aller Wut eines erbitterten Herzens über sie her und fügte ihr durch die schrecklichsten Schmähungen und Verwünschungen großen Kummer zu.

Bald nach der Vermählung bemerkte der König den Widerwillen, welchen Kunigunde gegen seine Mutter hatte, und da er nur immer sah, wie gütig diese seine Gemahlin behandelte, so war ihm der Haß unerklärlich, welcher unverkennbar in ihrem schönen Gesicht herrschte, wenn die Mutter sie liebkoste. Da seine Mutter bald nachher abreiste, so ließ er die Sache ganz auf sich beruhen und lebte ein halbes Jahr mit seiner Gemahlin, welche ihr fünftes Hemd jetzt fertig hatte, sehr vergnügt.

Aber wie nichts in der Welt vollkommen ist, so war es auch das Glück dieser Ehe nicht. Der König mußte in den Krieg ziehen, gerade als seine Gemahlin noch einige Wochen bis zu ihrer ersten Entbindung hatte. Da er nun nicht die Sorgen des Reiches, die Geschäfte der Krone einer stummen Frau übertragen konnte, so ersuchte er seine sich zu Anfang sehr weigernde Mutter, in das Schloß zu ziehen und nicht allein die ganze Regierung zu übernehmen, sondern auch bei der Entbindung seiner Gemahlin gegenwärtig zu sein.

Diese Bitten paßten ganz in die boshaften Pläne der alten Königin, und sie eilte mit großer Freude in die Residenz, wo sie triumphierend ihrer Schwiegertochter den Befehl des Königs bekanntmachte, worein sich diese auch mit ihrer gewöhnlichen Sanftmut ergab.

Als die Stunde ihrer Entbindung kam, gebar sie einen wunderschönen Knaben, den sie voll Freude und Wonne an ihr Herz drückte. Aber wie ward ihr, als des Nachts die alte Königin kam, den Kleinen aus ihren Armen riß und vor ihren Augen ihn in den breiten Graben, welcher das Schloß umgab, warf! Schon wollte sie schreien, da gedachte sie ihrer Brüder. Sie schwieg, aber eine helle Träne rann über ihre blassen Wangen, und sie ertrug es geduldig, daß ihr die Alte den Mund und die Hände mit Blut beschmierte und, nachdem sie sich selbst wieder gereinigt hatte, ihre Frauen rief und ihnen erzählte, die Königin habe ihr eigenes Kind aufgefressen, wie man sehr deutlich an den blutigen Händen und dem Munde sehen könne.

Die Frauen betrachteten ihre Gebieterin mit Entsetzen und Erstaunen, denn sie konnten sich die hohe Freude über das Kind und ihre jetzige Tat gar nicht zusammenreimen. Alle liebten die gute, schöne Königin und reinigten sie von dem Blute, womit die Alte sie so reichlich besudelt hatte. Kunigunde drückte ihnen seufzend die Hände, zeigte auf ihre Schwiegermutter, nahm ihr Tuch und warf es gegen das Fenster.

»Sie ist verrückt!« rief die Alte boshaft. »Laßt sie allein! Ich will sie schon bewachen.«

Aber Kunigunde faßte die Hände der Frauen, und ihre bittende Miene hielten sie im Zimmer zurück. Denn sie fürchtete, die Alte möchte sie umbringen und ihre zwei jüngern Brüder dann nicht erlöst werden.

Als die Königinmutter das Zimmer verlassen hatte, nahm die klügste der Wärterinnen ein Tuch, wickelte es wie ein Kind zusammen und legte es der Wöchnerin in den Arm. Dann setzte sie einen Kopfschmuck der Alten auf, riß ihr das Kind aus dem Arm, öffnete das Fenster und warf es hinab. »War es nicht so?« fragte sie leise.

Kunigunde nickte bejahend und zeugte jetzt noch sehr

deutlich, daß die Mutter sie nachher mit Blut beschmiert habe.

Die Wärterin war getreu und klug. Sie glaubte nicht, daß ihre Gebieterin stumm sei, aber wohl, daß ein Gelübde ihre Zunge binde und sie gewiß zu ihrer Zeit wieder reden würde. Sie beobachtete von dieser Zeit an das Betragen der Alten und fand, daß diese ganz unbarmherzig mit der jungen Frau umging. Aber sie schwieg und wartete die Rückkehr des Königs ab.

Dieser ward durch einen Brief seiner Mutter von der Entbindung und dem Mord des Kindes benachrichtigt und ergrimmte über diesen Frevel so sehr, daß er zurückschrieb, man solle die Mörderin sogleich in einen Turm sperren und gebieten, daß jeder Vorübergehende die Schändliche anspeie. Sein Befehl ward pünktlich vollzogen, und die unglückliche Kunigunde vollendete ihr sechstes Hemd in dem feuchten, ungesunden Turme, wo sie den täglichen Mißhandlungen und Schmähungen des Pöbels ausgesetzt war.

Zu Anfang des siebten Jahres kehrte der König zurück. Er wollte seine unschuldige Gemahlin sogleich hinrichten lassen, aber die Wärterin teilte ihm insgeheim ihre Mutmaßungen mit, und der König erschrak über die bloße Möglichkeit dieser Idee. Er begab sich in den Turm, wo Kunigunde blaß und entstellt an ihrem letzten Hemde arbeitete. Bei dem Anblick ihres geliebten Gemahls hatte sie Mühe, ihre Tränen zurückzuhalten. Sie ließ die Arbeit sinken, schlug die Hände über der Brust zusammen und blickte wehmütig gen Himmel, als wollte sie sagen: Dieser allein kennt meine Unschuld! Der König ward durch ihren Anblick erschüttert. Er nahm sie in seine Arme, führte sie auf das Schloß in ihre Wohnung zurück, und nachdem sie sich gebadet und gereinigt hatte, setzte er sie, zum

Schrecken der Alten, in ihre vorigen Rechte wieder ein, welche auch bald, vor Ärger und Ingrimm zitternd, das Schloß verließ.

Kunigunde ward bald darauf wieder schwanger und nähte mit großem Fleiß an ihrem siebten Hemde, um es noch vorher zu vollenden. Aber ihre Niederkunft überraschte sie dennoch, und sie gebar zwei Töchter, die, schön wie der Tag, ein holdes Gemisch von den Zügen des Vaters und der Mutter in ihren reizenden Gesichtern vereinten. Der König verließ seine Gemahlin keinen Augenblick; er freute sich der lieblichen Kinder und der innigen Zärtlichkeit, womit Kunigunde beiden ihre schöne Brust zur Nahrung reichte.

Schon verließ die holde Wöchnerin ihr Bett wieder, und der König, welcher weder Wahnsinn noch Härte oder Lust zum Auffressen an seiner Gemahlin bemerkte, war sehr geneigt, sie ganz von der ihr angedichteten Ermordung ihres Sohnes freizusprechen, und glaubte, mit einer guten Art hinter den Aufenthalt seines Sohnes zu kommen, wenn er recht kindlich seine Mutter, welche ihn doch immer geliebt hatte, darum bäte. Er schrieb ihr zu diesem Ende die Entbindung seiner Gemahlin und lud sie ein, herüberzukommen und als Pate bei der Taufe seiner Töchter gegenwärtig zu sein.

Die alte Mutter erschien, Bosheit im Herzen, Freundlichkeit in ihren Mienen, und freute sich ihrer Enkelinnen mit einer solchen Verstellung, daß der König selbst nicht wußte, was er denken sollte. Er sprach mit ihr über den Tod seines Sohnes und freute sich, daß seine Gemahlin diesmal doch gar keine Anwandlung gehabt habe, den Kindern ein Leid zuzufügen, sondern ihrer im Gegenteil mit großer und wahrer mütterlicher Zärtlichkeit warte und pflege.

Die Königinmutter lachte höhnisch und bat ihren Sohn, nicht zu früh zu richten, denn nichts könne sie von dem Glauben abbringen, daß seine Gattin eine Zauberin sei und gewiß noch ihn und das ganze Land unglücklich machen werde; und er könne sie sicher danach beurteilen, ob sie die Taufe der Kinder nicht hindern und sie lieber ihren verfluchten Mitgenossen geben werde, um sie ihren Götzen zu opfern oder in den geheimen Künsten der Zauberei zu erziehen.

Der König nahm sich vor, die ganze Nacht über die Sicherheit der Kinder zu wachen. Aber kaum hatte er den letzten Bissen bei der Abendtafel genossen, so entschlief er sanft, und die Grausame behielt freie Hand, der unglücklichen Kunigunde den letzten und ärgsten Possen zu spielen. Denn auch diese lag, kraft eines ähnlichen Schlaftrunks, wie ihn der König bekommen hatte, mit ihrer treuen Wärterin in einem tiefen Schlafe. Die holden Kinder folgten ihrem Bruder in den Schloßgraben, und ihre Stelle ersetzten ein paar häßliche graue Katzen. Als sie diese Untat ausgeführt hatte, begab sie sich voll höllischer Freude in ihr Schlafgemach und erwartete den Ausgang ihres höllischen Werkes.

Gegen Morgen stürzte der König totenblaß zu ihr hinein und erzählte ihr, daß die Kinder fort seien und statt ihrer ein paar scheußliche Katzen auf dem Bette seiner fest schlafenden Gattin herumkröchen.

»Siehst du meine Prophezeiung bestätigt?« rief die Alte. »Laß die Zauberin heute am Tag verbrennen, ehe sie sich an deine Person und Reich wagt!«

Der Zorn des Königs fand diesen Vorschlag sehr gerecht. Er ließ schnell einen Scheiterhaufen errichten, und als die unglückliche Königin erwachte, waren bereits alle Anstalten zu ihrer schleunigen Hinrichtung gemacht. Sie suchte ihre holden Kinder, aber sie erschrak heftig zusammen, als der König im heftigsten Zorn ihr ihr Verbrechen vorwarf und den augenblicklich zu erwartenden schmählichen Tod ankündigte. Sie ergriff augenblicklich ihr siebentes Hemde, an dem nur noch wenige Stiche zu nähen waren, und ging mit einer Gelassenheit, welche die Stifterin ihres Unglücks nur noch mehr empörte, den Weg ihres Todes.

Auf der letzten Stufe des Scheiterhaufens schnitt sie den Faden des eben vollendeten Hemdes ab, und in demselben Augenblicke sprengten sieben stattliche Ritter auf weißen Pferden einher, umringten den Scheiterhaufen, nahmen die froh verwunderte Kunigunde herab und drangen durch das Volk mit ihr zum König, der weinend in seinem Zimmer saß und es nicht über sich vermochte, die ihm so teuer gewesene Gattin leiden und sterben zu sehen.

Er hörte das Getümmel im Schlosse schon von ferne und war ganz starr vor Freude, als sich die Tür öffnete und seine Gemahlin mit ihren Kindern im Arm hereintrat.

Vor ihr lief ein schöner Knabe, und hinter ihr folgten die sieben Ritter, die alle gesund und wohl waren; nur dem sechsten der Ritter fehlte ein Auge, das er durch jene Träne verlor, die Kunigunde um den Verlust ihres Sohnes weinte.

»Meine Gattin! Meine Kinder!« rief der erstaunte König, und seine Freude vermehrte sich noch, da Kunigunde zu reden anfing und, von Colestin unterstützt, ihm die ganze Geschichte ihrer Leiden und ihres Gelübdes erzählte.

»O du treue, treue Schwester«, rief der glückliche Mann und Vater. »Du bist eine seltene Perle! Ich will dich bewahren wie den Apfel meines Auges!« Er umarmte die Brüder und fragte, wie sie zu den Kindern gekommen seien.

Worauf sie ihm sagten, daß sie immer unsichtbar ihre gute Schwester umschwebt hätten und also auch zugegen gewesen, als seine Mutter die Kinder nach ihrer Meinung in den Schloßgraben, aber ihnen in die Arme geworfen habe.

»Man suche meine Mutter!« rief er erzürnt, ihres Verbrechens und boshaften Rats gedenkend. Aber während sich Kunigunde bemühte, die Liebe ihres Gemahls zum Besten ihrer Peinigerin zu benutzen, erfuhr diese nicht nur die Rettung der Unschuld, sondern auch die Anwesenheit der von ihr getöteten Kinder und sieben fremder Ritter. Gefoltert von der Angst vor ihrem Sohn und von ihren eigenen Gewissensbissen gequält, stürzte sie sich aus dem hohen Fenster in den Schloßgraben hinab, wo sie auch gleich ihren Tod fand und jede Rettung zu spät kam. Der Leichnam ward seinem Stande gemäß mit aller Pracht beigesetzt, und die glücklichen Menschen freuten sich, von dieser bösen und ohne Ursache hassenden Frau erlöst zu sein.

Als der erste Rausch der Freude vorüber war, gedachten sie auch ihres Vaters und reisten nach einigen Tagen sämtlich nach seinem Schlosse, wo sie ihn in einem hohen Alter, aber fast in dem Zustand eines Kindes fanden. Er erinnerte sich ihrer nur mit Mühe und schauderte zusammen, als sie nach seiner Frau fragten. Das Schloß war wie ausgestorben, der Hof mit hohen Nesseln bewachsen, und ein treuer Diener gab ihnen folgende traurige Auskunft: Er habe seine Gemahlin mit Vorwürfen überhäuft und sie so gequält, daß sie endlich das Schloß verlassen, alle Schätze und zugleich seine Bewohner mitgenommen habe und nur er allein bei seinem alten Herrn zurückgeblieben sei. Sie dankten dem guten Alten für seine Treue und nahmen ihn und seinen kindischen Herrn mit fort.

An dem Park, wo das Landhaus der Frau von West lag, stieg Colestin vom Pferde und wollte dorthin gehen. Aber er fand einen wüsten leeren Fleck, und sie kamen dahin überein in ihren Vermutungen, daß eine gottlose Fee, unter der Maske der Frau von West, gesucht habe, sie alle unglücklich zu machen, daß aber ihre Tugend den Sieg davongetragen habe. Sie machten in der Folge nur eine Familie aus, und die guten Ritter wiegten mit Vergnügen die schönen Kinder Kunigundens auf ihren Knien.

Das Dornröschen

Es war einmal ein König und eine Königin, die hatten keine Kinder, wünschten sich aber tagtäglich ein Kind. Zu einer Zeit geschah es, daß die Königin badete und seufzete, als sie so allein war: »Ach, hätte ich doch ein Kind!« Da hüpfte ein Frosch aus dem Wasser und sprach: »Was du wünschest, soll dir werden!« Und darauf hat die Königin ein Töchterlein bekommen, das war schön über alle Maßen, und der König hatte darüber die größte Freude, daß sein liebster Wunsch erfüllt war, und stellte ein großes Fest an, zu dem er alle seine Freunde einlud. Nun lebten in dem Lande auch weise Frauen, die waren begabt mit Zauber- und Wundermacht und genossen große Ehrfurcht vor allem Volke; die lud der König auch ein und sollten auf goldnen Tellern essen. Damals hatten aber die Könige nicht so viele Schüsseln und Teller wie jetzt, und dieser König hatte nur ein Dutzend, das sind zwölf, und der weisen Frauen waren dreizehn, da konnte er auch nur zwölf einladen, und die dreizehnte blieb uneingeladen, was sie aber übelnahm.

Die weisen Frauen begabten das Königskind mit gar köstlichen Gütern, nicht mit Schönheit, denn die besaß es schon, sondern mit Liebenswürdigkeit, Heiterkeit, Anmut, Sanftmut, Bescheidenheit, Frömmigkeit, Sittsamkeit, Tugend, Aufrichtigkeit, Verstand und Reichtum, und eben wollte die zwölfte weise Frau auch noch ihren Wunsch aussprechen, als die dreizehnte in das Zimmer trat, die nicht eingeladen worden war, und zornig ausrief:

»In funfzehn Jahren soll die Königstochter sich in eine Spindel stechen und tot hinfallen!« Mit diesen Worten war die böse Alrune wieder verschwunden, und die andern standen starr vor Schrecken, denn die weisen Frauen machten keine vergeblichen Worte. Ein Glück, daß die zwölfte weise Frau ihren Wunsch noch nicht ausgesprochen hatte. Sie konnte zwar das, was einmal eine weise Frau gedroht hatte, nicht abändern, aber ihm doch eine mildernde Wendung geben, und rief: »Die Königstochter soll nur in einen tiefen Schlaf fallen, der soll hundert Jahre dauern und nicht länger.« Der König ließ sogleich ein Regierungsmandat im ganzen Lande ergehen, kraft dessen alle Spindeln überall abgeschafft und dafür die Spinnräder eingeführt wurden; indes erwuchs die schöne Königstochter zu einem Fräulein, das an Schönheit, Holdseligkeit, Freundlichkeit, Milde, Demut, Züchtigkeit, Herzensgüte, Tugend und Verstand seinesgleichen suchte, und so kam es zu seinem funfzehnten Jahre, von allen, die es kannten, geliebt, ja angebetet. Und da bekam die Prinzessin gerade Lust, sich im Schloß ein bißchen umzusehen, ging durch mehrere Gemächer und kam an eine Treppe, die zu einem alten Turm führte; diese stieg es hinan und kam an ein niedrig Kammertürlein, da steckte ein alter verrosteter Schlüssel daran, und neugierig, wie die ganz jungen Mädchen sind, drehte die Prinzessin an dem Schlüssel, und die Türe ging gleich auf.

Da saß ein uraltes Spinneweiblein und spann emsig mit einer Spindel; es mochte wohl des Königs Gesetz nicht gehört oder gelesen oder es längst vergessen haben. Die umhertanzende, auf- und niederwirbelnde Spindel machte der jungen Königstochter viel Freude, sie haschte nach der Spindel, wollte auch spinnen und stach sich damit, denn es war gerade der Tag, an welchem die Prophezeiung der erzürnten weisen Frau in Erfüllung gehen sollte. Und die Königstochter fiel nieder in einen Schlaf. Und da überkam derselbe Schlaf auch den König und die Königin und das ganze Schloß. Da mag es schön langweilig gewesen sein!

Der ganze Hofstaat schlief ein, vom Hofmarschall bis zum Küchenjungen, den der Koch wegen eines Versehens gerade an den Haaren zauste und ihm eine Ohrfeige geben wollte, und Koch und Kellner, Kammerfrau und Kammerjungfer, Kind und Kegel, Hund und Katze, ja die Tauben und Sperlinge auf dem Dache, die Pfauen und Papageien und selbst die Fliegen an der Wand, die schliefen alle. Und das Feuer auf dem Herd legte sich und schlief ein, und der Wind legte sich auch, und wurde alles piepstill, daß man kein Mäuschen im ganzen Schloß mehr knuspern hörte, dieweil die Mäuslein auch schliefen. Und da kam kein Mensch mehr in das verzauberte Schlummerschloß, um welches rund herum eine mächtige Dornenhecke emporwuchs, jedes Jahr einige Schuh höher, bis sie den höchsten Turm überwachsen hatte, daß man nicht einmal die Fahne und den Wetterhahn mehr sah, und so dicht, daß kein menschliches Wesen eindringen konnte. Und da wurde das Schloß allmählich ganz vergessen, und es ging nur die Sage, hinter den Dornen stehe ein Schloß, darin schlafe das Dornröschen, die verzauberte Prinzessin, wie lange schon und wie lange noch, wisse niemand. Zwar kamen von Zeit zu Zeit Königssöhne, die wollten hindurchdringen durch die Hecke, allein dieselbe war allzu dicht, und konnten es nicht erlangen, blieben wohl gar in den Dornen verstrickt und kamen elendiglich darin um.

Und so waren nun hundert Jahre vergangen, und die Zeit war da, daß das Dornröschen wieder erwachen sollte, es wußte dies aber niemand genau, und da kam auch ein Königssohn, der hörte die Mär von dem schlafenden

Dornröschen aus dem Mund eines Alten, der sie ihm gewiß versicherte, denn sein Vater und Urgroßvater hätten ihm oft davon erzählt, und der Alte mußte den Königssohn hin an die verrufene Dornhecke führen. Und das geschah just am hundertsten Jahrestag, seit das Dornröschen in seinen Zauberschlaf gefallen war. Und die Dornhecke stand über und über voll Rosenblumen, das war seit Menschengedenken nicht der Fall gewesen, auch konnte der Königssohn frei durch die Dornhecke gehen, kein Dorn berührte sein Gewand, aber gleich hinter ihm

schloß sich die Hecke wieder. Und da fand er alles unversehrt; kein Wind hatte geweht und kein Regen genäßt, das Jahrhundert war über den Häuptern der Schlummernden so leise hinweggeflogen wie ein Schwan über einen stillen See voll träumender Wasserlilien. Da schliefen noch alle Fliegen und alle Mäuschen, da schliefen Huhn und Hahn, Katz und Hund, Magd und Zofe, Kammerherr und Kammerknecht und auch König und Königin. Das alles sah der Königssohn mit großer Verwunderung, ging nun hinauf in den Turm und kam in die Kammer, wo das süße

Dornröschen lag und so sanft schlief, hehr umflossen vom Heiligenschein seiner Unschuld und vom Glanze seiner Schönheit. Da beugte der Prinz sich nieder und küßte das Dornröschen, und alsbald schlug es die Augen auf. Der Königssohn sagte ihm, wie alles sich zugetragen, und führte es herab in das Schloß.

Da erwachte alles, König und Königin, Zwerg und Zofe, Hunde und Pferde, Feuer und Wasser, Wind und Wetterhahn, und der Koch gab dem Küchenjungen die Ohrfeige, die er ihm vor hundert Jahren schuldig geblieben war, und alles ging wieder seinen Gang, und wurde eine stattliche Hochzeit ausgerichtet, nämlich des Dornröschens mit dem Königssohn, der es aus dem Schlummer erlöst, und lebten glücklich und zufrieden miteinander bis an ihr Ende.

SNEEWITTCHEN

Es war einmal mitten im Winter, und die Schneeflocken fielen wie Federn vom Himmel herab, da saß eine Königin an einem Fenster, das einen Rahmen von schwarzem Ebenholz hatte, und nähte. Und wie sie so nähte und nach dem Schnee aufblickte, stach sie sich mit der Nadel in den Finger, und es fielen drei Tropfen Blut in den Schnee. Und weil das Rote im weißen Schnee so schön aussah, dachte sie bei sich: »Hätt ich ein Kind so weiß wie Schnee, so rot wie Blut und so schwarz wie das Holz an dem Rahmen.«

Bald darauf bekam sie ein Töchterlein, das war so weiß wie Schnee, so rot wie Blut und so schwarzhaarig wie

Ebenholz, und ward darum das Sneewittchen (Schneeweißchen) genannt. Und wie das Kind geboren war, starb die Königin.

Über ein Jahr nahm sich der König eine andere Gemahlin. Es war eine schöne Frau, aber sie war stolz und übermütig und konnte nicht leiden, daß sie an Schönheit von jemand sollte übertroffen werden. Sie hatte einen wunderbaren Spiegel, wenn sie vor den trat und sich darin beschaute, sprach sie:

»Spieglein, Spieglein an der Wand,
Wer ist die schönste im ganzen Land?«

So antwortete der Spiegel:

»Frau Königin, Ihr seid die schönste im Land.«

Da war sie zufrieden, denn sie wußte, daß der Spiegel die Wahrheit sagte.

Sneewittchen aber wuchs heran und wurde immer schöner, und als es sieben Jahr alt war, war es so schön wie der klare Tag und schöner als die Königin selbst. Als diese einmal ihren Spiegel fragte:

»Spieglein, Spieglein an der Wand,
Wer ist die schönste im ganzen Land?«,

so antwortete er:

»Frau Königin, Ihr seid die schönste hier,
Aber Sneewittchen ist tausendmal
schöner als Ihr.«

Da erschrak die Königin und ward gelb und grün vor Neid. Von Stund an, wenn sie Sneewittchen erblickte, kehrte sich ihr das Herz im Leibe herum, so haßte sie das Mädchen. Und der Neid und Hochmut wuchsen wie ein Unkraut in ihrem Herzen immer höher, daß sie Tag und Nacht keine Ruhe mehr hatte.

Da rief sie einen Jäger und sprach: »Bring das Kind hinaus in den Wald, ich will's nicht mehr vor meinen Augen sehen. Du sollst es töten und mir Lunge und Leber zum Wahrzeichen mitbringen.«

Der Jäger gehorchte und führte es hinaus, und als er den Hirschfänger gezogen hatte und Sneewittchens unschuldiges Herz durchbohren wollte, fing es an zu weinen und sprach: »Ach, lieber Jäger, laß mir mein Leben; ich will in den wilden Wald laufen und nimmermehr wieder heimkommen.«

Und weil es so schön war, hatte der Jäger Mitleiden und sprach: »So lauf hin, du armes Kind.«

»Die wilden Tiere werden dich bald gefressen haben«, dachte er, und doch war's ihm, als wär ein Stein von seinem Herzen gewälzt, weil er es nicht zu töten brauchte. Und als gerade ein junger Frischling dahergesprungen kam, stach er ihn ab, nahm Lunge und Leber heraus und brachte sie als Wahrzeichen der Königin mit. Der Koch mußte sie in Salz kochen, und das boshafte Weib aß sie auf und meinte, sie hätte Sneewittchens Lunge und Leber gegessen.

Nun war das arme Kind in dem großen Wald mutterselig allein, und ward ihm so angst, daß es alle Blätter an den Bäumen ansah und nicht wußte, wie es sich helfen sollte.

Da fing es an zu laufen und lief über die spitzen Steine und durch die Dornen, und die wilden Tiere sprangen an ihm vorbei, aber sie taten ihm nichts. Es lief, solange nur die Füße noch fortkonnten, bis es bald Abend werden wollte, da sah es ein kleines Häuschen und ging hinein, sich zu ruhen. In dem Häuschen war alles klein, aber so zierlich und reinlich, daß es nicht zu sagen ist. Da stand ein weiß gedecktes Tischlein mit sieben kleinen Tellern, jedes Tellerlein mit seinem Löffelein, ferner sieben Messerlein und Gäblein und sieben Becherlein. An der Wand waren sieben Bettlein nebeneinander aufgestellt und schneeweiße Laken darübergedeckt.

Sneewittchen, weil es so hungrig und durstig war, aß von jedem Tellerlein ein wenig Gemüs und Brot und trank aus jedem Becherlein einen Tropfen Wein; denn es wollte nicht einem allein alles wegnehmen. Hernach, weil es so müde war, legte es sich in ein Bettchen, aber keins paßte; das eine war zu lang, das andere zu kurz, bis endlich das siebente recht war: und darin blieb es liegen, befahl sich Gott und schlief ein.

Als es ganz dunkel geworden war, kamen die Herren von dem Häuslein, das waren die sieben Zwerge, die in den Bergen nach Erz hackten und gruben. Sie zündeten ihre sieben Lichtlein an, und wie es nun hell im Häuslein ward, sahen sie, daß jemand darin gewesen war, denn es stand nicht alles so in der Ordnung, wie sie es verlassen hatten.

Der erste sprach: »Wer hat auf meinem Stühlchen gesessen?«

Der zweite: »Wer hat von meinem Tellerchen gegessen?«

Der dritte: »Wer hat von meinem Brötchen genommen?«

Der vierte: »Wer hat von meinem Gemüschen gegessen?«

Der fünfte: »Wer hat mit meinem Gäbelchen gestochen?«

Der sechste: »Wer hat mit meinem Messerchen geschnitten?«

Der siebente: »Wer hat aus meinem Becherlein getrunken?«

Dann sah sich der erste um und sah, daß auf seinem Bett eine kleine Delle war, da sprach er: »Wer hat in mein Bettchen getreten?« Die andern kamen gelaufen und riefen: »In meinem hat auch jemand gelegen.« Der siebente aber, als er in sein Bett sah, erblickte Sneewittchen, das lag darin und schlief. Nun rief er die andern, die kamen herbeigelaufen und schrien vor Verwunderung, holten ihre sieben Lichtlein und beleuchteten Sneewittchen. «Ei, du mein Gott! Ei, du mein Gott!« riefen sie. »Was ist das Kind so schön!« Und hatten so große Freude, daß sie es nicht aufweckten, sondern im Bettlein fortschlafen ließen. Der siebente Zwerg aber schlief bei seinen Gesellen, bei jedem eine Stunde, da war die Nacht herum.

Als es Morgen war, erwachte Sneewittchen, und wie es die sieben Zwerge sah, erschrak es. Sie waren aber freundlich und fragten: »Wie heißt du?«

»Ich heiße Sneewittchen«, antwortete es.

»Wie bist du in unser Haus gekommen?« sprachen weiter die Zwerge. Da erzählte es ihnen, daß seine Stiefmutter es hätte wollen umbringen lassen, der Jäger hätte ihm aber das Leben geschenkt, und da wär es gelaufen den ganzen Tag, bis es endlich ihr Häuslein gefunden hätte.

Die Zwerge sprachen: »Willst du unsern Haushalt versehen, kochen, betten, waschen, nähen und stricken, und willst du alles ordentlich und reinlich halten, so kannst du bei uns bleiben, und es soll dir an nichts fehlen.«

»Ja«, sagte Sneewittchen, »von Herzen gern«, und

blieb bei ihnen. Es hielt ihnen das Haus in Ordnung; morgens gingen sie in die Berge und suchten Erz und Gold, abends kamen sie wieder, und da mußte ihr Essen bereit sein. Den Tag über war das Mädchen allein, da warnten es die guten Zwerglein und sprachen: »Hüte dich vor deiner Stiefmutter, die wird bald wissen, daß du hier bist; laß ja niemand herein.«

Die Königin aber, nachdem sie Sneewittchens Lunge und Leber glaubte gegessen zu haben, dachte nicht anders, als sie wäre wieder die erste und allerschönste, trat vor ihren Spiegel und sprach:

»Spieglein, Spieglein an der Wand,
Wer ist die schönste im ganzen Land?«

Da antwortete der Spiegel:

»Frau Königin, Ihr seid die schönste hier,
Aber Sneewittchen über den Bergen
Bei den sieben Zwergen
Ist noch tausendmal schöner als Ihr.«

Da erschrak sie, denn sie wußte, daß der Spiegel keine Unwahrheit sprach, und merkte, daß der Jäger sie betrogen hatte und Sneewittchen noch am Leben war. Und da sann und sann sie aufs neue, wie sie es umbringen wollte; denn solange sie nicht die Schönste war im ganzen Land, ließ ihr der Neid keine Ruhe. Und als sie sich endlich etwas ausgeruht hatte, färbte sie sich das Gesicht und kleidete sich wie eine alte Krämerin und war ganz unkenntlich. In dieser Gestalt ging sie über die sieben Berge zu den sieben Zwergen, klopfte an die Türe und rief: »Schöne Ware feil! feil!«

Sneewittchen guckte zum Fenster heraus und rief: »Guten Tag, liebe Frau, was habt Ihr zu verkaufen?«

»Gute Ware, schöne Ware«, antwortete sie, »Schnürriemen von allen Farben«, und holte einen hervor, der aus bunter Seide geflochten war.

»Die ehrliche Frau kann ich hereinlassen«, dachte Sneewittchen, riegelte die Türe auf und kaufte sich den hübschen Schnürriemen.

»Kind«, sprach die Alte, »wie du aussiehst! Komm, ich will dich einmal ordentlich schnüren.« Sneewittchen hatte kein Arg, stellte sich vor sie und ließ sich mit dem neuen Schnürriemen schnüren; aber die Alte schnürte geschwind und schnürte so fest, daß dem Sneewittchen der Atem verging und es für tot hinfiel.

»Nun bist du die Schönste gewesen«, sprach sie und eilte hinaus.

Nicht lange darauf, zur Abendzeit, kamen die sieben Zwerge nach Haus, aber wie erschraken sie, als sie ihr liebes Sneewittchen auf der Erde liegen sahen; und es regte und bewegte sich nicht, als wäre es tot. Sie hoben es in die Höhe, und weil sie sahen, daß es zu fest geschnürt war, schnitten sie den Schnürriemen entzwei: da fing es an, ein wenig zu atmen, und ward nach und nach wieder lebendig.

Als die Zwerge hörten, was geschehen war, sprachen sie: »Die alte Krämerfrau war niemand als die gottlose Königin: hüte dich und laß keinen Menschen herein, wenn wir nicht bei dir sind.«

Das böse Weib aber, als es nach Haus gekommen war, ging vor den Spiegel und fragte:

»Spieglein, Spieglein an der Wand,
Wer ist die schönste im ganzen Land?«

Da antwortete er wie sonst:

»Frau Königin, Ihr seid die schönste hier,
Aber Sneewittchen über den Bergen
Bei den sieben Zwergen
Ist noch tausendmal schöner als Ihr.«

Als sie das hörte, lief ihr alles Blut zum Herzen, so erschrak sie, denn sie sah wohl, daß Sneewittchen wieder lebendig geworden war. »Nun aber«, sprach sie, »will ich etwas aussinnen, das dich zugrunde richten soll«, und mit Hexenkünsten, die sie verstand, machte sie einen giftigen Kamm. Dann verkleidete sie sich und nahm die Gestalt eines andern alten Weibes an. So ging sie hin über die sieben

Berge zu den sieben Zwergen, klopfte an die Türe und rief: »Gute Ware feil! feil!« Sneewittchen schaute heraus und sprach: »Geht nur weiter, ich darf niemand hereinlassen.«

»Das Ansehen wird dir doch erlaubt sein«, sprach die Alte, zog den giftigen Kamm heraus und hielt ihn in die Höhe. Da gefiel er dem Kinde so gut, daß es sich betören ließ und die Türe öffnete. Als sie des Kaufs einig waren, sprach die Alte: »Nun will ich dich einmal ordentlich kämmen.« Das arme Sneewittchen dachte an nichts und ließ die Alte gewähren, aber kaum hatte sie den Kamm in die Haare gesteckt, als das Gift darin wirkte und das Mädchen ohne Besinnung niederfiel.

»Du Ausbund von Schönheit«, sprach das boshafte Weib, »jetzt ist's um dich geschehen«, und ging fort. Zum Glück aber war es bald Abend, wo die sieben Zwerglein nach Haus kamen. Als sie Sneewittchen wie tot auf der Erde liegen sahen, hatten sie gleich die Stiefmutter in Verdacht, suchten nach und fanden den giftigen Kamm, und kaum hatten sie ihn herausgezogen, so kam Sneewittchen wieder zu sich und erzählte, was vorgegangen war. Da warnten sie es noch einmal, auf seiner Hut zu sein und niemand die Türe zu öffnen.

Die Königin stellte sich daheim vor den Spiegel und sprach:

»Spieglein, Spieglein an der Wand,
Wer ist die schönste im ganzen Land?«

Da antwortete er wie vorher:

»Frau Königin, Ihr seid die schönste hier,
Aber Sneewittchen über den Bergen

Bei den sieben Zwergen
Ist doch noch tausendmal schöner als Ihr.«

Als sie den Spiegel so reden hörte, zitterte und bebte sie vor Zorn. »Sneewittchen soll sterben«, rief sie, »und wenn es mein eignes Leben kostet.« Darauf ging sie in eine ganz verborgene einsame Kammer, wo niemand hinkam, und machte da einen giftigen, giftigen Apfel. Äußerlich sah er schön aus, mit roten Backen, daß jeder, der ihn erblickte, Lust danach bekam, aber wer ein Stückchen davon aß, der mußte sterben. Als der Apfel fertig war, färbte sie sich das Gesicht und verkleidete sich in eine Bauersfrau, und so ging sie über die sieben Berge zu den sieben Zwergen.

Sie klopfte an, Sneewittchen streckte den Kopf zum Fenster heraus und sprach: »Ich darf keinen Menschen einlassen, die sieben Zwerge haben mir's verboten.«

»Mir auch recht«, antwortete die Bäurin, »meine Äpfel will ich schon loswerden. Da, einen will ich dir schenken.«

»Nein«, sprach Sneewittchen, »ich darf nichts annehmen.«

»Fürchtest du dich vor Gift?« sprach die Alte. »Siehst du, da schneide ich den Apfel in zwei Teile; den roten Backen iß du, den weißen will ich essen.« Der Apfel war aber so künstlich gemacht, daß der rote Backen allein vergiftet war. Sneewittchen lusterte den schönen Apfel an, und als es sah, daß die Bäurin davon aß, so konnte es nicht länger widerstehen, streckte die Hand hinaus und nahm die giftige Hälfte. Kaum aber hatte es einen Bissen davon im Mund, so fiel es tot zur Erde nieder.

Da betrachtete es die Königin mit grausigen Blicken und lachte überlaut und sprach: »Weiß wie Schnee, rot wie Blut, schwarz wie Ebenholz! Diesmal können dich die Zwerge nicht wieder erwecken.« Und als sie daheim den Spiegel befragte:

»Spieglein, Spieglein an der Wand,
Wer ist die schönste im ganzen Land?«,

so antwortete er endlich:

»Frau Königin, Ihr seid die schönste im Land.«

Da hatte ihr neidisches Herz Ruhe, so gut ein neidisches Herz Ruhe haben kann. Die Zwerglein, wie sie abends nach Haus kamen, fanden Sneewittchen auf der Erde liegen, und es ging kein Atem mehr aus seinem Mund, und es war tot. Sie hoben es auf, suchten, ob sie was Giftiges fänden, schnürten es auf, kämmten ihm die Haare, wuschen es mit Wasser und Wein, aber es half alles nichts; das liebe Kind war tot und blieb tot. Sie legten es auf eine Bahre und setzten sich alle siebene daran und beweinten es, und weinten drei Tage lang. Da wollten sie es begraben, aber es sah noch so frisch aus wie ein lebender Mensch und hatte noch seine schönen roten Backen.

Sie sprachen: »Das können wir nicht in die schwarze Erde versenken«, und ließen einen durchsichtigen Sarg von Glas machen, daß man es von allen Seiten sehen konnte, legten es hinein und schrieben mit goldenen Buchstaben seinen Namen darauf, und daß es eine Königstochter wäre. Dann setzten sie den Sarg hinaus auf den Berg, und einer von ihnen blieb immer dabei und bewachte ihn. Und die Tiere kamen auch und beweinten Sneewittchen, erst eine Eule, dann ein Rabe, zuletzt ein Täubchen.

Nun lag Sneewittchen lange, lange Zeit in dem Sarg und verweste nicht, sondern sah aus, als wenn es schliefe, denn es war noch so weiß als Schnee, so rot als Blut und so schwarzhaarig wie Ebenholz.

Es geschah aber, daß ein Königssohn in den Wald geriet und zu dem Zwergenhaus kam, da zu übernachten. Er sah auf dem Berg den Sarg, und das schöne Sneewittchen darin, und las, was mit goldenen Buchstaben darauf geschrieben war. Da sprach er zu den Zwergen: »Laßt mir den Sarg, ich will euch geben, was ihr dafür haben wollt.«

Aber die Zwerge antworteten: »Wir geben ihn nicht um alles Gold in der Welt.«

Da sprach er: »So schenkt mir ihn, denn ich kann nicht leben, ohne Sneewittchen zu sehen, ich will es ehren und hochachten wie mein Liebstes.« Wie er so sprach, empfanden die guten Zwerglein Mitleiden mit ihm und gaben ihm den Sarg.

Der Königssohn ließ ihn nun von seinen Dienern auf den Schultern forttragen. Da geschah es, daß sie über einen Strauch stolperten, und von dem Schüttern fuhr der giftige Apfelgrütz, den Sneewittchen abgebissen hatte, aus dem Hals. Und nicht lange, so öffnete es die Augen, hob den Deckel vom Sarg in die Höhe und richtete sich auf und war wieder lebendig.

»Ach Gott, wo bin ich?« rief es.

Der Königssohn sagte voll Freude: »Du bist bei mir«, und erzählte, was sich zugetragen hatte, und sprach: »Ich habe dich lieber als alles auf der Welt; komm mit mir in meines Vaters Schloß, du sollst meine Gemahlin werden.« Da war ihm Sneewittchen gut und ging mit ihm, und ihre Hochzeit ward mit großer Pracht und Herrlichkeit angeordnet. Zu dem Fest wurde aber auch Sneewittchens gottlose Stiefmutter eingeladen.

Wie sie sich nun mit schönen Kleidern angetan hatte, trat sie vor den Spiegel und sprach:

»Spieglein, Spieglein an der Wand,
Wer ist die schönste im ganzen Land?«

Der Spiegel antwortete:

»Frau Königin, Ihr seid die schönste hier,
Aber die junge Königin ist tausendmal schöner
als Ihr.«

Da stieß das böse Weib einen Fluch aus, und ward ihr so angst, so angst, daß sie sich nicht zu lassen wußte. Sie wollte zuerst gar nicht auf die Hochzeit kommen; doch ließ es ihr keine Ruhe, sie mußte fort und die junge Königin sehen.

Und wie sie hineintrat, erkannte sie Sneewittchen, und vor Angst und Schrecken stand sie da und konnte sich nicht regen. Aber es waren schon eiserne Pantoffeln über Kohlenfeuer gestellt und wurden mit Zangen hereingetragen und vor sie hingestellt. Da mußte sie in die rotglühenden Schuhe treten und so lange tanzen, bis sie tot zur Erde fiel.

Der Löwe, der Bär und die Schlange

Es war ein Kaufmann, der reiste alle halbe Jahr durch einen Wald seiner Geschäfte wegen. Da ging einmal nicht weit vor ihm her der Bediente des Königs und stürzte in eine tiefe Grube und konnte sich nicht wieder herausarbeiten. Als der Kaufmann herzukam, drehte er ein Seil und ließ das hinab und zog eine schwere Last herauf. Aber wie erschrak er, als er statt des Bedienten einen Löwen heraufgezogen hatte. Der sprach zu ihm: »Ich danke dir, und hier hast du auch Geld, daß du mich befreit hast; ich war schon lange da unten. Der aber, für welchen du das Seil gemacht hast, der ist nicht wert, daß du ihn heraufziehst.«

Indes ließ er doch noch einmal sein Seil hinab und zog etwas Schweres herauf, aber nicht den Bedienten des Königs, sondern einen Bären. Der bedankte sich ebenfalls und gab ihm Geld und sagte: »Der Löwe war mein nächster Nachbar. Der aber, für welchen du das Seil gemacht hast, der ist nicht wert, daß du ihn heraufziehst.«

Als der Kaufmann nun zum dritten Male sein Seil hinunterließ, da zog er eine Schlange herauf, die gab ihm gleichfalls Geld und sagte, daß derjenige, für welchen er das Seil gedreht, es nicht verdiene, daß er ihn heraufziehe. Dennoch ließ er sein Seil zum vierten Mal in die Tiergrube hinab und brachte diesmal richtig den Bedienten herauf.

Als dieser das viele Geld sah, so faßte er den gottlosen Entschluß, seinen Retter zu verraten, und machte auch sogleich dem Gericht die Anzeige, daß dieser Kaufmann mehrere Menschen, die man vermißte, gemordet und ausgeplündert und daher das viele Geld bekommen habe. Die Wahrheit aber war, daß eben dieser Bediente selbst einen Menschen gemordet und beraubt hatte.

Weil nun das Gericht den Kaufmann für den Mörder hielt, so wurde ihm zur Strafe die Haut abgezogen und auf eine Eiche gehängt; er selbst aber wurde mit Stricken an dem Baume festgebunden und sollte auf die Art elendiglich sterben. Da kamen jedoch der Löwe und der Bär, die er befreit hatte, und zernagten die Stricke und führten ihn in ihre Höhle und pflegten ihn hier, bis daß er geheilt war, und beschenkten ihn dann, als er fortging, wiederum mit Geld und mit Kleidern.

Wie das Gericht aber sah, daß er entkommen und am Leben geblieben war, nahm man ihn zum zweiten Male gefangen und warf ihn in einen Turm.

Da besuchte ihn die Schlange und sprach: »Bist du auch einmal in Not?«

»Ach ja«, sprach er, »ich weiß mir nicht mehr zu helfen!« Sprach die Schlange: »Nun, ich will dir schon beistehen. Ich habe soeben des Königs Tochter in die Stirn gestochen, also daß niemand ihr helfen kann. Hier aber bring' ich dir ein Kraut, wenn du damit ihre Stirn bestreichst, so wird sie in drei Stunden geheilt sein.«

Da ließ der Kaufmann durch den Gefangenenwärter dem König sagen, daß er ein sicheres Mittel gegen den Schlangenbiß habe, worauf er alsbald zu der Prinzessin geführt wurde und ihre Stirn mit dem Safte des Heilkrautes bestrich. Danach war die Königstochter in drei Stunden wieder frisch und gesund, worüber der König, der sie schon für verloren gehalten hatte, eine solche Freude empfand, daß er seinen Ring vom Finger zog und ihn dem Kaufmann gab, indem er sprach: »Ich bin alt und verlasse gern den Thron; nimm du ihn an meiner Stelle ein! Denn die Tochter, die du mir wiedergegeben hast, die ist mir viel lieber als ein ganzes Königreich.« So ist der Kaufmann noch König geworden.

DER GOLDENE VOGEL

Es war einmal ein König, der baute eine so schöne Kirche, daß weit und breit keine schönere zu finden war. Da kam eines Tages ein Wandersmann aus weiter Ferne, der staunte lange über die schöne Kirche. Der König ging zu ihm und fragte, wie sie ihm gefalle. Der Wandersmann sprach: »Es ist die schönste Kirche, die ich gesehen habe, und es fehlt auch nichts darin außer einem, das ist der goldene Vogel, dem Perlen aus dem Munde fallen, wenn er singt!«

Da fragte der Königssohn, wo der denn wohl zu finden wäre. »Das weiß ich nicht«, sprach der Wandersmann, »ich habe aber von ihm gehört.« Der König hatte nun keine Ruhe und dachte immer nur daran, wie er den goldenen Vogel bekommen könnte.

Da kam der älteste von seinen drei Söhnen eines Tages zu ihm und sagte: »Vater, ich will ausziehen und den goldenen Vogel suchen.« Der König war froh, gab ihm das beste Pferd und ließ ihn ziehen. Er kam bald in ein Gehölz und machte sich ein Feuerchen an. Da lief ein Fuchs herzu und jammerte: »Ach, wie friere ich!«

»So mach dir Feuer und wärme dich!« sprach der Königssohn und nahm sein Essen hervor. Der Fuchs rief wiederum: »Ach, wie hungert mich!«

»So such dir was und sättige dich!« sprach der Königssohn, und der Fuchs lief fort. Der Königssohn stand auf, ging weiter, verzehrte all sein Reisegut, geriet in schlechte Gesellschaft, verkaufte sein Pferd, machte

Schulden und verdingte sich schließlich als Knecht in ein Wirtshaus.

Nach einiger Zeit machte sich auch der zweite Königssohn auf den Weg, den goldenen Vogel zu suchen. Sein Vater gab ihm ein stattliches Pferd und packte ihm ordentlich Essen und Trinken ein. Es erging ihm wie seinem älteren Bruder. Als er sich im Wald Feuer gemacht hatte, kam der Fuchs auch und jammerte: »Ach, wie friere ich, ach, wie hungert mich!«

»So mach dir Feuer und wärme dich, so such dir was und sättige dich!« sagte der Königssohn. Dann zog er weiter, geriet in schlechte Gesellschaft, brachte sich um sein Geld, verkaufte sein Pferd, machte Schulden und mußte sich als Kellner in ein Wirtshaus verdingen.

Da kam auch der Jüngste vor den König und sprach: »Vater, ich will ausziehen und den Vogel suchen!«

»Wo denkst du hin! Wenn deine Brüder schon nichts ausgerichtet haben, wirst du am allerwenigsten etwas ausrichten.« Der Sohn ließ aber nicht nach mit Bitten, und so ließ ihn der König endlich ziehen. Er gab ihm jedoch ein schlechtes Pferd und nur ganz wenig Geld, denn er dachte: »Das ist ja doch alles verloren!«

Der Knabe ritt fort. Allein sein Pferd sank schon außerhalb der Stadt zusammen. Er ging jetzt zu Fuß, kam in den Wald und machte sich ein Feuer. Da erschien der Fuchs und rief: »Ach, wie friere ich!«

»So komm und wärme dich!« Als der Junge nach dieser Aufforderung dann sein Essen hervornahm, jammerte der Fuchs: »Ach, wie hungert mich!«

»So komm her und sättige dich!« sprach da der Junge voller Mitleid. Der Fuchs kam zum Feuer, aß mit und schlief dann bis zum Morgen neben dem Jungen. Als dieser erwachte und fortgehen wollte, sagte der Fuchs: »Deine Brüder haben sich meiner nicht angenommen, und so haben sie auch den goldenen Vogel nicht erwerben können. Weil du aber Mitleid mit mir hattest, will ich dir gut raten und dir helfen. Geh nur fort durch diesen Wald, der ist noch sieben Tage lang, dann kommst du auf eine große Wiese. Am Ende der Wiese ist ein großes Schloß, dort geh hinein, und du wirst sehen, was du zu tun hast.« Zuletzt gab er ihm noch eine silberne Flöte und sprach: »Wenn du in der höchsten Not bist und dir nicht helfen kannst, so blase darauf, und ich will kommen und dir helfen!« Damit lief der Fuchs fort in den Wald. Der Knabe aber ging weiter des Weges.

Nach sieben Tagen gelangte er auf die Wiese und sah das Schloß. Er eilte nun dahin und ging ohne Furcht hinein. Da war eine schöne Jungfrau, die weinte, als sie ihn sah, und sprach: »Wie kommst du hierher, mein Herr ist ein sechsköpfiger Drache, er wird dich umbringen!«

»Ich fürchte mich nicht und will mit ihm kämpfen!« Es hing aber ein großes Schwert an der Wand, das nahm er gleich und übte sich damit. Nur einmal kam der Drache und schnaubte Feuer. Der Junge schwang rasch das Schwert und hieb ihm alle sechs Häupter auf einmal ab.

Nun war die Jungfrau sehr froh, brachte gleich Essen und wünschte, er sollte bei ihr bleiben. Doch er sagte, das könnte nicht sein, er müßte noch den goldenen Vogel suchen, ob sie nichts von ihm gehört hätte. »Davon weiß ich nichts«, antwortete sie, »geh aber nur zu jenem Schloß herüber, da wohnt meine jüngere Schwester, vielleicht kann sie dir etwas sagen.« Sie gab ihm noch einen kupfernen Apfel und sprach: »Wenn du daran drehst, so fliege ich zu dir!«

Als der junge Königssohn zum zweiten Schloß kam, war hier wieder eine schöne Jungfrau, und sie weinte, als sie den Jungen sah. »Wehe dir, mein Herr ist ein neunköpfiger Drache, wenn er heimkommt, wird er dich umbringen!«

»Ich fürchte mich nicht und will mit ihm kämpfen.« Da nahm er das Schwert, das an der Wand hing, schwang es in der Luft und übte sich. Nur einmal kam der Drache wie ein Gewitter herbeigefahren und schnaubte Feuer. Der Junge hob sein Schwert und schlug ihm auf einmal alle neun Häupter ab. Die Jungfrau war sehr froh, brachte gleich Essen und wünschte, daß der Königssohn für immer bei ihr bliebe. Er aber verneinte: »Das geht nicht, ich muß den goldenen Vogel suchen, kannst du mir sagen, wo er zu finden ist?«

»So geh zu meiner jüngsten Schwester, die wohnt dort in jenem Schloß, die wird dir dazu verhelfen!« Sie gab ihm eine silberne Birne und sprach: »Wenn du sie drehst, so fliege ich zu dir!«

Als der Junge ins dritte Schloß gelangte, war da eine wunderschöne Jungfrau. Sie weinte, als sie ihn sah, und sprach: Wie kommst du hierher, mein Herr ist ein zwölfköpfiger Drache, er wird dich umbringen, wenn er heimkehrt!«

»Ich fürchte mich nicht«, sprach der Junge, »zwei Drachen habe ich schon umgebracht, mit diesem werde ich wohl auch noch fertig werden.«

Er nahm das Schwert, das an der Wand hing, schwang es in der Luft und übte sich. Nur einmal kam der Drache wie Donner und Sturm hereingefahren. Der Junge schwang das Schwert und schlug ihm elf Häupter auf einmal ab, bis er aber das zwölfte abschlug, waren die elf wieder gewachsen, und bis er die elf zum zweiten Male abhieb, hatte der Drache das zwölfte wieder. Erst als die Sonne unterging, gelang es ihm, die zwölf Häupter auf einmal abzuschlagen. Nun, wer sich am meisten freute, war die Jungfrau. Sie brachte gleich zu essen und wünschte, der junge Königssohn würde für immer bei ihr bleiben.

»Das will ich gerne tun, aber zuvor muß ich den goldenen Vogel haben und meinem Vater nach Hause führen. Weißt du vielleicht, wo er zu finden ist?«

»Das weiß ich wohl, alle Jahre kommt er einmal auf diesen Baum vor dem Fenster und singt, aber nur einmal, am Neujahrsmorgen, ehe die Sonne aufgeht. Ich gebe dir ihn, denn er ist mein, warte nur, bis er kommt.« Das ließ sich der Königssohn gern gefallen. Aber die Jungfrau hatte den Knaben so lieb, daß sie ihn nicht gern von sich gehen lassen wollte.

Als daher der Neujahrsmorgen da war, stopfte sie ihm die Ohren zu, und als der goldene Vogel kam und sang, hörte er nichts. Die Sonne ging auf, und der Vogel war entschwunden.

»Wo ist der Vogel? Er kommt nicht«, rief der Junge traurig, als er erwachte. »Er war schon da und hat gesungen, siehe da das Wahrzeichen, die Perlen unter dem Baum. Jetzt, da du verschlafen hast, mußt du noch ein Jahr warten.« Was sollte er tun, er mußte bleiben, aber er war gar nicht mehr fröhlich wie zuvor. Als nun die Jungfrau sah, wie trübsinnig er war, daß er gar nicht heimkehren konnte, so wollte sie ihn nicht länger zurückhalten.

Am Neujahrsmorgen weckte sie selbst ihn auf. Der Vogel kam, setzte sich auf den Baum und sang, und ringsum lag alles voller Perlen. Darauf lockte sie den Vogel in ihre Hand, sperrte ihn in einen goldenen Käfig und überreichte ihn dem Königssohn. Damit er aber schnell nach Hause kommen sollte, gab sie ihm ein Pferd, das hatte sechs Füße, und darauf sollte niemand anders als er reiten können. Zuletzt schenkte sie ihm noch eine goldene Pflaume

und sprach: »Wenn du sie drehst, so fliege ich zu dir.« Er zog nun auf seinem Pferd wie im Flug heimwärts.

Abends gelangte er zu einem Wirtshaus, und da war gerade sein älterer Bruder Kellner und sah schlecht aus. Er erkannte ihn jedoch gleich und erzählte ihm, wie er den goldenen Vogel erworben hatte und jetzt heimführen wollte. Er sollte doch auch mit ihm kommen. »Das möchte ich gern«, sprach sein Bruder, »aber ich habe noch viele Schulden.«

»Ich will für dich zahlen«, sagte der Junge und kaufte ihm auch ein Pferd, und sie ritten nun miteinander weiter. Am nächsten Abend kehrten sie dann in ein Wirtshaus ein. Hier war der älteste der Brüder Stallknecht und empfing gerade eine Tracht Prügel, als sie einzogen. Da erkannten sie ihren Bruder, und der Jüngste sprach: »Komm mit uns nach Haus. Ich führe den goldenen Vogel heim.«

»Das möchte ich gerne, aber mein Herr verlangt, daß ich ihm drei Pferde, die ich ihm zugrunde gerichtet habe, noch abdiene.«

»Laß mich das erledigen! Ich will sie bezahlen!« sagte der Jüngste. »Unser Vater hat auf euch so große Stücke gehalten, und nun wird er doch sehen, daß ich den goldenen Vogel bringe.« Da wurden die beiden zornig über die Worte des Jüngsten und beredeten sich untereinander, ihren Bruder zu töten. Während er schlief, stachen sie ihm die Augen aus, hieben ihm Arme und Beine ab und warfen ihn in einen tiefen Brunnen. Dann nahmen sie sein schönes Pferd und den Käfig mit dem goldenen Vogel, eilten zu ihrem Vater, hielten da großen Aufzug und sprachen: »Sieh, mit vieler Arbeit und Gefahr ist es uns gelungen, ihn zu bekommen!«

Da freute sich der Vater und ließ den Käfig gleich in die Kirche auf den Altar stellen. Aber der Vogel ließ die Flügel traurig hängen und sang nicht. Und das schöne sechsfüßige Pferd ließ niemanden in seine Nähe und noch weniger auf seinen Rücken kommen.

Der Verstümmelte aber lag im Brunnen und wußte sich nicht zu helfen. Da kam ihm zufällig der kupferne Apfel, der aus seiner Tasche gefallen war, an den Mund und drehte sich. Gleich flog die älteste der geretteten Jungfrauen in einem kupfernen Mantel herbei und fragte, was er da mache. »Sieh mich an!« sprach er. »Morgentau ist gut für abgefallene Füße«, rief sie und flog fort, brachte davon und bestrich ihn damit. Gleich waren seine Füße frisch und gesund. Die Jungfrau enteilte wieder.

Nun trat er auf die silberne Birne, die war aus seiner

Tasche herausgefallen und drehte sich. Gleich flog die zweite gerettete Jungfrau in einem silbernen Mantel herzu und fragte, was es gebe. »Sieh mich an!« sprach er. »Morgentau ist gut für abgehauene Arme«, sprach sie, flog fort, brachte davon, bestrich ihn, und alsbald hatte er frische und gesunde Arme und Hände. Die Jungfrau war aber sogleich wieder fort.

Nun griff er in seine Tasche und nahm die goldene Pflaume hervor und drehte sie. Sogleich flog die jüngste der erretteten Jungfrauen im goldenen Mantel herbei und fragte, was es gebe. »Du siehst es!«

»Morgentau ist gut für fehlende Augen«, sprach sie und flog fort, brachte davon, bestrich die Augenhöhlen, und gleich hatte er frische und gesunde Augen und sah die Jungfrau in ihrer vollen Schönheit vor sich. Ehe er sich aber bedachte, sie zu fassen, war sie wieder enteilt. Nun sah er erst, wo er war. Wie sollte er aus diesem tiefen Brunnen herauskommen? Da gewann er aus seiner Tasche die silberne Flöte, die ihm der Fuchs gegeben, und blies darauf. Umgehend war der Fuchs zur Stelle und fragte, was es gebe. »Du siehst es«, sprach der Junge, »ich kann nicht hinaus!« Da sprang der Fuchs in den Brunnen und sagte: »Fasse nur die Spitze von meinem Zagel!« Wie

das geschehen war, sprang der Fuchs hinaus, zog ihn mit und sprach: »Jetzt kannst du dir wieder selbst helfen!« und lief fort in den Wald.

Da wanderte der Junge zu Fuß weiter und gelangte am Abend nach Hause. Sein Vater freute sich nicht sehr über seine Ankunft, weil er nichts brachte. Er aber erzählte nun alles, was er erlebt, wie er den goldenen Vogel und das sechsfüßige Pferd erworben, wie er seine Brüder ausgelöst hätte und wie sie dann so untreu und sündlich an ihm gehandelt hätten, und schließlich, wie er gerettet worden war.

Der alte König wollte das nicht glauben. Da sagte der Junge: »Ich will es beweisen. Es ist doch sicher richtig, daß derjenige der rechtmäßige Besitzer des Pferdes ist, der es auch zu reiten vermag, und daß dies auch für den goldenen Vogel gilt, wenn der bei Eintritt des Besitzers in die Kirche die Flügel erhebt und singt?«

»Ja, da stimme ich dir zu«, sprach der Alte. Nun versuchten es zuerst die beiden älteren Brüder. Das Pferd aber ließ sie nicht in die Nähe kommen, und der goldene Vogel hielt seine Flügel gesenkt und sang nicht, als sie die Kirche betraten. Jetzt versuchte es auch der Jüngste. Als das Pferd ihn erblickte, wieherte es laut vor Freude und stand da wie ein Lamm, bis er aufgestiegen war. Dann ritt er eine Zeitlang hin und her. Drauf stieg er ab und ging zur Kirche. Kaum hatte er die Schwelle betreten, so hob der Vogel seine Flügel und sang auf einmal so wunderschön, daß dem König die Augen vor Freude und Leid übergingen.

Es fiel dem Jüngsten um den Hals und sprach: »Verzeih mir, daß ich dich weniger als deine Brüder geachtet habe. Da nimm sie aber jetzt, diese Falschen und Gemeinen, und mach mit ihnen, was du willst!«

»So will ich mich gleich an ihnen rächen, daß sie an mich mit Freuden denken sollen!« Und er nahm den kupfernen Apfel hervor und drehte ihn. Sogleich flog die älteste der Jungfrauen herbei und hatte einen kupfernen Mantel an. Sie war sehr schön, und die alte Königin, die Mutter des Jungen, rief: »Ei, du, mein Sohn, weißt gut zu wählen.« Er aber faßte sie gleich bei der Hand, führte sie zu seinem ältesten Bruder und sprach: »Das soll deine Frau sein, willst du?« Wer konnte erleichterter sein als er.

Jetzt drehte der Jüngste die silberne Birne, und es kam die Jungfrau im silbernen Mantel herbeigeflogen. Sie war noch schöner. »Nun nimm du jetzt die, denn es kann keine Schönere geben«, sagte seine Mutter wieder. Der Junge aber nahm sie bei der Hand, führte sie zu seinem mittleren Bruder und fragte: »Willst du sie zur Frau?« Der konnte nicht nein sagen.

Nun drehte er die goldene Pflaume. Da kam die jüngste Jungfrau herbeigeflogen. Sie trug einen goldenen Mantel, der war geschmückt mit Karfunkelsteinen und Perlen vom goldenen Vogel, daß er glänzte und glitzerte wie der Sternenhimmel. Die alte Königin verwunderte sich sehr über die große Schönheit und fing die Jungfrau in ihrer Schürze auf. Ihr zartes Wesen sollte nur ja nicht an dem harten Boden sich anstoßen. »Du weißt freilich besser als ich, wie man wählen soll«, sprach sie zum Jüngsten, »eine Schönere kann es aber unter der Sonne nicht geben!« Die nahm nun der Jüngste selbst zur Frau, und sie lebten viele Jahre glücklich und zufrieden.

Als aber nach langen Jahren die schöne Königin starb, verschwand auch das sechsfüßige Pferd und der goldene Vogel aus der Kirche, und seitdem hat beide niemand mehr gesehen.

WER BEKOMMT DAS HAUS?

Es war einmal ein Bauer, der hatte drei Söhne, mit Namen: Michel, Jackel und Hansl. Hansl war anscheinend ein dummer Bursch; er war aber hie und da sehr pfiffig. Eines Tages sagte der alte Bauer zu seinen Söhnen: »Wer mir einen Widder bringt, der bekommt die Erbschaft. Aber er darf nicht gekauft, sondern er muß gestohlen sein.« Die zwei Söhne antworteten: »Oh, wir werden dir schon einen bringen, aber der Hansl darf nicht mit, sonst könnte er uns den ganzen Fang verderben.« Der Hansl war sehr über den Schimpf erbittert und dachte: »Wartet nur, wir wollen schon sehen.«

Hansl paßte nun auf, wo die Brüder hingehen wollten, lief voraus und sagte zum Eigentümer: »Hörst du, heute kommen Diebe, die dir einen Widder stehlen wollen. Gib mir einen Widder und einen Hammer, so werde ich ihnen das Wiederkommen schon verleiden.« Gesagt, getan. Hansl nahm den Hammer und ging damit in den Widderstall, setzte sich vor die Öffnung, wo man das Licht hereinläßt, und wartete auf die Diebe.

Um Mitternacht kamen sie wirklich. Der Michel sagte zum Jackel: »Geh du hinein, ich werde heraußen warten und dir den Widder abnehmen.« Der Jackel kroch nun hinein; kaum hatte er aber den Kopf ins Loch gesteckt, als er einen Schlag empfing, daß ihm der Kopf brummte. »O weh«, schrie er, »Michel, Michel, zieh mich zurück, sonst stoßen mir die Widder den Kopf ein!« Michel gab ihm einen Puff und flüsterte: »Bist ruhig, oder ich hau dich windelweich. Du bist ein nichtsnutziger Tropf! Laß mich hinein.« Jedoch auch dem Michel ging es nicht besser, und so mußten sie unverrichteter Sache wieder forttrollen. Hansl aber kehrte mit einem Widder zurück und hatte somit das Haus geerbt.

Jedoch seine Brüder ließen dem Vater keine Ruhe, bis er ihnen wieder eine Probe auferlegte, nämlich, die schönste Gans gestohlen nach Hause zu bringen. Die Brüder sagten wieder: »Den Hansl lassen wir nicht mit.« Jedoch Hansl wußte den Ort, wo sie die Gans stehlen wollten, lief voraus und sagte zum Eigentümer der Gänse: »Du, heut kommen Gänsediebe. Gib mir eine große Zange und eine Gans, so werde ich dir die Diebe vom Hals schaffen.« Der Bauer gab dem Hansl das Verlangte, worauf er sich in den Stall begab. Am Abend kamen richtig die Brüder. Diesmal mußte zuerst der Michel hinein, denn der Jackel sagte: »Ich habe das vorige Mal zuerst hineinmüssen!« Der Michel kroch also hinein; doch kaum war er mit dem Kopf darin, als ihm schon der Hansl die Nase mit der Zange dermaßen kneipte, daß Michel laut um Hilfe schrie. Diesmal kroch aber der Jackel nicht mehr hinein, sondern machte sich über Hals und Kopf davon. Also kamen Michel und Jackel mit leeren Händen, Hansl aber mit einer feisten Gans heim.

Jedoch die Brüder ließen nicht ab, den Vater zu bitten, bis er ihnen noch eine dritte Probe auferlegte, die war: Wer am meisten Geld nach Hause bringt, wird Erbe werden. Diesmal ließen die Brüder den Hansl mit. Alle drei nahmen etwas mit sich. Michel nahm einen Kübel voll Wasser, Jackel einen Sack voll kleiner Steine, und Hansl schleppte eine schwere Eisentür. So kamen sie in den Wald, als es schon dunkel war. Sie fürchteten sich vor wilden Tieren und stiegen auf eine hohe Eiche. Hansl war zu-

unterst. Um Mitternacht kamen auf einmal drei Hexen auf ihren Besen durch die Luft hergefahren, mit großen Geldsäcken unter den Armen, und setzten sich unter die Eiche, um das Geld zu zählen. Michel, vor Angst ganz außer sich, ließ den Kübel gerade auf die Hexen niederfallen, welche glaubten, die Meisterin lasse es heute regnen. Jackel glaubte nun, sie seien verraten, und warf Hände voll Steine auf die Hexen; diese sagten: »Heute wirft's große Schloßen.« Plötzlich ließ Hansl die schwere Eisentür auf die Hexen fallen, und alle drei wurden davon erschlagen. Weil nun Hansl am niedrigsten saß, so war er mit einem Sprung auf der Erde, nahm alles Geld und lief heim zum Vater. Dieser übergab ihm das ganze Gut, und Hansl war glücklich und reich.

Die zwei Brüder

Es waren einmal zwei Brüder, ein reicher und ein armer. Der reiche war ein Goldschmied und bös von Herzen; der arme nährte sich davon, daß er Besen band, und war gut und redlich. Der arme hatte zwei Kinder, das waren Zwillingsbrüder und sich so ähnlich wie ein Tropfen Wasser dem andern. Die zwei Knaben gingen in des Reichen Haus ab und zu und erhielten von dem Abfall manchmal etwas zu essen.

Es trug sich zu, daß der arme Mann, als er in den Wald ging, Reisig zu holen, einen Vogel sah, der ganz golden war und so schön, wie ihm noch niemals einer vor Augen gekommen war. Da hob er ein Steinchen auf, warf nach ihm und traf ihn auch glücklich; es fiel aber nur eine goldene Feder herab, und der Vogel flog fort. Der Mann nahm die Feder und brachte sie seinem Bruder, der sah sie an und sprach: »Es ist eitel Gold«, und gab ihm viel Geld dafür.

Am andern Tag stieg der Mann auf einen Birkenbaum und wollte ein paar Äste abhauen; da flog derselbe Vogel heraus, und als der Mann nachsuchte, fand er ein Nest, und ein Ei lag darin, das war von Gold. Er nahm das Ei mit heim und brachte es seinem Bruder, der sprach wiederum: »Es ist eitel Gold«, und gab ihm, was es wert war. Zuletzt sagte der Goldschmied: »Den Vogel selber möcht ich wohl haben.«

Der Arme ging zum drittenmal in den Wald und sah den Goldvogel wieder auf dem Baum sitzen; da nahm er einen Stein und warf ihn herunter und brachte ihn seinem Bruder, der gab ihm einen großen Haufen Gold dafür. »Nun kann ich mir forthelfen«, dachte er und ging zufrieden nach Haus.

Der Goldschmied war klug und listig und wußte wohl, was das für ein Vogel war. Er rief seine Frau und sprach: »Brat mir den Goldvogel und sorge, daß nichts davon wegkommt: ich habe Lust, ihn ganz allein zu essen.« Der Vogel war aber kein gewöhnlicher, sondern so wunderbarer Art, daß, wer Herz und Leber von ihm aß, jeden Morgen ein Goldstück unter seinem Kopfkissen fand. Die Frau machte den Vogel zurecht, steckte ihn an einen Spieß und ließ ihn braten.

Nun geschah es, daß, während er am Feuer stand und die Frau anderer Arbeiten wegen notwendig aus der Küche gehen mußte, die zwei Kinder des armen Besenbinders hereinliefen, sich vor den Spieß stellten und ihn ein paarmal herumdrehten. Und als da gerade zwei Stücklein aus dem Vogel in die Pfanne herabfielen, sprach der eine: »Die paar Bißchen wollen wir essen, ich bin so hungrig, es wird's ja niemand daran merken.« Da aßen sie beide die Stückchen auf; die Frau kam aber dazu, sah, daß sie etwas aßen, und sprach: »Was habt ihr gegessen?«

»Ein paar Stückchen, die aus dem Vogel herausgefallen sind«, antworteten sie.

»Das ist Herz und Leber gewesen«, sprach die Frau ganz erschrocken, und damit ihr Mann nichts vermißte und nicht böse ward, schlachtete sie geschwind ein Hähnchen, nahm Herz und Leber heraus und legte es zu dem Goldvogel. Als er gar war, trug sie ihn dem Goldschmied auf, der ihn ganz allein verzehrte und nichts übrigließ.

Am andern Morgen aber, als er unter sein Kopfkissen

griff und dachte, das Goldstück hervorzuholen, war so wenig wie sonst eins zu finden. Die beiden Kinder aber wußten nicht, was ihnen für ein Glück zuteil geworden war.

Am andern Morgen, wie sie aufstanden, fiel etwas auf die Erde und klingelte, und als sie es aufhoben, da waren's zwei Goldstücke. Sie brachten sie ihrem Vater, der wunderte sich und sprach: »Wie sollte das zugegangen sein?« Als sie aber am andern Morgen wieder zwei fanden und so jeden Tag, da ging er zu seinem Bruder und erzählte ihm die seltsame Geschichte.

Der Goldschmied merkte gleich, wie es gekommen war und daß die Kinder Herz und Leber von dem Goldvogel gegessen hatten, und um sich zu rächen und weil er neidisch und hartherzig war, sprach er zu dem Vater: »Deine Kinder sind mit dem Bösen im Spiel, nimm das Gold nicht und dulde sie nicht länger in deinem Haus, denn er hat Macht über sie und kann dich selbst noch ins Verderben bringen.« Der Vater fürchtete den Bösen, und so schwer es ihm ankam, führte er doch die Zwillinge hinaus in den Wald und verließ sie da mit traurigem Herzen.

Nun liefen die zwei Kinder im Wald umher und suchten den Weg nach Haus, konnten ihn aber nicht finden, sondern verirrten sich immer weiter. Endlich begegneten sie einem Jäger, der fragte: »Wem gehört ihr Kinder?«

»Wir sind des armen Besenbinders Jungen«, antworteten sie und erzählten ihm, daß ihr Vater sie nicht länger im Hause hätte behalten wollen, weil alle Morgen ein Goldstück unter ihrem Kopfkissen läge. »Nun«, sagte der Jäger, »das ist gerade nichts Schlimmes, wenn ihr nur rechtschaffen dabei bleibt und euch nicht auf die faule Haut legt.« Der gute Mann, weil ihm die Kinder gefielen und er selbst keine hatte, so nahm er sie mit nach Haus und sprach: »Ich will euer Vater sein und euch großziehen.«

Sie lernten da bei ihm die Jägerei, und das Goldstück, das ein jeder beim Aufstehen fand, das hob er ihnen auf, wenn sie's in Zukunft nötig hätten. Als sie herangewachsen waren, nahm sie ihr Pflegevater eines Tages mit in den Wald und sprach: »Heute sollt ihr euern Probeschuß tun, damit ich euch freisprechen und zu Jägern machen kann.« Sie gingen mit ihm auf den Anstand und warteten lange, aber es kam kein Wild. Der Jäger sah über sich und sah eine Kette von Schneegänsen in der Gestalt eines Dreiecks fliegen, da sagte er zu dem einen: »Nun schieß von jeder Ecke eine herab.« Der tat's und vollbrachte damit seinen Probeschuß. Bald darauf kam noch eine Kette angeflogen und hatte die Gestalt der Ziffer Zwei; da hieß der Jäger den andern gleichfalls von jeder Ecke eine herunterholen, und dem gelang sein Probeschuß auch. Nun sagte der Pflegevater: »Ich spreche euch frei, ihr seid ausgelernte Jäger.«

Darauf gingen die zwei Brüder zusammen in den Wald, ratschlagten miteinander und verabredeten etwas. Und als sie abends sich zum Essen niedergesetzt hatten, sagten sie zu ihrem Pflegevater: »Wir rühren die Speise nicht an und nehmen keinen Bissen, bevor Ihr uns eine Bitte gewährt habt.« Sprach er: »Was ist denn eure Bitte?« Sie antworteten: »Wir haben nun ausgelernt, wir müssen uns auch in der Welt versuchen, so erlaubt, daß wir fortziehen und wandern.« Da sprach der Alte mit Freuden: »Ihr redet wie brave Jäger, was ihr begehrt, ist mein eigener Wunsch gewesen; zieht aus, es wird euch wohl ergehen.« Darauf aßen und tranken sie fröhlich zusammen.

Als der bestimmte Tag kam, schenkte der Pflegevater jedem eine gute Büchse und einen Hund und ließ jeden von seinen gesparten Goldstücken nehmen, soviel er wollte. Darauf begleitete er sie ein Stück Wegs, und beim Abschied gab er ihnen noch ein blankes Messer und sprach: »Wann ihr euch einmal trennt, so stoßt dies Messer am Scheideweg in einen Baum, daran kann einer, wenn er zurückkommt, sehen, wie es seinem abwesenden Bruder ergangen ist, denn die Seite, nach welcher dieser ausgezogen ist, rostet, wann er stirbt; solange er aber lebt, bleibt sie blank.«

Die zwei Brüder gingen immer weiter fort und kamen in einen Wald, so groß, daß sie unmöglich in einem Tag herauskonnten. Also blieben sie die Nacht darin und aßen, was sie in die Jägertasche gesteckt hatten; sie gingen aber auch noch den zweiten Tag und kamen nicht heraus. Da sie nichts zu essen hatten, so sprach der eine: »Wir müssen uns etwas schießen, sonst leiden wir Hunger«, lud seine Büchse und sah sich um. Und als ein alter Hase dahergelaufen kam, legte er an, aber der Hase rief: »Lieber Jäger, laß mich leben, ich will dir auch zwei Junge geben.« Sprang auch gleich ins Gebüsch und brachte zwei Junge; die Tierlein spielten aber so munter und waren so artig, daß die Jäger es nicht übers Herz bringen konnten, sie zu töten. Sie behielten sie also bei sich, und die kleinen Hasen folgten ihnen auf dem Fuße nach. Bald darauf schlich ein Fuchs vorbei, den wollten sie niederschießen, aber der Fuchs rief:

»Lieber Jäger, laß mich leben,
Ich will dir auch zwei Junge geben.«

Er brachte auch zwei Füchslein, und die Jäger mochten sie auch nicht töten, gaben sie den Hasen zur Gesellschaft, und sie folgten ihnen nach.

Nicht lange, so schritt ein Wolf aus dem Dickicht, die Jäger legten auf ihn an, aber der Wolf rief:

»Lieber Jäger, laß mich leben,
Ich will dir auch zwei Junge geben.«

Die zwei jungen Wölfe taten die Jäger zu den andern Tieren, und sie folgten ihnen nach.

Darauf kam ein Bär, der wollte gern noch länger herumtraben und rief:

»Lieber Jäger, laß mich leben,
Ich will dir auch zwei Junge geben.«

Die zwei jungen Bären wurden zu den andern gesellt, und waren ihrer schon acht.

Endlich, wer kam? Ein Löwe kam und schüttelte seine Mähnen. Aber die Jäger ließen sich nicht schrecken und zielten auf ihn; aber der Löwe sprach gleichfalls:

»Lieber Jäger, laß mich leben,
Ich will dir auch zwei Junge geben.«

Er holte auch seine Jungen herbei, und nun hatten die Jäger zwei Löwen, zwei Bären, zwei Wölfe, zwei Füchse und zwei Hasen, die ihnen nachzogen und dienten.

Indessen war ihr Hunger damit nicht gestillt worden, da sprachen sie zu den Füchsen: »Hört, ihr Schleicher, schafft uns etwas zu essen, ihr seid ja listig und verschlagen.« Sie antworteten: »Nicht weit von hier liegt ein Dorf, wo wir schon manches Huhn geholt haben; den Weg dahin wollen wir euch zeigen.« Da gingen sie ins Dorf, kauften sich etwas zu essen und ließen auch ihren Tieren Futter geben und zogen dann weiter. Die Füchse aber wußten guten Bescheid in der Gegend, wo die Hühnerhöfe waren, und konnten die Jäger überall zurechtweisen.

Nun zogen sie eine Weile herum, konnten aber keinen Dienst finden, wo sie zusammengeblieben wären, da sprachen sie: »Es geht nicht anders, wir müssen uns trennen.« Sie teilten die Tiere, so daß jeder einen Löwen, einen Bären, einen Wolf, einen Fuchs und einen Hasen bekam; dann nahmen sie Abschied, versprachen sich brüderliche Liebe bis in den Tod und stießen das Messer, das ihnen ihr Pflegevater mitgegeben, in einen Baum; worauf der eine nach Osten, der andere nach Westen zog.

Der jüngste aber kam mit seinen Tieren in eine Stadt, die war ganz mit schwarzem Flor überzogen. Er ging in ein Wirtshaus und fragte den Wirt, ob er nicht seine Tiere herbergen könnte. Der Wirt gab ihnen einen Stall, wo in der Wand ein Loch war: da kroch der Hase hinaus und holte sich ein Kohlhaupt, und der Fuchs holte sich ein Huhn, und als er das gefressen hatte, auch den Hahn dazu; der Wolf aber, der Bär und der Löwe, weil sie zu groß waren, konnten nicht hinaus. Da ließ sie der Wirt hinbringen, wo eben eine Kuh auf dem Rasen lag, daß sie sich satt fraßen. Und als der Jäger für seine Tiere gesorgt hatte, fragte er erst den Wirt, warum die Stadt so mit Trauerflor ausgehängt wäre.

Sprach der Wirt: »Weil morgen unseres Königs einzige Tochter sterben wird.«

Fragte der Jäger: »Ist sie sterbenskrank?«

»Nein«, antwortete der Wirt, »sie ist frisch und gesund, aber sie muß doch sterben.«

»Wie geht das zu?« fragte der Jäger. »Draußen vor der Stadt ist ein hoher Berg, darauf wohnt ein Drache, der muß alle Jahr eine reine Jungfrau haben, sonst verwüstet er das ganze Land. Nun sind schon alle Jungfrauen hingegeben und ist niemand mehr übrig als die Königstochter, dennoch ist keine Gnade, sie muß ihm überliefert werden; und das soll morgen geschehen.« Sprach der Jäger: »Warum wird der Drache nicht getötet?«

»Ach«, antwortete der Wirt, »so viele Ritter haben's versucht, aber allesamt ihr Leben eingebüßt; der König hat dem, der den Drachen besiegt, seine Tochter zur Frau versprochen, und er soll auch nach seinem Tode das Reich erben.«

Der Jäger sagte dazu weiter nichts, aber am andern Morgen nahm er seine Tiere und stieg mit ihnen auf den Drachenberg. Da stand oben eine kleine Kirche, und auf dem Altar standen drei gefüllte Becher, und dabei war die Schrift: »Wer die Becher austrinkt, wird der stärkste Mann auf Erden und wird das Schwert führen, das vor der Türschwelle vergraben liegt.« Der Jäger trank da nicht, ging hinaus und suchte das Schwert in der Erde, vermochte aber nicht, es von der Stelle zu bewegen. Da ging er hin und trank die Becher aus und war nun stark genug, das Schwert aufzunehmen, und seine Hand konnte es ganz leicht führen. Als die Stunde kam, wo die Jungfrau dem Drachen sollte ausgeliefert werden, begleitete sie der König, der Marschall und die Hofleute hinaus.

Sie sah von weitem den Jäger oben auf dem Drachenberg und meinte, der Drache stände da und erwartete sie, und wollte nicht hinaufgehen, endlich aber, weil die ganze Stadt sonst wäre verloren gewesen, mußte sie den schweren Gang tun. Der König und die Hofleute kehrten voll großer Trauer heim, des Königs Marschall aber sollte stehenbleiben und aus der Ferne alles mit ansehen.

Als die Königstochter oben auf den Berg kam, stand da nicht der Drache, sondern der junge Jäger, der sprach ihr

Trost ein und sagte, er wollte sie retten, führte sie in die Kirche und verschloß sie darin. Gar nicht lange, so kam mit großem Gebraus der siebenköpfige Drache dahergefahren. Als er den Jäger erblickte, verwunderte er sich und sprach: »Was hast du hier auf dem Berge zu schaffen?«

Der Jäger antwortete: »Ich will mit dir kämpfen.«

Sprach der Drache: »So mancher Rittersmann hat hier sein Leben gelassen, mit dir will ich auch fertig werden«, und atmete Feuer aus sieben Rachen. Das Feuer sollte das trockne Gras anzünden, und der Jäger sollte in der Glut und dem Dampf ersticken, aber die Tiere kamen herbeigelaufen und traten das Feuer aus.

Da fuhr der Drache gegen den Jäger, aber er schwang sein Schwert, daß es in der Luft sang, und schlug ihm drei Köpfe ab. Da ward der Drache erst recht wütend, erhob sich in die Luft, spie die Feuerflammen über den Jäger aus und wollte sich auf ihn stürzen, aber der Jäger zückte nochmals sein Schwert und hieb ihm wieder drei Köpfe ab. Das Untier ward matt und sank nieder und wollte doch wieder auf den Jäger los, aber er schlug ihm mit der letzten Kraft den Schweif ab, und weil er nicht mehr kämpfen konnte, rief er seine Tiere herbei, die zerrissen es in Stücke. Als der Kampf zu Ende war, schloß der Jäger die Kirche auf und fand die Königstochter auf der Erde liegen, weil ihr die Sinne vor Angst und Schrecken während des Streites vergangen waren. Er trug sie heraus, und als sie wieder zu sich selbst kam und die Augen aufschlug, zeigte er ihr den zerrissenen Drachen und sagte ihr, daß sie nun erlöst wäre. Sie freute sich und sprach: »Nun wirst du mein liebster Gemahl werden, denn mein Vater hat mich demjenigen versprochen, der den Drachen tötet.«

Darauf hing sie ihr Halsband von Korallen ab und verteilte es unter die Tiere, um sie zu belohnen, und der Löwe

erhielt das goldene Schlößchen davon. Ihr Taschentuch aber, in dem ihr Name stand, schenkte sie dem Jäger, der ging hin und schnitt aus den sieben Drachenköpfen die Zungen aus, wickelte sie in das Tuch und verwahrte sie wohl.

Als das geschehen war, weil er von dem Feuer und dem Kampf so matt und müde war, sprach er zur Jungfrau: »Wir sind beide so matt und müde, wir wollen ein wenig schlafen.« Da sagte sie ja, und sie ließen sich auf die Erde nieder, und der Jäger sprach zu dem Löwen: »Du sollst wachen, damit uns niemand im Schlaf überfällt«, und beide schliefen ein. Der Löwe legte sich neben sie, um zu wachen, aber er war vom Kampf auch müde, daß er den Bären rief und sprach: »Lege dich neben mich, ich muß ein wenig schlafen, und wenn was kommt, so wecke mich auf.« Da legte sich der Bär neben ihn, aber er war auch müde und rief den Wolf und sprach: »Lege dich neben mich, ich muß ein wenig schlafen, und wenn was kommt, so wecke mich auf.« Da legte sich der Wolf neben ihn, aber er war auch müde und rief den Fuchs und sprach: »Lege dich neben mich, ich muß ein wenig schlafen, und wenn was kommt, so wecke mich auf.« Da legte sich der Fuchs neben ihn, aber er war auch müde, rief den Hasen und sprach: »Lege dich neben mich, ich muß ein wenig schlafen, und wenn was kommt, so wecke mich auf.« Da setzte sich der Hase neben ihn, aber der arme Has war auch müde und hatte niemand, den er zur Wache herbeirufen konnte, und schlief ein.

Da schlief nun die Königstochter, der Jäger, der Löwe, der Bär, der Wolf, der Fuchs und der Has, und schliefen alle einen festen Schlaf. Der Marschall aber, der von weitem hatte zuschauen sollen, als er den Drachen nicht mit der Jungfrau fortfliegen sah und alles auf dem Berg ruhig ward, nahm sich ein Herz und stieg hinauf. Da lag der Drache zerstückt und zerrissen auf der Erde und nicht weit davon die Königstochter und ein Jäger mit seinen Tieren, die waren alle in tiefen Schlaf versunken. Und weil er bös und gottlos war, so nahm er sein Schwert und hieb dem Jäger das Haupt ab und faßte die Jungfrau auf den Arm und trug sie den Berg hinab. Da erwachte sie und erschrak, aber der Marschall sprach: »Du bist in meinen

Händen, du sollst sagen, daß ich es gewesen bin, der den Drachen getötet hat.«

»Das kann ich nicht«, antwortete sie, »denn ein Jäger mit seinen Tieren hat's getan.« Da zog er sein Schwert und drohte sie zu töten, wo sie ihm nicht gehorchte, und zwang sie damit, daß sie es versprach.

Darauf brachte er sie vor den König, der sich vor Freuden nicht zu lassen wußte, als er sein liebes Kind wieder lebend erblickte, das er von dem Untier zerrissen glaubte. Der Marschall sprach zu ihm: »Ich habe den Drachen getötet und die Jungfrau und das ganze Reich befreit, darum fordere ich sie zur Gemahlin, so wie es zugesagt ist.« Der König fragte die Jungfrau: »Ist das wahr, was er spricht?«

»Ach ja«, antwortete sie, »es muß wohl wahr sein; aber ich halte mir aus, daß erst über Jahr und Tag die Hochzeit gefeiert wird«, denn sie dachte in der Zeit etwas von ihrem lieben Jäger zu hören.

Auf dem Drachenberg aber lagen noch die Tiere neben ihrem toten Herrn und schliefen, da kam eine große Hummel und setzte sich dem Hasen auf die Nase, aber der Hase wischte sie mit der Pfote ab und schlief weiter. Die Hummel kam zum zweitenmal, aber der Hase wischte sie wieder ab und schlief fort. Da kam sie zum drittenmal und stach ihm in die Nase, daß er aufwachte. Sobald der Hase wach war, weckte er den Fuchs und der Fuchs den Wolf und der Wolf den Bär und der Bär den Löwen.

Und als der Löwe aufwachte und sah, daß die Jungfrau fort war und sein Herr tot, fing er an, fürchterlich zu brüllen, und rief: »Wer hat das vollbracht? Bär, warum hast du mich nicht geweckt?«

Der Bär fragte den Wolf: »Warum hast du mich nicht geweckt?«

Und der Wolf den Fuchs: »Warum hast du mich nicht geweckt?«

Und der Fuchs den Hasen: »Warum hast du mich nicht geweckt?« Der arme Has wußte allein nichts zu antworten, und die Schuld blieb auf ihm hangen. Da wollten sie über ihn herfallen, aber er bat und sprach: »Bringt mich nicht um, ich will unsern Herrn wieder lebendig machen. Ich weiß einen Berg, da wächst eine Wurzel, wer die im Mund hat, der wird von aller Krankheit und allen Wunden geheilt. Aber der Berg liegt zweihundert Stunden von hier.« Sprach der Löwe: »In vierundzwanzig Stunden mußt du hin- und hergelaufen sein und die Wurzel mitbringen.« Da sprang der Hase fort, und in vierundzwanzig Stunden war er zurück und brachte die Wurzel mit.

Der Löwe setzte dem Jäger den Kopf wieder an, und der Hase steckte ihm die Wurzel in den Mund, alsbald fügte sich alles wieder zusammen, und das Herz schlug, und das Leben kehrte zurück. Da erwachte der Jäger und erschrak, als er die Jungfrau nicht mehr sah, und dachte: »Sie ist wohl fortgegangen, während ich schlief, um mich loszuwerden.« Der Löwe hatte in der großen Eile seinem Herrn den Kopf verkehrt aufgesetzt, der aber merkte es nicht bei seinen traurigen Gedanken an die Königstochter; erst zu Mittag, als er etwas essen wollte, da sah er, daß ihm der Kopf nach dem Rücken zu stand, konnte es nicht begreifen und fragte die Tiere, was ihm im Schlaf widerfahren wäre.

Da erzählte ihm der Löwe, daß sie auch alle aus Müdigkeit eingeschlafen wären, und beim Erwachen hätten sie ihn tot gefunden mit abgeschlagenem Haupte, der Hase hätte die Lebenswurzel geholt, er aber in der Eil den Kopf verkehrt gehalten; doch wollte er seinen Fehler wiedergutmachen. Dann riß er dem Jäger den Kopf wieder ab, drehte ihn herum, und der Hase heilte ihn mit der Wurzel fest.

Der Jäger aber war traurig, zog in der Welt herum und ließ seine Tiere vor den Leuten tanzen. Es trug sich zu, daß er gerade nach Verlauf eines Jahres wieder in dieselbe Stadt kam, wo er die Königstochter vom Drachen erlöst hatte, und die Stadt war diesmal ganz mit rotem Scharlach ausgehängt. Da sprach er zum Wirt: »Was will das sagen? Vorm Jahr war die Stadt mit schwarzem Flor überzogen, was soll heute der rote Scharlach?« Der Wirt antwortete: »Vorm Jahr sollte unsers Königs Tochter dem Drachen ausgeliefert werden, aber der Marschall hat mit ihm gekämpft und ihn getötet, und da soll morgen ihre Vermählung gefeiert werden; darum war die Stadt damals mit schwarzem Flor zur Trauer und ist heute mit rotem Scharlach zur Freude ausgehängt.« Am andern Tag, wo die Hochzeit sein sollte, sprach der Jäger um Mittagszeit zum Wirt: »Glaubt Er wohl, Herr Wirt, daß ich heut Brot von des Königs Tisch hier bei Ihm essen will?«

»Ja«, sprach der Wirt, »da wollt ich doch noch hundert Goldstücke dransetzen, daß das nicht wahr ist.« Der Jäger nahm die Wette an und setzte einen Beutel mit ebensoviel Goldstücken dagegen. Dann rief er den Hasen und sprach: »Geh hin, lieber Springer, und hol mir von dem Brot, das der König ißt.« Nun war das Häslein das geringste und konnte es keinem andern wieder auftragen, sondern mußte sich selbst auf die Beine machen. »Ei«, dachte es, »wann ich so allein durch die Straßen springe, da werden die Metzgerhunde hinter mir drein sein.« Wie es dachte, so geschah es auch, und die Hunde kamen hinter ihm drein und wollten ihm sein gutes Fell flicken. Es sprang aber, hast du nicht gesehen! und flüchtete sich in ein Schilderhaus, ohne daß es der Soldat gewahr wurde. Da kamen die Hunde und wollten es heraushaben, aber der Soldat verstand keinen Spaß und schlug mit dem Kolben drein, daß sie schreiend und heulend fortliefen.

Als der Hase merkte, daß die Luft rein war, sprang er zum Schloß hinein und gerade zur Königstochter, setzte sich unter ihren Stuhl und kratzte sie am Fuß. Da sagte sie: »Willst du fort!«, und meinte, es wäre ihr Hund. Der Hase kratzte zum zweitenmal am Fuß, da sagte sie wieder: »Willst du fort!«, und meinte, es wäre ihr Hund. Aber der Hase ließ sich nicht irremachen und kratzte zum drittenmal, da guckte sie herab und erkannte den Hasen an seinem Halsband.

Nun nahm sie ihn auf ihren Schoß, trug ihn in ihre Kammer und sprach: »Lieber Hase, was willst du?«

Antwortete er: »Mein Herr, der den Drachen getötet hat, ist hier und schickt mich, ich soll um ein Brot bitten, wie es der König ißt.« Da war sie voll Freude und ließ den Bäcker kommen und befahl ihm, ein Brot zu bringen, wie es der König aß. Sprach das Häslein: »Aber der Bäcker muß mir's auch hintragen, damit mir die Metzgerhunde nichts tun.« Der Bäcker trug es ihm bis an die Türe der Wirtsstube, da stellte sich der Hase auf die Hinterbeine, nahm alsbald das Brot in die Vorderpfoten und brachte es seinem Herrn.

Da sprach der Jäger: »Sieht Er, Herr Wirt, die hundert Goldstücke sind mein.« Der Wirt wunderte sich, aber der Jäger sagte weiter: »Ja, Herr Wirt, das Brot hätt ich, nun will ich aber auch von des Königs Braten essen.«

Der Wirt sagte: »Das möcht ich sehen«, aber wetten wollte er nicht mehr. Rief der Jäger den Fuchs und sprach: »Mein Füchslein, geh hin und hol mir Braten, wie ihn der König ißt.« Der Rotfuchs wußte die Schliche besser, ging an den Ecken und durch die Winkel, ohne daß ihn ein Hund sah, setzte sich unter der Königstochter Stuhl und kratzte an ihrem Fuß.

Da sah sie herab und erkannte den Fuchs am Halsband, nahm ihn mit in ihre Kammer und sprach: »Lieber Fuchs, was willst du?«

Antwortete er: »Mein Herr, der den Drachen getötet hat, ist hier und schickt mich, ich soll bitten um einen Braten, wie ihn der König ißt.« Da ließ sie den Koch kommen, der mußte einen Braten, wie ihn der König aß, anrichten und dem Fuchs bis an die Türe tragen; da nahm ihm der Fuchs die Schüssel ab, wedelte mit seinem Schwanz erst die Fliegen weg, die sich auf den Braten gesetzt hatten, und brachte ihn dann seinem Herrn.

»Sieht Er, Herr Wirt«, sprach der Jäger, »Brot und Fleisch ist da, nun will ich auch Zugemüs essen, wie es der König ißt.«

Da rief er den Wolf und sprach: »Lieber Wolf, geh hin und hol mir Zugemüs, wie's der König ißt.« Da ging der Wolf geradezu ins Schloß, weil er sich vor niemand fürchtete, und als er in der Königstochter Zimmer kam, da zupfte er sie hinten am Kleid, daß sie sich umschauen mußte. Sie erkannte ihn am Halsband und nahm ihn mit in ihre Kammer und sprach: »Lieber Wolf, was willst du?«

Antwortete er: »Mein Herr, der den Drachen getötet hat, ist hier, ich soll bitten um ein Zugemüs, wie es der König ißt.« Da ließ sie den Koch kommen, der mußte ein Zugemüs bereiten, wie es der König aß, und mußte es dem

Wolf bis vor die Türe tragen, da nahm ihm der Wolf die Schüssel ab und brachte sie seinem Herrn.

»Sieht Er, Herr Wirt«, sprach der Jäger, »nun hab ich Brot, Fleisch und Zugemüs, aber ich will auch Zuckerwerk essen, wie es der König ißt.«

Rief er den Bären und sprach: »Lieber Bär, du leckst doch gern etwas Süßes, geh hin und hol mir Zuckerwerk, wie's der König ißt.« Da trabte der Bär nach dem Schlosse und ging ihm jedermann aus dem Wege; als er aber zu der Wache kam, hielt sie die Flinten vor und wollte ihn nicht ins königliche Schloß lassen. Aber er hob sich in die Höhe und gab mit seinen Tatzen links und rechts ein paar Ohrfeigen, daß die ganze Wache zusammenfiel, und darauf ging er geradesweges zu der Königstochter, stellte sich hinter sie und brummte ein wenig. Da schaute sie rückwärts und erkannte den Bären und hieß ihn mitgehn in ihre Kammer und sprach: »Lieber Bär, was willst du?«

Antwortete er: »Mein Herr, der den Drachen getötet hat, ist hier, ich soll bitten um Zuckerwerk, wie's der König ißt.« Da ließ sie den Zuckerbäcker kommen, der mußte Zuckerwerk backen, wie's der König aß, und dem Bären vor die Türe tragen; da leckte der Bär erst die Zuckererbsen auf, die heruntergerollt waren, dann stellte er sich aufrecht, nahm die Schüssel und brachte sie seinem Herrn.

»Sieht Er, Herr Wirt«, sprach der Jäger, »nun habe ich Brot, Fleisch, Zugemüs und Zuckerwerk, aber ich will auch Wein trinken, wie ihn der König trinkt.«

Er rief seinen Löwen herbei und sprach: »Lieber Löwe, du trinkst dir doch gerne einen Rausch, geh und hol mir Wein, wie ihn der König trinkt.«

Da schritt der Löwe über die Straße, und die Leute liefen vor ihm, und als er an die Wache kam, wollte sie den Weg sperren, aber er brüllte nur einmal, so sprang alles fort. Nun ging der Löwe vor das königliche Zimmer und klopfte mit seinem Schweif an die Türe. Da kam die Königstochter heraus und wäre fast über den Löwen erschrocken, aber sie erkannte ihn an dem goldenen Schloß von ihrem Halsbande und hieß ihn mit in ihre Kammer gehen und sprach: »Lieber Löwe, was willst du?«

Antwortete er: »Mein Herr, der den Drachen getötet hat, ist hier, ich soll bitten um Wein, wie ihn der König trinkt.« Da ließ sie den Mundschenk kommen, der sollte dem Löwen Wein geben, wie ihn der König tränke. Sprach der Löwe: »Ich will mitgehen und sehen, daß ich den rechten kriege.« Da ging er mit dem Mundschenk hinab, und als sie unten hinkamen, wollte ihm dieser von dem gewöhnlichen Wein zapfen, wie ihn des Königs Diener tranken, aber der Löwe sprach: »Halt! Ich will den Wein erst versuchen«, zapfte sich ein halbes Maß und schluckte es auf einmal hinab. »Nein«, sagte er, »das ist nicht der rechte.« Der Mundschenk sah ihn schief an, ging aber und wollte ihm aus einem andern Faß geben, das für des Königs Marschall war. Sprach der Löwe: »Halt! Erst will ich den Wein versuchen«, zapfte sich ein halbes Maß und trank es, »der ist besser, aber noch nicht der rechte.« Da ward der Mundschenk bös und sprach: »Was so ein dummes Vieh vom Wein verstehen will!« Aber der Löwe gab ihm einen Schlag hinter die Ohren, daß er unsanft zur Erde fiel, und als er sich wieder aufgemacht hatte, führte er den Löwen ganz stillschweigens in einen kleinen, besonderen Keller, wo des Königs Wein lag, von dem sonst kein Mensch zu trinken bekam. Der Löwe zapfte sich erst ein halbes Maß und versuchte den Wein, dann sprach er: »Das kann von dem rechten sein«, und hieß den Mundschenk sechs Flaschen füllen.

Nun stiegen sie herauf, wie der Löwe aber aus dem Keller ins Freie kam, schwankte er hin und her und war ein wenig trunken, und der Mundschenk mußte ihm den Wein bis vor die Türe tragen, da nahm der Löwe den Henkelkorb in das Maul und brachte ihn seinem Herrn.

Sprach der Jäger: »Sieht Er, Herr Wirt, da hab ich Brot, Fleisch, Zugemüs, Zuckerwerk und Wein, wie es der König hat, nun will ich mit meinen Tieren Mahlzeit halten«, und setzte sich hin, aß und trank, und gab dem Hasen, dem Fuchs, dem Wolf, dem Bär und dem Löwen auch davon zu essen und zu trinken, und war guter Dinge, denn er sah, daß ihn die Königstochter noch liebhatte. Und als er Mahlzeit gehalten hatte, sprach er: »Herr Wirt, nun hab ich gegessen und getrunken, wie der König ißt und trinkt, jetzt will ich an des Königs Hof gehen und die Königstochter heiraten.«

Fragte der Wirt: »Wie soll das zugehen, da sie schon einen Bräutigam hat und heute die Vermählung gefeiert wird?« Da zog der Jäger das Taschentuch heraus, das ihm die Königstochter auf dem Drachenberg gegeben hatte und worin die sieben Zungen des Untiers eingewickelt waren, und sprach: »Dazu soll mir helfen, was ich da in der Hand halte.« Da sah der Wirt das Tuch an und sprach: »Wenn ich alles glaube, so glaube ich das nicht und will wohl Haus und Hof dransetzen.« Der Jäger aber nahm einen Beutel mit tausend Goldstücken, stellte ihn auf den Tisch und sagte: »Das setze ich dagegen.«

Nun sprach der König an der königlichen Tafel zu seiner Tochter: »Was haben die wilden Tiere alle gewollt, die zu dir gekommen und in mein Schloß ein- und ausgegangen sind?« Da antwortete sie: »Ich darf's nicht sagen, aber schickt hin und laßt den Herrn dieser Tiere holen, so werdet Ihr wohl tun.« Der König schickte einen Diener ins Wirtshaus und ließ den fremden Mann einladen, und der Diener kam gerade, wie der Jäger mit dem Wirt gewettet hatte. Da sprach er: »Sieht Er, Herr Wirt, da schickt der König einen Diener und läßt mich einladen, aber ich gehe so noch nicht.« Und zu dem Diener sagte er: »Ich lasse den Herrn König bitten, daß er mir königliche Kleider schickt, einen Wagen mit sechs Pferden und Diener, die mir aufwarten.«

Als der König die Antwort hörte, sprach er zu seiner Tochter: »Was soll ich tun?«

Sagte sie: »Laßt ihn holen, wie er's verlangt, so werdet Ihr wohl tun.«

Da schickte der König königliche Kleider, einen Wagen mit sechs Pferden und Diener, die ihm aufwarten sollten. Als der Jäger sie kommen sah, sprach er: »Sieht Er, Herr Wirt, nun werde ich abgeholt, wie ich es verlangt habe«, und zog die königlichen Kleider an, nahm das Tuch mit den Drachenzungen und fuhr zum König. Als ihn der König kommen sah, sprach er zu seiner Tochter: »Wie soll ich ihn empfangen?« Antwortete sie: »Geht ihm entgegen, so werdet Ihr wohl tun.«

Da ging ihm der König entgegen und führte ihn herauf, und seine Tiere folgten ihm nach. Der König wies ihm einen Platz an neben sich und seiner Tochter, der Marschall saß auf der andern Seite, als Bräutigam, aber der kannte ihn nicht mehr. Nun wurden gerade die sieben Häupter des Drachen zur Schau aufgetragen, und der König sprach: »Die sieben Häupter hat der Marschall dem Drachen abgeschlagen, darum geb ich ihm heute meine Tochter zur Gemahlin.«

Da stand der Jäger auf, öffnete die sieben Rachen und sprach: »Wo sind die sieben Zungen des Drachen?« Da erschrak der Marschall, war bleich und wußte nicht, was er antworten sollte, endlich sagte er in der Angst: »Drachen haben keine Zungen.«

Sprach der Jäger: »Die Lügner sollten keine haben, aber die Drachenzungen sind das Wahrzeichen des Siegers«, und wickelte das Tuch auf, da lagen sie alle siebene darin, und dann steckte er jede Zunge in den Rachen, in den sie gehörte, und sie paßte genau. Darauf nahm er das Tuch, in welches der Name der Königstochter gestickt war, und zeigte es der Jungfrau und fragte sie, wem sie es gegeben hätte, da antwortete sie: »Dem, der den Drachen getötet hat.« Und dann rief er sein Getier, nahm jedem das Halsband und dem Löwen das goldene Schloß ab und zeigte es der Jungfrau und fragte, wem es angehörte. Antwortete sie: »Das Halsband und das goldene Schloß waren mein, ich habe es unter die Tiere verteilt, die den Drachen besiegen halfen.«

Da sprach der Jäger: »Als ich müde von dem Kampf geruht und geschlafen habe, da ist der Marschall gekommen und hat mir den Kopf abgehauen. Dann hat er die Königstochter fortgetragen und vorgegeben, er sei es gewesen, der den Drachen getötet habe; und daß er gelogen hat, beweise ich mit den Zungen, dem Tuch und dem Halsband.« Und dann erzählte er, wie ihn seine Tiere durch eine wunderbare Wurzel geheilt hätten und daß er ein Jahr lang mit ihnen herumgezogen und endlich wieder hierhergekommen wäre, wo er den Betrug des Marschalls durch die Erzählung des Wirtes erfahren hätte.

Da fragte der König seine Tochter: »Ist es wahr, daß dieser den Drachen getötet hat?«

Da antwortete sie: »Ja, es ist wahr; jetzt darf ich die Schandtat des Marschalls offenbaren, weil sie ohne mein Zutun an den Tag gekommen ist, denn er hat mir das Versprechen zu schweigen abgezwungen. Darum aber habe ich mir ausgehalten, daß erst in Jahr und Tag die Hochzeit sollte gefeiert werden.«

Da ließ der König zwölf Ratsherrn rufen, die sollten über den Marschall Urteil sprechen, und die urteilten, daß er müßte von vier Ochsen zerrissen werden. Also ward der Marschall gerichtet, der König aber übergab seine Tochter dem Jäger und ernannte ihn zu seinem Statthalter im ganzen Reich. Die Hochzeit ward mit großen Freuden gefeiert, und der junge König ließ seinen Vater und Pflegevater holen und überhäufte sie mit Schätzen. Den Wirt vergaß er auch nicht und ließ ihn kommen und sprach zu ihm: »Sieht Er, Herr Wirt, die Königstochter habe ich geheiratet, und sein Haus und Hof sind mein.« Sprach der Wirt: »Ja, das wäre nach den Rechten.« Der junge König aber sagte: »Es soll nach Gnaden gehen: Haus und Hof soll Er behalten, und die tausend Goldstücke schenke ich Ihm noch dazu.«

Nun waren der junge König und die junge Königin guter Dinge und lebten vergnügt zusammen. Er zog oft hinaus auf die Jagd, weil das seine Freude war, und die treuen Tiere mußten ihn begleiten.

Es lag aber in der Nähe ein Wald, von dem hieß es, er wäre nicht geheuer, und wäre einer erst darin, so käm er nicht leicht wieder heraus. Der junge König hatte aber große Lust, darin zu jagen, und ließ dem alten König keine Ruhe, bis er es ihm erlaubte. Nun ritt er mit einer großen Begleitung aus, und als er zu dem Wald kam, sah er eine schneeweiße Hirschkuh darin und sprach zu seinen Leuten: »Haltet hier, bis ich zurückkomme, ich will das schöne Wild jagen«, und ritt ihm nach in den Wald hinein, und nur seine Tiere folgten ihm. Die Leute hielten und warteten bis Abend, aber er kam nicht wieder; da ritten sie heim und erzählten der jungen Königin: »Der junge König ist im Zauberwald einer weißen Hirschkuh nachgejagt und ist nicht wiedergekommen.« Da war sie in großer Besorgnis um ihn.

Er war aber dem schönen Wild immer nachgeritten und konnte es niemals einholen; wenn er meinte, es wäre schußrecht, so sah er es gleich wieder in weiter Ferne dahinspringen, und endlich verschwand es ganz. Nun merkte er, daß er tief in den Wald hineingeraten war, nahm sein Horn und blies, aber er bekam keine Antwort, denn seine Leute konnten's nicht hören. Und da auch die Nacht einbrach, sah er, daß er diesen Tag nicht heimkommen könnte, stieg ab, machte sich bei einem Baum ein Feuer an und wollte dabei übernachten.

Als er bei dem Feuer saß und seine Tiere sich auch neben ihn gelegt hatten, däuchte ihn, als hörte er eine menschliche Stimme; er schaute umher, konnte aber nichts bemerken. Bald darauf hörte er wieder ein Ächzen wie von oben her, da blickte er in die Höhe und sah ein altes Weib auf dem Baum sitzen, das jammerte in einem fort: »Hu, hu, hu, was mich friert!«

Sprach er: »Steig herab und wärme dich, wenn dich friert.« Sie aber sagte: »Nein, deine Tiere beißen mich.«

Antwortete er: »Sie tun dir nichts, altes Mütterchen, komm nur herunter.« Sie war aber eine Hexe und sprach: »Ich will dir eine Rute von dem Baum herabwerfen, wenn du sie damit auf den Rücken schlägst, tun sie mir nichts.« Da warf sie ihm ein Rütlein herab, und er schlug sie damit, alsbald lagen sie still und waren in Stein verwandelt. Und als die Hexe vor den Tieren sicher war, sprang sie herunter und rührte auch ihn mit einer Rute an und verwandelte ihn in Stein. Darauf lachte sie und schleppte ihn und die Tiere in einen Graben, wo schon mehr solcher Steine lagen.

Als aber der junge König gar nicht wiederkam, ward die Angst und Sorge der Königin immer größer. Nun trug sich zu, daß gerade in dieser Zeit der andere Bruder, der bei der Trennung gen Osten gewandelt war, in das Königreich kam. Er hatte einen Dienst gesucht und keinen gefunden, war dann herumgezogen hin und her und hatte seine Tiere tanzen lassen. Da fiel ihm ein, er wollte einmal nach dem Messer sehen, das sie bei ihrer Trennung in einen Baumstamm gestoßen hatten, um zu erfahren, wie es seinem Bruder ginge. Wie er dahin kam, war seines Bruders Seite halb verrostet, und halb war sie noch blank. Da erschrak er und dachte: »Meinem Bruder muß ein großes Unglück zugestoßen sein, doch kann ich ihn vielleicht noch retten, denn die Hälfte des Messers ist noch blank.«

Er zog mit seinen Tieren gen Westen, und als er in das Stadttor kam, trat ihm die Wache entgegen und fragte, ob sie ihn bei seiner Gemahlin melden sollte: die junge Königin wäre schon seit ein paar Tagen in großer Angst über sein Ausbleiben und fürchtete, er wäre im Zauberwald umgekommen. Die Wache nämlich glaubte nicht anders, als er wäre der junge König selbst, so ähnlich sah er ihm und hatte auch die wilden Tiere hinter sich laufen.

Da merkte er, daß von seinem Bruder die Rede war, und dachte: »Es ist das beste, ich gebe mich für ihn aus, so kann ich ihn wohl leichter erretten.« Also ließ er sich von der Wache ins Schloß begleiten und ward mit großen Freuden empfangen. Die junge Königin meinte nicht anders, als es wäre ihr Gemahl, und fragte ihn, warum er so lange ausgeblieben wäre. Er antwortete: »Ich hatte mich in einem Walde verirrt und konnte mich nicht eher wieder herausfinden.« Abends ward er in das königliche Bette gebracht, aber er legte ein zweischneidiges Schwert zwischen sich und die junge Königin; sie wußte nicht, was das heißen sollte, getraute aber nicht zu fragen. Da blieb er ein paar Tage und erforschte derweil alles, wie es mit dem Zauberwald beschaffen war, endlich sprach er: »Ich muß noch einmal dort jagen.«

Der König und die junge Königin wollten es ihm ausreden, aber er bestand darauf und zog mit großer Begleitung hinaus. Als er in den Wald gekommen war, erging es ihm wie seinem Bruder, er sah eine weiße Hirschkuh und sprach zu seinen Leuten: »Bleibt hier und wartet, bis ich wiederkomme, ich will das schöne Wild jagen«, ritt in den

Wald hinein, und seine Tiere liefen ihm nach. Aber er konnte die Hirschkuh nicht einholen und geriet so tief in den Wald, daß er darin übernachten mußte. Und als er ein Feuer angemacht hatte, hörte er über sich ächzen: »Hu, hu, hu, wie mich friert!« Da schaute er hinauf, und es saß dieselbe Hexe oben im Baum.

Sprach er: »Wenn dich friert, so komm herab, altes Mütterchen, und wärme dich.«

Antwortete sie: »Nein, deine Tiere beißen mich.« Er aber sprach: »Sie tun dir nichts.« Da rief sie: »Ich will dir eine Rute hinabwerfen, wenn du sie damit schlägst, so tun sie mir nichts.«

Wie der Jäger das hörte, traute er der Alten nicht und sprach: »Meine Tiere schlag ich nicht, komm du herunter, oder ich hol dich.«

Da rief sie: »Was willst du wohl? Du tust mir noch nichts.«

Er aber antwortete: »Kommst du nicht, so schieß ich dich herunter.«

Sprach sie: »Schieß nur zu, vor deinen Kugeln fürchte ich mich nicht.« Da legte er an und schoß nach ihr, aber die Hexe war fest gegen alle Bleikugeln, lachte, daß es gellte, und rief: »Du sollst mich noch nicht treffen.« Der Jäger wußte Bescheid, riß sich drei silberne Knöpfe vom Rock und lud sie in die Büchse, denn dagegen war ihre Kunst umsonst, und als er losdrückte, stürzte sie gleich mit Geschrei herab. Da stellte er den Fuß auf sie und sprach: »Alte Hexe, wenn du nicht gleich gestehst, wo mein Bruder ist, so pack ich dich auf mit beiden Händen und werfe dich ins Feuer.« Sie war in großer Angst, bat um Gnade und sagte: »Er liegt mit seinen Tieren versteinert in einem Graben.« Da zwang er sie, mit hinzugehen, drohte ihr und sprach: »Alte Meerkatze, jetzt machst du meinen Bruder und alle Geschöpfe, die hier liegen, lebendig, oder du kommst ins Feuer.«

Sie nahm eine Rute und rührte die Steine an, da wurde sein Bruder mit den Tieren wieder lebendig, und viele andere, Kaufleute, Handwerker, Hirten, standen auf, dankten für ihre Befreiung und zogen heim.

Die Zwillingsbrüder aber, als sie sich wiedersahen, küßten sich und freuten sich von Herzen. Dann griffen sie die Hexe, banden sie und legten sie ins Feuer, und als sie verbrannt war, da tat sich der Wald von selbst auf und war licht und hell, und man konnte das königliche Schloß auf drei Stunden Wegs sehen. Nun gingen die zwei Brüder zusammen nach Haus und erzählten einander auf dem Weg ihre Schicksale. Und als der jüngste sagte, er wäre an des Königs Statt Herr im ganzen Lande, sprach der andere: »Das hab ich wohl gemerkt, denn als ich in die Stadt kam und für dich angesehen ward, da geschah mir alle königliche Ehre: die junge Königin hielt mich für ihren Gemahl, und ich mußte an ihrer Seite essen und in deinem Bett schlafen.«

Wie das der andere hörte, ward er so eifersüchtig und zornig, daß er sein Schwert zog und seinem Bruder den Kopf abschlug. Als dieser aber tot dalag und er sein rotes Blut fließen sah, reute es ihn gewaltig: »Mein Bruder hat mich erlöst«, rief er aus, »und ich habe ihn dafür getötet!« Und jammerte laut.

Da kam sein Hase und erbot sich, von der Lebenswurzel zu holen, sprang fort und brachte sie noch zu rechter Zeit: und der Tote ward wieder ins Leben gebracht und merkte gar nichts von der Wunde. Darauf zogen sie weiter, und der jüngste sprach: »Du siehst aus wie ich, hast königliche Kleider an wie ich, und die Tiere folgen dir nach wie mir: wir wollen zu den entgegengesetzten Toren eingehen und von zwei Seiten zugleich beim alten König anlangen.« Also trennten sie sich, und bei dem alten König kam zu gleicher Zeit die Wache von dem einen und dem andern Tore und meldete, der junge König mit den Tieren wäre von der Jagd angelangt.

Sprach der König: »Es ist nicht möglich, die Tore liegen

eine Stunde weit auseinander.« Indem aber kamen von zwei Seiten die beiden Brüder in den Schloßhof hinein und stiegen beide herauf. Da sprach der König zu seiner Tochter: »Sag an, welcher ist dein Gemahl? Es sieht einer aus wie der andere, ich kann's nicht wissen.«

Sie war da in großer Angst und konnte es nicht sagen, endlich fiel ihr das Halsband ein, das sie den Tieren gegeben hatte, suchte und fand an dem einen Löwen ihr goldenes Schlößchen; da rief sie vergnügt: »Der, dem dieser Löwe nachfolgt, der ist mein rechter Gemahl.«

Da lachte der junge König und sagte: »Ja, das ist der rechte«, und sie setzten sich zusammen zu Tisch, aßen und tranken und waren fröhlich. Abends, als der junge König zu Bett ging, sprach seine Frau: »Warum hast du die vorigen Nächte immer ein zweischneidiges Schwert in unser Bett gelegt, ich habe geglaubt, du wolltest mich totschlagen.« Da erkannte er, wie treu sein Bruder gewesen war.

Die drei Königssöhne

Vor uralten Zeiten lebte im Morgenlande ein König, der hatte drei Söhne. Die zwei ältesten waren schon in ihrer Kindheit gar ausgelassen und mutwillig, aber klug. Der jüngere hingegen war folgsam und gut, aber nicht so klug als seine Brüder.

Als nun der älteste von den drei Königssöhnen sechzehn Jahre alt war, gab ihm sein Vater ein Pferd und ein Ritterkleid und ein Schwert und ließ ihn ausziehen, die Welt zu sehen und sich ritterlich zu erzeigen in fremden Landen. Und er ritt fort und ritt weit und breit umher und lebte ausschweifend und unordentlich und kam nimmer heim, vergaß seinen Vater und schickte nicht Nachricht von sich, wie es ihm ergangen sei.

Und der zweite von den Königssöhnen ward auch achtzehn Jahre alt, und sein Vater gab ihm auch ein Pferd, ein ritterliches Kleid und ein Schwert und ließ ihn ausreiten in die Welt, um fremde Lande zu sehen und sich ritterlich darin zu erweisen und nach seinem älteren Bruder zu forschen. Und er ritt fort und trieb's wie sein Bruder und kam nimmer heim und schickte nicht Nachricht, wie es ihm ergangen sei.

Da ward der alte König traurig und meinte, seine Söhne wären beide tot, und härmte sich ab und beklagte ihren Verlust.

Aber als der dritte Sohn auch achtzehn Jahre alt war, da ging er eines Tages zu seinem Vater und bat ihn, er möge doch ihm auch ein Pferd und ein Schwert geben und ihn reiten lassen in die Welt, wie seine Brüder getan hätten. Da weint' der alte König, umarmte seinen Sohn und sprach: »Willst du mich auch verlassen und mir verlorengehen, wie deine Brüder mir verloren sind? Nein, mein einzig Kind, du mußt eine Stütze sein in meinem Alter.« Und sein jüngster Sohn stand ab von seinen Bitten, obgleich er's ungern tat.

Es standen aber an etliche Tage, da hatte der alte König einen wunderbaren Traum: Er stand in seinem Garten, so war's ihm, da wüchsen zwei Ölbäume auf. Und sie waren im Anfange schön und schienen gesund. Aber bald fingen sie an zu trauern, und die Früchte fielen ab, und die Blätter wurden gelb, und die Zweige schienen dürr. Da wuchs schnell zwischen ihnen auf ein Palmenbaum und schoß hoch auf und beschattete die kranken Ölbäume und goß seinen Tau auf sie, und sie wurden wieder gesund und frisch. Da ließ der König morgens seine Traumdeuter und Weisen kommen, daß sie ihm den Traum auslegten.

Die Traumdeuter sagten: »Die zwei Ölbäume sind deine zwei ältesten Söhne, und der Palmbaum ist dein jüngster Sohn. Die zwei Ölbäume wurden bald dürr, so werden deine zwei ältesten Söhne bald zugrunde gehen. Aber den Palmenbaum, deinen jüngsten Sohn, mußt du ziehen lassen, daß er seinen Brüdern beistehe, sonst sind sie für dich verloren.«

Als der König das hörte, gab er seinem jüngsten Sohn ein Pferd und Schwert und ließ ihn mit Tränen von sich.

Aber der jüngste Königssohn zog aus in die Welt und ritt weit umher, und ihm war es wohl im Freien, und er sah viel Land und Leute und erwies sich überall, wo er herbergte, als ein braver Rittersmann. Und kam so fort in ferne, ferne Länder.

Es geschah aber eines Abends, da kam er in einen dichten Wald und fand keinen Ausgang. Wie er so ritt, siehe, da standen zwei Männer am Wege. Und wie er sie fragt', wo der Weg hinginge aus dem Walde, da erkannt' er seine älteren Brüder und freute sich über sie. Sie aber fingen an zu schelten und sagten: »Können wir, die wir klüger sind, kaum durch die Welt uns schlagen, wie willst du durchkommen, der du einfältig bist?« Denn die ältern Königssöhne waren klüger für die Welt, dem jüngeren aber fehlte die Weltklugheit.

Jetzt ward es abends. Nur selten fiel am Abhange des Bergwaldes ein Strahl der scheidenden Sonne durch die Fichtenstämme. Da berieten die drei Königssöhne, welchen Weg sie einschlagen wollten, daß sie eine Herberge fänden. Und sie wendeten sich nach der Höhe des Berges, ob sie von oben nicht ein Haus oder nur ein freies Feld erblickten. Da kamen sie vorbei an einem Ameisenhaufen. Den wollten die ältesten Brüder zerwühlen, daß sie sehen könnten, wie die Tierlein ihre Eier herumschleppten. Aber der jüngste Bruder stieg von seinem Pferd und wehrte ihnen, daß sie's nicht taten. Und als sie vorbeigingen, da redete ihn der Ameisenkönig an und sprach: »Wer du auch sein magst, Fremdling, ich danke dir, daß du deinen Reisegefährten wehrtest und so großes Unglück von uns armen Tierlein abwendetest. Wenn ich dir nützen kann, so komm, und du sollst sehen, daß ich dir alles mit Freuden tue.«

Und sie gingen weiter und kamen an einen See, der war bedeckt mit einem ganzen Schwarm Enten. Da wollten die ältesten Brüder drüber her und sich einige erlegen, daß sie ein Abendessen hätten.

Da wehrte aber der jüngste Bruder ab und sagte: »Laßt die armen Tiere! Wir werden doch diesen Abend etwas zu essen haben.« Und sie ließen die Enten in Ruhe. Als sie aber vorbeigingen, schwamm der König der Enten herzu und dankte dem jüngsten Königssohn und sagte: »Wenn ich dir in etwas dienen kann, so soll's mit Freuden geschehen.«

Darauf gingen sie weiter und kamen an einen Eichbaum, darin die Bienen ihre Zellen hatten. Und es war so viel Honig drinnen, daß er am Stamm heruntertroff. Als die zwei ältesten Königssöhne das sahen, wollten sie Feuer in die Baumhöhle machen, daß die Bienen umkämen und daß sie den Honig fassen könnten. Da wehrte aber der jüngste wieder ab und sagte: »Laßt die armen Tierlein! Bringt sie nicht um des bißchen Honigs willen um!« Und sie wollten weiterziehen. Da flog die Bienenkönigin heraus, dankte ihm und sprach: »Kann ich dir mit etwas dienen, so befiehl nur! Ich will's mit Freuden tun.«

So gingen sie weiter und kamen in ein altes Schloß und wollten da herbergen. Das Schloß war aber ganz wundersam aufgebaut, und nichts Lebendiges war drin. Sie gingen ein durch das Tor, und der jüngste führte sein Pferd in den Stall, da standen lauter steinerne Pferde. Sie gingen die Stufen hinauf. Da kamen sie in einen Vorplatz, der war mit Marmor geplattet, und hohe Säulen bildeten die drei Eingänge. Die einen bildeten silberne Säulen, den andern bildeten goldne Säulen, und den dritten Eingang bildeten diamantene Säulen.

Und sie gingen ein durch den ersten Eingang und kamen in eine Reihe Zimmer, darin alles, Wände und Gerätschaften, von getriebenem Silber war. Aber sie gingen durch alle Zimmer und fanden am Ende eine Türe, die verschlossen war durch drei Schlösser. Aber durch ein Lädlein konnte man hineinsehen in das Gemach. Und drinnen am Tische saß ein alt, eisgrau Männlein, dem der

Bart ging bis an die Füße. Diesem riefen sie zu, aber es hörte nicht. Sie riefen ihn zum zweitenmal, aber es hörte nicht. Und sie riefen ihn zum drittenmal. Da stand er auf und kam heraus und empfing sie freundlich und bewirtete sie den Abend aufs allerbeste und wies ihnen weiche

Betten mit seidenen Vorhängen zu Schlafstellen zu. Aber es sprach kein Wort und antwortete auf keine ihrer Fragen. Doch die drei Königssöhne haten sich's wohl behagen lassen, daß sie in eine so gute Herberge gekommen waren.

Als sie am andern Morgen erwachten, lag jeder zwar in einem schönen Zimmer, aber alles war so verschlossen, daß keiner von ihnen herauskommen konnte. Und bei dem ältesten stand das eisgraue Männlein mit dem langen Bart und winkte ihm, daß er ihm folge. Dieser folgte ihm, aber ganz ängstlich, und sie gingen ein durch den goldenen Eingang und kamen in einen großen geräumigen Saal, darin alles von getriebenem Gold gearbeitet war. Und der Alte wies mit seinem schwarzen Stab über die Türe. Da standen die Worte:

Jeder Fremdling, der die Schwelle dieses Schlosses betritt, muß es versuchen, drei Arbeiten zu vollbringen. Wenn er diese glücklich ausführt, so ist sein Glück auf immer gegründet. Vollbringt er sie nicht, so mag er als Stein bis zur Stunde der Erlösung harren auf dem Flecken, wo ihn der letzte Strahl der Abendsonne bescheint.

Als der älteste Königssohn diese Worte gelesen, begehrte er die erste der Arbeiten zu wissen und stand zwischen Furcht und Hoffnung, ob er sie wohl vollbringen könnte. Da berührte das Männlein mit seinem Stabe die Wand, und es sprang eine Tür auf, und der Königssohn sah ein Gemälde, das stellte die Gegend dar, wo der Ameisenkönig seinen jüngsten Bruder angeredet hatte. Und darunter standen die Worte:

Dreitausend Perlen, der Hauptschmuck der Prinzessin Pyrola und ihrer zwei Schwestern, liegen hier im Moose zerstreut. Diese hast du zu sammeln, daß auch die letzte nicht fehlet!

Aber der Königssohn erkannte die Gegend und eilte hinaus und sammelte eifrig. Aber Mittag kam, und er hatte nicht hundert beisammen. Die Sonne ging unter, da hatte er noch nicht dreihundert gesammelt. Und der letzte Sonnenstrahl traf ihn, da sank er nieder und war Stein.

Den andern Morgen stand das graue Männlein beim zweiten Königssohn und winkte ihm mit seinem schwarzen Stabe, daß er ihm folge, und er folgte ihm. Und das Männlein zeigte ihm auch die Überschrift über der Türe zum goldenen Saale und zeigte ihm auch das Gemälde.

Da eilte der Bruder auch hinaus und sammelte emsig und sammelte bis an den Abend. Aber er hatte keine dreihundert der kleinen Perlen beisammen, da ging die Sonne unter, und er sank nieder und war ein Stein wie sein Bruder.

Nun kam der dritte Morgen. Da stand das eisgraue Männlein bei dem jüngsten Königssohn und führte auch ihn in den Saal und ließ ihn die Schrift lesen über der Türe und zeigte ihm das Gemälde und winkte ihm, hinauszugehen, weil er traurig dastand.

Da ging der dritte Königssohn hinaus und sah die kleinen Perlen so weit zerstreut und im Moose versteckt. Und als er das sah und merkte, daß es unmöglich sei, sie zu sammeln bis auf die letzte, da setzte er sich hin und weinte bitterlich und beklagte seinen armen Vater, der jetzt alle seine Kinder verloren habe.

Und wie er so weinte und wehklagte, da hörte er eine Stimme ihn rufen: »Warum weinst du, lieber Fremdling?«

Da sah er auf und erblickte den Ameisenkönig und klagte dem seine Not. Der Ameisenkönig aber sprach: »Ist es weiter nichts? Oh, dann sei nur ruhig, dann soll dir bald geholfen sein!«

Als er dies gesagt, ging er in den Ameisenhaufen und kam bald mit mehr denn fünftausend Ameisen hervor, und alle sammelten an den Perlen und zählten sie dem Königssohn in den Hut. Und als er sie alle hatte bis auf die letzte, da sprach der Ameisenkönig: »Gehe hin, du hast sie alle! Und danke mir nur gar nicht, denn du hast noch mehr verdient als diesen kleinen Gefallen.«

Da lief der jüngste Königssohn hinein in das Schloß und brachte dem Männlein die Perlen. Und das eisgraue Männlein erstaunte darüber und führte ihn wieder in den goldenen Saal und berührte eine andre Wand. Diese tat sich wieder auf, und es stellte sich ein Gemälde dar, das den See bedeutete, worauf der Entenschwarm sich aufhielt, und darunter standen die Worte:

In der Tiefe des Sees liegt der Schlüssel zu dem Schlafgemach der Prinzessin Pyrola und ihrer zwei ältern Schwestern. Du mußt ihn gefunden haben, ehe die Sonne niedergehet.

Und der Königssohn erkannte den See und eilte hinaus und kleidete sich aus, um hineinzuwaten und den Schlüssel zu suchen. Doch wie er hineinsteigen wollte, da schwamm der König der Enten zu ihm her und fragte: »Was begehrst du, lieber Fremdling?« Da sagte der Königssohn, was er in dem See suchen wollte. Aber der Entenkönig antwortete: »Der See ist für dich zu tief. Laß mich für den verlorenen Schlüssel sorgen!«

Und er befahl allen Enten, unterzutauchen und den

Schlüssel zu suchen. Und sie tauchten unter, und gleich brachte eine den verlorenen goldenen Schlüssel in ihrem Schnabel herzu, und der Entenkönig überreichte ihn dem Königssohn und sprach: »Nimm ihn hin und danke nicht! Du hast noch mehr um uns verdient als diesen kleinen Gefallen.« Er eilte sich aber und brachte den Schlüssel dem eisgrauen Männlein. Und kaum hatte es den Schlüssel in Händen, da bekam es seine Sprache wieder und dankte dem Königssohne mit Freudentränen und sprach: »Schon zweitausend Jahre muß ich hier lebendig, aber stumm sitzen in diesem Schlosse und auf Erlösung harren. Nun hast du, glücklicher Fremdling, nur noch ein Geschäft, aber das schwerste. Dann ist dein Glück gegründet.«

Da fragte der jüngste Königssohn, was das wäre. »Drei Töchter habe ich«, sprach das graue Männlein. »Ich bin der König von diesem verzauberten Schloß und Lande. Diese drei Töchter sind mir von ihrer eigenen Mutter, die eine böse Fee war, verzaubert und liegen nun seit zweitausend Jahren in einem totenähnlichen Schlafe. Die älteste, Rubina genannt, verzauberte sie durch ein Stück Zucker, die zweite, Briza genannt, durch einen Sirup, aber meine jüngste Tochter Pyrola durch einen Löffel voll Honig. Eine meiner Töchter sieht der andern völlig gleich, und alle scheinen von gleichem Alter. Aber Pyrola, meine jüngste Tochter, ist mir besonders lieb. Und gerade an ihr muß die Erlösung geschehen. An ihrem Hauche muß man erkennen, welche von den dreien den Honig gegessen, obgleich seitdem zweitausend Jahre verstrichen sind.«

Als er dieses gesagt, führte der unglückliche König den Königssohn heraus und schloß die dritte Säulenpforte auf. Da waren alle Zimmer mit edlen Steinen von allen Farben geziert, Wohlgerüche und sanfte Töne schwebten aus dem Hintergrund hervor, Kühlung wehte ihnen entgegen. Und in einer Bettstätte, die mit Laubwerk von grünen und farbigen Edelsteinen umgeben war, lagen in dem höchsten mittelsten Saale wie tote Marmorbilder Rubina, Briza und Pyrola, alle drei von zunehmender, aber gleicher Schönheit.

Die Pracht des Saales und die Schönheit der Prinzessinnen, die Musik und die Wohlgerüche betäubten ihn ganz, daß er nicht mehr wußte, was er tun sollte, bis ihn der König des Schlosses daran erinnerte und sprach: »Die Sonne steht im Mittag. Wenn sie niedergeht und du hast noch nicht erkannt, welche die jüngste ist, so trifft dich gleiches Schicksal wie deine Brüder, und ich muß wieder stumm sitzen wie vorher, bis sich wieder ein anderer Fremdling hierher verirrt. Erkennst du aber, ohne zu raten, meine Tochter Pyrola, so ist sie deine Gemahlin, und du erbst mein Reich.«

Der jüngste Königssohn aber eilte hinaus und jammerte und weinte, und der Wald hallte wider von seinen Klagen.

Und wie er so klagte und jammerte, hörte er eine Stimme ihn rufen und zu ihm sagen: »Was klagst du, lieber Fremdling?« Da sah er auf und erkannte die Bienenkönigin auf dem Baumstamme sitzen. »Ach«, sagte er, »wie kann ich das erkennen, welche von den drei Prinzessinnen vor zweitausend Jahren Honig gegessen hat?«

»Was«, fragte die Bienenkönigin, »ist es weiter nichts? Wie magst du darum auch so klagen? Ich will dir eine Biene mitgeben, die soll um alle herumfliegen. Aber die ist es, der sie auf den Lippen sitzt.«

Darauf ging die Königin hinein in die Höhle, und eine Biene flog heraus und setzte sich ihm auf die Schulter. Und er trug sie in den Saal zu den schlafenden Königstöchtern. Da flog sie zu allen und schwärmte herüber und hinüber und setzte sich endlich auf den Mund der mittelsten. Da sprach der Königssohn zu dem eisgrauen Könige: »Die mittelste ist Pyrola, deine jüngste Tochter!«

Und kaum hatte er das gesagt, da krachte und donnerte und blitzte es, als wollte die Erde zusammenstürzen, und alles war verändert: Das kleine graue Männlein stand da als ein würdevoller, majestätischer alter König. Die Prinzessinnen standen in blühender Schönheit da und umarmten ihren Vater, und die jüngste, Pyrola, kam herzu und dankte ihrem Erretter, dem jungen Königssohne.

Und der jüngste Königssohn umarmte sie und nannte sie seine Braut. Diener gingen aus und ein, im Schloßhofe war ein Pferdegetrappel. Sie gingen ans Fenster: Da war um sie nicht mehr die alte Wildnis. Eine prächtige Stadt stand da, und weiterhin sah man auch fruchtbare Felder und viele glückliche Fluren und Dörfer, und in den Straßen war ein Gewühl, und alles ging so ordentlich, als wäre da gar kein Wunder geschehen, als wäre alles beim alten. Niemand schien etwas davon zu wissen.

Auch in den Saal kamen einige Diener. Da ließ der König den Königssohn nehmen und seine Tochter Pyrola und ließ sie setzen in eine prächtige offene Kutsche, vor die er zwölf Schimmel spannen ließ. Und vierundzwanzig Männer, in Purpur und Gold gekleidet, ließ er vorausreiten mit Posaunen und ließ den Königssohn und seine Tochter Pyrola ausrufen als König und Königin des Landes. Darauf wurde ein köstliches Mahl gehalten, wobei es an nichts fehlte, was den Tag verherrlichen konnte.

Und wie sie so dasaßen in großem Jubel, ließen sich zwei fremde Ritter melden. Man ließ sie ein, und siehe da, es waren des jungen Königs Brüder. Und abermals wurde ein Fremdling gemeldet, und als er hervortrat, da sprangen die drei Königssöhne von ihren Sitzen und bewillkommneten ihn mit Freudengeschrei: es war ihr Vater. Er hatte sich aufgemacht, seine verlorenen Söhne zu suchen, und war eben in dieser Stadt angekommen.

Drei Monate blieb der Vater der Königssöhne da, und solang' er da war, dauerten die Feste, wovon immer eins das andere an Pracht übertraf. Dann zog er mit seinen zwei ältesten Söhnen heim.

Sie sollen sich von ihren ehemaligen Fehlern gebessert und in des alten Königs Reich geteilt haben. Auch soll der älteste die Prinzessin Rubina, der zweite die Prinzessin Briza zur Gemahlin genommen, und beide sollen lange und glücklich regiert haben.

Der jüngste aber und Pyrola wurden noch über hundert Jahre alt und beglückten ihre Untertanen. Ein fremder König regierte nach ihm auf seinem Throne, und durch ihn wurden die Menschen wieder so verschlimmert, daß eine große Sintflut über das Land kam. Und seitdem ist jenes Land, das Land der Märchen, versunken, und nur noch diese Sage ist von ihm übriggeblieben.

Die zwölf Jäger

Es war einmal ein Königssohn, der hatte eine Braut und hatte sie sehr lieb. Als er nun bei ihr saß und ganz vergnügt war, da kam die Nachricht, daß sein Vater todkrank läge und ihn noch vor seinem Ende zu sehen verlangte. Da sprach er zu seiner Liebsten: »Ich muß nun fort und muß dich verlassen, da geb ich dir einen Ring zu meinem Andenken. Wann ich König bin, komm ich wieder und hol dich heim.« Da ritt er fort, und als er bei seinem

Vater anlangte, war dieser sterbenskrank und dem Tode nah. Er sprach zu ihm: »Liebster Sohn, ich habe dich vor meinem Ende noch einmal sehen wollen, versprich mir, nach meinem Willen dich zu verheiraten«, und nannte ihm eine gewisse Königstochter, die sollte seine Gemahlin werden. Der Sohn war so betrübt, daß er sich gar nicht bedachte, sondern sprach: »Ja, lieber Vater, was Euer Wille ist, soll geschehen«, und darauf schloß der König die Augen und starb.

Als nun der Sohn zum König ausgerufen und die Trauerzeit verflossen war, mußte er das Versprechen halten, das er seinem Vater gegeben hatte, und ließ um die Königstochter werben, und sie ward ihm auch zugesagt. Das hörte seine erste Braut und grämte sich über die Untreue so sehr, daß sie fast verging. Da sprach ihr Vater zu ihr: »Liebstes Kind, warum bist du so traurig? Was du dir wünschest, das sollst du haben.« Sie bedachte sich einen Augenblick, dann sprach sie: »Lieber Vater, ich wünsche mir elf Mädchen, von Angesicht, Gestalt und Wuchs mir völlig gleich.« Sprach der König: »Wenn's möglich ist, soll dein Wunsch erfüllt werden«, und ließ in seinem ganzen Reich so lange suchen, bis elf Jungfrauen gefunden waren, seiner Tochter von Angesicht, Gestalt und Wuchs völlig gleich.

Als sie zu der Königstochter kamen, ließ diese zwölf Jägerkleider machen, eins wie das andere, und die elf Jungfrauen mußten die Jägerkleider anziehen, und sie selber zog das zwölfte an. Darauf nahm sie Abschied von ihrem Vater und ritt mit ihnen fort und ritt an den Hof ihres ehemaligen Bräutigams, den sie so sehr liebte.

Da fragte sie an, ob er Jäger brauchte und ob er sie nicht alle zusammen in seinen Dienst nehmen wollte. Der König sah sie an und erkannte sie nicht; weil es aber so schöne Leute waren, sprach er ja, er wollte sie gerne nehmen; und da waren sie die zwölf Jäger des Königs. Der König aber hatte einen Löwen, das war ein wunderliches Tier, denn er wußte alles Verborgene und Heimliche. Es trug sich zu, daß er eines Abends zum König sprach: »Du meinst, du hättest da zwölf Jäger?«

»Ja«, sagte der König, »zwölf Jäger sind's.« Sprach der Löwe weiter: »Du irrst dich, das sind zwölf Mädchen.« Antwortete der König: »Das ist nimmermehr wahr, wie willst du mir das beweisen?«

»Oh, laß nur Erbsen in dein Vorzimmer streuen«, antwortete der Löwe, »da wirst du's gleich sehen. Männer haben einen festen Tritt, wenn die über Erbsen hingehen, regt sich keine, aber Mädchen, die trippeln und trappeln und schlurfeln, und die Erbsen rollen.« Dem König gefiel der Rat wohl, und er ließ die Erbsen streuen.

Es war aber ein Diener des Königs, der war den Jägern gut, und wie er hörte, daß sie sollten auf die Probe gestellt werden, ging er hin und erzählte ihnen alles wieder und sprach: »Der Löwe will dem König weismachen, ihr wärt Mädchen.«

Da dankte ihm die Königstochter und sprach hernach zu ihren Jungfrauen: »Tut euch Gewalt an und tretet fest auf die Erbsen.«

Als nun der König am andern Morgen die zwölf Jäger zu sich rufen ließ und sie ins Vorzimmer kamen, wo die Erbsen lagen, so traten sie so fest darauf und hatten einen so sichern starken Gang, daß auch nicht eine rollte oder sich bewegte. Da gingen sie wieder fort, und der König sprach zum Löwen: »Du hast mich belogen, sie gehen ja wie Männer.«

Antwortete der Löwe: »Sie haben's gewußt, daß sie sollten auf die Probe gestellt werden, und haben sich Ge-

walt angetan. Laß nur einmal zwölf Spinnräder ins Vorzimmer bringen, so werden sie herzukommen und werden sich daran freuen, und das tut kein Mann.« Dem König gefiel der Rat, und er ließ die Spinnräder ins Vorzimmer stellen.

Der Diener aber, der's redlich mit den Jägern meinte, ging hin und entdeckte ihnen den Anschlag. Da sprach die Königstochter, als sie allein waren, zu ihren elf Mädchen: »Tut euch Gewalt an und blickt euch nicht um nach den Spinnrädern.«

Wie nun der König am andern Morgen seine zwölf Jäger rufen ließ, so kamen sie durch das Vorzimmer und sahen die Spinnräder gar nicht an. Da sprach der König wiederum zum Löwen: »Du hast mich belogen, es sind Männer, denn sie haben die Spinnräder nicht angesehen.« Der

Löwe antwortete: »Sie haben's gewußt, daß sie sollten auf die Probe gestellt werden, und haben sich Gewalt angetan.« Der König aber wollte dem Löwen nicht mehr glauben.

Die zwölf Jäger folgten dem König beständig zur Jagd, und er hatte sie je länger, je lieber. Nun geschah es, daß, als sie einmal auf der Jagd waren, Nachricht kam, die Braut des Königs wäre im Anzug. Wie die rechte Braut das hörte, tat's ihr so weh, da es ihr fast das Herz abstieß und sie ohnmächtig auf die Erde fiel. Der König meinte, seinem lieben Jäger sei etwas begegnet, lief hinzu und wollte ihm helfen und zog ihm den Handschuh aus. Da erblickte er den Ring, den er seiner ersten Braut gegeben, und als er ihr in das Gesicht sah, erkannte er sie. Da ward sein Herz so gerührt, daß er sie küßte, und als sie die Augen aufschlug, sprach er: »Du bist mein, und ich bin dein, und kein Mensch auf der Welt kann das ändern.«

Zu der andern Braut aber schickte er einen Boten und ließ sie bitten, in ihr Reich zurückzukehren, denn er habe schon eine Gemahlin, und wer einen alten Schlüssel wiedergefunden habe, brauche den neuen nicht. Darauf ward die Hochzeit gefeiert, und der Löwe kam wieder in Gnade, weil er doch die Wahrheit gesagt hatte.

ZAUBERWETTKAMPF

Es war einmal ein alter Mann, der hatte einen Sohn, konnte aber den Knaben nicht ernähren.

Da kam ein Zauberer und sagte, daß er ihn mitnehmen wolle. Er solle gute Kleidung haben und gut zu essen und nichts tun, als auf das Haus zu achten.

Da gab der Mann seinen Sohn ihm mit. Der aber war immer allein zu Hause, und der reiche Zauberer gab ihm Bücher, befahl ihm aber auch unter vielen Drohungen, daß er kein Buch angreifen solle, was er ihm nicht selbst gegeben hätte. Allein das befolgte der Junge nicht, sondern las, sooft der Zauberer fort war, in dessen Zauberbüchern und wußte bald alles, was darin stand, auswendig.

Als der Zauberer merkte, daß der Junge in den Büchern las, mußte er wieder nach Hause. Dort sagte er aber zu seinem Vater, er solle ihn als Hund an einen Riemen vor die Tür binden, und wenn die Jäger kämen, so würden sie sprechen: »Ei, was ist das für ein schöner Hund!« Dann solle er ihn aber nicht für weniger als fünf Taler hingeben, weil er sonst für immer bei den Jägern bleiben müsse.

Der Vater tat also. Die Jäger aber kamen und kauften und gaben dem Manne fünf Taler. Der Alte löste dem Hunde zuvor den Riemen ab, und nun lief der Hund wohl eine Strecke mit den Jägern, weil sie ihn lockten. Aber unterwegs verwandelte er sich wieder in den Knaben und eilte nach Hause.

Als die fünf Taler alle waren, sagte er zu seinem Vater wieder, er solle ihn in einen Stall an die Krippe binden, er wolle sich in einen Ochsen verwandeln. Dann würden die Fleischer kommen und sagen: »Ei, was für ein schöner Ochse!« Und dann solle sein Vater ihn nicht unter hundert Taler verkaufen.

So geschah es auch. Unterwegs aber verwandelte sich der Ochse wieder in den Knaben und lief den Fleischern davon, ehe sie nach der Fleischbank kamen.

Als die hundert Taler alle waren, sagte der Junge, sein Vater solle ihn im Stall anbinden wie ein Pferd. Dann würden die Roßkämme kommen und sprechen: »Ei, was ist das für ein schönes Pferd!« Er aber solle es nicht unter zweihundert Taler hingeben, auch zuvor seinen Halfter ablösen und den nicht mitverkaufen, weil er sonst nicht zu ihm zurückkehren könnte.

Da band der Alte seinen Sohn wie ein Pferd an die Krippe. Der aber verwandelte sich alsbald in ein stattliches Roß und schnaufte im Hafer. Da kamen auch sogleich die Roßkämme an, wollten das Pferd kaufen und sprachen: »Ei, was für ein schönes Roß!«

Unter den Roßkämmen aber war auch der alte Zauberer. Der hatte erfahren, daß der Knabe schon aus seinen Büchern die Zauberei gelernt habe, und wollte ihn in seine Gewalt bekommen und darum das Pferd kaufen. Das schöne Roß erbebte ordentlich in den Nüstern, als es den Zauberer erblickte. Die Roßkämme aber begannen, auf das Pferd zu bieten, und der Zauberer überbot sie alle. Da ward mit den Händen gepatscht und der Handel abgeschlossen. Als aber der Vater des Knaben den Halfter vom Pferde ablösen wollte, wehrte ihm der Zauberer mit aller Macht. Und die Roßkämme bezeugten ihm, daß der Halfter am Pferde verbleiben müsse.

So führte der Zauberer das Pferd davon. Und als es den Huf aufhob und die Roßkämme auf seinen Gang sahen, bemerkten sie, daß kein Eisen daran war, und sagten es dem Zauberer an.

Der aber sprach: »So lasset uns das Roß zum Hufschmied führen und unterdessen, daß der Meister Schmied das Eisen warm macht, eins miteinander trinken!«

Das taten sie denn auch. Und während die Roßkämme in der Schmiede waren und miteinander tranken und die Schmiedegesellen auf das Hufeisen hämmerten, stand ein Knabe neben dem schönen Pferde und betrachtete es.

Da sprach es zu ihm: »Geschwind, zieh dein Brotmesser aus der Tasche und schneide meinen Halfter damit durch!«

Das tat der Knabe auch. Da flog das schöne Pferd als Rebhuhn davon. Und da kannst du dir denken, was die Schmiedegesellen für Augen machten, die so lustig auf das Hufeisen schlugen, und wie sie gleich aufhörten zu hämmern. Denn sie dachten sich wohl, daß das Hufeisen nicht dem Rebhuhn an seine Füße passen würde. Die Roßkämme aber waren noch mehr erschrocken, denn sie dachten, was da aus dem Pferdehandel werden sollte, wenn ihnen die stattlichen Rosse auch in der Luft davonflögen.

Der Zauberer, schnell gefaßt, verwandelte sich in einen großen Raubvogel und verfolgte das Rebhuhn. Das Rebhuhn aber verwandelte sich in einen Ring, fiel einer Königstochter in den Schoß. Die steckte ihn an ihren Finger.

Sogleich verwandelte sich der Zauberer in eine menschliche Gestalt, trat vor die Prinzessin hin und sagte ihr, daß er den Ring ihr bei einem Kunststücklein habe in den Schoß fallen lassen. Da zog sie den Ring vom Finger und wollte ihn dem Zauberer reichen. Der Ring aber fiel gleich als ein Gerstenkorn auf die Erde. Da verwandelte sich der Zauberer in einen Hahn und wollte das Gerstenkorn aus einer Ritze herauspicken.

Aber kaum war der Zauberer ein Hahn, da war auch das Gerstenkörnchen schon wieder ein Hund, wie er zu Anfang gewesen war, und biß dem Hahn den Kopf ab, und da war der Zauberer tot.

Da kamen aber eben wieder die Jäger vorbei, welche den Hund gekauft hatten. Die riefen: »Seht doch unsern schönen Hund!« Und lockten ihn.

Allein der Hund verwandelte sich geschwind wieder in einen Menschen, trat zu der Prinzessin, und weil die ihn als Ring von ihrem Schoße aufgenommen und an den Finger gesteckt hatte, so nahm sie ihn zum Mann, und sie lebten miteinander lange und glücklich.

Erschreckliche Geschichte vom Hühnchen und Hähnchen

Ein Hühnchen und ein Hähnchen sind miteinander in die Nußhecken gegangen, um Nüsse zu essen, und jedes Nüßchen, welches das Hähnchen fand, hat es mit dem Hühnchen geteilt, endlich hat das Hühnchen auch eine Nuß gefunden, und das Hähnchen hat sie ihm aufgepickt, aber das Hühnchen war neidisch und hat nicht teilen wollen und hat aus Neid den Nußkern ganz verschluckt, der ist ihm aber im Halse steckengeblieben und wollte nicht hinter sich und nicht vor sich, da hat es geschrien: »Lauf zum Born und hol mir Wasser.«

Hähnchen ist zum Born gelaufen:
»Born, Du sollst mir Wasser geben,
Hühnchen liegt an jenem Berg
Und schluckt an einem Nußkern.«
Und da hat der Born gesprochen:
»Erst sollst Du zur Braut hinspringen,
Und mir klare Seide bringen.«
Hähnchen ist zur Braut gesprungen:
»Braut, Du sollst mir Seide geben,
Seide soll ich Brunnen bringen,
Hühnchen liegt an jenem Berg
Und schluckt an einem Nußkern.«
Und da hat die Braut gesprochen:
»Sollst mir erst mein Kränzlein langen,
Blieb mir in den Weiden hangen.«

Hähnchen ist zur Weide flogen,
Hat das Kränzlein runterzogen.
»Braut, ich tu Dirs Kränzlein bringen,
Sollst mir klare Seide geben,
Seide soll ich Brunnen bringen,
Brunnen soll mir Wasser geben,
Wasser soll ich Hühnchen bringen,
Hühnchen liegt an jenem Berg
Und schluckt an einem Nußkern.«
Braut gab für das Kränzlein Seide,
Born gab für die Seide Wasser,
Wasser bringt er zu dem Hühnchen,
Aber Hühnchen war erstickt,
Hat den Nußkern nicht verschlickt.

Da war das Hähnchen sehr traurig und hat ein Wägelchen von Weiden geflochten, hat sechs Vögelchen davorgespannt und das Hühnchen daraufgelegt, um es zu Grabe zu fahren, und wie es so fortfuhr, da kam ein Fuchs: »Wohin, Hähnchen?«

»Mein Hühnchen begraben.«

»Darf ich aufsitzen?«

»Sitz hinten auf den Wagen, vorne können's meine Pferdchen nicht vertragen.«

Da hat sich der Fuchs aufgesetzt, kam ein Wolf: »Wohin, Hähnchen?« usw., kam ein Löwe, kam ein Bär usw., alle hinten drauf, endlich kam noch ein Floh: »Wohin, Hähnchen?« usw., aber der war zu schwer, der hat gerade noch gefehlt, das ganze Wägelchen mit aller Bagage, mit Mann und Maus ist im Sumpfe versunken, da braucht er auch kein Grab, das Hähnchen ist allein davongekommen, ist auf den Kirchturm geflogen, da steht es noch und dreht sich überall herum und paßt auf schön Wetter, daß der Sumpf austrocknet, da will es wieder hin und will sehen, wie es seinen Leichenzug weiterbringt, wird aber wohl zu spät kommen, denn es ist allerlei Kraut und Gras drüber gewachsen, Hühnerdarm und Hahnenfuß und Löwenzahn und Fuchsia und lauter solche Geschichten, wer sie nicht weiß, der muß sie erdichten.

BRUDER LUSTIG

Der Bruder Lustig befand sich einmal auf Reisen und hatte nur noch drei Kreuzer im Sack und ein einziges Brot, das er sich gekauft. Da begegnete ihm der heilige Petrus und sprach: »Grüß dich Gott, armer Bruder!«

»Grüß dich Gott!« sagte Bruder Lustig. »Wohin geht die Reise?« sprach Petrus. »Weiß nicht«, sprach der Bruder Lustig, »wohin mich der Wind noch führen wird.« Sprach der heilige Petrus zu ihm weiter: »Ach, ich habe Hunger und kein Geld; sei so gut und gib mir ein Almosen!«

»Ich bin zwar selbst ein armer Schlucker«, sagte Bruder Lustig, »und hab nur noch drei Kreuzer und ein Brot im Sack, doch wir wollen's teilen.« Und darauf gab er dem heiligen Petrus, der als Bettler verkleidet war, einen Kreuzer und ein Vierling Brot. »Vergelt's Gott!« sprach Petrus und ging weiter.

Über eine Weile begegnete ihm abermals der heilige Petrus als Bettler, aber in einer anderen Gestalt als das erste Mal und sprach: »Grüß dich Gott, Bruder! Ein Armer spricht dich um eine Gabe an!«

»Grüß dich Gott, armer Bruder!« sprach der Bruder Lustig und gab dem Bettler einen Kreuzer und einen Vierling von seinem Brote. »Vergelt's Gott!« sprach Petrus und ging weiter.

Wieder über eine Weile kam der heilige Petrus zum dritten Male als Bettler in einer anderen Gestalt und bat ihn um eine Gabe, weil er so hungrig sei. Da sagte Bruder Lu-

stig: »Mit zwei Armen hab ich schon geteilt, was ich hatte; jetzt hab ich grad noch einen Kreuzer und ein halbes Brot, das wollen wir noch einmal teilen.« Sprach der heilige Petrus: »Nun, ich habe auch noch einen Kreuzer, so wollen wir ins Wirtshaus gehen und zu dem Brot ein halbes Bier miteinander trinken.« Ja, das war dem Bruder Lustig ganz recht, und sie machten es so. Und als sie nun alle beide nichts mehr hatten, so beschlossen sie, daß sie alle beide miteinander weiterreisen wollten.

Wie sie nun so eine gute Strecke zusammen marschiert waren, kamen sie in eine Stadt, darin war große Trauer, weil die Tochter des Königs gestorben war. Darauf ließ Petrus bei dem Könige sich melden als Doktor und versprach, die Prinzessin wieder lebendig zu machen; aber es sollte niemand dabeisein und zusehen als bloß der Bruder Lustig.

Nun ließ Petrus sich einen Kessel mit kochendem Wasser geben, zerschnitt den Leichnam und kochte das Fleisch in dem Kessel, legte dann die Knochen wieder zusammen, rief die Tote beim Namen und sprach die drei höchsten göttlichen Namen aus und hieß die Jungfrau aufstehen. Da stand sie auf und lebte und war frisch und gesund wie vorher.

Der König war außer sich vor Freude und bot dem heiligen Petrus alles an, was er sich nur wünschen möge, und wenn's das halbe Königreich wäre! Aber Petrus schlug alles aus und wollte keinen Lohn. »Narr«, sprach der Bruder Lustig zu ihm, »du hast selber nichts, so daß du betteln mußt, und willst einem König was schenken!« Petrus aber hörte nicht darauf und ging fort, und Bruder Lustig ließ ihn allein ziehen und blieb in dem Schlosse zurück und ließ sich erst seinen Ranzen mit Geld füllen, soviel er nur tragen konnte. Dann lebte er eine lange Zeit herrlich und in Freuden, bis endlich der Ranzen leicht und leer war.

Da trug's sich zu, daß der Bruder Lustig in ein Dorf kam und hörte, die Tochter eines reichen Bauers sei todkrank. Da ging er hin; wie er aber hinkam, war sie schon gestorben. Nun erbot er sich, er wolle sie wieder lebendig machen, und machte es grad so, wie er es den heiligen Petrus hatte tun sehen: Er zerschnitt die Leiche, kochte das Fleisch und legte dann die Knochen aneinander. Aber damit wollte es ihm nicht gelingen, denn er wußte nicht, welche Knochen zusammengehörten, so daß er in die allergrößte Angst und Unruhe geriet und sich gar nicht mehr zu helfen wußte. Da klopfte plötzlich der heilige Petrus ans Fenster, und er ließ ihn sogleich herein. Der aber machte ein bös' Gesicht und sprach: »Ei, du schlechter Kerl, glaubst du auch zu können, was ich kann! Das geht ja nimmermehr so! Diesmal will ich dir noch helfen; aber daß du dir's nur nicht einfallen läßt, so etwas noch einmal zu probieren, sonst wird dir's schlechtgehen!«

Darauf ordnete Petrus die Gebeine, wie sie zusammengehörten, und rief das Mägdelein beim Namen und hieß es aufstehen. Da stand es auf und ging zu seinen Eltern. Dann entfernte sich Petrus wieder durch das Fenster, durch das er gekommen war, nachdem er noch dem Bruder Lustig streng anbefohlen hatte, daß er ja keine Belohnung nehmen sollte. Nein, das wollte er auch gewiß nicht, sagte er. Als nun die Bauersleute aus Dankbarkeit Geld und Gut anboten, so schlug er's aus, ließ es aber endlich doch geschehen, weil sie ihn so sehr nötigten, daß sie ihm ein Lamm mit auf den Weg gaben. Das nahm er und trieb es zum Dorfe hinaus.

Vor dem Dorfe traf er wieder mit dem heiligen Petrus zusammen, der stellte ihn sogleich zur Rede wegen des Lammes. »Ach«, sprach der Bruder Lustig, »ich weiß nicht, was ich von dir denken soll; wir sind alle beide arme Hungerleider und sollen nichts von andern Menschen annehmen! Komm her, wir wollen uns miteinander das Lamm schmecken lassen!«

»Nun, meinetwegen«, sprach Petrus, »so mach es zurecht; ich will unterdessen einen Gang machen; aber du mußt nicht eher anfangen zu essen, bis ich wieder da bin!«

»Ei, beileibe!« sprach der Bruder Lustig und schlachtete sogleich das Lamm und machte ein Feuer an und briet es. Da dauerte es nicht lange, da war es fertig und roch so gut, daß der Bruder Lustig nicht widerstehen konnte und das Herz herausfischte und es aufaß. Denn Petrus blieb auch gar zu lange, und er hatte außerdem Hunger.

Endlich kam Petrus zurück und sagte: »Du kannst alles essen, bloß das Herz bitte ich mir aus!«

»Ei, Brüderchen, wo denkst du hin?« sprach Bruder Lustig. »Besinn dich doch, ein Lamm hat ja kein Herz!«

»Ei, freilich«, sprach Petrus, »ein Lamm muß doch ein Herz haben wie jedes andre Tier.«

»Ganz gewiß nicht! Glaub's nur auf mein Wort! Ein Lamm hat kein Herz!« sprach der Bruder Lustig in einem fort, so daß Petrus ihn zuletzt gewähren ließ und sagte: »So kannst du auch das übrige allein essen!« Darauf ging er fort. Bruder Lustig aber ließ sich den Braten schmecken, und wer auf der Straße daherkam, den lud er ein zum Mitessen, bis das Lamm aufgezehrt war.

Nachdem er sich also gelabt und gesättigt hatte, reiste er weiter und kam an ein Wasser, über das er hinübermußte. Das Wasser aber war angeschwollen, und wie er eben drin war, stieg es immer höher, daß er nahe dran war zu ertrinken und sich nicht mehr zu helfen wußte. Da rief mit einem Male von dem andern Ufer her Petrus: »Gestehe mir, daß ein Lamm ein Herz hat und daß du es aufgegessen, so will ich dir helfen!« Bruder Lustig aber antwortete: »Wie kann ich das gestehen, und wie kann ich das Herz gegessen haben, da ja ein Lamm, wie jedermann weiß, gar kein Herz im Leibe hat!« Und obwohl Petrus das Wasser immer höher steigen ließ, so daß Bruder Lustig ums Haar hätte ertrinken müssen, so wollte er doch nicht bekennen. Deshalb ließ Petrus, weil er Mitleid hatte mit dem gutmütigen Narren, das Wasser wieder sinken, so daß er hindurchgehen konnte. Dann aber sagte Petrus zu ihm: »Du bist nun doch einmal ein rechter Taugenichts. Damit du aber nicht wieder so gottlose Streiche machst und Tote erwecken willst ums Geld, so will ich dir da einen Ranzen schenken, in den kannst du dir alles hineinwünschen, was du nur begehrst. Und nun leb' wohl!« Mit diesen Worten verließ ihn der heilige Petrus, und Bru-

der Lustig wanderte mit seinem Wunschranzen allein weiter fort.

So kam er nach einiger Zeit einmal in ein Wirtshaus und trank ein Glas Bier. Da sah er zwei gebratene Gänse im Ofen stehen, ach, die rochen gar zu gut, und er hätte wohl ein Stück davon verzehren mögen. Wie er nun wieder draußen war, dachte er: »Ei, du solltest doch einmal den Ranzen probieren!« und wünschte sich die Gänse hinein. Mit einem Mal fühlte er, daß der Ranzen schwer wurde, und er roch auch sogleich den Duft der gebratenen Gänse und setzte sich nieder und ließ sie sich wohlschmecken. Derweil kamen zwei Handwerksburschen daher, sie baten um ein Stückchen Fleisch; da gab er ihnen die eine Gans, denn er hatte genug an der andern.

Nun traf es sich, daß die beiden Handwerksburschen in dasselbe Wirtshaus kamen, aus welchem Bruder Lustig die Gänse weggewünscht hatte, und sich daselbst Bier und Brot geben ließen und dann vergnügt ihren Gänsebraten verzehrten. Nach einer Weile wollte die Wirtin ihre Gänse holen; denn sie hatte Gäste am Tische, die sie verzehren sollten. Aber da hättest du einmal das Gesicht sehen sollen, das sie machte, als sie erfuhr, daß die Gänse fort waren und daß die Handwerksburschen sie aufgegessen hatten. Sie mochten nun sagen, was sie wollten und wieviel sie wollten: es habe jemand draußen vor der Stadt ihnen den Braten geschenkt – das half ihnen alles nichts; sie wurden für die Diebe gehalten und wurden ins Gefängnis gesperrt, also daß sie den Braten teuer bezahlen mußten.

Bruder Lustig aber ließ sich's in der Welt wohl sein und wanderte von einer Stadt zur andern, bis daß er ein alter Mann geworden und er des ewigen Herumziehens müde war. Auch dachte er, sein letztes Stündlein werde nicht mehr gar ferne sein, fragte deshalb einen frommen Einsiedler, was er tun müsse, um in den Himmel zu kommen. Der fromme Mann sagte, er solle Buße tun und fleißig beten, und behielt den Bruder Lustig bei sich und wollte ihn vorbereiten auf den Himmel.

Allein es dauerte nicht lange, da konnte es der Bruder Lustig bei dem Einsiedler nicht mehr aushalten, denn er war ihm gar zu ernsthaft; deshalb nahm er alsbald seinen Ranzen auf den Rücken und begab sich wiederum auf die Wanderschaft.

Da war er nun den ganzen Tag lang fortgegangen und hatte nirgends einen Menschen oder ein Haus angetroffen. Endlich, als es schon dunkel wurde und er ganz ermüdet war, kam er in ein Wirtshaus und wollte daselbst übernachten. Da waren aber alle Zimmer schon besetzt, und der Wirt entschuldigte sich, daß er nicht mehr Raum habe. Er habe da wohl noch ein zweites, großes Haus, das stehe leer. Aber er könne keinen Menschen hineinquartieren, denn es sei noch niemand, der es gewagt habe, darin zu schlafen, lebendig wieder hervorgekommen. Bruder Lustig aber sagte, er müßte irgendwo ein Unterkommen haben, der Wirt solle ihn nur in das Haus führen. Das tat er dann auch, weil's der Bruder Lustig so wollte. Der legte sich dann getrost ins Bett und schlief ein. Sein Licht aber hatte er brennen lassen.

Wie es nun Mitternacht war und eben zwölf schlug, da wachte Bruder Lustig auf, denn er hörte ein Geräusch, und alsbald ging die Tür auf, und es traten neun Teufel in sein Schlafzimmer und stellten sich um sein Bett und stierten ihn beständig an. Das war ihm doch nicht angenehm, und weil er müde war und gern weiter fortschlafen wollte, so wünschte er die neun Teufel in seinen Ranzen, und wutsch! waren sie alle verschwunden. Dann schlief er ruhig bis zum andern Morgen; da nahm er seinen Ranzen und ging damit in eine Schmiede und ließ den Schmied und seine Gesellen so lange darauf losschlagen mit den schwersten Hämmern, daß er meinte, von den Teufeln werde wohl keiner sich mehr rühren und regen.

Als er aber den Ranzen aufmachte, war doch noch einer am Leben, und der lief, was er konnte, geradewegs in die Hölle hinein. Niemand aber war jetzt vergnügter als der Wirt. Denn es ließ sich von dem Tage an kein Teufel mehr in dem neuen Hause sehen, und zum Dank dafür behielt er den Bruder Lustig umsonst bei sich, solange er nur bleiben wollte. Es gefiel dem Bruder Lustig auch weit besser in dem Wirtshause als bei dem Einsiedler, und deshalb blieb er da bis zu seinem Ende.

Als er nun gestorben war und vor das Himmelstor kam und anklopfte und Petrus ihn erblickte, sprach er: »So, du kommst auch und willst in den Himmel? Sieh, dorthin gehörst du!« Und damit wies er ihn zum Höllentor. Wie Bruder Lustig dort ankam, wurde er eingelassen und wollte sogleich mit den Teufeln ein Kartenspiel machen. Sie spielten aber um menschliche Seelen, und es war ausgemacht, daß er die Seelen, die er gewönne, mit herausnehmen dürfe. Da kam aber der eine Teufel dazu, der in den Ranzen so gottsjämmerlich gestopft war und erkannte sogleich den Bruder Lustig und sagte zu den andern Teufeln: »Fangt nur mit dem Kerl nichts an, sonst sind wir verloren, und er nimmt uns alle Seelen mit fort!« Da jagten sie ihn Hals über Kopf zur Hölle wieder hinaus, und Bruder Lustig wanderte ganz ärgerlich zurück zum Himmelstore und klopfte an. Sowie Petrus aber auftat, warf er flink seinen Ranzen in den Himmel und wünschte sich dann selbst in seinen Ranzen hinein, und so ist er doch noch in den Himmel gekommen, obwohl Petrus ihm die Tür vor der Nase zuschlug.

HANS WOHLGEMUT

Hans Wohlgemut hatte bei seinem Herrn sieben Jahre gedient, und als er endlich nach Hause ziehen wollte, bekam er zum Lohne ein Stück Gold, so groß wie sein Kopf. Das trug er denn in ein Sacktuch eingewickelt auf der Schulter ohne sonderliche Beschwerde, denn es fehlte ihm eben nicht an Kräften.

Wie er nun des Weges dahinschlenderte und gedachte, wie er jetzt ein großer Herr sein würde, wonach immer sein Herz getrachtet, kommt ein Reiterknecht entgegengetrabt auf einem stattlichen Rosse. Hans blieb stehen und gaffte ihn an, der Reiter auch, und wechselseitig fragen sich beide, woher und wohin.

»Ja, lieber Herr Reiter«, antwortete Hans, »unsereiner ist schlimmer daran als Ihr. Bei Euch geht es hoch zu Rosse, bei uns zu Fuße. Hab ich doch mein Lebtage noch nicht auf einem Pferd gesessen; bei meiner Treu, das Reiten muß ein herrliches Ding sein.«

»Ja, lieber Sohn«, sprach der Reiter, »wir können tauschen! Gib her das Stück Gold und nimm dafür das Pferd.«

»Ach, mit tausend Freuden«, rief der andre, sprang und klatschte in die Hände, und es fehlte nicht viel, so wäre er dem Pferde wie dem Reiter um den Hals gefallen. Seelenvergnügt trennten sich die Wandersleute; ja, aus bloßer Erkenntlichkeit half noch der Reiter unserem Hans auf den Braunen hinauf und gab ihm die Zügel fest in die Hände.

So ging es denn ein Weilchen recht bequem. Wie aber Hans zu schnalzen anfing und dabei »hopp, hopp« rief, setzte sich das Pferd in gehörigen Trab, und ehe sichs der kühne Reiter versah, lag er ziemlich unsanft in dem Graben, der die Äcker von der Landstraße trennte.

Ein Bauer, der eine Kuh vor sich hertrieb, kam herbei, hielt das Roß an und wollte dem Gefallenen Beistand leisten. »Die verwetterte Mähre!« fluchte Hans und schnitt ein gar jämmerliches Gesicht, während er sich wieder auf die Beine brachte. »Gott sei's gedankt, daß ich noch lebe und gesund bin! Reite in Zukunft, wer Lust hat, ich habe sie bei meiner armen Seele nun und nimmermehr. Da lobe ich mir Eure Kuh. Hinter der läßt es sich gemächlich ziehen, und, was das Schönste ist, Milch, Käse und Butter hat man obenein vollauf alle Tage.«

»Ei, nun tauschen wir«, sprach der Bauer, »gebt mir das Pferd, ich gebe Euch die Kuh.«

»Bei allen Heiligen«, rief Hans, »das ist ein gefundener Handel. Ich will Euch alle Tage in mein Gebet einschließen. Topp, guter Alter!« Hier griff er nach der Kuh, und der Bauer schwang sich auf das Pferd und ritt im Galopp nach Haus, aus Furcht, daß unsern Hans der Tausch noch gereuen könnte.

Die Sache war anders. Hans freute sich innig, wie er fortan das Brot nicht mehr trocken verzehren, sondern Butter und Käse dazu haben würde. In der Freude ließ er sich im nächsten Wirtshause ein halbes Glas Bier einschenken und aß sein Mittags- und Abendbrot auf einmal auf.

Dann trieb er seine Kuh weiter, immer nach dem Dorfe seiner Mutter zu. Die Hitze wurde drückender, je näher der Mittag kam. Hans befand sich mitten in der Heide und hatte wohl noch ein Stündchen bis zum nächsten Dorfe. Die Zunge klebte ihm am Gaumen. »Wie wär's«, fiel ihm endlich ein, »wenn du die Kuh melktest? Du bindest sie an den einen Baum und läßt dir die Milch in deine Mütze laufen.«

Gesagt, getan. Die Kuh wurde angebunden, aber kein Tropfen Milch kam zum Vorschein, und wie er sich ungeschickt anstellte, gab ihm das Tier mit einem der Hinterfüße einen solchen Schlag vor den Kopf, daß er taumelnd zu Boden stürzte.

Zum Glück zog ein Schlächter mit einer Karre vorbei, auf der ein junges Schwein lag. »Guter Freund, was macht Ihr denn für Dinge«, rief er ihm schon von weitem zu, und Hans erzählte ihm die Geschichte.

»Nun, da trinket einmal aus meiner Flasche und erholt Euch. Die Kuh, mit der ist's vorbei, die wird in ihrem Leben keine Milch mehr geben, allenfalls taugt sie noch zum Ziehen.«

»So, so«, murmelte Hans und fuhr sich mit der Hand einigemal über den Kopf. »Wie wär's, lieber Meister, wenn Ihr mir Euer Schwein gäbet und nähmet meine Kuh. Kuhfleisch ist gewiß nicht nach meinem Geschmacke, aber Schweinebraten und Wurst esse ich für mein Leben gern.«

»Den Gefallen kann man Euch tun«, antwortete der Schlächter, »gebt mir Eure Kuh, ich gebe Euch mein Schwein.«

»O, Ihr seid ein gar zu gefälliger Mann«, sprach Hans für sich. »Gehabt Euch wohl!« Der andere zog nun mit der Kuh links ab, und Hans rief einmal über das andere: »Ja, das muß man doch sagen, mir geht alles nach Wunsche!«

Er hatte eine halbe Meile zurückgelegt, das Schwein vor sich hertreibend, als er einem Burschen begegnete, der eine Gans unter dem Arm hatte.

»Gehen wir einen Weg?« fragte der Bursche.

»Wer weiß«, sagte Hans. »Ich gehe zu meiner Mutter nach Susewedel.« Und zugleich ließ er sich über seinen Tausch vernehmen.

»Da habt Ihr von Glück zu sagen«, antwortete der Bursche. »Ich trage die Gans zum Kindstaufschmause nach Gernefraß. Rund ist sie, wie eine Kugel, seht nur her. Wir haben sie aber auch an acht Wochen gemästet. Da wird es einmal Gänsefettschnitten geben, die sich zu essen verlohnen. Wenn man sie in Rauch aufhinge, müßte es eine pommersche Spickgans werden, trotz einer.«

»Pommersche Spickgans«, unterbrach ihn Hans. Der Mund blieb ihm vor Erstaunen offen. Gänsefettschnitten? Er leckte mit dem Zünglein.

Inzwischen sah sich der Bursche nach allen Seiten bedenklich um und schüttelte mitunter den Kopf. »Hört, hört«, fuhr er nach einem kurzen Verzuge fort, »mit Eurem Schweine mag's nicht ganz richtig sein. In dem Dorfe, durch das ich eben gekommen bin, hat man dem Schulzen eins aus dem Koben gestohlen. Wenn's das Eurige wäre und man träfe Euch!«

»Um Gottes willen«, schrie Hans, der sich schon im finstern Loche und alle Gänseherrlichkeiten vergangen sah, »macht mich nicht unglücklich. Ihr wißt hier herum besser Bescheid. Nehmt das Schwein und gebt mir die Gans.«

»Viel gewagt«, sprach der Bursche. »Wer möchte aber gern einen Menschen unglücklich machen? Da habt Ihr die Gans.«

»Wahrlich, man sieht«, dachte Hans, als er den Weg fortsetzte, »meine Großmutter hat recht: Den Sonntagskindern geht immer alles nach Wunsche. Wie werden sie zu Hause schmunzeln, wenn sie meine Gans sehen. Was sie für schöne weiße Federn hat! Zu einem Kopfkissen reichen sie sicherlich. Auf dem will ich uneingewiegt schlafen wie ein Prinz.«

Hinter dem Dorfe stieß er auf einen Scherenschleifer. Er blieb abermals stehen und sah und hörte dem Manne zu, der zu seiner schnurrenden Arbeit sang:

»Ich schleife die Schere und drehe geschwind
Und hänge mein Mäntelchen nach dem Wind.«

Endlich wagte er ihn anzureden. »Noch so spät, lieber Mann? Ihr zieht wohl auch nach Gernefraß zum Kindstaufschmause?«

»Das sollte ich meinen«, versetzte der, »bei solchen Gelegenheiten gibts immer etwas für uns zu tun. Ein rechter Schleifer ist ein geborgener Mann. Geld hat er beständig in der Tasche, denn: Geschliffen muß heut alles sein und glänzen wie ein Karfunkelstein.«

»Immer Geld in der Tasche?« fragte Hans. »Das Ding lobe ich mir. Mein Lebtage hab ich es nicht anders gewünscht.«

»Ja, ja, mein Freund. Aber wohin mit der Gans?«

»Die hab ich für mein Schwein gekriegt.«

»Und woher das Schwein?«

»Die hab ich für die Kuh eingetauscht.«

»Und die Kuh?«

»Die hab ich mir für den Braunen geben lassen.«

»Und den Braunen?«

»Ih, den nahm ich für ein Stück Gold, so groß wie mein Kopf, das mir mein Herr zum Lohne gegeben.«

»Hm, hm! Wenn Ihr ein Scherenschleifer werden wolltet, so könntet Ihr, wie ich, das Geld immer in der Tasche springen hören.«

»Ach, gar zu gern, bester Herr. Wer so glücklich wäre!«

»Vor allem müßtet Ihr einen Wetzstein haben. Das übrige findet sich schon von selbst.«

»Ich bitte Euch um die sieben Wunden Christi«, flehte Hans, »laßt mir einen von Euren Steinen ab, wenn er gleich etwas schadhaft sein sollte. Ich gebe Euch meine fette Gans.« Sie wurden einig. Der Schleifer suchte ihm unter den Wetzsteinen den untauglichsten aus und schenkte ihm als Zugabe einen großen Feldstein, auf dem sich's, wie er sagte, besonders gut klopfen lasse.

Hans war beinah außer sich. Er griff schon in die Tasche, als ob er das Geld hören wollte. »Wie hab ich's nur verdient, daß mir doch alle meine Wünsche in Erfüllung gehen?« wiederholte er sich oft. Indes war er seit Tagesanbruch auf den Beinen und hatte, wie man weiß, zum Frühstück seinen ganzen Mundvorrat aufgezehrt. Der Hunger fing ihn an zu plagen, und aus Müdigkeit mußte er jeden Augenblick haltmachen, obschon es nur noch eine Meile bis Susewedel war. Die Beine lasteten sehr. Er konnte sich des Gedankens nicht erwehren, wie glücklich er sein möchte, wenn er gerade jetzt die Steine nicht hätte. Stärken müßte er sich wenigstens durch einen frischen Trunk, wenn er erst ein Weilchen geruht hätte, meinte er, als er zu einem Feldbrunnen wie eine Schnecke angeschli-

chen kam. Damit er aber nicht etwa die Steine zum Niedersetzen beschädigte, legte er sie bedächtig neben sich an den Rand des Brunnens. Auf einmal ging es »plump, plump«, und die Steine lagen im Wasser.

Und Hans, was tat er? Er kniete nieder, fast in Tränen schwimmend, und dankte Gott, daß er ihm das noch erwiesen hätte, was einzig zu seinem Glück gefehlt. »So wahr Gott über mir lebt, bis heute hat es wohl keinen glücklichern Menschen als ich bin gegeben!« So sprechend, trollte er ohne die Steinlast, mit frohem Sinne neugestärkt, nach Hause.

Es wird keiner arm, als der nicht rechnen kann.

Die drei Musikanten

Es zogen einmal drei junge Musikanten aus ihrer Heimat in die Fremde; sie hatten alle drei bei einem Meister die Musik gelernt und wollten nun auch vereint bleiben und ihr Glück in fremden Landen versuchen. Von Ort zu Ort wanderten sie fröhlich dahin, spielten auf zu Kirmes- und Festtagstänzen und gewannen durch ihre lustigen Musikstücklein gar manchen schweren Batzen, neben dem stillen und lauten Beifall.

So kamen sie denn auch einmal in ein Städtchen und belustigten am Abend die Gesellschaft mit schöner Musik. Endlich hörten sie auf aufzuspielen, sondern tranken eines, taten manchem Bescheid und gaben auch zum Gespräch der Gäste ihren Teil. Da ward mancherlei Verwunderliches durcheinander geplaudert und erzählt. Zunächst ging die Rede von einem Zauberschloß, welches sich in der Nähe des Städtchens befände und von welchem ebensoviel Wunderschönes als Wunderbares erzählt wurde. Bald hieß es: Ja, dort sind ungeheure Schätze, dort ist stets Überfluß an den köstlichsten Lebensmitteln, obgleich keine Menschenseele darinnen wohnt – bald hieß es wieder: Aber dort ist ein schrecklicher Gespensterspuk. Wer seinen Buckel weiß hineinträgt, bringt ihn braun- und blaugefärbt wieder heraus, ohne die Schätze gehoben oder den Zauber gelöst zu haben. Dies und vieles andere wurde hin und her geredet über das verzauberte Schloß.

Die drei Musikanten waren nicht sobald allein in ihrem Schlafkämmerlein, als sie sich lange unterredeten und zugleich den Gedanken erfaßten, das rätselhafte Schloß sich näher zu besehen, ja, sogar sich hineinzuwagen, um möglicherweise die dort verborgenen und verzauberten Schätze zu heben. Nun wurden sie einig unter sich, daß ein jeder einzeln, einer nach dem andern, sich hineinwagen sollte, je nach der Älte, und daß einem jeden ein ganzer Tag dazu vergönnt sein sollte, sein Abenteuer zu bestehen.

Der erste Glücksversuch fiel dem Geiger zu. Der machte sich mutvoll und ohne Säumen auf das Schloß und fand, als er dort anlangte, die Eingangspforten schon offen, als ob man seiner geharrt hätte; doch als er über die Schwelle geschritten war, schlug hinter ihm die schwere Türe zu, und es sprang ein riesiger Eisenriegel vor, obgleich kein lebendes Wesen zu erblicken war, doch als wenn ein strenger Pförtner hier sein Amt verrichte und Wache halte – und dem Geiger kam ein Grausen an, so daß sein Haar sich auf dem Wirbel sträubte. Aber er konnte weder umkehren noch verweilen, und es kräftigte ihn wieder der Gedanke an das zu hoffende Glück, an Gold und Schätze. Treppe auf, Treppe ab wanderte der Jüngling, durch herrliche Zimmer, kostbare Säle, trauliche Kabinettchen – alles prachtvoll ausgestattet und in der schönsten Sauberkeit erhalten. Aber überall war eine Totenstille, auch nicht das kleinste Mückchen lebte und wohnte hier. Doch dem Jüngling wuchs der Mut aufs neue, zumal als er den untern Räumen, Küche und Gewölben, sich zuwandte, wo in Fülle die seltensten und köstlichsten Speisevorräte vorhanden waren, in den Gewölben die Weinflaschen hoch aufgespeichert lagen und alle Sorten süßer eingemachter Früchte in großen Gläsern nach der Reihe standen. In der schönen blanken Küche knisterte vertraulich ein helles Feuerlein, und darüber ward von unsichtbarer Hand ein Bratrost gesetzt, und ein

ausgesuchtes Wildbretfleisch tanzte aus dem Gewölbe herein in die Küche und auf den Rost; und viele andre Speisen, feine Gemüse und Pasteten und köstliches Backwerk wurden ebenso schnell als kostbar von unsichtbaren Händen zubereitet und dann in eins der schönsten Zimmer, wohin sich der Jüngling begeben hatte, ihm nachgetragen und auf einer gedeckten Tafel vor ihm ausgesetzt. Der Jüngling ergriff zuerst sein Instrument und ließ klangvoll seine schönen Melodien durch die stillen Räume schallen, worauf er sich dann ohne Zaudern zur einladenden Tafel setzte und zu schmausen anfing.

Doch nicht lange, so öffnete sich die Türe, und es trat ein Männlein herein, etwa drei Ellenbogen hoch, mit einem Scharlachröcklein angetan, mit verwelktem Gesichtlein und einem grauen Bart, der bis auf die großen silbernen Schuhschnallen reichte. Und das Männlein setzte sich schweigend neben den Geiger und schmausete mit. Als nun die Reihe an den schönen Wildbretbraten kam, nahm der Geiger die Schüssel und nickte dem Männlein zu, doch zuerst zuzulangen, und dieses spießte lächelnd ein Stück Fleisch an die Gabel und nickte wieder und ließ dabei das Bratenstückchen unter den Tisch fallen. Gefällig bückte sich da gleich der gute Geiger, um es wieder aufzuheben; aber im Nu saß ihm schon das Bartmännlein auf dem Rücken und bleute so unbarmherzig auf ihn los, als ob es ihm das Lebenslicht ausblasen wolle. Und auch des Geigers Mund wurde zugehalten, bis unter unaufhörlichen Prügeln derselbe endlich zur großen Eingangspforte hinausgeschoben ward. Draußen schöpfte der halbtote Geiger frischen Odem und schlich dann ächzend dem Gasthof zu, wo die Kameraden geblieben waren. Es war schon Nacht, als er ihn erreichte, und jene beiden schliefen bereits. Am andern Morgen sahen sie ganz erstaunt den Geiger ebenfalls im Bette liegen und bestürmten ihn bald mit vielen Fragen; doch er kraute sich Kopf und Rükken, gab sehr kurze Antworten und sprach: »Gehet hin und sehet selber zu! Es ist eine kitzliche Sache.«

Der zweite Musiker, ein Trompeter, trat nun den Gang nach dem Zauberschloß an, fand alles ebenso wie das gebleute Geigerlein und wurde auch ebenso bewirtet mit Pasteten und Prügeln, so daß er am folgenden Morgen ebenfalls wie ein geprellter Fuchs auf seinem Lager lag und klagte, es sei ihm absonderlich aufgespielt worden, aus grober Tonart. Dennoch hatte der dritte, ein Flötenbläser, noch Mut genug, um sein Heil im Zauberschloß zu versuchen. Er war der pfiffigste. Furchtlos durchwanderte er das ganze Schloß, es deuchte ihm recht angenehm, diese schönen Räume für immer zu besitzen; in Küche und Keller war ja Vorrat an Lebensmitteln die Hülle und Fülle. Bald ward auch für ihn eine kostbare Tafel gedeckt, und als er lange genug fröhlich singend und flöteblasend herumgewandert war, nahm er Platz und ließ es sich behagen. Da trat wieder das Bartmännlein herein und setzte sich neben den Gast. Und der unerschrockene Musikant ließ sich mit ihm in ein Gespräch ein und tat gerade, als ob er ihn schon hundertmal hier getroffen, doch war das Männlein nicht sehr redselig. Endlich kam es wieder an den Braten, und das Männlein ließ wieder mit Absicht sein Stück fallen; gutmütig war eben der Flötenbläser im Begriff, es aufzunehmen, als er gewahrte, daß das Zwerglein flugs auf seinen Rücken springen wollte. Da wandte er sich alsbald rasch um, riß es von sich und packte und schüttelte das Männlein an seinem Bart so derb, bis er denselben zuletzt ganz herausriß und der kleine Alte ächzend niederstürzte. Aber so wie der Jüngling den Bart in seinen Händen hatte, überkam ihn eine außerordentliche Kraft, und er erschaute im Schloß noch viel wunderbarere Dinge wie vorher; dagegen hatte das Männlein fast alles Leben verloren. Es winselte und flehte: »Gib, o gib mir meinen Bart wieder, so will ich dir allen Zauber, der dieses Schloß umfaßt, kundtun und dir dazu verhelfen, den Zauber zu lösen, so daß du dadurch reich und ewig glücklich werden wirst.« Der kluge Flötenbläser aber sprach: »Deinen Bart sollst du wiederhaben, doch mußt du mir zuvor alles dies kundtun, sonst bist du ein Schalk. Und eher gebe ich den Bart nicht aus meinen Händen.« Da mußte der Alte sich bequemen, erst sein Versprechen zu erfüllen, ob er es gleich nicht willens gewesen war, sondern nur mit List seinen Bart wieder an sich bringen wollte. Der Jüngling mußte ihm nun folgen, durch dunkle geheime Gänge, unterirdische Gewölbe und grauliche Felsklüfte, bis sie endlich auf ein freies Gefilde kamen, das gänzlich aussah wie eine viel schönere Welt als die unsrige. Und an einen Strom kamen sie, der brausete wild; doch das Männlein zog einen kleinen Stab hervor und schlug ins Wasser, worauf alsobald die Flut auseinandertrat und stillestand, bis beide trockenen Fußes hinüber waren.

Drüben war es eine Pracht! – da ging es weiter durch grüne, herrliche Laubgänge, überall Blumen, Vöglein mit Silber- und Goldfedern, die sangen wundersam, und glänzende Käfer und Schmetterlinge gaukelten und tanzten herum, und andere niedliche Tiere schäkerten in Büschen und Hecken; und der Himmel über ihnen sah nicht blau, sondern wie pure Goldstrahlen, und die Sterne waren viel größer und kreiseten wie in verschlungenen Tänzen durcheinander.

Der Jüngling staunte; und staunte noch mehr, als er von dem grauen Zwerglein in ein noch weit prachtvolleres Gebäude als das Wunderschloß geführt wurde. Auch hier herrschte neben aller Herrlichkeit die tiefste Stille in den Gemächern, und als sie deren viele durchwandert, kamen sie in eins, welches ganz mit Schleiern behangen war, wo in der Mitte des Zimmers ein dicht verhülltes Bette stand, darüber ein schöner Vogelbauer hing mit einem Vöglein, welches gar helle Lieder durch die einsame Stille schmetterte. Das graue Männlein hub die Schleier und Hüllen vom Bette und führte den Jüngling näher; dieser sah hier auf weichen seidenen Kissen, die reich mit Goldtroddeln behangen waren, ein gar liebliches Mädchen schlafend daliegen, das war so schön wie ein Engel, hatte ein weißes Kleidchen an, und über ihre Brust und Schultern wallten die goldnen Locken herab, und auf dem Haupte blitzte eine demantne Krone; aber ein tiefer totenähnlicher Schlaf hielt die sanften Züge gefangen, und kein Geräusch vermochte die holde Schläferin zu erwecken.

Da sprach das Männlein zu dem verwunderten Jüngling: »Siehe hier dieses schlafende Kind! Es ist eine hohe Prinzessin. Dieses schöne Schloß und dieses gesegnete Land ist ihr Erbgut, wann sie erlöset ist; aber seit Jahrhunderten schläft sie den festen Zauberschlaf, und auch seit

Jahrhunderten fand noch keine menschliche Seele den Weg, der hierherführt, den nur ich täglich zurücklegte, um dort im Schloß, welches meine Wohnung ist, zu speisen und etwa die goldbegierigen Menschen, die sich einfanden, mit einem Gericht Prügel zu bedienen. Ich bin der Wächter über diese Schläferin und mußte sorgfältig verhüten, daß kein Fremder hier eindringe, und dazu ward mir mein Bart, in welchem solche übermäßige Kräfte wohnen, daß auch ich ebenfalls seit Jahrhunderten diesen Zauber zu üben vermag. Doch nun, wo mir der Bart entrissen, bin ich kraftlos und muß dieses überschwengliche Glück lassen, welches mit der holden Prinzessin erwacht, dir entdecken und überlassen. Und so schicke dich rasch zur Ausführung des Erlösungswunders. Nimm diesen Vogel, der über der Prinzessin hängt und der sie einst in den Zauberschlummer gesungen hat und seitdem jene Melodien auch immerfort singen mußte – nimm ihn, schlachte ihn und schneide ihm das kleine Herz aus, brenne es dann zu Pulver und gib dieses der Prinzessin in den Mund, alsobald wird sie davon erwachen und wird dich beglücken mit Hand und Herz, mit Land und Schloß und allen ihren Schätzen.« Das Männlein schwieg erschöpft, und der Jüngling säumte nicht, an das Werk der Erlösung zu gehen. Schnell und gut wurde alles getreu nach der Angabe des kleinen Alten ausgeführt und das Pülverlein bereitet. Nach wenigen Minuten, als es der Prinzessin gegeben war, schlug sie frisch und lächelnd die Augen auf und hob sich vom Lager empor und sank dem glücklichen Jüngling an die Brust, liebkosete und dankte ihm und nahm ihn zu ihrem Gemahl an. Und in demselben Moment zog ein Donnern und Krachen durch das Schloß, auf allen Treppen wurde es laut, und in allen Zimmern wurde es geräuschvoll. Und endlich kam eine Schar Diener und Dienerinnen mit freundlichen Gesichtern in das Zimmer getreten, in welchem das glückliche Paar weilte, und alle freuten sich und flogen dann flink und froh in die Küchen und Kellerräume, in Zimmer und Säle und Gänge an ihre Arbeit und waren alle wie neugeboren.

Das graue Zwerglein aber heischte nun streng seinen Bart von dem Jüngling und gedachte immer noch in seinem boshaften Herzen, dem Glücklichen einen Possen zu spielen. Denn wenn ihm der Bart erst wieder am Kinn saß, hatte er Macht, alle Sterbliche zu überwältigen. Allein der kluge Flötenbläser gebrauchte noch immer Vorsicht mit dem tückischen Männlein, er sprach: »Oh, deinen Bart sollst du wiederhaben, sei nicht bange, ich will ihn dir zum Abschied überreichen, aber erlaube, daß wir beide, meine holde Braut und ich, dich eine kleine Strecke begleiten dürfen.« Das konnte das Männlein nicht verweigern.

Sie gingen nun weit durch schöne Laubgänge und Blumenbeete mit dem Zwerg und kamen endlich an das ungeheuer tiefe, rauschende Wasser, welches viele, viele

Meilen weit in der Runde um das Land der Prinzessin strömte und gleichsam die Grenzscheidung bildete. Keine Brücke und kein Nachen war rings vorhanden, worauf Menschen das jenseitige Ufer erreichen konnten; auch kein kühner Schwimmer hätte es errungen, denn die Wellenflut war zu tosend und wild. Da sprach der Jüngling zu dem Männlein: »Gib mir deinen Stab, auf daß ich dir diesmal noch zur Ehre das Wasser auseinanderscheide.« Und das Männlein mußte gehorchen, weil es seine Bartkräfte noch nicht wiederhatte, und dachte auch im stillen noch in hämischer Freude: »Wenn er mir drüben über dem Wasser den Bart überreicht, so bekomme ich ihn doch in meine Gewalt, nehme ihm dann den Stab wieder ab, und beide können ihr wunderschönes Land nie betreten.«

Aber nicht also gingen des Zwerges boshafte Gedanken aus. Der kluge, glückliche Jüngling schlug mit dem Stab ins Wasser, es teilte sich behende und stand stille, und der Zwerg ging voran und ging hinüber, und schnell hinter ihm brausete die Flut zusammen; aber der Jüngling war mit seiner lieben Braut am andern Ufer zurückgeblieben, er behielt den Zauberstab und schleuderte nur den Bart übers Wasser hinüber, so daß ihn der Zwerg drüben auffing und sich ihn wieder ansetzte; und so ward der Alte doch um seinen Zauberstab betrogen und durfte hinfort nimmer wieder das herrliche Gebiet betreten. Und der glückliche Jüngling kehrte zurück ins Schloß mit seiner Holden, zu steter Freude und Glückseligkeit; und keine Sehnsucht kam ihn in sein Herz, je wieder zu seinen Kameraden zurückzukehren. Die saßen lange im Wirtshaus, und als jener nicht wiederkam, sprachen sie: »Der ist flötengegangen« – und das ist hernach zum Sprichwort geworden, wenn einer oder eine Sache abhanden und nicht wiederkommt.

Wie der Bauer ein Doktor ward

Es war einmal ein Bauer, der ritt auf seinem Braunen zur Mühle; und damit er es dem guten Tier nicht zu schwer mache, nahm er selbst die Roggensaat auf den Buckel. Kam ein Handwerksbursch des Wegs daher und sagte: »He, Bauer, die Saat ist ohnehin schwer genug. Er könnte hübsch nebenherlaufen, dann hätte der Gaul es leichter.«

»Du sprichst, wie du es verstehst«, antwortete der Bauer, »das Korn trägt nicht mein Brauner, das trage ich.«

Da merkte der Handwerksbursch, wieviel die Glocke geschlagen hatte. Und nachdem er sich erkundigt hatte, wo des Bauern Hof läge, machte er, daß er in das Dorf kam. Als er auf den Hof trat, stand die Bäuerin gerade vor der Tür und fütterte die Hühner.

»Mutter«, sagte der Handwerksbursch, »dein Mann läßt dich schön grüßen, und es wäre ihm über, noch länger den Bauer zu spielen und mit Knechten und Mägden sich herumzuärgern. Er will in die weite Welt hinaus und sein Glück versuchen. Damit du aber nicht ledig bleibst und der Hof einen Herrn hat, soll ich dein Mann werden.«

Die Frau sah den Handwerksburschen, daß er jung von Jahren und schön von Gestalt war; dann dachte sie an den alten, griesgrämigen Bauer, und sie besann sich nicht lange, reichte dem Burschen die Hand und führte ihn in die Stube.

»Mutter«, sagte der schlaue Fuchs, als sie drinnen waren, »ich will dich nehmen, da ich's dem Bauern nun einmal versprochen habe; aber so, wie er jetzt ist, heirate ich nicht in den Hof hinein. Die beiden großen Lindenbäume zur Rechten und zur Linken des Tores müssen umgehauen werden, und das noch heute.«

»Das habe ich längst gerne gewollt«, antwortete die Bäuerin; denn sie fürchtete, dem jungen Handwerksburschen möchte am Ende die Sache wieder leid werden, wenn sie nein sagte. Da schickte der Handwerksbursch die Knechte hinaus, daß sie die Bäume umschlügen; und es dauerte gar nicht lange, so war die Arbeit getan.

Inzwischen hatte der Müller das Korn gemahlen, und der Bauer nahm den Sack wieder auf den Nacken, setzte sich auf seinen Braunen und ritt nach Hause. Es war schon dunkel geworden, als er das Dorf erreichte; aber so viel sah er doch, daß der Gaul in einen falschen Hof einbog, denn vor seinem Tore standen zwei große Lindenbäume. Er warf also das Pferd herum und sprach zu ihm: »Heda, Brauner, aufgepaßt! Du kennst wohl deinen eigenen Stall nicht mehr?«

Der Braune sah noch einmal sehnsüchtig nach dem Stall hinüber, dann mußte er dem Zügel folgen und seinen Herrn die Dorfstraße heruntertragen. Der schaute rechts und schaute links, Bauernhöfe genug, aber einer mit zwei Lindenbäumen vor dem Tore war nirgends zu erblicken. Er wendete und ritt die Dorfstraße noch einmal entlang und endlich gar ein drittes Mal; als er aber auch da seinen Hof nicht entdecken konnte, sprach er bei sich: »Es ist ein Dorf wie unsres, und doch ist's nicht unsres. Ich bin in die Irre gegangen, ich weiß nicht, wie.« Und dann machte er, daß er das Dorf hinter sich bekam.

Er ritt und ritt die ganze Nacht durch; und als der Mor-

gen anbrach, langte er in einem Dorfe an, das er noch gar nicht kannte. Dort kehrte er in dem Kruge ein, brachte den Braunen in den Stall und ließ sich von dem Wirt Speise und Trank vorsetzen. Und nachdem er satt gegessen und getrunken hatte, hing er seinen Gedanken nach, wie es gekommen sei, daß er seinen Hof nicht habe wiederfinden können.

Indem er so vor sich hin sah und grübelte, trat ein Mann in den Krug und sprach zu dem Krüger: »Gevatter, weißt du mir nicht Rat und Hilfe? Mein junger Fuchswallach liegt im Stalle und hat alle viere von sich gestreckt.«

»Was versteh ich von Pferden!« antwortete der Krüger. »Ich habe das Doktern nicht gelernt; aber der alte Mann da am Tische, der sieht so aus, als wenn er etwas könnte.«

»Vater«, sprach darauf der Mann und wandte sich zu ihm, »kommt mit mir in den Stall und helft meinem Pferde!«

Der Bauer ließ sich das nicht zweimal sagen und folgte ihm nach. Als sie in dem Stalle waren, ergriff er den Wallach beim Ohre und raunte hinein: »Wenn du nicht Lust hast zu leben, so sind Hunde genug, dich zu fressen; hast du aber Lust zu leben, so wächst auch wohl Gras für dich, daß du satt wirst.«

Das Fohlen war aber nur faulkrank; und als es vernahm, daß es geschlachtet und sein Fleisch den Hunden gegeben werden sollte, sprang es geschwind auf und war gesund und munter wie zuvor. Sein Herr jedoch sperrte Mund und Nase auf und rief: »Was ist das für ein Mann, daß er die Pferde allein durch Reden heilen kann!« Und weil ihm das Fohlen so lieb und wert war, gab er dem Bauern zwanzig harte, blanke Taler zur Belohnung. Damit ging dieser in den Krug zurück und ließ dort etwas draufgehen.

Es dauerte gar nicht lange, so wurde dem Edelmann von dem Doktor erzählt, der allein durch Reden einen halbtoten Fuchswallach wieder gesund gemacht habe. Nun waren ihm ein paar Tage vorher zwei schöne Kutschpferde gestohlen, und niemand wußte, wer der Dieb war. Als der Herr von dem Wundermanne vernahm, schickte er darum sogleich zu ihm herab und ließ ihn zu sich holen.

»Würdet Ihr mir wohl meine Pferde wiederschaffen können?« fragte er höflich, als der Bauer vor ihm stand.

»Warum nicht?« antwortete der Bauer.

Da war der Edelmann sehr froh und ließ ihn auf das beste bewirten mit Speise und Trank. Der Bauer war aber das gute Leben nicht gewöhnt. So kam's, daß er in der Nacht oft herausmußte. Und als er vor Tagesanbruch noch einmal in den Gang machte, standen die beiden Pferde vor der Türe; denn sie waren den Dieben entlaufen und hatten den Weg nach Hause allein gefunden. Als der Bauer sie sah, schlug er einen gewaltigen Lärm, daß der Edelmann aus dem Bette sprang, das Fenster aufriß und in der Schlafmütze heraussah.

»Was ist Euch denn?« rief er verwundert.

»Hier sind die Pferde!« erwiderte der Bauer. »Ich bin oft vergeblich draußen gewesen, aber kommen mußten sie, das stand fest. Sie sind spät gekommen, denn der Weg war weit.«

Der Edelmann fiel vor Erstaunen fast auf den Rücken und hielt den Bauern hoch in Ehren als einen Wunderdoktor und gab ihm hundert Taler aus der Kiste, weil er seine Sache so gut gemacht hatte.

Das Gerücht von dem Bauern erscholl nun im ganzen Lande, und auch der König hörte davon. Der konnte aber gerade einen Wunderdoktor gebrauchen, denn seine Frau lag sehr schwer krank darnieder. Sie sollte ihm einen Leibeserben schenken, der nach seinem Tode die Krone trüge; aber ihre Stunde wollte und wollte nicht kommen, und die Ärzte verzweifelten an ihrem Leben. Er sandte darum einen Boten aus, der mußte den Bauern zu ihm bringen.

Als derselbe vor ihm stand, fragte er ihn: »Wer bist du?«

»Ich bin der Doktor, der Allwissende«, antwortete der Bauer, »ich kann alle Krankheiten heilen, und nichts ist mir verborgen.«

Das freute den König, daß er so zuversichtlich sprach, und er sagte zu ihm: »Herr Doktor, wenn Ihr alle Krankheiten heilen könnt, so könnt Ihr auch meine Frau wieder gesund machen; und wenn Ihr es nicht tun wollt, so habt Ihr zum letzten Male gedoktert, und ich lasse Euch das Haupt abschlagen.«

Als der Bauer diese Worte vernahm, war ihm nicht wohl zumute; aber was half's, er hatte sich die Suppe eingebrockt und mußte sie jetzt ausessen.

Der König führte ihn an das Bett der Königin und ließ ihn allein, daß er die Kur beginne. Da saß er nun in seiner Angst und brummte immer vor sich hin: »Kommst du nicht, dann komm ich! Kommst du nicht, dann komm ich!«

Der kranken Königin kam die Sache lächerlich vor, und sie lachte und lachte und schenkte unter Lachen einem kleinen Prinzen das Leben. Da war einmal große Freude im ganzen Land, und der Wunderdoktor wurde geehrt, als wenn er ein reicher Fürst wäre, und wohnte im Schlosse und aß an des Königs Tafel.

Einmal ging er in dem Garten vor dem Schloß auf und ab; und da es ein heißer, schwüler Tag war und ein Gewitter am Himmel stand, so summten die kleinen Mükken und Stechfliegen in Massen herum und setzten sich ihm auf Nase und Stirn, und er hatte zu tun, daß er sie mit der Hand abwehrte. Das sah der König, der nicht weit davon in der Laube saß; und da er glaubte, der Doktor Allwissend wolle ihm einen guten Rat geben und winke ihn zu sich heran, so stand er auf und ging aus der Laube heraus.

Indem fuhr ein Blitz vom Himmel herab gerade auf den Stuhl nieder, auf dem der König soeben gesessen hatte, und zerschmetterte ihn in tausend Stücke.

»Habt Ihr mir darum gewinkt, Ihr guter Herr!« rief der König erfreut und erschrocken zugleich.

»Warum denn sonst?« antwortete der Bauer. »Ich konnte Euch doch unmöglich vom Wetter erschlagen lassen!«

Da wurde der Ruhm des Wunderdoktors erst recht

groß, und der König hielt ihn wie seinen Vater und räumte ihm das halbe Schloß ein, daß er darin wohnen könne. Da hat er noch viele Jahre in Glück und in Frieden gelebt; und wenn er nicht gestorben ist, so lebt er heute noch.

DER BÄRENHÄUTER

Nach der unglücklichen Schlacht bei Varna in Ungarn, worin das christliche Heer von den Türken fast gänzlich vernichtet worden, entkam unter den wenigen auch ein deutscher Landsknecht durch die Flucht in einen dichten Wald. Daselbst fand er aber weder zu brechen noch zu beißen. Nirgends zeigte sich ein Obdach, und er irrte von wenigen Lumpen bedeckt ein paar Tage in der Wildnis umher, bis er endlich ganz ermattet niedersank und nicht mehr weiterkonnte. Diese Not und der Gedanke, so fern vom Vaterland verderben zu müssen, trieb ihn zur Verzweiflung. Nach böser Landsknechtsart verwünschte er in gräulichen Flüchen, daß er als ein Mensch geboren sei, und sagte zuletzt: »Wenn mir da der Teufel nicht hilft, so wüßte ich nicht, wer mir noch helfen sollte.«

Und siehe da! Der Teufel erschien ihm alsogleich in menschlicher Gestalt als Jägersmann und erbot sich, daß er ihn nicht allein in Sicherheit bringen, sondern ihm auch so viel Geld und Gut beschaffen wollte, als er begehren möchte, wenn er seine Seele verpfändete. Dies Anerbieten war aber dem Landsknecht doch so ungeheuerlich, daß er Bedenken trug, in das Begehren einzuwilligen.

Darauf tat ihm der Teufel den Vorschlag, er solle mindestens auf sieben Jahre sich zu seinen Diensten verschreiben, wobei er nichts zu tun hätte: erstlich nichts zu kämmen, zu waschen und zu reinigen an seinem Leibe, zweitens nichts zu arbeiten, drittens nichts zu beten und keine Kirche zu besuchen. Nur vor seinem Schlosse hätte er täg-

lich eine Stunde Wache zu halten, sei es auch schlafend. Dafür solle er Essen und Trinken in Fülle bekommen und Geld und Gut obendrein. Aber die Kleidung müßte er sich alsogleich selbst verschaffen, eine Bärenhaut, die Bekleidung des Herrn.

Das alles war dem Landsknecht gar sehr recht; und da ja eben eine Bärin vorbei zu ihrem Lager ging, wo sie ihre Jungen hatte, so erschoß sie der Landsknecht und zog ihr den Pelz ab, womit er sich bekleidete. Alsdann ergriff ihn der Geist und entführte ihn auf sein Schloß, das mitten im Meer auf einer weißen Insel lag, wo er alsbald seinen Dienst antrat.

Nachdem Bärenhäuter über sechs Jahre, bis auf sieben Monate, seinen Wachdienst versehen hatte – Haar und Bart waren ihm indessen dermaßen verwachsen und verfilzt, daß er von Gottes Ebenbildlichkeit wenig mehr übrig hatte –, so trat der Teufel zu ihm und sagte, er bedürfe seiner Dienste nicht mehr und er wolle ihn nun wieder unter Menschen bringen, jedoch unter der Bedingung, daß er sich noch die übrige Zeit in dieser seiner Verwilderung unter ihnen sehen lasse. Zugleich wolle er aber den verdienten Geldschatz ihm überantworten, einen Säckel mit Heckpfennigen, die sich auf immerdar vermehrten: damit möchte er sich eine Weile lustig machen, so gut er könne. Zu seiner Zeit wolle er wieder zu ihm kommen und für sein ferneres Unterkommen Sorge tragen.

Dem Landsknecht war es gar lieb, daß er wieder unter Menschen käme. Er ließ sich daher recht vergnügt vom Teufel übers Meer nach Österreich führen, wo er zu Hause war und wo sein Bildnis noch heutigentags gezeigt wird. Dort setzte ihn der Geist vor einem Wirtshause ab, das an der Straße lag, wo täglich und stündlich viele Menschen vorbeigingen und einsprachen.

Anfangs erschraken die Leute, die seiner ansichtig wurden, und wiesen ihm den Schweinestall zur Wohnung an. Um des Geldes aber, das er ihnen zuwarf, gaben sie ihm Speise und Trank, soviel und so gut er wollte; und halb gewöhnten sie sich an den Unflat dermaßen, daß er wie ein Hausgenosse gehalten wurde in seinem Koben.

Wohl aber zog sein Geld, das nie minder wurde in dem Säckel, von Tag zu Tag immer mehr Leute an, zumal Landstürzer, Räuber, Glücksspieler und anderes Gesindel, das im Wirtshause zusprach. Denn er hatte sich Würfel beigelegt; und der, welcher unsichtbar im Spiel war, wendete es schon so, daß der Bärenhäuter meistens verlor, was diesem keinen Verdruß machte, da er des Säckels gewiß war. Also gab's des Zulaufs in Menge, und es geschahen alle Missetaten und Laster, die bei Spiel und Gelagen vorkommen wie Trunkenheit, Lug und Trug, Raub und Mord, so daß dieses Wirtshaus eine wahre Kapelle des Teufels war und ihr Priester der Bärenhäuter.

Also verflossen wieder sechs Monate und sieben Tage. Da kam versprochenermaßen der Geist wieder zu ihm in der bekannten Jägertracht und versprach ihm nun Rat und Tat für dessen Zukunft. Es werde, sagte der Geist, dieser Tage ein Edelherr ins Wirtshaus kommen und sich mit ihm ins Spiel einlassen. Dem solle Bärenhäuter all sein Geld abgewinnen, zuletzt ihm aber nicht nur das Verlorene wieder anbieten, sondern noch eine große Summe obendrein, unter der Bedingung, daß er ihm eine seiner Töchter zur Ehe geben wollte.

Wie der Teufel gesagt, so ist es geschehen. Der Edelherr, nachdem er all sein Geld in kurzer Zeit verspielt, verkaufte um die angebotene Summe dem Bärentöter die älteste seiner drei Töchter und führte ihn selbst mit auf sein Schloß, daß er seine Braut empfangen und heimholen könnte. Als aber das Fräulein den Mann sah, ihren Bräutigam, in der Bärenhaut, mit langem Bart, ungekämmten Haaren und schmutziger Gesichtsfarbe, so erschrak sie und geriet dermaßen in Verzweiflung, daß sie sich ins Wasser stürzte. Die Jüngste aber, ein leichtfertiges Ding, da die andere sich weigerte, bot dem überreichen Manne freiwillig ihre Hand dar, die auch Bärenhäuter annahm. Er versprach, nach sieben Tagen wiederzukommen, bis wohin die Zubereitungen zur Hochzeit gemacht werden sollten.

Als Bärenhäuter seine Brautwerbung also abgetan, so kam wieder der Teufel und sagte zu ihm, nun sei es Zeit, daß er sich in einer andern Kleidung vorstelle, Rosse und Kutsche samt Dienerschaft sich anschaffe und überhaupt adlige Sitten und Gebärden annehme.

Das tat er denn, wie ihm geraten worden; und als er nun so ausgestattet in die Burg des Edelherrn einzog, da erstaunte jedermann darüber, daß aus dem wüsten Bärenhäuter ein so schöner und reicher Kavalier geworden. Die Braut, die jüngste Tochter, hatte zumal Freude über diese Verwandlung. Ihre Schwester aber, aus Neid und Mißgunst, grämte sich dermaßen, daß sie sich am Hochzeitstage erhängte. So hatte denn Bärenhäuter dem Teufel, seinem Herrn, zu guter Letzt noch zwei Opfer geliefert, und das dritte konnte ihm ohnehin nicht entgehen. Nach Jahr und Tag, die sie im leichtfertigen Leben mit ihrem Manne zugebracht, war auch die Jüngste eine Leiche. Den Bärenhäuter hat aber zuletzt der Teufel selbst geholt.

Bauer und Bäurin

Es war einmal eine Bäurin, die war sehr reich, aber auch sehr dumm, so dumm wie die Nacht. Einmal hatte man nun ein Schwein abgeschlachtet, und der Bauer, der mit seinem Weib viel Kreuz und Leiden hatte, sollte gerade auf das Feld gehen. Die Bäurin fragte ihn da, was sie mit dem toten Schwein machen sollte. Der Bauer antwortete, sie solle mit einem Stück den Kappes spicken und das übrige solle sie für den Fürpaß aufbehalten. Der Bauer ging, unwillig darüber, daß eine Hauswirtin sich nicht einmal bei einem geschlachteten Schwein zu helfen wisse, auf das Feld und machte dort noch ein Gesicht wie sieben Tage Regenwetter. Die Bäurin nahm sich die Worte ihres Mannes zu Herzen, nahm das halbe Schwein, trug es auf den Kappesacker hinaus, zerhackte es zu kleinen Streiflein und spickte damit alle Krautköpfe, die mit den Speckschnittchen geziert gar sonderlich aussahen. Als sie mit dieser Arbeit fertig war, ging sie nach Hause und dachte immer an den Fürpaß und wo er etwa stecken möchte. Sie weilte schon lange in der getäfelten Stube und wunderte sich darüber, daß der Fürpaß nicht komme, um sein Teil zu holen, als ein armes altes Männchen mit einem Bettelranzen kam und um ein Almosen bat.

»Bist du etwa der Fürpaß?« fragte hastig die Bäurin.

»Warum denn?« fragte wieder das durch die Frage überraschte alte Männlein.

»Ja weißt wohl, mein Mann hat mir aufgetragen, dem Fürpaß das halbe Schwein, das wir heute morgen geschlachtet haben, zu behalten, und da warte ich schon lange auf den Fürpaß, und er will nie kommen, und der Bauer ist heute schon zuvor herb.«

»Ja, ja«, erwiderte der Bettler, »freilich bin ich der Fürpaß, und das ist brav, daß ich nicht zu früh komme.«

Die Bäurin war darüber froh, eilte in die Küche, holte das halbe Schwein und lud es dem Bettler auf den Rükken.

»Hast wohl schwer zu tragen«, dachte sie und bemitleidete das belastete Männlein. Dem schien es aber zu gefallen, und er machte sich auf die Füße und lief davon, daß der Boden unter ihm dampfte.

Es dauerte nicht lange, und der Bauer kam nach Hause. Er fragte die Bäurin, ob sie das Schwein besorgt hätte. »O ja, der Kappes ist schon gespickt, gehe nur auf das Feld hinaus zu schauen, und der Fürpaß ist auch dagewesen.«

Der Bauer wollte seinen Ohren nicht trauen und ging auf das Feld hinaus. Dort fand er die grünen Kappesköpfe samt und sonders mit Speck geschmückt. Da wurde er gar zornig, lief nach Hause und wollte sein dummes Weib, das die Sachen so zugrunde gerichtet hatte, fortjagen.

Allein mit einem dummen Weibe wird man nicht so bald fertig; sie bat um Verzeihung, weinte und versprach so lange Besserung, bis der Bauer ihr nachgab, und so war alles wieder gut.

Nach einigen Tagen hatte der Bauer seine Hosen zerrissen, und da sagte er zur Bäurin, sie möchte ihm doch die Hosen flicken, aber ordentlich und recht. Der Bauer ging indessen seiner Arbeit nach. Die dumme Bäurin aber stand vor den zerrissenen Hosen wie der Ochs vor dem Berg und wußte nicht, wie sie das Ding anstellen sollte. Endlich fiel ihr ein Rat ein. Sie ging in die Schlafkammer, holte dort aus der Truhe die Festtagshosen, zerschnitt sie und flickte damit die Werktagshosen. Als der Bauer nach einigen Tagen die Festtagshosen anziehen wollte, fand er sie nicht, und als er fragte, hörte er vom Geschehenen.

Da war wieder das Feuer im Hause, und Bauer und Bäurin waren sich so freundlich wie Hund und Katze.

Nach und nach kam aber wieder alles ins Geleise, und Bauer und Bäurin sprachen wieder miteinander, ohne nebenaus zu sehen. Da meinte einmal der Bauer, daß sein Bett nicht viel tauge. Andere Leute hätten so nette und reinliche Betten, daß es eine Lust wäre, nur das seine wäre wie ein dumpfes Nest. Er bat die Bäurin, sie möchte doch einmal das Bett reinigen und auslüften.

Der Bauer ging nun in die Stadt, die Bäurin nahm aber die Betten, trug sie auf das Dach, zerschnitt sie dort und schüttete die Federn auf ein Leintuch heraus. Es stand aber nicht lange an, da kam der Wind daher, blies recht lustig in die luftigen Federn, so daß diese Flügel bekamen und dahin und dorthin flogen, und die Nachbarn meinten, es schneie bei heiterm Himmel. Als nun der Bauer müde und matt abends nach Hause kam und sich ins Bett legen wollte, fand er die leere Bettstätte und kein Federchen darin. Die Bäurin erzählte nun, wie es zugegangen sei, und da wurde der Bauer so zornig und wild, daß er die Bäurin umbringen wollte. Sie bat aber und bat so lange, bis er ihr das Leben schenkte, aber bei ihr bleiben wollte er um keinen Preis mehr. Er packte sich nun ein Bündel zusammen und wollte so weit gehen, bis er jemand finden würde, der noch dümmer als sein Weib wäre. Würde er keinen Dümmern finden, wollte er wieder nach Hause kehren und sein Weib ohne Schonung umbringen.

Er ging nun weiter und weiter über Berg und Tal und

kam endlich in eine große, große Stadt. Wie er nun so durch die schönen, weiten Gassen wanderte und, den Mund weit offen, die prächtigen Häuser anschaute, rief eine Frau aus einem Fenster herab: »Hansl, was schaust du denn so in die Höh?«

»Was schau ich?« antwortete er. »Vom Himmel bin ich herabgefallen, und jetzt muß ich das Loch suchen, damit ich wieder hinaufkomme.« Die Frau war voll Freude über diese Antwort und fragte gleich, wie es ihrem seligen Herrn im Himmel droben gehe.

»Schon gut«, erwiderte Hansl, »aber kein Geld und kein Gewand hat er, und da leidet er halt an Kälte und Langweile.«

»Ach, wenn es nur das ist«, rief die Frau, »so will ich ihm schon helfen. Gewand und Geld will ich dir mitgeben, daß er droben nicht leiden muß.«

Der Bauer mußte nun in das Haus hinaufgehen, und dann gab sie ihm so viel Geld und Gewand, daß er es fast nicht tragen konnte, und Hansl war froh und ging geschwind weiter.

Als Hansl weg war und die Frau sich über das Wohlsein ihres ersten Herrn im Himmel droben freute, kam ihr zweiter Herr, und dem erzählte sie, daß es ihrem Herrn gutgehe und daß sie ihm, da sich gerade gute Gelegenheit geboten habe, Geld und Gewand geschickt habe. Als ihr Herr das hörte, wurde er zornig wie ein Göckelhahn, schmähte seine Frau aus, ließ sich das Pferd satteln und ritt spornstreichs dem Hansl nach. Sobald aber dieser gewahr wurde, daß ein Reiter nachgesprengt komme, legte er sein Bündel ab, versteckte es im Gesträuch und legte sich, wie schläfrig, in das Gras. Der Herr kam indessen herangeritten und fragte den Hans, ob er nicht einen Mann mit einem Bündel gesehen hätte.

»Jawohl«, erwiderte er, »gerade ging einer mit einem Bündel vorbei; man kann ihn leicht einholen, wenn man ihm schnell nachgeht! Aber«, setzte er klug hinzu, »wenn der Mann das Getrabe des Pferdes hört, versteckt er sich vielleicht.«

Dem Herrn ging dieser Gedanke ein, er stieg vom Pferd, ließ dasselbe beim Hansl zurück und eilte zu Fuß weiter. Kaum war der Herr weg, dachte sich der Hansl: »Nun habe ich auch noch ein Pferd«, schwang sich flink auf dasselbe hinauf und sprengte damit fort.

Er war eine Weile geritten, da kam er zu einem einsamen Haus, neben dem eine Scheune stand. Er stieg nun ab, denn es war Abend, und er suchte ein Nachtlager und ging in das Haus hinein, da fand er zwei greisgraue Jungfrauen, und die bemühten sich, mit zwei Heugabeln frische Nüsse auf die Bühne zu schöpfen. Wie Hansl dieses sah, fing er laut an zu lachen, denn er sah, daß noch dümmere Leute als sein dummes Weib auf Gottes Erdboden lebten, bestieg wieder sein Pferd und ritt und ritt, bis er wieder zu seinem Weib nach Hause kam. Diese hatte aber eine Freude, als ihr Mann wiederkam, daß man es gar nicht sagen kann, und versprach ihm recht gescheit zu tun. Beide lebten nun mitsammen glücklich und froh, und der Bauer freute sich immer, sooft er daran dachte, daß es noch dümmere Leute als sein Weib auf der Erde gebe.

Von dem Breikessel

Sieben Meilen hinter Eulenpfingsten lebten vor alter Zeit ein Mann und eine Frau, aßen und tranken und waren allezeit guter Dinge. Der Mann aber war ein Müller; nun rate, was die Frau war. Und sie hatten eine einzige Tochter, wenn die im Sommer am Bache saß und ihre Füßchen spülte, kamen alle Fische herbei und sprangen vor Freuden aus dem Wasser, so schön war sie. Einst wurde eine teure Zeit, und es kam nur wenig Korn zur Mühle; deshalb hatten sie nichts mehr zu essen. Da ging die Frau eines Tages hin, schüttelte alle Kisten und Kasten und klopfte alle Säcke aus, tat das letzte Salz daran, kochte einen Roggenbrei und sagte: »Dies wird die letzte Mahlzeit sein; wir können uns dann hinlegen und sterben.« Als der Brei bald fertig war, kam der Mann in die Küche, nahm den hölzernen Löffel und wollte einmal schmecken. Die Frau verwehrte es ihm, und als er Gewalt brauchen wollte, nahm sie den Kessel auf den Kopf und lief davon, daß ihr die Haare um den Nacken flogen; der Mann mit dem Löffel in der Hand setzte hinter ihr her, und als die Tochter das sah, nahm sie ihre Schuhe in die Hand und lief hinter dem Vater her. Und sie kamen in einen Wald, da verlor das Mädchen den einen Schuh, und während sie den suchte, ohne ihn finden zu können, verschwanden Vater und Mutter hinter den Bäumen; da setzte sie sich hinter einen Busch und konnte nicht mehr weiter, so müde war sie, und weinte und wimmerte; und als sie daran dachte, daß sie ihren einen Schuh verloren hatte, weinte sie noch viel mehr. Den Schuh aber hatte der Zaunkönig gefunden, und die Frau Zaunkönigin wiegte ihre Jungen darin. Als sie nun so dasaß und klagte, daß es einen Stein hätte erbarmen sollen, da stand auf einmal eine alte Frau bei ihr, die sagte: »Was fehlt dir, mein Kind?« Das Mädchen antwortete: »Ja, die Mutter nahm das letzte Mehl und kochte einen Brei davon, da wollte der Vater schmecken, die Mutter wollte es aber nicht haben; nun ist sie davongelaufen mit dem Kessel auf dem Kopf, und der Vater läuft hinter ihr her, mit dem Löffel in der Hand; und als ich ihnen nachlief, da verlor ich einen Schuh, und wie ich den suchte, verschwanden Vater und Mutter hinter den Bäumen. Was soll ich nun anfangen? Hätte ich nur den Schuh!«

»Hier hast du einen andern«, sagte die Frau, griff in die Tasche, holte einen funkelnagelneuen heraus und setzte hinzu: »Nun sei ruhig und tu, was ich dir sage, so wird alles gut! Geh noch ein wenig tiefer in den Wald, da kommst du an ein großes Haus, das ist ein Königsschloß, da geh hinein; und wenn sie dir dann viele Kleider vorlegen, seidene, baumwollene und leinene, und dir sagen, du sollst dir davon eins wählen, so suche dir das schönste seidene aus, und wenn sie dich fragen, warum du dir das wählst, so antworte: ›Ich bin in Seide erzogen.‹« Das Mädchen bedankte sich und ging und kam bald an das Schloß, und als sie hineinkam und ihr die vielen Kleider vorgelegt wurden, seidene, baumwollene und leinene, suchte sie sich das schönste seidene aus. Da fragte sie der König: »Warum wählst du dir denn gleich ein seidenes?« Sie antwortete: »Ich bin in Seide erzogen.« Eigentlich war sie aber in Leinen erzogen. Nun hatte der König einen Prinzen, der war zwölf Jahre alt und sollte heiraten, und als die Müllerstochter in dem seidenen Kleide hereinkam, lief es ihm heiß durchs Herz, und er sagte: »Lieber Vater, wenn ich doch nun einmal mit Gewalt heiraten soll, so gebt mir die; eine andere nehme ich nun und nimmermehr!« Des waren alle froh, und die Hochzeit wurde angesetzt.

Eines Tages stand die Braut oben im Saale am Fenster und besah sich die Gegend, und als sie eben noch hinuntersah, siehe, da lief ihre Mutter vorbei mit dem Kessel auf dem Kopf, daß ihr die Haare um den Nacken flogen, und hinter ihr her lief der Vater mit dem großen hölzernen Löffel in der Hand; da konnte sie es nicht lassen, sie mußte laut auflachen. Das hörte der Prinz im Nebenzimmer und kam herein und sagte: »Schätzchen, was lachst du?«

Sie wollte die Geschichte von ihren Eltern nicht gerne erzählen und antwortete: »Ich lache darüber, daß wir in diesem kleinen Schlosse Hochzeit halten sollen; denn wo wollen hier die vielen Gäste unterkommen?« Da versetzte der Prinz: »Hast du denn ein größeres?« Sie antwortete: »Ja, viel größer«; sie hatte aber eigentlich gar kein Schloß.

»Ei«, sagte der Prinz, »so laß uns die Hochzeit noch acht Tage aufschieben! Wir bestellen dann alle auf dein Schloß, fahren auch dahin und feiern dort die Hochzeit.« Damit ging er weg, um es dem Vater zu sagen; sie aber stieg in den Hof hinab und war traurig, denn wo sollte das große Schloß herkommen? Und als sie dasaß und weinte, da war auf einmal die alte Frau bei ihr und sagte: »Was fehlt dir?«

»Ich stand gerade oben im Saale am Fenster und besah mir die Gegend, und siehe, da liefen meine Eltern unten vorbei, und da mußte ich laut auflachen. Das hörte mein Bräutigam im Nebenzimmer, und als er kam und fragte, warum ich gelacht habe, wandte ich vor, es sei wegen dieses kleinen Schlosses geschehen; ich hätte ein viel größeres. Nun soll dort die Hochzeit gefeiert werden, und ich habe doch gar kein Schloß.«

»Das hast du doch!« erwiderte die Alte. »Sei nur ruhig und fahre getrost mit ihm hin, und wenn ihr ein bißchen gefahren seid, springt ein weißer Pudel aus dem Gebüsch, den du allein sehen kannst; wo er hinläuft, da laß hinfahren.« Damit verschwand die alte Frau, und das Mädchen ging wieder in den Saal. Als die acht Tage um waren und die Gäste zur Hochzeit kamen, fuhren sie über die Brücke in den Wald, und bald sprang ein weißer Pudel aus dem Gebüsch, den das Mädchen allein sehen konnte, und wo der hinlief, ließ sie ihren Wagen fahren, und die anderen Wagen kamen alle hinterdrein.

Als sie eine Zeitlang unterwegs waren und es den Gästen allgemach zu lange dauerte, fragen sie: »Sind wir noch nicht da?« Sie antwortete: »Sogleich«, und in demselben Augenblick stand der Pudel still und verschwand in dem Gebüsch, und wo er verschwunden war, stand plötzlich ein großes Schloß mit hohen Türmen und hellen Fenstern, und lustig drängte sich der Rauch aus allen Schornsteinen. »Das ist mein Schloß«, sagte die Braut, und alle stiegen aus und gingen hinein. Und siehe, die Tische waren gedeckt, die Betten gemacht, und die Bedienten liefen ein und aus. Da hielten sie ein halbes Jahr Hochzeit. Und am letzten Tag, als sie schon eingepackt hatten, um wieder nach dem alten Schloß zu fahren, und eben zum letztenmal bei Tische saßen, da plötzlich rannte etwas gegen die Tür, daß sie krachend aufsprang. »Frau Königin! Frau Königin«, rief eine Frau, die mit einem Kessel auf dem Kopfe hereinstürzte, »Frau Königin, schütze mich; mein Mann will mich schlagen!« Und der Mann kam hereingestürzt mit einem hölzernen Löffel und war ganz wütend und wollte die Frau schlagen; als er aber die hohen Gäste sah, ließ er es bleiben. »Das sind meine lieben Eltern!« sagte die junge Königin, und der junge König freute sich und der alte auch, denn sie hatten die schöne Frau über die Maßen lieb; und als diese ihre ganze Geschichte erzählt hatte, mußten die Bedienten den größeren hölzernen Löffel nehmen und jedem der Gäste einen Löffel voll von dem Brei, dem alle ihr Glück verdankten, auf den Teller geben, und alle aßen davon und lobten ihn; der Müller und die Müllerin aber bekamen so viel Wein und Braten, wie sie nur essen konnten, und das war sehr viel, denn sie hatten sich ungemein hungrig gelaufen.

Die Eiche am Elbufer

Nicht weit von Glückstadt steht unter dem Deiche, wo sonst nur Weiden stehen, eine schöne, große Eiche, wohl weit herum die einzige in der ganzen Marsch. Vor vielen Jahren stand hier nur ein Busch. Ein paar Tagelöhner ruhten sich einmal an einem heißen Tage dahinter aus, als sie an der andern Seite einen Handelsmann, der sich auch da niedergesetzt hatte, mit seinem Gelde klimpern hörten. Der böse Geist erwachte in ihnen, und sie fielen über den armen Mann her und erschlugen ihn, nahmen ihm sein weniges Geld und warfen seinen Packen in die Elbe. Die Leiche verscharrten sie unter dem Busch. Aber als sie noch mitten im Werke waren, war eine Schar wilder Enten schreiend über sie hingeflogen; sterbend hatte der Unglückliche ihr Geräusch gehört und seine

Hand zum Himmel erhebend sie zu Zeugen der Tat angerufen.

Doch viele Jahre blieb der Mord unentdeckt. Aber an der Stelle wuchs seit der Zeit ein blutrotes Kraut und sonst nirgends in der Gegend. Man nannte sie daher nur den roten Fleck. Und abends, wenn die Jungen die Pferde aus dem Außendeich holten, mußten sie immer schnell daran vorüberjagen und die Pferde mit Gewalt dazu zwingen. Denn sie wieherten und bäumten sich und scharrten mit den Hufen, wie sie immer an Stellen tun, wo unschuldig Blut vergossen ist.

Der eine Mörder hatte sich unterdes verheiratet, der andere diente noch als Knecht auf einem Hofe; beide waren alt und grau geworden und wurden von allen als brave und tüchtige Leute geachtet.

Da begab es sich nun, daß einmal an einem Abend jener mit seiner Frau am Deiche spazierenging und sie unvermerkt in die Nähe des roten Flecks kamen. In demselben Augenblick kam der Knecht über den Deich, um ein Pferd zu holen, und wie er am Busche vorüberstreifte, flatterten schreiend einige Enten auf: Beide Männer fuhren vor Schreck zusammen, sahen starr einander an und gingen aneinander vorüber, ohne ein Wort zu sagen. Während der Knecht das Pferd suchte und der Mann mit seiner Frau noch eine Strecke weiterging, ließen sich die Enten wieder nieder und flogen nun abermals auf, als beide sich noch einmal in der Nähe des Busches begegneten.

Wenn der Frau beider Benehmen schon anfangs wunderlich vorgekommen war, so verwunderte sie sich jetzt noch mehr, als sie beide bleich und zitternd sah und fluchen hörte. Doch wich ihr Mann allen ihren Fragen aus. Aber seit dem Abend war sein ganzes Wesen verändert, still und schwermütig ging er umher und mied jede Gesellschaft. Die Frau klagte es endlich der Nachbarin, erzählte ihr alles, was sie gesehen, und fragte sie um Rat, weil sie um die Gesundheit ihres Mannes besorgt war. Der Nachbarin aber stiegen gleich böse Vermutungen auf. Ohne ein Wort zu sagen, ging sie fort und hinterbrachte alles ihrem Manne. Der ging sogleich zum Bauernvogt, und als man nun auf der Stelle beim Busche nachgrub, fand man bald das Gerippe des Ermordeten. Die beiden Männer wurden festgenommen, und von Gewissensbissen gepeinigt gestanden sie die Tat, die sie vor vierzig Jahren vollbracht, und litten in Reue und Ergebung bald in Glückstadt ihre Strafe. Zum Gedächtnis pflanzte man jene Eiche.

Der Deserteur mit dem Feuerzeug

Es trug sich einmal zu, daß ein gemeiner Soldat in der Nacht durchbrannte. Er kam in einen großen Wald, und mitten im Wald begegnete ihm eine Zauberin. »Du«, sagte sie, »geh mit mir mit.« Sie führte ihn zu einem hohlen Baum, einem dicken. »Da steigst jetzt hinauf, oben ist ein Loch, da schlupfst hinunter. Unten wirst ein Zimmer finden, da sitzt ein Hund auf einer Kassa. Den mußt du herunternehmen und auf den Boden setzen. Du kannst dir Geld nehmen, soviel du willst, und dann mußt du ihn wieder draufsetzen. Am Tisch liegt ein Feuerzeug, das steckst du dir auch ein.« Er tat, wie sie ihm gesagt hatte, und stieg bei dem Loch hinunter. Wie er ins Zimmer hineinkommt, sitzt der Hund auf der Kassa. Augen hatte der so groß wie eine Faust. »Gelt«, sagte der Soldat, »du bist eh ein guter Kerl, du tust mir schon nichts!« Er hob ihn herunter mit seinen Armen und setzte ihn nieder. Er machte die Kassa auf, da waren lauter Kupfermünzen drin, und er füllte sich die Taschen voll damit an. Dann machte er die Kassa zu und setzte den Hund wieder drauf.

Er ging in das zweite Zimmer, da hat auch das Licht gebrannt. Da saß wiederum ein Hund auf einer Kassa, genau so groß wie der erste, er hatte auch so große Augen. »Gelt«, sagte er, »du tust mir auch nichts, der erste hat mir eh auch nichts getan.« Er nahm ihn auch in den Arm und setzte ihn von der Kassa herunter. Wie er sie aufmachte, war lauter Silbergeld drin. Da leerte er seine Taschen aus und füllte sie mit dem Silbergeld an. Dann machte er die Kassa zu und setzte den Hund wieder drauf. Nun ging er ins dritte Zimmer. Da saß wieder ein Hund auf einer Kassa, so groß wie die ersten zwei. »Oh«, sagte er, »ich weiß schon, ihr seid drei gute Kameraden, gelt, du tust mir auch nichts?« Er nahm ihn in den Arm und setzte ihn herunter. In dieser Kassa waren lauter Dukaten drinnen. Da leerte er sein Silbergeld aus und füllte sich seine Taschen mit Dukaten an. Danach nahm er den Hund und setzte ihn wiederum drauf auf die Kassa und ging nach vorne zu dem Baum. Wie er schon halb droben ist, sagt die Alte: »Hast du auch das Feuerzeug?« Jetzt ist er hinuntergesprungen. Das Feuerzeug hat er im dritten Zimmer gelassen, wo er sich die Dukaten eingefaßt hat. Es ist am Tisch gelegen, und er steckte es sich ein. Wie er hinaufkam, war die Alte schon fort, und er hat sie nie wiedergesehen.

Nun kam er in ein Wirtshaus, in dem gerade eine Taufe war. Dort zog er seine Uniform aus, kaufte sich Zivilkleider und lebte recht gut. So reiste er fast ein volles Jahr herum, dann kam er in eine Residenzstadt. Dort nahm er in einem Wirtshaus Quartier. Da ging ihm das Geld, das er hatte, allmählich aus. Nun war er dem Wirt schon viel schuldig. Einmal, wie es Nacht wurde und er sich zum Schlafen legen wollte, hatte er nichts zum Lichtmachen. Immer hat er etwas gehabt, ausgerechnet jetzt nicht. Da nahm er sein Feuerzeug – und wie er einen Ritzer machte, da waren die drei Hunde in seinem Zimmer drin. »Was ist dein Wunsch?« fragten sie alle drei. »Oh, ich bitt euch schön, ich hab kein Geld, bringt mir doch einen Koffer voll.«

»So viel Geld, wie du brauchst, kriegst du immer von uns«, sagten die Hunde und waren fort. So zog er sich an wie ein Kavalier und lebte auch wie ein Kavalier. Nun ging er einmal spazieren, und die Prinzessin kam dahergefahren. Am Abend machte er einen Ritzer mit dem Feuerzeug, da kamen die drei Hunde daher. »Befiehl uns«, sagten sie. »Bringt mir die Prinzessin im Schlaf!« Im gleichen Augenblick war sie schon in seinem Bett, und die Hunde waren fort. Ehe es Tag wurde, rief er wieder die drei Hunde mit seinem Feuerzeug, und die nahmen die Prinzessin und trugen sie wieder in ihr Bett zurück. So ließ er sie sich um die zwei Wochen lang bringen.

Da sagte sie zu ihrem Vater, dem König: »Ich bin jetzt schon zwei Wochen lang jede Nacht bei diesem Menschen im Wirtshaus.« Der König ließ ihn holen und fragte die Prinzessin, ob der es ist. Sie sagte: »Ja, der ist es.«

»Wie kannst denn du mein Kind in der Nacht zu dir ins Bett nehmen?« sagte der König. »Weil ich Freude gehabt hab mit ihr«, sagte der Soldat. Der König ließ ihn ins Gefängnis werfen. Acht Tage war er drinnen bei Wasser und Brot. Er wurde zum Tod am Galgen verurteilt. Am neunten Tag kam er in ein Zimmer in der Burg und wurde dort ausgesetzt – drei Tage lang. Leider hatte er sein Feuerzeug nicht bei sich und konnte sich deshalb nicht helfen. Zum Glück kam am zweiten Tag der Hausknecht von dem Wirtshaus, in dem er geschlafen hatte; der wollte ihn auch anschauen. »Geh du«, sagte der Soldat, »bring mir mein Feuerzeug, es ist in der Tasche von dem Rock, der an der Wand hängt.« Und wie er es ihm bringt, sagt er: »Den Koffer voll Geld und alles, was in dem Zimmer drin ist, das schenk ich dir.«

Am dritten Tag läßt der König dreihundert Mann ausrücken, die nehmen den Soldaten in die Mitte und begleiten ihn zum Galgen. Dort angekommen, sagte er zum König: »Einem jeden sind drei Wünsche erlaubt.« Er greift in seine Tasche und reibt das Feuerzeug an, da waren die drei Hunde da. Er sagt: »Nehmt sie und reißt sie alle nieder.« Da haben sie alle dreihundert Soldaten zusammengerissen. Der König bat um Gnade, er soll ihm nichts tun, und sagte: »Ich geb dir meine Prinzessin zum Heiraten, und König kannst du auch gleich sein.« Drei Tage darauf hielten sie Hochzeit, und die Hunde setzten sich bei der Tafel neben ihn. Und jeder hatte seine Serviette und seine Gabel und sein Messer, wie ein Mensch. Nachdem die Tafel beendet war, sagten die drei Hunde zu ihm, wenn er sie braucht, soll er sie rufen. Dann sind sie fort. Sie sind ihm immer beigestanden und haben ihm geholfen in Krieg und Frieden.

Die Geschichte von den sieben Schwaben

Wie die sieben Schwaben nach Augsburg kommen und sich allda Waffen holen

Als man zählte nach Christi Geburt eintausend und etliche hundert Jahr, da begab sich's, daß die sieben Schwaben in die weltberühmte Stadt Augsburg einzogen. Und sie gingen sogleich zu dem geschicktesten Meister allda, um sich Waffen machen zu lassen. Denn sie gedachten das Ungeheuer zu erlegen, welches zur selbigen Zeit in der Gegend des Bodensees übel hauste und das ganze Schwabenland in Furcht und Schrecken setzte.

Der Meister führte sie in seine Waffenkammer, wo sich jeder einen Spieß oder sonst was auswählen könnte, was ihm anstand. »Bygost!« sagte der Allgäuer. »Sind das auch Spieße? So einer wär mir just recht zu einem Zahnstürer. Meister, nehmt für mich nur gleich einen Wiesbaum von sieben Mannslängen.«

»Potz Blitz«, sagte der Blitzschwab, »Allgäuer, progle Dich nicht allzusehr.« Der Allgäuer sah den mit grimmigen Augen an, als wollte er ihn damit durchbohren. »Eigentlich hast Du recht, Männle!« sagte der Blitzschwab und streichelte ihm den Kautzen. »Und ich merke Deine Meinung«, sagte er. »Wie alle sieben für einen, so für alle sieben nur einen.« Der Allgäuer verstand ihn nicht, sagte aber ja; und den andern war's auch recht. Und so ward denn ein Spieß von sieben Mannslängen bestellt, und in einer Stunde war er fertig.

Ehe sie aber die Werkstatt verließen, kaufte sich jeder noch etwas Apartes, der Knöpfleschwab einen Bratspieß, der Allgäuer einen Sturmhut mit einer Feder drauf, der Gelbfüßler Sporen für seine Stiefel – sie seien nicht nur gut zum Reiten, sagte er, sondern auch zum Hintenausschlagen.

Der Seehas aber wählte einen Harnisch, sagend, Vorsicht sei zu allen Dingen nütz. Des Guten könne man nicht zuviel tun. Und nutze es nichts, so schade es auch nichts. Der Spiegelschwab gab ihm recht und sagte, auch er wolle einen tragen, aber nicht vorn auf der Brust, sondern hinten auf dem Hintern. Der Seehas meinte, der Geselle wolle ihn foppen. Jener aber sagte: »Merk's: Hab ich Mut und gehe ich vorwärts, so brauch ich keinen Harnisch. Geht's aber rückwärts, und fällt mir der Mut anderswohin, so ist dann der Harnisch am rechten Platz.« Und so ließ er sich denn den Harnisch zurechtmachen, der, recht zu sagen, ein Barbiererbecken war aus der Rumpelkammer des Meisters. Und nachdem die sieben Schwaben, wie ehrliche Leute, alles richtig bis auf Heller und Pfennig bezahlt, auch als gute Christen bei St. Ulrich eine heilige Messe gehört und zuletzt noch beim Metzger am Gögginger Tor gute Augsburger Würste eingekauft hatten, so zogen sie zum Tor hinaus und ihres Weges weiter.

Wie die sieben Schwaben weiterziehen und welchen Weg sie einschlagen

Der Allgäuer, der an der Spitze ging, stimmte sein Posthörnle an und blies ein Trompetenstückle. Hinter ihm kam der Seehas und dann der Nestelschwab, der ihm seinen Bündel auf dem Buckel trug. Drauf folgte der Blitzschwab, der sang: »Es geht ein Butzemann im Reich herum, Didum, Bidi, Bum.« Dann kam der Spiegelschwab, und ganz hintennach grattelte und pfnaufte der Knöpfleschwab mit seinen Häfen und Pfannen. Und sie trugen zusammen, Mann für Mann, den Spieß und sahen schier aus wie ein Wiedle gespießter Lerchen.

Sie waren aber schon eine ziemliche Weile gegangen, da fiel's ihnen erst ein zu überlegen, welchen Weg sie einschlagen sollten nach dem Bodensee, wo das Ungeheuer hauste, das zu erlegen war. Der Allgäuer meinte, sie sollten der Wertach nachgehen, dann kämen sie ans Gebirg, und dann könnten sie nimmer fehlen. Der Gelbfüßler aber sagte, über das Gebirg sei es ein Umweg. Sie sollten ihm folgen bis an den Neckar; der Neckar fließe in den Rhein und der Rhein in den Bodensee. »Potz Blitz!« sagte der Blitzschwab, »ein braver Mann geht gradaus.« Und die andern lobten ihn deshalb, und sie beschlossen gradaus zu gehen, zwischen Göggingen und Pfersen durch und weiter. Und so wateten sie denn durch die Wertach, weil die Brücke abseits lag, und gingen weiter über Stock und Stein, über Wiesen und Felder, durch Wüsten und Wälder, bergauf, bergab, bis sie an Ort und Stelle kamen.

Wie die sieben Schwaben von einer Zigeunerin sich wahrsagen lassen

Die sieben Schwaben hatten aber auf dem Wege dahin noch viele Abenteuer zu bestehen, woran sicher die Zigeunerin schuld war, die alte Hex. Die saß nämlich außerhalb Kriegshaber an einer Staude am Weg und kochte ein wunderliches Zeug durcheinander.

»Knöpfle sind's einmal nicht«, sagte der Knöpfleschwab, als er in den Kessel hineinguckte. Und der Blitzschwab meinte gar, er sehe auf der schwarzbraunen Brühe statt Pfeffer und Schmalz Mausdreck und Krötenaugen schwimmen, so daß es ihm fast den Magen im Leibe umkehrte. Der Spiegelschwab aber ging auf die Zigeunerin zu und sagte: »Alte Trampel! Du mußt mir wahrsagen.« Die besah ihm die Hand und sagte:

»Wer Weiberjoch auf sich muß tragen,
Hat wohl von großer Not zu sagen.«

»Die Blitzhex redet wahr«, sagte der Spiegelschwab und schob den Gelbfüßler hin. Dem lugte sie auch in die Hand und sagte:

»Einem, der ist übermannt,
Dem ist das Fliehen keine Schand.«

»Die stichelt auf meine Stiefele«, dachte er, »und sie weiß, daß ich laufen kann.« Da die beiden Gesellen mit der Wahrsagerin zufrieden zu sein schienen, so folgten auch die andern. Und zum Seehasen sagte sie:

»Ein Ding man leget manchem vor,
wenn man es tät, der wär ein Tor.«

Zum Knöpfleschwaben sagte sie:

»Was man erspart an seinem Mund,
Das frißt die Katze oder Hund.«

Zum Nestelschwaben sagte sie:

»Den Esel kennt man an den Ohren,
An der Red' Weise und Toren.«

Zum Allgäuer sagte sie:

»Der Wagen wird nicht wohl geführt,
Wenn Ochsen ungleich angeschirrt.«

»Bygost!« sagte der Allgäuer, »das hab ich selber schon oft erfahren, wenn ich hab Mist ausgeführt. Die Hex sieht einem, wägerle, durch das Herz.« Der Blitzschwab aber, der tiefer in den Hafen geguckt, wollte mit der Heidin nichts zu schaffen haben, sondern stieß ihr vielmehr den Kessel um und ins Feuer, so daß dieses mit Prasseln auseinandergefahren und ausgeloschen ist. Die Zigeunerin aber, voller Zorn, rief ihm mit scheppernder Stimme nach:

»Jungfrau Lieb ist fahrend Hab,
Heut Herzliebster, morgen Schabab.«

Und so konnten denn die sieben Schwaben ihrem Schicksal nicht entgehen.

In diesem und den andern Kapitel wird erzählt, was sich vorderhand mit den sieben Schwaben zugetragen hat

Es ist aber an der Zeit, daß ich Dich, günstiger Leser!, mit den Helden dieser Geschichte näher bekanntmache und, was Dir sonst zu wissen nötig ist, aufrichtig erzähle. Vernimm also, daß der Seehas ausgegangen ist – – – Du mußt aber wissen, daß dies ein Schimpfname für ihn geworden seit der Zeit, als die sieben Schwaben ihr Abenteuer gehabt, von welchem Du, wenn Du Geduld hast, am Ende hören wirst. Er ist aber zu Überlingen am Bodensee zuerst Eschhay, dann Bannwart gewesen.

Der traf unweit Freiburg im Breisgau den Nestelschwaben an, hinter einem Zaun, wo er etwas zu tun hatte, was der soeben getan hatte. Und sie machten sogleich Bekanntschaft, wie ehrliche Schwaben zu tun pflegen. Der Seehas fragte ihn, was er für ein Landsmann sei. Jener sagte, er sei kein Landsmann, sondern nur ein Mähnbub bei jenem Bauern, der dort den Acker pflüge. Da merkte der Seehas sogleich, mit wem er's zu tun habe. Und so ein Dummrian war ihm grad recht. Er tat ihm daher den Vorschlag, er solle mit ihm kommen als sein Knecht, der ihm den Bündel trage. Und wenn er etwas erzähle, so solle er nichts sagen, als daß es wahr sei.

Jener sagte, er wisse aber nicht, was wahr sei oder nicht wahr. Drauf der Seehas: »Merk, Bauernlümmel, Gott bedeutet wahr, Wist nicht wahr.« So verstehe er's, sagte jener, und er wolle mit ihm gehen und ihm um einen Batzen Wochenlohn seinen Bündel tragen durch die ganze Welt und weiter.

Und die Geschichte weiß noch bis heutigs Tags nicht anzugeben, was dieser Mensch für ein Landsmann gewesen, ob ein Schwab oder ein Schweizer oder ein Pfälzer oder sonst einer aus dem deutschen Reich. Denn er redete in allen Landessprachen und in keiner recht. Er wird aber der Nestelschwab darum genannt, weil er, statt der Knöpfe, Nesteln hatte an Janker und Hosen. Und da die meiste Zeit eine und die andere zerrissen war, besonders an den Hosen, so mußte er immer nachhelfen mit der einen Hand, was ihm dann so sehr zur Gewohnheit geworden, daß er auch dann so tat, wann er nicht hätte also tun dürfen. Beide zogen aber weiter und kamen zum Gelbfüßler, der in Bopfingen ansässig war.

Vom Gelbfüßler und was sich weiter begeben

Man erzählt, daß, als die von Bopfingen ihrem Herzog die jährliche Abgabe, die in Eiern bestand, einstmals geben wollten, hätten sie die Eier in einen Krättenwagen getan, und damit recht viele hineingingen, mit den Füßen eingetreten, was denn ihrer Ehrlichkeit keine Schande macht.

Daher haben sie denn alle, die aus jener Gegend sind, in böser Leute Mund den Namen Gelbfüßler erhalten. Zu einem von diesen, der Bopfinger Bote war, kam nun der Seehas und erzählte ihm, wie daß in dem großen Wald am Bodensee ein fürchterliches Tier hause, welches Land und Leuten großen Schaden tue. Beschreiben könne er es ihm gar nicht; aber es sei so groß wie eine wilde Katz, doch weit scheußlicher und grauerlicher anzusehen. Und Augen habe es im Kopf, so groß wie Goldgulden, die funkelten nicht anders als wie das höllische Feuer; und Ohren habe es – – – »Nicht wahr, Landsmann?«

»Wist!« sagte der Nestelschwab. »Gott!« sagte der Seehas. »'s ist wägerle wahr«, sagte der Nestelschwab. Und jener fuhr fort, er beschwöre daher den Landsmann um des gemeinen Besten willen, er möge ihm zu Rat und Tat sein und ihm getreuliche Gespanen zu werben suchen aus allen schwäbischen Gauen. Der Gelbfüßler sagte, fechten könne er zwar nicht. Aber sei's mit dem Laufen getan, so könne er den Teufel auf dem freien Feld fangen. Da der Seehas sagte, so einen Mann könne er brauchen, so schlug der Gelbfüßler ein und sagte, er müsse nur noch seine Stiefele anziehn und sein Ränzle packen. Als dies geschehen, so zogen sie weiter.

Anfangs waren sie uneins, wohin sie sich wenden sollten, ob gegen das Ries oder die Donau. Im Ries, sagte der Gelbfüßler, gebe es wohl viele Gänse, hab er gehört, aber er wisse nicht, ob es auch Menschen dort gebe. Der Seehas aber meinte, das Sehen koste nichts. »Und erfahren wir's nicht neu«, sagte er, »so erfahren wir's doch alt.« Und damit gingen sie nach dem Ries.

Vom Knöpfleschwaben und was sich weiter zugetragen

In dem gesegneten Schwabenland, besonders in jener Gegend, wovon soeben Meldung geschehen, besteht die löbliche Gewohnheit, daß man täglichs Tags fünfmal ißt, und zwar fünfmal Suppe und zweimal dazu Knöpfle oder Spätzle, daher denn die Leute dort in der Umgebung auch Suppen- oder Knöpfleschwaben genannt werden. Und man sagt, daß sie zwei Mägen hätten, aber kein Herz.

Der Seehas brachte also seine Werbung an und sagte, wie daß in dem großen Wald am Bodensee ein fürchterliches Tier hause, welches Land und Leuten großen Schaden täte. Augen habe es im Kopf, feurige, die so groß wären wie ein Salzbüchsle.

»Gott!« sagte der Nestelschwab. Aber der Gelbfüßler stieß dem Seehas in die Rippen, vermeinend, er solle nicht so lügen. Der aber ließ sich nicht irrmachen, sondern fuhr fort zu erzählen, das Ungeheuer wachse zusehends, je länger man es anluge, und werde so groß wie ein Pudelhund. Er bitte ihn also um der Landsmannschaft willen, er möchte ihm zu Rat und Tat sein und ihm beihelfen, tüchtige Gesellen zu werben. Der Knöpfleschwab sagte, Fechten sei zwar seine Leidenschaft nicht. Aber wenn sie einen brauchten, um ihnen Knöpfle zu kochen, so gehe er mit los auf das Abenteuer.

Als sie handelseinig wurden, packte der Knöpfleschwab Häfen und Pfannen auf und zog mit ihnen weiter. Und sie wendeten sich nun nach dem Lechfeld zum Blitzschwaben, den sie zu Meitingen im Wirtshaus bei einem Mäßle weißen Gerstenbiers trafen.

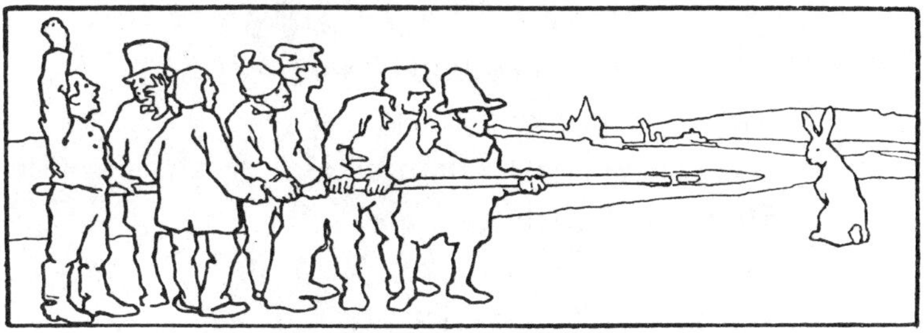

Vom Blitzschwaben und was sich weiter sonst ereignet

Nachdem sich die Landsleute das »Gsegn Gott!« und »Dank Gott!« zugetrunken hatten, fing der Seehas an zu erzählen, sagend, wie daß in dem großen Wald am Bodensee ein fürchterliches Tier hause, welches Land und Leuten großen Schaden täte. Es sei so groß wie ein Mastochs und habe Augen im Kopf wie die Mondscheibe. Und das Tier wachse zusehends, je länger man es anluge. »Potz Blitz«, sagte der Blitzschwab, »das möcht' ich einmal sehen. Ich ließe mir's, beim Teufel, einen Dreibätzner kosten.«

Der Seehas sagte, er könne es umsonst sehen, er solle nur mitkommen und ihm und seinen Gesellen zu Rat und Tat stehen beim Abenteuer. Darauf der Blitzschwab, Fechten sei zwar sein Handwerk nicht, aber schimpfen könne er wie ein Rohrspatz und fluchen wie ein Heid. Der Seehas meinte, man wisse nicht, wozu ein Ding gut sein könne, und er solle nur mitkommen. Jener schlug ein, nachdem er noch ein Känntle Branntwein zu sich genommen, um, wie er sagte, die Magenwinde zu verteilen, die das vermaledeite Bier mache. Dabei sang er – denn er war ein lustiger Vogel, was man ihm sogleich abmerkte – das Liedlein:

»Wo soll ich mich hinkehren,
Ich dummes Brüderlein?
Wie soll ich mich ernähren,
Mein Gut ist viel zu klein;

Wie wir ein Wesen han,
So muß ich bald daran,
Was ich heut soll verzehren,
Ist gestern schon vertan.«

Und drauf zogen die Gesellen weiter und kamen zum Spiegelschwaben, der in Memmingen zu Haus war.

Vom Spiegelschwaben und dem Allgäuer und was ferner geschehen

Zu derselbigen Zeit waren die Fazinetle noch nicht Brauch, und daher schlenzten einige das Ding gleich von sich weg, was jetzt die vornehmen Leute in den Sack stekken. Andere schmierten es unter die Üchse und zwischen die Grattel, wo es sich wieder von selber abwetzte. Andere dagegen, wie der Spiegelschwab, putzten es an den Vorderärmel, wo es sich zum Spiegel ansetzte und beim Sonnenschein glitzte.

Zu diesem kam der Seehas mit seinen Gespanen und stellte ihm das Anliegen vor, erzählend, wie daß am See droben ein Ungeheuer hause, so groß wie ein Trampeltier, mit Augen wie Mühlsteine. Und er bitte daher, er möge um des gemeinen Besten willen zu Rat und Tat stehen. Der Spiegelschwab sagte, Rat könne er geben, aber mit der Tat sehe es schlecht aus, indem er nicht einmal sein Weib meistern könne, die freilich sieben Häute habe, wie eine Memminger Zwiefel. (Und hat also die Zigeunerin recht gehabt.) Er wisse aber einen, der es mit dem Teufel selbst aufnehme: das sei der Allgäuer.

Zu dem gingen sie nun miteinander, und der war gleich bereit, obwohl der Seehas ihm das Ungeheuer noch viel schrecklicher vorstellte als den andern, indem er sagte, es sei so groß wie ein Haus und habe Augen im Kopf wie Mühlräder, die im Um- und Umgehen Feuer auswürfen.

»Bygost!« sagte der Allgäuer. »Es wird halt dennest nur ein Vieh sein. Und der Mensch ist stärker mit Gottes Hilfe als alles Getier auf Erden.«

»Ja«, sagte der Seehas, »und es geht ein Sprichwort: ›Gott verläßt keinen ehrlichen Schwaben nicht.‹«

Durch diese Reden bekamen die übrigen noch einmal soviel Mut, und sie gaben sich alle getreulich die Hand, daß sie einander beistehen wollten als Freunde und Landsleute in allen Gefahren und Nöten Leibs und der Seele. Und so beschlossen denn die sieben Schwaben, miteinander zuerst nach Augsburg zu gehen, wie schon oben erzählt worden, um, wie es tapfern Christenmenschen geziemt, sich vor allem mit Streitzeug zu versehen.

Wie die sieben Schwaben auf einen Bären stoßen und was sie dazu sagen

Wir wollen aber die sieben Schwaben auf ihrem Weg einholen, und da treffen wir sie, vier bis fünf Stunden außer Augsburg, in einem Hohlweg, den sie eben durchziehen. Und sieh da! Ein großmächtiger Bär liegt da am Weg, und der Allgäuer bemerkt ihn nicht eher, bis er fast mit der Nase auf ihn fällt. Der schreit, was er kann: »Ein Bär! Ein Bär!«, und stößt den Spieß aus Leibeskräften gegen das Tier. Doch das rührte sich nicht mehr, denn es war maustot. Drob erfreut, schaut der Allgäuer um und sieht die Gesellen alle auf dem Boden liegen, und vermeinend, sie seien auch tot und er habe sie hinterrucks mit dem Spieß erstochen, fing er laut an zu lamentieren. Die aber waren, man weiß nicht, ob aus Schrecken oder weil sie den Spieß zu fest gehalten, zu Boden gefallen; und als sie hörten, daß der Bär tot sei, standen sie frisch und gesund wieder auf und stellten sich um den Bären herum, und der eine rupfte ihn beim Pelz, und der andere steckte sogar seine Hand in den Rachen, und kein einziger fürchtete sich mehr vor ihm. Und als sie den Bären näher untersuchten und kein Loch an ihm fanden als das, was er schon bei seinen Lebzeiten gehabt, so merkten sie wohl, daß er nicht erstochen sei, sondern verreckt. Und der Spiegelschwab warf die Frage auf, woran er wohl gestorben sein mag. Der Knöpfleschwab sagte: »Woran denn sonst als am Hunger.«

»Nein«, sagte der Gelbfüßler, »aus Kälte.« Und so hatte denn jeder seine aparte Meinung, wie die Schildbürger ob des toten Wolfes. Erraten aber hat's wohl nur der Spiegelschwab, der pfiffigste unter ihnen, welcher sagte, er sei, wo nicht an Wehtagen, doch am Tod gestorben. Hierauf hielten sie Rat, was sie mit dem Luder anfangen wollten, und nach langem Hin- und Herreden beschlossen sie, ihm die Haut abzuziehen; die sollte einst demjenigen zuteil werden, der sich beim Abenteuer am männlichsten halten werde. Das Aas wollten sie liegenlassen. »So mögen ihn die Schafe fressen, wie er zuvor die Schafe gefressen«, sagte einer, ich weiß nicht mehr, was für einer.

Wie die sieben Schwaben in den Stauden steckenbleiben

Als die sieben Schwaben tiefer in die Stauden kamen, blieben sie darin stecken. Der Wald wurde nämlich immer dichter und dichter. Und einstmals, als der Allgäuer vor einem Baum stand, sagte er: »Bygost! Durch muß ich!«, und druckte und beugte den Spieß so gewaltig seitwärts, daß der Knöpfleschwab zwischen einem Baum und dem Spieß eingeklemmt wurde und sie alle weder vor- noch rückwärts konnten.

Und ist also wahr geworden, was die Zigeunerin prophezeit hatte: »Der Wagen wird nicht wohl geführt, wenn ungleich Ochsen angeschirrt.« Die Gesellen wollten zwar ihren Kumpan wieder losmachen. Da sie aber aus allzu großem Eifer an dem Leichnam zogen, der eine nach oben, der andere nach unten, und links und rechts zu gleicher Zeit, so ging eben das Ding nicht vorwärts, und sie hätten ihn fast gevierteilt.

Endlich besann sich der Allgäuer und rief: »Bygost! Ich müßte des Teufels sein, wenn mir Gott nicht hülfe!« Und er sagte: »Huy Ochs!« und packte den Baum, der den armen Schächer einzwängte, und riß ihn mit einem Riß, daß es krachte, wurzelaus, so daß der Knöpfleschwab, halb entseelt, losschnellte und hinpflumpfte, als wär er in den

Boden eingerammelt. Da bekamen die Gesellen erst rechten Respekt vor dem Allgäuer, den sie sonst tappet und talket halten mochten. Und der günstige Leser, welcher das Stücklein nicht glauben will, kann selbst nachsehen auf dem Platz, wo der Baum noch liegt bis auf den heutigen Tag.

Wie die sieben Schwaben einem Mägdlein begegnen und wie der Blitzschwab von ihr auf die Kirbe geladen wird

In der Gegend von Schwabeck begegnete den sieben Schwaben auf dem Feld eine schöne Bauerstochter, die ihnen allen sogleich ins Aug stach, dem Blitzschwab aber am meisten. Das Töchterle sagte züchtiglich und andächtiglich: »Gelobt sei Jesus Christus!«, und sie antworteten allesamt: »In Ewigkeit, Amen.« Wie man denn zur selbigen Zeit in ganz Schwabenland nichts als gute Christenmenschen antraf und noch keine Freimaurer, wovon nun alle Stauden vollstecken, wie in der ganzen übrigen Welt.

»Potz Blitz!« sagte der Blitzschwab. »Das Mädle muß ich stellen und anreden.« Und er ging auf sie zu und fragte sie, wie sie heiße. Sie antwortete, Käther, und sie sei aus der Grafschaft Schwabeck. Und dabei lugte sie ihm freundlich ins Gesicht. Denn der Blitzschwab war kein unübler Kerl. Der fragte, ob sie ihn nicht heuren möchte. Das Mädle lachte und sagte, ja, wenn einmal die Mannsleute so fäsig wären wie die Pfeffernüsse. Jener sagte, sie solle ihm nur gleich ein Schmätzle geben statt dem Drangeld. Die Jungfer aber sagte: »Eine Ohrfeige seid Ihr feil, aber kein Kuß.«

Mein Schwab merkte wohl, daß das nicht ihr Ernst sei, und er nahm sie bei der Hand, was jene zuließ, und er fragte, ob er denn gar keine Hoffnung habe, wenn er wiederkäme, und er schmeichelte ihr und streichelte sie und nannte sie Schatzhauser und Herzkäferle und Skapulierläusle und schwätzte allerhand närrisches Zeug, wie denn verliebte Leute zu tun pflegen.

Das Mädle hatte aber endlich genug, und sie sagte, er soll ihr auf die Kirbe kommen, und ging fort, lugte aber noch mal um und sagte: »Nichts für ungut.« Und so wurde denn der Blitzschwab brav heimgeschickt, und es war zwar grob, was sie gesagt, aber gut. Und die Gesellen stimmten darin alle überein, daß sie eine wunderschöne Tochter sei, wie es denn die schwäbischen Mädle alle sind, ausgenommen die wüsten. Der Allgäuer selbst sagte: »Bygost! Wenn das Föhle aus dem Allgäu wäre, ich wüßt nicht, was ich tät.« Dem Blitzschwaben aber wollte seit der Zeit die Käther aus der Grafschaft Schwabeck nicht mehr aus dem Kopf, und er nahm sich festiglich vor, er wolle ihr auf die Kirbe kommen.

Wart e bissele,
Beit e bissele,
Sitz e bissele nieder,
Und wenn du e bissele gesessen bist,
So komm und sag's dann wieder.

Wie der Blitzschwab Händel bekommt mit dem Spiegelschwaben und wie sie wieder gut Freund geworden

Es war schon Nacht, als die sieben Schwaben ins Freie und auf die Landstraße kamen. Und der Mond ging soeben auf. Da sagte der Spiegelschwab: »Jetzt haben wir's gewonnen, Memmingen ist nicht mehr weit.« Der Blitzschwab fragte ihn, wie er das wissen könne. »Werd ja doch den Memminger Maun (Mond) kennen?«

»Potz Blitz, wie blitzdumm!« sagte der Blitzschwab. Dies kaum gesagt, hatte er schon seine Dachtel vom Spiegelschwaben, der alles leiden mochte, nur nicht, daß man ihn für dumm halten sollte. »Daß Dir der Blitz ins Maul platz«, schrie der Blitzschwab, »Du Lalle, Du Ginkel, Du Takel, Du Kog!« Und so ging's eine ganze Litanei durch. Der Spiegelschwab wurde auch immer wilder, und so kamen sie denn einander in die Haare und rauften sich ab wie zwei Metzgerhunde.

Da bat der Seehas den Allgäuer, er solle Frieden machen. Der ließ sich nicht lang bitten, sondern packte sogleich den Blitzschwaben am Hosenbändel und hielt ihn in der Luft wie einen Frosch, und er mochte zappeln, wie er wollte. Inzwischen ließ der Spiegelschwab nicht nach, dem Blitzschwaben aufs Brät zu klopfen. Und daher packte denn der Allgäuer ihn auch mit der Linken und hielt ihn am Leible, unter der Gurgel, so keif und fest, daß er bockstärr dastand und nicht mucksen konnte. »Bygost!« sagte er. »Ich will Euch Hores Mores lernen, Ihr donnerschlächtige Strohkerle.« Und er schüttelte den einen und drosselte den andern immer ärger und ärger, bis sie endlich einander das Wort gegeben, daß sie wieder gut Freund sein wollen. Und das sind sie denn auch geblieben von der Zeit an bis in ihren Tod.

Was für eine Gefahr dem Spiegelschwaben gedroht und wie er sich daraus errettet

»Durch Memmingen gehen wir nicht, obwohl drin gute digene Würste zu haben sind«, sagte der Spiegelschwab. Und als man ihn fragte, warum, so sagte er darum; und er müsse sich doch wohl am besten auswissen. »Sei's«, sagte der Nestelschwab, »wir können ja um die Mauer herum durch und dann zum andern Tor hinaus.« Die sieben Schwaben gingen also um die Mauer herum durch die Hopfengärten. Aber da hat sich's denn wiederum augenfällig gezeigt, daß der Mensch seinem Schicksal nicht entgehen könne. Denn ehe sich's der Spiegelschwab versehen, sprang aus einem Hopfengarten ein Weib auf ihn zu, eine rechte Runkunkel, und schrie in einem Ton, der durch Mark und Bein ging: »Bist Du endlich wiederum da, Du Schlingel? Wo bist Du so lange Zeit herumkalfaktert, Du Galgenstrick?« Der Spiegelschwab erkannte in ihr sogleich seine liebe Ehehälfte, und er rief: »Helft mir, alle Heiligen! Der Teufel ist los!« und huschte in den andern Hopfengarten hinein. Das Weib ihm nach.

In der Herzensangst fiel ihm eine List ein. Er hatte nichts zu tragen, weil er nichts hatte als das Bärenfell; das tat ihm nun guten Dienst. Er warf's in Eile über den Kopf, schloff in die Bratzen und kreiste nun auf allen vieren wie ein leibhaftiger Bär. Wie nun das Weib näher kam, richtete er sich auf und trampelte brummend auf sie zu. Die sah nicht sobald den Bären, als sie laut aufschrie und über Hals und Kopf davonrannte. Der Bär aber holte sie ein und drückte und hetzte sie, daß ihr fast die Sinne vergingen. Dann ließ er sie los und ging den Gesellen nach. Seit der Zeit, als dieser Schwank kund geworden unter den Memminger Frauen, werden die bösen Männer von ihnen Brummbären genannt.

Wie sie gegen Wissen und Willen in die Stadt Memmingen kommen und dorten Bierbeschau halten

Die sechs andern Schwaben aber waren weitergegangen und standen jetzt vor einem Tor, welches man ihnen, auf ihr Befragen, wie es heiße, Leutkircher-Tor nannte. »Da müssen wir also hinaus«, sagte der Nestelschwab oder ein anderer, gleichviel welcher. Sie gingen also durch das Tor und kamen in die Stadt, ohne es zu wissen und zu wollen. Wie aber kein Unglück ohne Glück ist, so hatte sich's auch hier begeben. Denn das erste Haus, das ihnen auffiel, war ein Wirtshaus, vor dem ein Maibaum stand, und ober der Tür war zu lesen: »Hier schenkt man Märzenbier aus.« Als das unsere Schwaben sahen, dachten sie, umsonst sei das Märzenbier mitzunehmen.

Der Wirt, der sie kommen sah mit dem großen Spieß, kam ihnen erschrocken entgegen und fragte, was sie schafften. Sie möchten ein wenig Bier kosten, sagte der Allgäuer, und er ging mit den Gesellen in die Zechstube. Der Wirt, vermeinend, sie seien abgesandt von der schwäbischen Kreisregierung, um in Schwabenland das Bier zu beschauen und zu schätzen, ob es pfennigvergeltig sei – was wohl not täte auch in unseren Zeiten –, der holte das beste, das er im Keller hatte, und es war noch nicht gut. Doch tranken die Gesellen eine Bütsche um die andere aus.

Und wie sie's bis auf einen halben Eimer gebracht hatten, sagte der Wirt, er sehe mit Freuden, daß es ihnen wohlschmecke. Der Blitzschwab meinte, es könne besser sein und es sei zu wenig Malz und Hopfen drin. »Mit Verlaub«, sagte der Wirt, der ein Schalk war. »Hopfen und Malz ist nicht zuwenig drin, aber zuviel Wasser.« Drob lachten die Gesellen; und dem Blitzschwab fiel der Spruch ein, und er sagte ihn:

»Zu Langensalz –

könnte eben so gut Memmingen heißen«, sagte er,

»Zu Langensalz
Braut man drei Bier aus einem Malz;
Das erste heißet man den Kern,
Das trinken die Bürgermeister gern;
Das andere heißt das Mittelbier,
Das setzt man gemeinen Leuten für;
Das dritte heißt Covent,
Trink Dich potz schlapperment.«

Drauf spielte er ein paar lustige Stücklein auf, dem Wirt zu Ehren.

Nachdem nun die Gesellen vollauf getrunken, so standen sie auf und gingen davon, als wären sie niemandem etwas schuldig. Der Wirt ließ sie gehen in der obgedachten Meinung; und er sagte, daß es ihm eine große Ehre gewesen, und sie sollten nur das Beste reden von seinem Bier. Das taten sie denn auch, und sie konnten sich nicht genug verwundern, daß man in Memmingen das Märzenbier ausschenke. Und so ward denn der Wirt gefoppt von seinen Landsleuten, ohne deren Wissen und Willen. Man sagt aber, daß ihm der freie Trunk wohl bezahlt worden sei von andern Landsleuten; wie man denn den Wirten gern viel Böses nachsagt.

Wie unsere Schwaben durch das blaue Meer schwimmen, ohne zu ersaufen

Obwohl sonst ein wackerer Schwab, wenn es sein muß, seine fünf Mäßle Bier trinken mag auf einem Sitz, und er findet doch noch seine Wege und Stege, so haben doch unsere Schwaben zu tief in den Krug geguckt, und ist ihnen nicht recht just gewesen im Kopf, wie sich aus folgendem zu ergeben scheint, was eine wahre Geschichte ist.

Denn sie waren kaum außer dem Tor, so verirrten sie sich in den Hopfengärten und verloren die Landstraße, und der Spiegelschwab suchte sie vergebens einzuholen auf dem Weg nach Leutkirch. Wie sie aufs freie Feld kamen, sagte der Allgäuer: »Bygost! Es ist ein Ding. Haben wir keinen Weg, so machen wir uns einen. Die Iller werden wir doch finden, und dann kann die Brücke auch nicht weit davon sein.«

Und so ging es denn fort über das Brachfeld hopp, hopp!, und der Allgäuer blies, der Blitzschwab sang: »Ich laß ein klein Waldvögelein« etc., der Knöpfleschwab keuchte und stolperte und fiel ein um das andere Mal und mußte gleichwohl wieder aufstehen.

Inzwischen fing es an, dunkel zu werden, und sie irrten umher, obwohl der Allgäuer von fern noch den Gründten sehen mochte. Da standen sie auf einmal an einem Abhang, und unten, so deucht's ihnen, lag ein See, der Wellen schlug. Es war aber ein Feld voll Flachses, der in der Blüte war, und da der Wind heftig blies, so wallte und wogte es wohl. Aber es war kein Wasser. »Potz Blitz!« rief der Spiegelschwab. »Was ist da zu machen? Durch müssen wir, sonst kommen wir nicht an Ort und Stelle. Allgäuer, mach den großen Christoph und trag uns hinüber.«

»Bygost!« sagte der Allgäuer. »Ins Wasser mag ich wohl gehen, aber weiter nicht als bis an den Hals.« Der Nestelschwab lamentierte, er könne nur mit einer Hand rudern, indem er mit der andern die Hosen zu halten habe. Und der Knöpfleschwab stand betrübt da und lugte ins Wasser hinab, um zu schauen, ob keine Walfische drin seien. Das sah der Blitzschwab, und er ging ganz stet hinterrucks auf ihn zu und sagte: »Frisch gewagt ist halb geschwommen« und gab ihm einen Stoß, daß er plumpf! drunten lag. »Der sinkt nicht«, sagte der Gelbfüßler, »es muß doch nicht tief sein, da kann man's wagen« und hupfte flink und frisch hinunter, wie ein Laubfrosch. Dem folgte der Blitzschwab, nachdem er sich vorher in die Hände gespien und einen tüchtigen Anlauf genommen hatte. »Bygost!« sagte der Allgäuer. »Der letzte will ich auch nicht sein« und warf den Spieß voraus und hupfte nach. Der Nestelschwab aber hatte sich an dessen Hosenbändel gehängt und fiel darum unten gemächlicher auf als die übrigen; und war dies das einzige Mal, daß er gescheit getan.

Da lagen sie nun alle, anfangs unbeweglich wie Holzblöcke, dann rührten und streckten sie ihre Glieder wie halb zerstampfte Würmer, dann krochen sie allmählich heraus wie Schnecken aus ihrem Häusle, endlich standen sie wiederum da wie andere Menschen und sagten kein Wörtle, sondern griffen bloß nach ihren Rippen, ob sie noch ganz seien. Und nachdem sie den Spieß aufgefischt hatten, zogen sie querfeldein weiter.

Wie der Allgäuer die Landstraße findet, aber bald ersoffen wäre

Es war schon finstere Nacht, und sie hatten die Landstraße immer noch nicht gefunden. Endlich rief der Allgäuer: »Bygost! Nun haben wir die Straße und sind auf dem rechten Weg.« Sie standen aber an der Iller, und der Allgäuer hatte den hellen Wasserstreifen für die Landstraße angesehen. Und er schritt frisch vorwärts und die andern blindlings nach. Pflumpf! lag er im Wasser. »Bygost! Ich ersauf!« Mehr konnte er nicht sagen, denn er war schon über dem Hals darin. Die andern sprangen alle weidlich davon; nur der Knöpfleschwab blieb und half. Denn um nicht immer zu stolpern und zu fallen, hatte er sich mit einem Bändel an dem Wiesbaum angeschirrt und konnte daher nicht loskommen und blieb, so dick und breit er war, auf demselben Flecken. So mochte denn der Allgäuer sich wieder gemächlich herausarbeiten. Ohne den Knöpfleschwab wäre er sicherlich hin gewesen samt dem Spieß. Und war dies das einzige Heldenstück, das der

Knöpfleschwab getan auf der ganzen Fahrt; was drum um so weniger verschwiegen werden durfte, um den Schwaben aus jeglichem Gau Gerechtigkeit widerfahren zu lassen.

Auf das mörderische Geschrei, das die Gesellen erhoben, kam auch der Spiegelschwab herbei, der an der Brücke auf sie gewartet hatte. Und da er alle Wege und Stege in der Gegend wußte, so führte er sie auf die rechte Straße. Und im nächsten Haus, wo unser Herrgott den Arm herausstreckte, kehrten sie ein und hielten ihr Nachtquartier.

Einige Stückle vom Nestelschwaben, woraus hervorzugehen scheint, daß er kein Schwab gewesen

Es geht die Sage, daß einmal ein Schwab gebeichtet habe. Und nachdem er einige Sünden bekannt, habe er plötzlich innegehalten. Auf die Frage des Beichtvaters, ob ihm noch etwas auf dem Herzen liege, habe der Schwab gesagt, ja, eins drücke ihn noch, aber er schäme sich, es zu sagen. Der Beichtvater, er solle nur frei von der Brust weg reden. Hierauf der Schwab: »Ich bekenne, daß ich – – ein Schwab bin.« Darob habe ihn der Beichtvater getröstet und gesagt: »Nun, eine Sünde ist's eben nicht, aber schön ist es freilich auch nicht.«

Ist's nicht ein anderer Schwab gewesen, der also gebeichtet, so ist's sicherlich der Nestelschwab gewesen. Denn der war wirklich sünddumm wie ein Schaf; aber auch – zu seinen Ehren sei's gesagt – ebenso geduldig und von gutmütiger Art. Darum hatten auch die andern ihre Fuhr mit ihm, und er mochte es auch wohl leiden.

Einstmals sollte er mit dem Gelbfüßler wettlaufen. Das

konnte er nicht. Da sagte er: »Ich glaub es wohl, daß ich Dir nicht nachkomme; Du hast Stiefele an, mit denen langt man weiter als mit den Schuhen.«

Ein andermal fragte ihn der Spiegelschwab, wenn er den Hut gäbisch aufsetze, was dann das Vorderteil und was das Hinterteil wäre. Das konnte er nicht herausbringen, obwohl er den Hut hin- und herrückte auf dem Kopf und ihn von vorn und hinten besah.

Wieder ein andermal fragten sie ihn, wie sein Name sei. Er antwortete: »Meine Mutter hat gesagt, ich heiße wie mein Vater.« Wie aber denn sein Vater geheißen? Antwort: »Wie ich, hat meine Mutter gesagt.« Man fragte weiter, wie sie miteinander geheißen. Da bedachte er sich und sagte endlich: »Einer wie der andere.«

Die Zigeunerin mochte ihn wohl gekannt haben, als sie sagte: »Den Esel kennt man an den Ohren«, und sie hat gewußt, daß Ratzen aus seinem Hirnkasten gekommen. Aber was er für ein Landsmann gewesen, das hat sie doch nicht erraten, sonst hätte sie's gewiß gesagt, und wir wüßten nun auch, was wir nicht wissen.

Wie die sieben Schwaben aufgefangen und eingesetzt werden

Des andern Morgens zogen die sieben Schwaben in guter Laune weiter und unterhielten sich mit den Abenteuern von nächtens und lachten sich einander wacker aus. Als sie vor Kronburg vorbeikamen, guckte eben der Junker von und auf Kronburg aus dem Fenster und sah die Gespanen vorbeiziehen. Da rief er seinem Schergen und sagte: »Lug einmal, was das für Leute sind; es mögen wohl Landfahrer sein oder sonst so eine Bagage.« Der Scherg nahm sieben Bullenbeißer und stieg den Berg hinab den Schwaben entgegen. Sie sollten ihm folgen ohne Umschweif, sagte er, und die Hunde bleckten die Zähne.

»Man muß wohl der Obrigkeit Gehorsam leisten«, dachten die sieben Schwaben und folgten ihm ohne Umschweif. Der Knöpfleschwab allein war saumselig, und er mußte ein paarmal zur Pflicht gehetzt werden. Wie sie vor dem Junker erschienen, fragte der sie, woher und wohin und wie und warum. Und der Seehas erzählte getreulich, wie daß in der Gegend am Bodensee ein schreckliches Tier hause, und da hätten sie sich denn als brave Landsleute und biedere Männer zusammengetan aus allen schwäbischen Gauen, um das Land vom Ungeheuer zu befreien. Das glaubte aber der Junker nicht, sondern blieb bei seiner Meinung, sie seien Strolchen und Diebsgesindel, und ließ sie in die Keuche stecken.

»So geht es in Schnitzlebutz Häusle,
Da singen und tanzen die Mäuse
Und bellen die Schnecken im Häusle« –

hat der Blitzschwab in der Keuche gesungen, aber ganz still wie ein Mäusle.

Wie die sieben Schwaben sich aus der Gefangenschaft befreien

Es sagt aber die Geschichte, daß der Junker von Kronburg tags zuvor, als ihn eben das Zipperlein plagte, den patriotischen Entschluß gefaßt, zur Aufrechterhaltung der Ordnung und Sicherheit im schwäbischen Kreis und zur Beförderung der Aufklärung und Sittlichkeit unter dem gemeinen Volk ein Zuchthaus zu stiften und in seinem Schloß anzulegen; woher es denn kam, daß er, den Kopf noch voll von diesem Plan, die sieben ehrlichen Schwaben als Spitzbuben ansah und einstecken ließ.

Denn sonst war er ein gar niederträchtiger, frommer und milder Herr, der sogar seinen eigenen Bauern nicht mehr Wolle abschor, als er eben nötig hatte, um sich selbst warm zu kleiden. Und so befahl er denn, daß man den Gefangenen Nahrung reichen sollte, soweit sie des bedürften.

Der Spiegelschwab, der ihn wohl kannte und wußte, daß Schmalhans in dessen Küche und Keller hauste, legte seinen Plan darauf an, welchen er den Gespanen mitteilte. Wie also der Scherg mittags eine große Pfanne voll Milchspätzle brachte, sagte der Blitzschwab zum Knöpfleschwaben: »Die gehört wohl für Dich.« Der Scherg meinte, das sei für alle genug. Der Knöpfleschwab aber sagte, er wolle lugen, ob's für ihn lange. Und er aß die Pfanne allein aus, so daß er kein gottiges Spätzle leibte und die Schubet noch zusammenschärrte, als hätt's ein Hund ausgeschleckt.

Das hinterbrachte der Scherg seinem Herrn und sagte, man müßte nur gleich eine Bränte voll Spätzle auf einmal kochen und er wette, es sei noch nicht genug. Da ging der Junker von und auf Kronburg in sich und meinte, er sei dem schwäbischen Kreis und der Menschheit kein so großes Opfer schuldig, daß er sich aushungern lassen sollte in seinem Schloß um einiger weniger Strolchen willen. Und er befahl, die sieben sollten sogleich in Freiheit gesetzt werden. Der Amtsherr aber gab ihnen wohlweislich noch einen Steckbrief mit, um andere Leute vor ihnen pflichtschuldigst zu warnen.

Wie die sieben Schwaben einer Herde Vieh begegnen und wie der Allgäuer ein Stiergefecht hält

Bei Leutkirch (ist ein Nest, halb städtisch, halb bäurisch) mußten die sieben Schwaben mitten durch eine Herde Ochsen und Küh und Kälber und Roß und Huischele und Schaf und Böck, war alles durcheinander, schier wie die schwäbischen Herrschaften. Da, beim Vieh, war der Allgäuer so recht zu Haus, und er zog die Gespanen, sie mochten nun wollen oder nicht, mitten durch, und wist und hott und hinter sich und für sich. Dies mochte den Gemeind-Hag verdrießen, und er ging brummend und schwänzelnd auf die sieben Schwaben los. Die nahmen sogleich Reißaus und liefen, was sie laufen konnten, nach dem Zaun, wo sie sich hinaufschwenkten und sich festhielten an den Stauden, so daß es aussah, als nisteten Wiedhöpfe drauf. Nur der Allgäuer räumte das Feld nicht. Und wie er denn als ein ganzer Kerl beim Zeug war, wenn er's mit Ochsen zu tun hatte, so ließ er den Mollen ganz geruhig auf sich zukommen, und mir nichts, dir nichts hatte er ihn bald beim Kragen, bald beim Schwanz und zog und wurde gezogen, je nachdem er oder der Stier Herr und Meister war.

Dies Spektakel dauerte eine ziemliche Weile, und die Wiedhöpfe auf dem Zaun lugten der Unfuhr zu und hatten ihre Gaudi an dem Mut und der Geschicklichkeit des Allgäuers. Das Gefecht kam aber näher gegen den Zaun hin, und der Ochs ersah sich seines Vorteils, so daß der Allgäuer Zeit hatte, sich zu ducken und durch den Zaun zu schliefen, sonst wäre er gespießt worden. Der Stier aber, voller Zorn, rannte hier und dort gegen den Zaun an, und hier und dort, wo er anrannte, fiel ein Schwab um den andern herunter. Die schrien eines Schreiens um

Schutz und Hilfe. Und der Allgäuer, der sich ihrer erbarmen wollte, hupfte über einen Stiegel und ging wieder auf den Brummer los und schimpfelte mit ihm so lang, bis die Gespanen sich hinter den Zaun gerettet hatten und nun aussahen wie Hasen, die über ihren Jungen hocken. Dann nahm auch der Allgäuer wieder Reißaus; und der Hag und er sahen sich noch lang über den Zaun an, bis jener endlich den Gescheidtern machte und davonging. Dann holte der Allgäuer den Spieß, und die sieben Schwaben zogen wieder fürbaß. Der Seehas aber dachte in seinem Herzen: »Wenn's der allein mit einem Ochsen aufnimmt, so kann's uns gar nicht fehlen, da wir unserer sieben sind.«

Wie die sieben Schwaben vor einem Galgen vorbeigehen und einen Gehenkten befreien

Außer Ravensburg kamen die sieben Schwaben vor einem Galgen vorbei. Du mußt aber wissen, wenn Du es nicht schon weißt, günstiger Leser, daß es nirgends mehr Galgen gibt im ganzen deutschen Reich als im Schwabenland. Woraus Du jedoch nicht den Schluß machen darfst, daß dort die Spitzbuben zu Haus seien, sondern sie laufen eben aus allen übrigen Gegenden Deutschlands zusammen, wo sie wissen, daß sie niemand fängt und henkt. Der Ravensburger Galgen stand aber nur selten leer und war zu derselbigen Zeit der berühmteste nach dem Buchloer, an dem meistens ein halb Dutzend zugleich hingen. Und so pampelte denn auch einer an jenem Galgen, und er schien noch ein Frischling und nicht über einen Monat alt zu sein. Da fiel dem Spiegelschwaben ein, daß ein Diebsfinger geheime Kräfte habe, und man könne zu Geld kommen, ohne daß man es, was man so nennt, stehle. Er wollte daher dem Patron einen Finger abschneiden, vermeinend, daß er ihm doch nimmer weh tue. Er kräxelte den Galgen hinauf und setzte sich grattlings auf die Schultern des armen Sünders. Da brach der Strick, und er fiel mitsamt dem Toten herunter, der, weil er ganz stärr war, aufrecht an das Lander sich hinlehnte, als wollte er drübersteigen. Und der Spiegelschwab saß noch auf ihm.

Das sahen die andern Gesellen; und im ersten Schrekken vermeinten sie, der Schächer sei lebendig geworden und wolle ihnen nachlaufen. Und sie rannten davon wie Spitzbuben, ohne umzuschauen, und rannten immer mehr, da sie hörten, daß wirklich einer hinter ihnen hertrotte – es war aber der Spiegelschwab, der auch nicht säumte –, und sie wären vielleicht fortgerannt bis ans Ende der Welt, wenn ihnen nicht endlich der Schnaufer ausgegangen wäre.

Da sahen sie nun wohl, daß niemand hinter ihnen her sei; aber nehmen ließen sie sich's nicht, es sei dem wirklich so gewesen, und der Spiegelschwab war derselben Meinung. »Der hat sicher den Gescheidtern gemacht und ist nach Haus gelaufen, und die Ravensburger mögen sehen, wie sie ihn wiederbekommen« – so sagte einer; ich sag's aber nicht, wer es gesagt hat.

Wie der Blitzschwab das Heimweh bekommt und wie der Spiegelschwab ihn davon kuriert

Sei's, daß die letzten Abenteuer, besonders die Stockprügel von Ravensburg, unseren Helden in die Glieder gefahren, oder haben sie's zu Gemüt genommen, daß Zeit und Ort, wo sie das halsbrechende Abenteuer bestehen sollten, immer näher kämen, oder was es sonst gewesen sein mag: kurz, sie wurden von Stund zu Stund däsiger und ließen den Kopf hangen wie Schafe, die man zum Metzgen führt. Besonders aber gebarte sich der Blitzschwab ganz traurig und ächzte und wehleidete, als hätte er das Bauchgrimmen. Es war aber eine Herzenssache, und er hätte wohl singen dürfen, wenn er gemocht hätte:

»Ich weiß nit, wie mir ist,
Ich bin nit krank und bin nit gsund,
Ich bin blessiert und hab kein Wund.«

Denn er dachte an das Kätherle aus der Grafschaft Schwabeck und daß er ihr nicht auf die Kirbe kommen könnte. Ob diesen Gedanken wurde ihm das Herz ganz schwer, und er kriegte das Heimweh.

Und wie die andern den Imbiß zu sich nahmen, aß er nichts. Und als sie aufstanden und weitergehen wollten, blieb er hocken und legte den Kopf in die Hände und heinte. Als dies der Spiegelschwab sah, der sein Freund war, fragte er ihn, was ihm fehle. »Laß mich ungeheit!« sagte jener und fing an, laut zu flarren. Sein Freund aber setzte sich zu ihm und tröstete ihn und ließ nicht ab vom Fragen. Jener aber konnte vor lauter Schluchzen nichts vorbringen als: »'s Kätherle!«

Nun wußte der Spiegelschwab, wie er dran war, und er redete ihm freundlich zu und sagte: »Sei kein Fotzenhut!«

Indem ging soeben der Augsburger Bot vorbei, der die Moysche Ordinari-Postzeitung durch das Reich trug. Wie den der Blitzschwab sah, sagte er: »Mit dem geh ich, und ich laß mich nicht halten, und ich will und muß fort.« Da rief der Spiegelschwab den Boten an: »Landsmann!« Der Bot: »He!« Der Spiegelschwab: »Kennst Du das Kätherle aus der Grafschaft Schwabeck?« Der Bot: »Mein Wohl; sie ist ja das schönste Mädle im ganzen Reich.« Der Spiegelschwab: »Nu so sag ihr, ich laß sie grüßen, und wenn sie einen Rotzer zum Mann haben will, so soll sie den da nehmen.«

»Potz Blitz!« rief der Blitzschwab und sprang auf. »Bot, halt's Maul und lüg nicht, oder daß Dich die Ritt schütt! Du – Du – .« Und er hatte den Boten schon an der Gurgel gepackt, der sich seiner genug zu wehren hatte. »Um aller Heiligen willen«, sagte der Bot, »ich will ja gern das Maul halten, sagt mir nur, was ich ihr sagen soll.«

»Erstlich«, sagte der Blitzschwab, »sag ihr, daß ich ein braver, rechtschaffener Kerl bin. Und zweitens«, sagte er, »sag ihr, daß ich ihr gewiß auf die Kirbe kommen werde, und drittens«, sagte er, »sag ihr, daß ich sie grüßen lasse.« Und drauf druckte er dem Boten einen Albus in die Hand, und der Bot versprach gute Ausrichtung.

»Ich weiß nit, wie mir ist,
Ich hab erst heut den Doktor gefragt,
Der hat mir's unters Gesicht gesagt:
›Ich weiß wohl, was Dir ist,
Ein Narr bist Du gewiß';
Nun weiß ich, wie mir ist.«

Hiermit endet das Liedlein.

Wie die sieben Schwaben zum letztenmal Mittag halten und dabei Todesbetrachtungen anstellen

Ehe sie aber in den Strauß gingen, wollten sie noch eine Herz- und Magenstärkung zu sich nehmen, und der Knöpfleschwab sparte weder Schmalz noch Salz, um das Henkermahl recht appetitlich zu machen. Als sie nun so um die Pfanne herumsaßen und sich die gerösteten Spätzle schmecken ließen, sagte der Allgäuer, indem er einen Seufzer holte bis vom untersten Zehen herauf: »'s ist ein Sach, wenn man bei sich so recht bedenkt, daß man zum letzten Mal in seinem Leben zu Mittag ißt.« Das Wort fiel dem Blitzschwaben auf das Herz, und er tat auch einen Seufzer und sagte: »O Kätherle!« und sang gar kläglich und beweglich für sich hin:

»Soll ich denn sterben,
Bin noch so jung, so jung!
Wenn es mein Mädle wüßt,
Daß ich schon sterben müßt,
Sie tät sich grämen
Mit mir ins Grab.«

Der Seehas redete ihnen Mut zu, sagend: »Liebe Leute, denkt: Tod hilft aus aller Not. Wer im Grab liegt, dem ist wohl gebettet.«

»Aber nicht, wer im Rachen liegt des vermaledeiten Tiers«, sagte der Gelbfüßler. »Doch wir wissen ja noch nicht, ob unser Stündle gekommen ist.« Der Nestelschwab sagte: »Meine Mutter hat mir oft gesagt, daß mein Stündle gar nie kommen werde.« Und war noch der einzige, der sich das Sterben nicht zu Herzen hat gehen lassen. Aber der Allgäuer lugte immer noch finsterer drein und ließ den Kopf immer tiefer hangen und holte wieder einen Seufzer und sagte: »'s ist e Sach!«, und der Knöpfleschwab fing an, still vor sich hin zu heinen. Dann holte der Allgäuer zum dritten Mal einen Seufzer und sagte: »'s ist e Sach!« in so herzbrechender Weise, daß alle zu flarren anfingen und zu röhren.

Nur der Spiegelschwab wußte nicht recht, ob er lachen oder weinen sollte, weil er sah, wie sich der Knöpfleschwab anstrengte, zugleich das Herz zu leeren und das Maul zu stopfen, so daß er ein Gefriß machte, wäre gut gewesen für einen, der die Kinder erschrecken wollte, daß sie die Fraiß bekämen.

Wie die sieben Schwaben sich in Schlachtordnung stellen

Es war nun an der Zeit, daß sich die sieben Schwaben in Schlachtordnung stellten. Der Seehas meinte, sie sollten alle sogleich in der Reihe losziehen, wie bis hieher. Und der Knöpfleschwab gab ihm recht und meinte, man solle keine Neuerung machen. Aber der Allgäuer sagte, er wolle jetzt einmal der letzte sein, denn er sei lang genug der erste gewesen. »Courage«, sagte der Blitzschwab, »habe ich genug im Leib, das könnt Ihr mir glauben, aber ich hab nicht genug Leib für die Courage und die Bestie.« Der Nestelschwab meinte, warum denn gerad einer der erste sein und einer der letzte. Sie sollten sich nur alle in der Mitte halten, so geschehe keinem kein Weh. »Und ich meine«, sagte der Spiegelschwab, »es sei am allerbesten, daß einer für alle sterbe. Knöpfleschwab«, sagte er, »was meinst? Wie ist Dir? Du wärst so der rechte Bissen.« Der aber schrie und stampfte und zappelte mit allen vieren, als wenn er schon an dem Spieß steckte.

Nun nahm der Seehas das Wort und sagte: »Liebe Freunde und Landsleute! Frisch gezuckt ist halb gefochten. Es ist nichts besser denn ein guter Mut in bösen Sachen. Das gute Herz sieget in allem Übel. Verzagt Mann kam mit Ehren nie vom Plan.« Drauf wandte er sich an den Gelbfüßler und sagte zu ihm: »Gang, Jackele, gang Du voran, Du hast Sporen und Stiefele an, daß Dich das Tier nicht beißen kann.« Und der Gelbfüßler ließ sich dazu bewegen. Denn er dachte an das Wort der Zigeunerin, und er sagte zu sich selbst: »Entweder lauft das Tier davon, dann laufe ich ihm nach. Oder es lauft mir nach, dann lauf ich davon, und so kriegen wir uns beide nicht unser Leben lang.«

Wie die sieben Schwaben den Strauß bestehen

Da es nun aber an dem ist, daß ich Dir, günstiger Leser, das größte und gefährlichste Abenteuer erzählen soll, welches die sieben Schwaben bestanden, so befinde ich mich in keiner kleinen Verlegenheit, wie ich die Sache der Wahrheit gemäß darstellen soll. Denn weil ich die Tat, leider, nicht selbst mitgetan, so mußte ich sie eben von jenen vernehmen, die, wie verlautet, dabeigewesen; absonderlich von dem Seehasen, dem Anführer der Helden und dem Verkündiger ihres Heldentums. Der aber, wie Du weißt, ist ein Erzlügner gewesen, ein Windbeutel, ein Ploderer, ein Märensager von Haus aus. Und die übrigen, mit Respekt zu melden, verdienen wohl ebensowenig Glauben. Denn jeder, wie leicht zu vermuten, wird nur zu eignen Gunsten erzählet und seinen Part am Abenteuer herausgestrichen haben. In solcher Not, was soll der Geschichtsschreiber tun? Ohne Zweifel das Beste. Und so will ich denn die Historie also nehmen und geben, wie sie mir als die natürlichste und wahrhaftigste erscheint. Andere machen es auch nicht anders im andern.

Es sei also kund und zu wissen, wie daß die sieben Schwaben in den Strauß zogen, hübsch langsam voran, gegen den Busch zu, wo, wie der Seehas sagte, der Drach sein Nest hatte. Als sie schon ganz nahe waren, sagte der Spiegelschwab: »Mich grimmt's im Bauch, und ich muß abseiten.« Das wollte der Allgäuer nicht leiden, und er sagte, er solle mit den andern mitmachen und nicht apart tun. Der Spiegelschwab versetzte, er wolle ja nur spionieren gehen, wo das Tier stecke. »Laß es stecken«, sagte der Allgäuer, »wo es steckt, und bleib, sag ich.«

»Jetzt seid stät und haltet's Maul«, rief der Seehas, »und lugt und los.« Und wie sie nun gegen den Busch weiter vordringen und lugen und losen, siehe, da liegt ein Has im Busch, der lugt und lost auch und macht ein Männle und erschrickt und lauft davon. Die sieben Schwaben aber blieben stehen ganz erstaunt und erstarrt. »Hast's gesehn? Hast's gesehn?« rief einer um den andern; und: »Es war so groß wie ein Pudelhund – wie ein Mastochs – wie ein Trampeltier«, sagte einer um den andern. »Bygost!« sagte zuletzt der Allgäuer. »Wenn das kein Has gewesen, so weiß ich den Gründten von keinem Büchel zu unterscheiden.«

»Nun ja, Has hin, Has her!« sagte der Seehas. »Ein Seehas ist halt größer und grimmiger als alle Hasen im heiligen deutschen Reich.« Und das hat er gut gemacht.

Dieses Tiergeschlecht aber, mein ich, wird seit der Zeit wohl ausgestorben sein, wie die Mammut.

Wie die sieben Schwaben ein Siegeszeichen errichten und in Frieden und Freuden in Überlingen einziehen

Nachdem die sieben Schwaben das Abenteuer glücklich überstanden, wären sie bald einander selbst in die Haare gekommen. Der Seehas nämlich tat Meldung vom Bärenfell und sagte, daß es abgeredtermaßen billig ihm gehöre, denn er sei es doch, der sie alle angeführt habe (worauf auch die Zigeunerin bildlich angespielt). Das wollten die andern nicht zugeben, und der Gelbfüßler sagte, ob er ihn verdiene oder nicht, darüber wollte er nicht streiten. Aber er sei einmal an der Spitze gestanden und mithin – »Und ich bin an der Spitze gegangen«, sagte der Allgäuer, und: »Bygost!« sagte er. »Ich will den sehen, der mir es nimmt.«

Nachdem sie lange Zeit so fortgehadert, nahm der Seehas das Wort und sagte: »Liebe Landsleute und Freunde, ich will Euch was sagen: Die Welt wird einmal voll sein von unserer Tat, und es tut darum not, daß ein Siegeszeichen vorhanden bleibe auf ewige Zeiten. Weil wir nun aber dem Seehasen selbst nicht die Haut abziehen konnten, sintemal wir ihn nicht erwischt, sondern fortgejagt haben über den Rhein hinum ins Franzosenland, wo er um sich beißen soll, soviel er mag; so wollen wir statt dessen die Bärenhaut – ist ein Ding, sagte er – samt dem Spieß ausstellen in meiner Vaterstadt Überlingen, in deren Nähe die Tat vollbracht worden. Ist's Euch recht, so hebt den Finger auf und saget ja.« Die andern hoben den Finger auf und sagten ja. Und der Allgäuer sagte: »Ich sage nicht nein«, und gab die Bärenhaut her, die sie dann an den Spieß steckten.

Und so zogen die sieben Schwaben in Frieden und Freuden in Überlingen ein und gingen in die Kirche, wo sie

Gott lobten und dankten für die glücklich überstandene Gefahr. Nachher aber gingen sie ins Wirtshaus Zum goldenen Kreuz, um auch ihren Leib zu laben mit Seewein.

Dies Kapitel handelt von den Seeweinen und was für einen die sieben Schwaben zu guter Letzt getrunken

Man erzählt von einem Schwaben, der nach Rom gegangen, daß, als ihm ein welscher Wirt einen guten Wein vorgestellt, er ihn gefragt habe, was das für ein Saft wäre. Der Wirt sagte: »Das sind Christi Tränen.« Drauf soll der Schwab die Augen aufgehoben haben gen Himmel, sprechend: »O Gott, warum hast Du nicht auch in unserm Lande geweint!«

Der hatte wohl nie einen andern Wein getrunken als Seewein, der füglich »Petri Tränen« heißen mag.

Es gibt aber drei Gattungen von Seeweinen: die erste und beste Gattung heißt der Sauerampfer, schmeckt etwas besser als Essig und verzieht einem das Maul ein bißle und ums Merken; die zweite Gattung heißt der Dreimännerwein, ist schon räßer und saurer als Essig und heißt so, weil es dabei not hätte, daß den, der ihn trinkt, zwei Männer festhielten und ein dritter ihm den Trank eingießen täte; die dritte Gattung ist der Rachenputzer, hat die gute Eigenschaft, daß er Schleim und alles abführt; tut aber dabei not, daß, wer sich mit dem Wein im Leib schlafen legt, in der Nacht sich wecken lasse, damit er sich umkehren möge, sonst möchte ihm der Rachenputzer ein Loch in den Magen fressen.

Wie nun die Gesellen in die Wirtsstube kamen und sieben Schöpple Wein verlangten, fragte der Wirt, was sie für einen wollten, und nannte ihnen die Weine bei ihren Namen. »Potz Blitz!« sagte der Blitzschwab. »Ehrlichen Schwaben setzt man keinen Sauerampfer auf. Und sieht Er nicht, Gispel, daß wir unserer sieben sind?« Der Wirt brachte also sieben Schöpple Rachenputzer, vom extrafeinen (er war aber Schliffel genug, um sich ihn als Sauerampfer bezahlen zu lassen); und die sieben Schwaben zechten redliches Dings und gingen fleißig ab und zu und tranken lustig fort bis in die späte Nacht hinein. Und der Blitzschwab sang noch zu guter Letzt ein Liedlein, das endet:

»Mein Gesang will nicht mehr klingen,
Hapus, Hapus, gute Nacht!«

Von der Kapell zum schwäbischen Heiland

Die Überlinger, als sie die Tat ihres Landsmanns vernommen und das erbeutete Siegeszeichen gesehen, beschlossen einmütiglich, eine fromme Stiftung zu machen, und sie erbauten eine Feldkapell am See, wo der Spieß aufgehängt werden sollte zum ewigen Andenken. Die Kapell aber wurde erbaut zur Ehre des Erlösers, und ein Bildschnitzer bekam den Auftrag, einen schönen Herrgott aus Holz zu machen, sieben Ellen hoch.

Das tat er, und auf das Gestell schrieb er mit vergoldeten Buchstaben: Heiland der Welt. Aber die Überlinger wollten die Inschrift nicht gutheißen, sondern, da der Herrgott den sieben Schwaben geholfen hätte aus ihren Ängsten und Nöten, so solle er auch der schwäbische Heiland genannt werden. Und so geschah es denn auch.

Der Seehas aber baute sich eine Hütte neben dem

Kirchlein und wurde ein Klausner. Und es kamen viele Pilgrime nach Überlingen, denen der Klausner die Geschichte der sieben Schwaben erzählte mit allen Umständen, weshalb noch jetzt die Welt davon voll ist. Und der schwäbische Heiland war zu derselbigen Zeit so berühmt als der große Herrgott in Schaffhausen. Im Schwedenkrieg aber wurde die Kapell zerstört, und die Schweden haben das Siegeszeichen mit sich fortgenommen.

Das letzte Kapitel, womit aber die Geschichte von den sieben Schwaben noch nicht aus ist

Was aus den andern Gespanen geworden und welche Abenteuer insbesondere der Spiegelschwab noch weiter gehabt, davon handelt ein eignes Büchlein. Hier sei nur vom Blitzschwaben in Kürze gemeldet, wie daß der Spruch der Zigeunerin an ihm nicht wahr geworden sei, sondern es ist gerade das Gegenteil geschehen, denn er hatte ihren bösen Zauber zerstört. Und er ist versprochenermaßen dem Kätherle aus der Grafschaft Schwabeck auf die Kirbe gekommen, und sie sind Mann und Weib geworden und haben viele Kinder erzeugt und ein langes, langes Leben geführt in Fried und Einigkeit. Und der dies schreibt, stammt von ihnen her, und sie sind seine Guk-Guk-Ähnle gewesen.

DIE SCHLÖSSER AM MEER

Ist einmal ein König gewesen, der hat zwei Kinder gehabt, einen Sohn und eine Tochter. Den Sohn behielt er in der Königsstadt, die Tochter aber, die ihm schon als Kind viele Sorgen wegen ihres Ungestüms machte, gab er auf eines seiner Landgüter. Eines Tages aber wurde ihm von dem Mädchen etwas berichtet, was seine königliche Würde aufs tiefste beleidigte, und er beschloß, sie auf eine schreckliche Weise ihrem Schicksal zu überlassen. Er ließ ein kleines Schifflein ausrüsten, viel Speisevorräte und Getränke hineingeben, auch Geschirr und Waffen. Dieses Schiff mußte nun ein anderes weit hinaus ins Meer schleppen, dort das Seil ablösen und allein heimfahren.

Wohl bat und weinte die Prinzessin, doch der Kapitän hatte strengste Weisung, und übrigens konnte ja das Schifflein mit dem Mädchen irgendwo wieder landen. So fuhr der Kapitän rasch nach Hause und meldete dem König die genaue Ausführung des Befehls. Währenddessen saß das Mädchen mit ihren Vorräten allein und hilflos auf weitem Meer, vielleicht um nach monatelangem Leiden elend zugrunde zu gehen. Weinend bat sie daher den Himmel, er möge einen Sturm schicken, damit sich ihr Los rasch erfülle.

Und der Himmel schien ihren Wünschen zu entsprechen. Denn schon am nächsten Morgen erhob sich ein furchtbarer Sturm, und das Schifflein schaukelte wie eine Nußschale auf den haushohen Wellen. Und der Sturm trug sie weit, weit fort von der Heimat, und ein paar Tage

schoß das segellose Boot wie ein Blitz über das Meer dahin, bis es in einer Nacht plötzlich mit einem Ruck stehenblieb. Am nächsten Tag nun sah sie, daß das Schifflein an einer Flachküste gelandet hatte, doch war kein Haus noch Ackerland weit und breit, nur Wald die ganze Küste entlang zu sehen. Sie zog das Boot noch etwas weiter ans Land und seilte es an einem Baum an. Dann aber strebte sie, eine Waffe in der Hand, dem Innern des Waldes zu.

Sie hatte bei all ihrem Elend Glück. Unweit vom Boot türmte sich im Walde ein Fels auf, und darin war eine Höhle, daneben aber rollte eine muntere Quelle durch den Sand. Diese Höhle wählte sie als künftige Wohnstätte. Sie untersuchte sie, trug Bretter aus dem Boot hinein und machte einen Fußboden. An der Rückseite häufte sie trockenes Waldmoos auf für ein weiches Bett. Und hernach schaffte sie langsam alle Vorräte, alles Geschirr und alle Waffen in die Höhle und begann sich häuslich einzurichten, so gut es ging. Und nach Monatsfrist bekam sie ein winziges Knäblein, dem sie bei der Taufe an der Quelle den Namen Heinrich gab.

Sorgfältig erzog sie das Kind, lehrte es beten, aber mit größerer Andacht, als sie es als Kind getan; auch lesen und schreiben mußte Heinrich lernen, Beeren und Pilze sammeln, und als er fünfzehn Jahre alt war, mußte er jagen gehen. Noch hatte er aber keinen Menschen gesehen als sich im Wasserspiegel und die Mutter.

Eines Tages traf es sich, daß er bei seinem Jagen einem weißen Hirsch begegnete; schon wollte er auf ihn anlegen, da sprach der Hirsch zu ihm: »Schieß nicht auf mich, sondern komm mit mir!«

Erstaunt, daß auch ein Tier reden könne, folgte er ihm und kam zu einer Waldblöße. In der Mitte machte der Hirsch mit einem Vorderlauf einen Kreis und sagte dem jungen Heinrich, er solle hier nachgraben. Der Jüngling tat, wie ihm geheißen, und kam beim Nachgraben auf eine goldene Kette. »Diese Kette trug vor vielen Jahren ein Seeräuberhauptmann«, ließ der Hirsch sich vernehmen, »und der Mann wurde dadurch der stärkste auf der Welt. Trag nun du sie, aber leg sie nicht ab, auch beim Schlafen nicht. So wirst du der stärkste Mann auf der Welt sein. Morgen aber verlaß deine Mutter und den Wald; steig aufwärts und du wirst zu einem Seeräuberschloß kommen. Fürchte dich nicht, sondern geh hinein und vernichte die Räuber alle. Wenn du jedoch dort oder irgendwo in Nöte kommen sollst, so rufe mich; ich werde bei dir sein!«

Hocherfreut legte Heinrich die Kette um den Hals und sagte dem Hirschen vielen Dank; doch dieser war verschwunden. Zuerst ging er freilich nochmals zur Höhle seiner Mutter zurück und verkündete ihr, er werde sie am nächsten Morgen für kurze Zeit, etwa gar nur einen Tag, verlassen. Was er aber unternahm, sagte er ihr nicht; auch die Kette der Kraft zeigte er der Mutter nicht.

Am nächsten Tag verließ er bereits bei grauendem Morgen die Höhle und den Wald und kam zum Räuberschloß. Im Untergeschoß war keine Seele, aber die Wände hingen voller Waffen. Die besten nahm er sich herab und stieg empor ins Obergeschoß. Dort fand er einen großen Saal, der war für dreihundert Seeräuber gedeckt. Ein junges Fräulein trat von der Küche in den Saal, als er gerade die Plätze zählte; er ging auf sie zu und bat um Nachtherberge.

»Ach«, sprach sie, »mein lieber Freund, man wird dich töten, wenn man dich merkt. Denn die Seeräuber sind lauter rohe Gesellen und dulden keinen andern in ihrem Schloß.«

»Jungfrau, ich fürcht mich nicht, aber sag, wie kommst du denn hierher, ein zartes Fräulein mitten unter solchen rauhen Gesellen?«

»Ich bin eine Tochter des Königs von Spanien und wurde von den Seeräubern entführt«, sprach sie, »kaum daß ich vier Jahre alt war. Doch komm und iß, ehe die Leute kommen!«

Er setzte sich nun an die Tafel und aß und trank und tat sich gemütlich dabei und kehrte sich gar nicht darum, als er die Seeräuber die Stiege heraufträmpeln hörte. Er blieb ruhig sitzen, als sie eintraten, so daß erstaunt der Hauptmann fragte: »Was machst denn du da?«

»Ach«, erwiderte Heinrich, »ich bitt um eine Nachtherberge.«

»Und da ißt du zuerst das Beste aus unserer Schüssel«, rief wütend der Hauptmann aus, »schafft ihn fort!«

Das war wohl leicht gesagt, aber nicht leicht getan. Denn der Räuber, der ihn wegführen wollte, sank, von einem Faustschlag Heinrichs getroffen, leblos zu Boden. Nun sprangen mehrere herzu, aber auch diese erschlug Heinrich noch ohne Waffe. Als aber ein Rudel auf ihn eindrang, da zog er blank, und ein Seeräuber nach dem andern sank tot zu Boden. Und so standen zuletzt der Jüngling und der Räuberhauptmann allein einander gegenüber. Diesen packte er und sperrte ihn ins dunkle Verlies. Hierauf machte er den Saal rein. Die Leichname warf er durchs Fenster hinab ins Meer und kehrte das Blut die

Stiege hinab. Der Königstochter Mathilde aber sagte er, sie solle dem Hauptmann ab und zu etwas zu essen bringen. Und er bat das Mädchen, es möge auch weiterhin hier bleiben; es möge seine Freundin werden.

Spät in der Nacht kam er zur Höhle seiner Mutter und sagte ihr: »Komm, Mutter, geh mit mir! Ich habe ein Seeräuberschloß erobert. Laß das Geschirr hier! Solcherlei haben wir im Schlosse im Überfluß.«

So zog denn die Mutter mit ihm zum Seeräuberschloß. Als sie jedoch sah, daß Heinrich mit Mathilde hielt, da fühlte sie sich vereinsamt und beneidete das Mädchen nicht wenig.

Eines Tages ging Heinrich mit seiner Freundin spazieren, die Mutter aber blieb daheim. Da fand sie nun Gelegenheit, alles im Schloß zu durchstöbern, und wollte auch in die Kerker hinabsteigen, zumal sie schon öfters die Mathilde mit Speisen über die Kellerstiege hatte hinabeilen sehen. Bei allen Türen klopfte sie an, und erst bei der letzten meldete sich jemand. Das neugierige Weib fragte nun durch das Schlüsselloch hinein, wer drinnen sei.

»Der Hausherr dieses Schlosses. Laß mich hinaus!« erwiderte es drinnen.

Als Heinrich heimkam, ging die Mutter zu ihm und bat ihn, er möge den Hausherrn freilassen. Und so lange bettelte sie, bis er endlich einwilligte.

Der Hauptmann war anfangs bescheiden wie ein Diener. Aber er wußte es schlau anzustellen, daß die Mutter zu ihm zu halten begann. Und bald waren diese so gut befreundet wie Heinrich und Mathilde.

Einmal nun bat die Mutter, vom Hauptmann dazu aufgehetzt, den Sohn, er möge einmal in ihrem Zimmer schlafen. Heinrich wußte nicht, warum das wohl geschehe, und sagte zu. Der Hauptmann aber lag in dieser Nacht unter dem Bett Heinrichs. Wie nun der junge Mann sich zu Bett begab und die schwere goldene Kette um den Hals behielt, da meinte die Mutter zu ihm: »Geh, leg doch diese schwere Kette ab!«

Und so gehorchte Heinrich ihr und legte die Kette auf den Tisch neben dem Bett; dann schlief er ein. Der Hauptmann aber nahm die Kette, legte sie sich um den Hals und befahl Heinrich, der rasch nach der Kette griff, aufzustehen. Da sah er die Kette an der Brust des Hauptmanns und wußte, daß nun er der Schwächere sei. Aus dem Mauerkastel nahm der Hauptmann einen Tiegel und führte noch in der Nacht den jungen Mann hinauf auf einen Felsriegel gegenüber der Burg und sagte dort zu ihm: »Das alles war mein, dann war es dein, nun ist es wieder mein.«

Darauf strich er aus dem Tiegel eine Salbe über die Augen, und Heinrich war blind. »So, jetzt hilf dir, wenn du kannst«, höhnte der Hauptmann und stieß ihn über den Felsen in das Meer. Jedoch knapp ober dem Gischt blieb Heinrich an einer Felskante hängen und rief in seiner Hilflosigkeit nach dem weißen Hirsch. Dieser kam denn auch den Felsen herab, so leicht, als wenn es ebener Boden gewesen wäre, und sagte zum blinden Heinrich: »Sieh dein Unheil, weil du nicht gehorcht und des einzigen Räubers dich erbarmt hast. Jetzt mußt du mit mir übers Meer zur anderen Insel. Faß meinen Lauf an und steig auf mich!«

Das tat nun Heinrich, und der weiße Hirsch trug ihn durch die Wellen hinüber zu einer Insel mitten im Meer: dort stand ein altes, halbverfallenes Schloß. Oft hatte Heinrich in gesunden Tagen von seines Schlosses Fenster hinübergeschaut!

Nun war er dort, und der weiße Hirsch trug ihn in einen Saal hinein zu einem Mauerkastel. »So, Heinrich, das öffne!« sprach der Hirsch. »Drinnen wirst du ein Büchslein finden mit einer Salbe. Die streich dir auf die Augenlider, und du wirst sehend werden. Doch merke auf! Verlaß dieses Schloß, das für etliche Tage Vorräte birgt, nicht eher, bis dein Besuch dir die goldene Kette gebracht hat! Denn ein zweites Mal könnte ich dir nicht helfen!«

Heinrich stieg vom Rücken des freundlichen Hirsches, öffnete das Kastel und strich die Salbe sich über die Augen. Da ward es hell um ihn herum, und er konnte wieder sehen. Der Hirsch aber war verschwunden.

Während nun Heinrich das Schloß durchschritt und in einer Kammer Vorräte in großer Menge fand, schwamm der Hirsch wieder zurück zum Räuberschloß und stellte sich in einen dichten Hollerbusch im Garten. Mathilde war gerade dort und goß die Blumen. »Hör, Mathilde«, sprach der Hirsch, »verlaß noch heute das Schloß und fahre auf einem Kahn hinüber zum Inselschloß. Dort wirst du den Heinrich finden.«

Erstaunt hörte Mathilde diese Worte, sah jedoch niemanden. Sie wußte auch noch nichts von dem großen Unglück, das dem Jüngling zugestoßen war, und so löste sie, als es Abend wurde, den Kahn vom Ring und fuhr hinüber zum Inselschloß.

Welche Freude da Heinrich hatte, als Mathilde zu ihm kam, ist nicht zu beschreiben. Ihr erzählte er nun alles, angefangen von dem Betrug seiner Mutter bis zu seiner Rettung durch den weißen Hirschen.

Wie Mathilde dies alles hörte, da erwuchs in ihr ein solcher Abscheu gegen den Räuberhauptmann, daß sie am liebsten ganz bei Heinrich geblieben wäre und gar nie mehr ins Räuberschloß zurückgekehrt wäre.

Am nächsten Tag jedoch sagte Heinrich, sie müsse

trachten, daß sie ihm wieder zur Kette verhelfe. Dann wäre beider Glück endgültig gemacht. Und so nahm Mathilde Abschied von Heinrich und fuhr hinüber zum Seeräuberschloß.

Ihr Ausbleiben war gar nicht aufgefallen, und so konnte sie ohne Schwierigkeit ihrer Häuslichkeit nachkommen. Sie war mit der betörten Mutter sehr lieb, ihr untertan; denn daß Heinrich gar nicht wiederkam, ging ihr doch zu Herzen. Dem Hauptmann war sie für häusliche Dienste stets bereitwillig, kein Wunder, daß sie nach Verlauf einer Woche das Vertrauen von beiden hatte wie bisher.

Eines Abends nun, als der Hauptmann zu tief ins Glasel geschaut hatte, legte sich Mathilde ganz geheim unter des Hauptmanns Bett. Dieser wackelte kurz darauf herein, warf die Kette auf den Tisch, zog sich zur Hälfte aus und legte sich ins Bett. Um Mitternacht aber nahm Mathilde die Kette vom Tisch, hängte sie sich um und ging dann hinab zum Boot am Strande. Gar bald war sie drüben bei Heinrich im alten Schloß.

Kaum hatte dieser die Kette umgehängt, setzte er Mathilde wieder ins Boot und fuhr zurück zum Räuberschloß, daß der Hauptmann ihm nicht entschlüpfe. Schon war es Morgen, als sie ankamen, aber noch schlief der Hauptmann einen tiefen Schlaf in seiner Kammer. Da trat Heinrich bei ihm ein, faßte ihn, nahm die Salbe aus dem Mauerkastel und führte ihn hinaus auf den Riegel, wo er vor einer Woche gestanden. Dort sagte er zum Hauptmann: »Das war früher dein, dann ward es mein, dann wieder dein, nun wieder mein.«

Darauf strich er dem heftig sich Wehrenden die Salbe um die Augen und stürzte ihn den Felsen hinab ins Meer, dessen Wellen sich gierig über ihm schlossen. Aber auch seine Mutter führte er fort vom Schloß zur Höhle zurück, wo sie so manches Jahr gewohnt hatte.

So waren nun Heinrich und Mathilde allein im großen Seeräuberschloß. In den ersten Tagen fühlten sie sich freilich wohl, so ganz füreinander zu leben, aber mit der Zeit wurde es ihnen doch einsam. Sie wollten auch einmal die Welt sehen. Und so trugen sie viel Holz auf dem Riegel zusammen und machten dort ein großes Zeichenfeuer. Und wirklich kam bald ein Schiff. Da erzählten sie nun dem Kapitän, daß sie von Seeräubern überfallen und hier ausgesetzt worden seien und daß ihr Reiseziel Spanien wäre; denn Mathilde sei des Königs Tochter und Heinrich würde durch sie König werden.

Wie dies der Kapitän hörte, lud er sie ein, mit ihm zu fahren, denn auch er sei auf der Fahrt nach Spanien. Und Heinrich und Mathilde stiegen mit einer Tasche voll Gold in das Schiff ein.

Der Kapitän war ein böser Mann und hatte böse Gedanken. Er selber wollte König von Spanien werden. Als nun eines Tages Heinrich an der Brüstung des Schiffes lehnte und in die Wogen hinabsah, schlich sich der Kapitän heran, faßte plötzlich den Jüngling und warf ihn ins Meer. Das Schiff aber, von einem scharfen Wind getrieben, flog dahin, und bald sah es der mit den Wellen ringende Heinrich nicht mehr. Da nun rief er in seiner Verzweiflung den weißen Hirsch. Der stand denn auch sogleich da, und Heinrich ritt auf seinem Rücken über das Meer nach Spanien, weit schneller, als das Schiff fuhr.

Der Kapitän stieg nach vollbrachter Missetat zu Mathilde in die Kajüte hinab und meldete ihr, daß Heinrich über Bord gefallen und ertrunken sei. Er nehme sie wohl weiter mit nach Spanien, aber sie müsse ihm heilig versprechen, vor ihrem königlichen Vater zu sagen, er sei ihr

Lebensretter; sonst würde er sie dem Heinrich ins Meer nachwerfen. Was blieb ihr übrig, als das Verlangte zuzusagen?

Kaum war das Schiff in Spanien gelandet, ließ der Kapitän dem König die Ankunft seiner so lang verschollenen Tochter melden und wurde mit ihr vom König und dem Volke mit großen Ehren und Gepränge aufgenommen.

Aber auch Heinrich kam in die Hauptstadt von Spanien und sah den Einzug Mathildens mit dem Mörder an. Darauf sagte der weiße Hirsch zu ihm, er müsse sich als Maler verkleiden und dem König seine Kunst antragen.

»Aber, lieber Freund«, entgegnete Heinrich, »ich kann ja gar nicht malen, habe keinen Begriff davon!«

»Macht nichts. Tu, wie ich dich geheißen habe«, erwiderte der Hirsch. »Sei versichert, ich werde dir beizeiten helfen.«

Und so ging denn Heinrich zum König und trug ihm seine Dienste an. Nun war zur bevorstehenden Hochzeit sehr viel zu richten, und der König nahm mit Freuden das Anerbieten des Malers an. Er sollte eine Villa schön mit Darstellungen ausmalen und zur Verlobungsfeier in einer Woche fertig sein.

Heinrich ließ sich dann Farben geben, rührte sie an, mischte sie nicht selten zu graugrünen Suppen und stand und lag in der Villa herum und verschlief die halbe Zeit. So verging die Woche, es kam der letzte Tag, und es war noch kein Strich geschehen. Aber auch vom weißen Hirschen, der ihm seine Hilfe versprochen hatte, war keine Spur zu sehen.

Als nun der Abend kam, begann dem Heinrich doch ein wenig bang zu werden. Endlich um Mitternacht klopfte der Hirsch an die Tür der Villa. Rasch öffnete Heinrich die Tür und sagte halb vorwurfsvoll: »Ach, guter Freund, schau, ich hab gar nichts gemacht, und morgen soll alles fertig sein. Ich hab mich auf dich verlassen, und du kommst erst um Mitternacht!«

»Ei, leg dich zur Ruhe«, begütigte ihn der Hirsch, »und morgen früh komm wieder!«

Als ihn am nächsten Tag der Hirsch frühmorgens in den großen Speisesaal und in die Nebensäle führte, blieb er staunend stehen. Die prächtigste Malerei hatte der Hirsch in kurzer Zeit zustande gebracht. Große Landschaften mit Burgen, dazwischen Fruchtbäume, sah er, und als er genauer schaute, erkannte er die zwei Schlösser am Meer. Und unten herum durch den ganzen Saal reihte sich Bild an Bild, Darstellungen aus seinem Leben, die Höhle seiner Mutter, wie er sich die Kette ausgrub, wie er Mathilde kennenlernte, wie er die Seeräuber erschlug und so weiter alles bis zum Ritt übers Wasser nach Spanien.

Am Vormittag kam der König mit Mathilde und dem Kapitän in die Villa, und viele Herren und Frauen waren mit ihnen. Denn es sollte im Saale die große Verlobungsfeier der Prinzessin sein. Und da schaute der König den Saal an und staunte. Aber auch Mathilde war verblüfft über alles und rief freudig aus: »Das ist ja das Schloß am Meer!«

Da traf sie ein böser Blick des Kapitäns, und sie schwieg. Der König aber sah unten die vielen Darstellungen und wollte wissen, was das alles zu bedeuten habe. Deshalb ließ er den Maler bringen.

Wie Heinrich den Saal betrat, wurde dem Kapitän plötzlich unwohl. Aber auch Mathilde stürzte mit einem Schrei zu Boden. Heinrich jedoch erklärte dem König, das sei des Malers Lebenslauf, und erzählte nun alles, wie es gewesen, und daß der Kapitän ihn ins Meer gestürzt habe.

Wohl schrie der Kapitän, das sei alles Lüge, aber Heinrich sagte ruhig: »Zum Zeichen, daß alles wahr ist, rufe ich den weißen Hirsch.«

Da öffnete sich die Tür mit beiden Flügeln, und alle sahen den weißen Hirsch in der Tür stehen.

Der König befahl aber jetzt, den Kapitän gefangenzusetzen und ihn durch zwei Ochsen auseinanderreißen zu lassen.

Heinrich aber heiratete Mathilde und wurde König von Spanien.

Der Krautesel

Es war einmal ein junger Jäger, der ging in den Wald auf Anstand. Er hatte ein frisches und fröhliches Herz, und als er daherging und auf dem Blatt pfiff, kam ein altes, häßliches Mütterchen, das redete ihn an und sprach: »Guten Tag, lieber Jäger, du bist wohl lustig und vergnügt, aber ich leide Hunger und Durst, gib mir doch ein Almosen.« Da dauerte den Jäger das arme Mütterchen, daß er in seine Tasche griff und ihr nach seinem Vermögen etwas reichte. Nun wollte er weitergehen, aber die alte Frau hielt ihn an und sprach: »Höre, lieber Jäger, was ich dir sage, für dein gutes Herz will ich dir ein Geschenk machen: geh nur immer deiner Wege, über ein Weilchen wirst du an einen Baum kommen, darauf sitzen neun Vögel, die haben einen Mantel in den Krallen und raufen sich darum. Da lege du deine Büchse an und schieß mitten drunter: den Mantel werden sie dir wohl fallen lassen, aber auch einer von den Vögeln wird getroffen sein und tot herabstürzen. Den Mantel nimm mit dir, es ist ein Wunschmantel, wenn du ihn um die Schultern wirfst, brauchst du dich nur an einen Ort zu wünschen, und im Augenblick bist du dort. Aus dem toten Vogel nimm das Herz heraus und verschluck es ganz, dann wirst du allen und jeden Morgen früh beim Aufstehen ein Goldstück unter deinem Kopfkissen finden.«

Der Jäger dankte der weisen Frau und dachte bei sich: »Schöne Dinge, die sie mir versprochen hat, wenn's nur auch all so einträfe.« Doch wie er etwa hundert Schritte

gegangen war, hörte er über sich in den Ästen ein Geschrei und Gezwitscher, daß er aufschauete; da sah er einen Haufen Vögel, die rissen mit den Schnäbeln und Füßen ein Tuch herum, schrien, zerrten und balgten sich, als wollt's ein jeder allein haben. »Nun«, sprach der Jäger, »das ist wunderlich, es kommt ja gerade so, wie das Mütterchen gesagt hat«, nahm die Büchse von der Schulter, legte an und tat seinen Schuß mitten hinein, daß die Federn herumflogen. Alsbald nahm das Getier mit großem Schreien die Flucht, aber einer fiel tot herab, und der Mantel sank ebenfalls herunter. Da tat der Jäger, wie ihm die Alte geheißen hatte, schnitt den Vogel auf, suchte das Herz, schluckte es hinunter und nahm den Mantel mit nach Haus.

Am andern Morgen, als er aufwachte, fiel ihm die Verheißung ein, und er wollte sehen, ob sie auch eingetroffen wäre. Wie er aber sein Kopfkissen in die Höhe hob, da schimmerte ihm das Goldstück entgegen, und am andern Morgen fand er wieder eins und so weiter jedesmal, wenn er aufstand. Er sammelte sich einen Haufen Gold, endlich aber dachte er: »Was hilft mir all mein Gold, wenn ich daheim bleibe? Ich will ausziehen und mich in der Welt umsehen.« Da nahm er von seinen Eltern Abschied, hing seinen Jägerranzen und seine Flinte um und zog in die Welt.

Es trug sich zu, daß er eines Tages durch einen dicken Wald kam, und wie der zu Ende war, lag in der Ebene vor ihm ein ansehnliches Schloß. In einem Fenster desselben stand eine Alte mit einer wunderschönen Jungfrau und schaute herab. Die Alte aber war eine Hexe und sprach zu dem Mädchen: »Dort kommt einer aus dem Wald, der hat einen wunderbaren Schatz im Leib, den müssen wir darum berücken, mein Herzenstöchterchen: uns steht das besser an als ihm. Er hat ein Vogelherz bei sich, deshalb liegt jeden Morgen ein Goldstück unter seinem Kopfkissen.« Sie erzählte ihr, wie es damit beschaffen wäre und wie sie darum zu spielen hätte, und zuletzt drohte sie und sprach mit zornigen Augen: »Und wenn du mir nicht gehorchst, so bist du unglücklich.« Als nun der Jäger näher kam, erblickte er das Mädchen und sprach zu sich: »Ich bin nun so lang herumgezogen, ich will einmal ausruhen und in das schöne Schloß einkehren, Geld hab ich ja vollauf.« Eigentlich aber war die Ursache, daß er ein Auge auf das schöne Bild geworfen hatte. Er trat in das Haus ein und ward freundlich empfangen und höflich bewirtet.

Es dauerte nicht lange, da war er so in das Hexenmädchen verliebt, daß er an nichts anders mehr dachte und nur nach ihren Augen sah, und was sie verlangte, das tat er gerne. Da sprach die Alte: »Nun müssen wir das Vogelherz haben, er wird nichts spüren, wenn es ihm fehlt.« Sie richteten einen Trank zu, und wie der gekocht war, tat sie ihn in einen Becher und gab ihn dem Mädchen, das mußte ihn dem Jäger reichen. Sprach es: »Nun, mein Liebster, trink mir zu.« Da nahm er den Becher, und wie er den Trank geschluckt hatte, brach er das Herz des Vogels aus dem Leibe. Das Mädchen mußte es heimlich fortschaffen und dann selbst verschlucken, denn die Alte wollte es haben.

Von nun an fand er kein Gold mehr unter seinem Kopfkissen, sondern es lag unter dem Kissen des Mädchens, wo es die Alte jeden Morgen holte; aber er war so verliebt und vernarrt, daß er an nichts anders dachte, als sich mit dem Mädchen die Zeit zu vertreiben. Da sprach die alte Hexe: »Das Vogelherz haben wir, aber den Wunschmantel müssen wir ihm auch abnehmen.« Antwortete das Mädchen: »Den wollen wir ihm lassen, er hat ja doch seinen Reichtum verloren.« Da ward die Alte bös und sprach: »So ein Mantel ist ein wunderbares Ding, das selten auf der Welt gefunden wird, den soll und muß ich haben.« Sie gab dem Mädchen Anschläge und sagte, wenn es ihr nicht gehorchte, sollte es ihm schlimm ergehen. Da tat es nach dem Geheiß der Alten, stellte sich einmal ans Fenster und schaute in die weite Gegend, als wäre es ganz traurig. Fragte der Jäger: »Was stehst du so traurig da?«

»Ach, mein Schatz«, gab es zur Antwort, »da gegenüber liegt der Granatenberg, wo die köstlichen Edelsteine wachsen. Ich trage so groß Verlangen danach, daß, wenn ich daran denke, ich ganz traurig bin; aber wer kann sie holen! Nur die Vögel, die fliegen, kommen hin, ein Mensch nimmermehr.«

»Hast du weiter nichts zu klagen«, sagte der Jäger, »den Kummer will ich dir bald vom Herzen nehmen.« Damit faßte er sie unter seinen Mantel und wünschte sich hinüber auf den Granatenberg, und im Augenblick saßen sie auch beide drauf. Da schimmerte das edele Gestein von allen Seiten, daß es eine Freude war anzusehen, und sie lasen die schönsten und kostbarsten Stücke zusammen. Nun hatte es aber die Alte durch ihre Hexenkunst bewirkt, daß dem Jäger die Augen schwer wurden. Er sprach zu dem Mädchen: »Wir wollen ein wenig niedersitzen und ruhen, ich bin so müde, daß ich mich nicht mehr auf den Füßen erhalten kann.« Da setzten sie sich, und er legte sein Haupt in ihren Schoß und schlief ein.

Wie er entschlafen war, da band es ihm den Mantel von den Schultern und hing ihn sich selbst um, las die Granaten und Steine auf und wünschte sich damit nach Haus.

Als aber der Jäger seinen Schlaf ausgetan hatte und aufwachte, sah er, daß seine Liebste ihn betrogen und auf dem wilden Gebirg allein gelassen hatte. »Oh«, sprach er, »wie ist die Untreue so groß auf der Welt!« Saß da in Sorge und Herzeleid und wußte nicht, was er anfangen sollte. Der Berg aber gehörte wilden und ungeheuern Riesen, die darauf wohnten und ihr Wesen trieben, und er saß nicht lange, so sah er ihrer drei daherschreiten. Da legte er sich nieder, als wäre er in tiefen Schlaf versunken. Nun kamen die Riesen herbei, und der erste stieß ihn mit dem Fuß an und sprach: »Was liegt da für ein Erdwurm und beschaut sich inwendig?«

Der zweite sprach: »Tritt ihn tot.«

Der dritte aber sprach verächtlich: »Das wäre der Mühe wert! Laßt ihn nur leben, hier kann er nicht bleiben, und wenn er höher steigt, bis auf die Bergspitze, so packen ihn die Wolken und tragen ihn fort.«

Unter diesem Gespräch gingen sie vorüber, der Jäger aber hatte auf ihre Worte gemerkt, und sobald sie fort waren, stand er auf und klimmte den Berggipfel hinauf. Als er ein Weilchen dagesessen hatte, so schwebte eine Wolke heran, ergriff ihn, trug ihn fort und zog eine Zeitlang am Himmel her, dann senkte sie sich und ließ sich über einen großen, rings mit Mauern umgebenen Krautgarten nieder, also daß er zwischen Kohl und Gemüsen sanft auf den Boden kam.

Da sah der Jäger sich um und sprach: »Wenn ich nur etwas zu essen hätte, ich bin so hungrig, und mit dem Weiterkommen wird's schwerfallen; aber hier seh ich keinen Apfel und keine Birne und keinerlei Obst, überall nichts als Krautwerk.«

Endlich dachte er: »Zur Not kann ich von dem Salat essen, der schmeckt nicht sonderlich, wird mich aber erfrischen.« Also suchte er sich ein schönes Haupt aus und aß davon, aber kaum hatte er ein paar Bissen hinabgeschluckt, so war ihm so wunderlich zumute, und er fühlte sich ganz verändert. Es wuchsen ihm vier Beine, ein dicker Kopf und zwei lange Ohren, und er sah mit Schrecken, daß er in einen Esel verwandelt war. Doch weil er dabei immer noch großen Hunger spürte und ihm der saftige Salat nach seiner jetzigen Natur gut schmeckte, so aß er mit großer Gier immerzu.

Endlich gelangte er an eine andere Art Salat, aber kaum hatte er etwas davon verschluckt, so fühlte er aufs neue eine Veränderung und kehrte in seine menschliche Gestalt zurück. Nun legte sich der Jäger nieder und schlief seine Müdigkeit aus.

Als er am andern Morgen erwachte, brach er ein Haupt von dem bösen und eins von dem guten Salat ab und dachte: »Das soll mir zu dem meinigen wieder helfen und die Treulosigkeit bestrafen.« Dann steckte er die Häupter zu sich, kletterte über die Mauer und ging fort, das Schloß seiner Liebsten zu suchen.

Als er ein paar Tage herumgestrichen war, fand er es glücklicherweise wieder. Da bräunte er sich schnell sein Gesicht, daß ihn seine eigene Mutter nicht erkannt hätte, ging in das Schloß und bat um eine Herberge. »Ich bin so müde«, sprach er, »und kann nicht weiter.« Fragte die Hexe: »Landsmann, wer seid Ihr, und was ist Euer Geschäft?« Er antwortete: »Ich bin ein Bote des Königs und war ausgeschickt, den köstlichsten Salat zu suchen, der unter der Sonne wächst. Ich bin auch so glücklich gewesen, ihn zu finden, und trage ihn bei mir, aber die Sonnenhitze brennt gar zu stark, daß mir das zarte Kraut zu welken droht und ich nicht weiß, ob ich es weiterbringen werde.«

Als die Alte von dem köstlichen Salat hörte, ward sie lüstern und sprach: »Lieber Landsmann, laßt mich doch den wunderbaren Salat versuchen.«

»Warum nicht?« antwortete er. »Ich habe zwei Häupter mitgebracht und will Euch eins geben«, machte seinen Sack auf und reichte ihr das böse hin. Die Hexe dachte an nichts Arges, und der Mund wässerte ihr so sehr nach dem neuen Gericht, daß sie selbst in die Küche ging und es zubereitete. Als es fertig war, konnte sie nicht warten, bis es auf dem Tisch stand, sondern sie nahm gleich ein paar Blätter und steckte sie in den Mund, kaum aber waren sie verschluckt, so war auch die menschliche Gestalt verloren, und sie lief als eine Eselin hinab in den Hof.

Nun kam die Magd in die Küche, sah den fertigen Salat dastehen und wollte ihn auftragen, unterwegs aber überfiel sie, nach alter Gewohnheit, die Lust zu versuchen, und sie aß ein paar Blätter. Alsbald zeigte sich die Wunderkraft, und sie ward ebenfalls zu einer Eselin und lief hinaus zu der Alten, und die Schüssel mit Salat fiel auf die Erde.

Der Bote saß in der Zeit bei dem schönen Mädchen, und als niemand mit dem Salat kam und es doch auch lüstern danach war, sprach es: »Ich weiß nicht, wo der Salat bleibt.« Da dachte der Jäger: »Das Kraut wird schon gewirkt haben« und sprach: »Ich will nach der Küche gehen und mich erkundigen.« Wie er hinabkam, sah er die zwei Eselinnen im Hof herumlaufen, der Salat aber lag auf der Erde. »Schon recht«, sprach er, »die zwei haben ihr Teil weg« und hob die übrigen Blätter auf, legte sie auf die Schüssel und brachte sie dem Mädchen. »Ich bring Euch selbst das köstliche Essen«, sprach er, »damit Ihr nicht länger zu warten braucht.« Da aß sie davon und war alsbald wie die übrigen ihrer menschlichen Gestalt beraubt und lief als eine Eselin in den Hof.

Nachdem sich der Jäger sein Angesicht gewaschen hatte, also daß ihn die Verwandelten erkennen konnten, ging er hinab in den Hof und sprach: »Jetzt sollt ihr den Lohn für eure Untreue empfangen.« Er band sie alle drei an ein Seil und trieb sie fort, bis er zu einer Mühle kam. Er klopfte an das Fenster, der Müller steckte den Kopf heraus und fragte, was sein Begehren wäre. »Ich habe drei böse Tiere«, antwortete er, »die ich nicht länger behalten mag. Wollt Ihr sie bei Euch nehmen, Futter und Lager geben und sie halten, wie ich Euch sage, so zahl ich dafür, was Ihr verlangt.« Sprach der Müller: »Warum das nicht? Wie soll ich sie aber halten?« Da sagte der Jäger, der alten Eselin, und das war die Hexe, sollte er täglich dreimal Schläge und einmal zu fressen geben; der jüngern, welche die Magd war, einmal Schläge und dreimal Futter; und der jüngsten, welche das Mädchen war, keinmal Schläge und dreimal zu fressen; denn er konnte es doch nicht über das Herz bringen, daß das Mädchen sollte geschlagen werden. Darauf ging er zurück in das Schloß, und was er nötig hatte, das fand er alles darin.

Nach ein paar Tagen kam der Müller und sprach, er müßte melden, daß die alte Eselin, die nur Schläge bekommen hätte und nur einmal zu fressen, gestorben wäre. »Die zwei andern«, sagte er weiter, »sind zwar nicht gestorben und kriegen auch dreimal zu fressen, aber sie sind so traurig, daß es nicht lange mit ihnen dauern kann.« Da erbarmte sich der Jäger, ließ den Zorn fahren und sprach zum Müller, er sollte sie wieder hertreiben. Und wie sie kamen, gab er ihnen von dem guten Salat zu fressen, daß sie wieder zu Menschen wurden.

Da fiel das schöne Mädchen vor ihm auf die Knie und sprach: »Ach, mein Liebster, verzeiht mir, was ich Böses an Euch getan, meine Mutter hatte mich dazu gezwungen; es ist gegen meinen Willen geschehen, denn ich habe Euch von Herzen lieb. Euer Wunschmantel hängt in einem

Schrank, und für das Vogelherz will ich einen Brechtrunk einnehmen.« Da ward er anderes Sinnes und sprach: »Behalt es nur, es ist doch einerlei, denn ich will dich zu meiner treuen Ehegemahlin annehmen.« Und da ward Hochzeit gehalten, und sie lebten vergnügt miteinander bis an ihren Tod.

Beutel, Hütlein und Pfeiflein

Es war einmal ein Vater, der hatte drei Buben und vermachte jedem von ihnen ein kostbares Erbstück. Für den ältesten bestimmte er einen Geldbeutel, der nie leer wurde, für den zweiten ein Hütlein, durch das man alles bekam, was man nur wünschte, und für den jüngsten ein Pfeiflein, mit dem man sich so viele Soldaten herbei- und fortpfeifen konnte, als einem in den Kopf kamen.

Nachdem der Vater gestorben war, nahmen die drei Söhne Besitz von ihrem Erbteil, und der älteste dachte daran, seinen Beutel gut anzuwenden. »Ei«, sagte er eines Tages zu seinen Brüdern, »ich habe gar keine Lust mehr, in der engen Stube zu sitzen, ich will hinausgehen und mir ein bißchen die Welt anschauen. Wer einen Beutel hat wie ich, dem kann es auf der Reise an nichts fehlen.«

Also nahm er Abschied von seinen Brüdern und zog hinaus in Gottes freie Welt ohne Plan und Regel. Nachdem er eine Zeitlang herumgereist war, kam er in die Residenzstadt des Königs. Hier gefiel es ihm, weil es Gelegenheit gab, sich zu zeigen und mit dem Gelde zu glänzen. Er lebte in Saus und Braus wie ein Fürst und gab so groß, wie es nur einer tun kann, dessen Beutel ohne Leiden ist.

Alles in seinem Hause glänzte von Gold und Silber, und in der Küche ging es so vornehm her, daß die Köche statt des Holzes Zimtspäne verschürten. So verbreitete sich ein so starker Geruch in der ganzen Stadt, daß der König auf den fremden Mann aufmerksam wurde und ihn an seine Tafel bat, um Näheres zu erfahren. Der König besaß auch eine Tochter, die tat dem neuen Gaste so schön und wußte sich bei ihm so einzuschmeicheln, bis ihm endlich das Maul zerbrach. Er zeigte der schönen Prinzessin seinen Geldbeutel und erzählte ihr von der Wunderkraft, die ihm innewohnte. Der König hieß ihn bei Hof bleiben und hielt ihn so in Ehren, daß er ihn endlich gar zu seinem Minister machte.

Die schlaue Königstochter indes verschaffte sich einen Geldbeutel, der dem wunderbaren Säckel ganz gleich sah und lud eines Tages den Minister zu einem Spaziergang ein. Der Minister nahm die Einladung an und ging mit der schönen Prinzessin hinaus in die freie Weite, bis sie zu einem großen schattigen Baume kamen. »Hier wollen wir ein wenig ausruhen«, sprach die Königstochter, »und ein gutes Glas zur Erquickung trinken.« Der Minister war ihr wieder zu Willen, und so setzten sich beide in den kühlen Schatten des Baumes. Die Prinzessin zog eine Flasche aus dem Sack und reichte sie dem Minister. Dieser wußte nicht, wie faustdick es die Königstochter hinter den Ohren hatte, und tat einen kräftigen Zug.

Es dauerte gar nicht lange, da fühlte er die Wirkung des Schlafpulvers, das die Prinzessin ihm in den Wein getan hatte, ließ von Zeit zu Zeit den Kopf schnappen und schlief endlich wie eine Ratte. Nun machte sich die Prinzessin über seine Taschen her, stahl ihm den wunderbaren Beutel und tat den nachgemachten, tüchtig mit Gold angefüllt, an dessen Stelle. Dann ließ sie den Minister Minister sein und machte sich aus dem Staube.

Als der Minister aufwachte und keine Königstochter mehr sah, kam ihm die ganze Sache nicht mehr richtig vor. Sein erster Griff ging in die Tasche, worin er den wunderbaren Beutel zu tragen pflegte. Er gewahrte den vollen Beutel, stand auf und ging ohne weitere Sorge an den Hof zurück. Der Beutel hatte aber seine treffliche Eigenschaft verloren, so daß er in wenigen Tagen leer wurde und nimmer voll werden wollte.

Der Minister merkte nun wohl, daß er von der Prinzessin hintergangen worden sei, konnte aber weder seinem Ärger Luft machen noch den kostbaren Beutel wiederbekommen. Nach langem Kopfzerbrechen reiste er nach Hause, um dort Hilfe zu suchen. Er ging zu seinem jüngeren Bruder, der das Wunschhütlein geerbt hatte, und bat ihn: »Lieber Bruder, ich bin um meinen Beutel schändlich betrogen worden, und nur du kannst mir wieder dazu verhelfen. Sei doch so gut und leihe mir auf kurze Zeit dein Wunschhütlein, damit ich meinen Beutel wiederbekommen kann. Ich würde es dir ewig danken.«

Der Bruder war ein guter Kerl und schlug ihm seine Bitte nicht ab, sondern brachte ihm alsogleich das wunderbare Hütlein. Der Minister wollte nimmer aufhören zu danken, nahm das Hütlein und reiste damit an den Hof zurück. Er ließ sich gleich beim König melden, und der König lud ihn zur Mittagstafel ein. Da wurde gegessen, getrunken und musiziert, und der Himmel war voller Geigen. Der Minister machte zwar anfangs ein Gesicht wie ein Pechsieder, vergaß aber bald Kummer und Sorgen und scherzte und lachte wie alle übrigen. Der schlauen Königstochter entging das nicht, sie setzte sich wieder an seine Seite und wußte sich bei ihm so einzuschmeicheln, daß er vor ihr kein Geheimnis hatte und ihr von seinem Wunschhütlein erzählte. »Ei«, dachte die Prinzessin, »das Hütlein ist viel mehr wert, das lasse ich nicht aus.« Sie machte es wieder wie beim erstenmal, verschaffte sich ein Hütlein, das dem Wunschhütlein ganz ähnlich sah, und ging mit dem Minister spazieren. Unter einem schattigen Baum machten sie Rast, und der Minister bekam wieder ein Tränklein, worauf er in einen tiefen Schlaf versank. Als er aufwachte, war die Prinzessin fort, und sein Wunschhütlein war auch fort. Denn sooft er mit dem Hütlein, das er jetzt aufhatte, etwas herbeizuwünschen versuchte, kam gar nichts zuwege. Was sollte nun der arme Minister machen? Den Beutel verloren, das Hütlein verloren und sonst auch nichts zu haben, das war ein bißchen zu arg. Hätte er nur jetzt das Pfeiflein seines jüngsten Bruders gehabt, er hätte eine Menge Soldaten ausmarschieren lassen und würde Beutel und Hütlein schon wiederbekommen haben. Ja, dieses Pfeiflein sah ihn jetzt recht wohl an, aber er besann sich doch lange, bis er sich wieder entschloß, nach Hause zu gehen und auch noch das Pfeiflein zu leihen.

Endlich machte er sich auf den Weg, und als er heimkam, begab er sich zu seinem jüngsten Bruder: »Schau, Brüderle, ich bin um alles gekommen, um Beutel und Hütlein. Wenn du mir dein Pfeiflein nicht leihen wirst, so werden wir weder das eine noch das andere jemals zurückbekommen.« Der jüngste Bruder war ein guter Kerl, brachte ihm sein Pfeiflein und wünschte ihm Glück auf dem Weg. Nun war der Minister wieder hinten und vorn auf und eilte dem Hofe zu. Er ließ sich beim König melden und wurde wieder zur Tafel geladen. Da war alles kreuzfidel und der Minister nicht minder, denn Speise und Trank mundeten ihm so gut, und das kostbare Pfeifchen ließ ihn auch nicht traurig aussehen.

Wie aber die Prinzessin den Minister wieder sah und merkte, daß er so lustig war, dachte sie sich gleich: »Holla, der hat gewiß wieder etwas mitgebracht!« Sie setzte sich an seine Seite, tat freundlich mit ihm und wußte sich wieder bei ihm so einzuschmeicheln, daß er ihr das Pfeiflein zeigte und von seiner wunderbaren Eigenschaft erzählte.

Nun ging das Sinnen und Trachten der Prinzessin wieder einzig und allein darauf hin, des wunderbaren Pfeifleins habhaft zu werden. Sie verschaffte sich zu dem Ende ein ähnliches Pfeiflein, lud den Minister zu einem Spaziergang ein und gab ihm unter einem kühlen Baum ein Tränklein, das ihm alsbald die Augen zufallen machte.

Als er nach langem Schlafe wieder zu sich kam, war die Prinzessin aus dem Staube, und auf dem Pfeiflein, das er in der Tasche hatte, konnte er keinen einzigen Mann herbeiblasen. Nun saß er freilich recht übel in der Butter! Der Beutel fort, das Hütlein gestohlen und das Pfeiflein staubaus – was war da zu machen? Bei seinen Brüdern hatte er nichts mehr zu hoffen, außer höchstens Scheltworte, und an den Hof zurückgehen konnte er auch keine Lust mehr haben. Er wußte nicht, was er vor lauter Zorn und Ärger anfangen sollte. Endlich sprang er von seinem Sitze auf und lief über Hals und Kopf in den Wald hinein.

Da irrte er lange Zeit herum und dachte an nichts als an die drei verlorenen Stücke.

Eines Tages trug es sich zu, daß er tief im Walde an eine Klausnerhütte kam. Er ging hinein, und da saß ein grauer Mönch, der ihn freundlich anredete und um sein Anliegen fragte. Dem erzählte er sein ganzes Unglück von A bis Z und bat ihn, er möge ihm doch helfen, wenn es anders in seiner Macht stünde. Der Mönch horchte fleißig auf und murmelte für sich in den Bart hinein. Als die Erzählung zu Ende war, tröstete er den Minister und sagte: »Helfen kann ich dir schon, aber du mußt pünktlich vollziehen, was ich dir sage.« Der Minister versprach aufs genaueste zu folgen, und es wunderte ihn nur, was ihm der Alte für ein Mittel geben werde.

Der Mönch suchte eine Zeitlang in der Zelle herum, zog endlich einen Korb aus einer Ecke hervor und brachte ihn dem Minister. »Siehst du, da hast du einen Korb voll Äpfel, und unter diesen ist ein ausnehmend schöner, der ganz wunderbare Kräfte hat. Denn wer immer davon ißt, dem wachsen alsogleich Hörner, die ihm kein Doktor mehr wegdoktern kann. Du gehst nun in die Stadt, setzt dich auf den Marktplatz und bietest deine Äpfel zum Verkauf an. Aber diesen schönen darfst du nicht wohlfeiler lassen als um einen Louisdor. Denn wenn du ihn so teuer gibst, so wird ihn gewiß niemand anders kaufen als der König.«

Der Minister versprach fleißig zu folgen, zog eine alte Kutte an, die er vom Mönch zu leihen bekam, und ging in die Stadt. Auf dem Marktplatz setzte er sich nieder und bot seine Äpfel zum Verkauf. Viele Leute, die vorbeigingen und den schönen großen Apfel sahen, feilten ihn an, aber als sie den Preis hörten und durch Handeln nichts ausrichteten, ließen sie ihn gerne stehen. Endlich kam die Köchin des Königs, sah den schönen Apfel und zahlte ohne Widerrede den hohen Preis. Sie tischte ihn am selben Tag noch bei der Mittagstafel auf und freute sich schon auf das Lob, das sie wegen des schönen Obstes davonzutragen hoffte.

Bei der Tafel staunte alles über den herrlichen Apfel, und weil es gar so etwas Außergewöhnliches war, wurde er in drei Teile zerteilt, so daß der König ein Stück erhielt und eins die Königin und eins die Prinzessin. Alle drei machten sich mit der größten Gier darüber her und ließen sich kaum Zeit zum Kauen. Als aber alle drei einen Bissen verschluckt hatten – wie schauten sie da einander an! Einem jeden schoben sich zwei Hörner zur Stirn heraus, die wuchsen immer schneller, und in einigen Minuten schauten alle drei aus wie der leibhaftige Teufel. Da wurde die größte Verwirrung im ganzen Schlosse. Man holte einen

Arzt nach dem andern und eine Salbe nach der andern, aber nichts wollte helfen, die Hörner blieben so fest und so lang, als sie anfangs gewesen waren.

Als der Minister den kostbaren Apfel so gut an den Mann gebracht hatte, war er über die Maßen froh, nahm seinen Korb und ging schleunigst in die Klausnerhütte zurück. Mit der größten Freude erzählte er dem Mönch von dem glücklichen Handel und schilderte ihm die Prinzessin, wie gut sie sich mit den Hörnern ausnehmen würde. »Jetzt warte ein wenig«, sagte der Mönch, »ich werde dir eine Salbe geben, mit der du die Hörner wieder wegbringen kannst. Aber dann sieh zu, daß du deine drei Stücke wiederbekommst.« Er holte eine Salbe, gab sie dem Minister und nahm Abschied von ihm. Dieser dankte herzlich und ging wohlgemut zur Residenz zurück. Auf dem Wege kam er an ein Wirtshaus, dort ging er hinein und erkundigte sich, ob es nichts Neues gäbe. »Ja, Neues genug«, hieß es, »bei Hof sind ja Hörner gewachsen, und kein Doktor kann diese Dinge wieder fortbringen.«

»Da wäre ich ja der Mann«, erwiderte der Fremde. »Die Hörner sollen fortgehen, wie weggeblasen.«

»Ja, wenn du das kannst«, hieß es, »dann geh nur und laß dich bei Hofe melden.« Er ging und ließ dem König ausrichten, daß ein Doktor gekommen sei, der alle Hörner flugs wegbringen könne. Wie der König dies hörte, ließ er ihn sogleich zu sich kommen und bat ihn um seine ärztlichen Dienste. Der Minister packte seine Salbe aus, bestrich damit die Hörner des Königs, und alsbald war nichts mehr davon zu sehen. Der König war herzlich froh, die unanständige Zierde los zu sein und rief nach seiner Gemahlin. Die Frau Königin mit dem zweizackigen Diadem trat herein und schrie vor Freude laut auf, als sie ihren Gemahl zum erstenmal wieder ohne Hörner sah. »Da ist der Mann, der dich kurieren kann«, sagte der König. »Komm und halte ihm dein Haupt hin.« Die Frau Königin lief auf den Doktor los, daß sie ihn fast mit den Hörnern niederstieß, und bat ihn um seine Hilfe. Der Doktor machte nicht lange Umstände, bestrich die Hörner mit seiner Salbe, und im Hui waren sie weg.

Auf den Ruf des Königs kam nun auch noch die gehörnte Prinzessin hereinstolziert und schaute groß drein, als sie den König und die Königin auf einmal ohne Hörner sah. Sie erschrak ordentlich, als sie daran dachte, daß sie jetzt die einzige gehörnte Person am Hofe sei. Sie war aber sogleich wieder getröstet, als sie der König zum Doktor führte und ihr sagte, daß dieser Mann ihr helfen könne.

Der Doktor griff sogleich zu einer Salbe und schmierte die Hörner der Prinzessin damit ein. Aber, o Schreck! Statt abzunehmen fingen die Hörner an zu wachsen und wurden um ein gutes Stück länger. Während alle vor Schrecken die Hände zusammenschlugen und besonders die Prinzessin jammerte, lächelte der Doktor und sagte: »Königliche Hoheit müssen vielleicht ein ungerechtes Gut besitzen, weil die Salbe die verkehrten Wirkungen hat.« Als die Prinzessin das hörte, wurde sie hochrot vor Scham, lief in ihr Gemach und brachte den wunderbaren Beutel. Der Doktor schob ihn zu sich und fing wieder an, die Hörner einzuschmieren. Aber mein Gott! Wieder fingen die Hörner an zu wachsen und fuhren noch immer um ein gutes Stück in die Höhe. Da wußte sich die Prinzessin nimmer zu helfen vor Entsetzen und wollte den Doktor schelten. Dieser aber lächelte wieder und sagte: »Königliche Hoheit müssen noch ein ungerechtes Gut besitzen, weil die Salbe die umgekehrte Wirkung tut.« Rot vor Scham lief die Prinzessin in ihr Gemach und kam alsbald mit dem Wunschhütlein wieder. Der Doktor nahm das

Hütlein zu sich und beschmierte die Hörner zum drittenmal. Die Hörner fingen wieder an zu wachsen und stiegen wieder langsam in die Höhe. Der Doktor aber ließ die Prinzessin nicht anfangen zu schelten und zu jammern, sondern sagte sogleich: »Königliche Hoheit müssen noch ein ungerechtes Gut besitzen, weil die Salbe die umgekehrte Wirkung tut.« Rot vor Scham lief die Prinzessin in ihr Gemach und kam eiligst mit dem wunderbaren Pfeiflein wieder. Nun salbte ihr der Doktor die Hörner zum viertenmal, und im Hui waren sie verschwunden. Die Prinzessin war froh, daß ich nicht sagen kann wie, und bedankte sich überschwenglich. Auch König und Königin waren außer sich vor Freude und gaben ein großes Fest, das ich dir nicht beschreiben will, weil dir sonst danach die Zähne wässern könnten.

Der Doktor war froh, seine drei Stücke wieder zu besitzen, und freute sich auf das gute Leben, das nun von neuem angehen sollte. Zu seinen Brüdern wollte er nicht mehr zurückkehren, sondern die zwei Stücke, die er von ihnen geliehen hatte, ungerechterweise für sich behalten. Dafür aber traf ihn die Strafe Gottes, denn der König fiel über ihn her, nahm ihm alle drei Stücke ab und brachte ihn selbst ums Leben.

DIE WEISSE UND DIE SCHWARZE BRAUT

Eine Frau ging mit ihrer Tochter und Stieftochter über Feld, Futter zu schneiden. Da kam der liebe Gott als ein armer Mann zu ihnen gegangen und fragte: »Wo führt der Weg ins Dorf?«

»Wenn Ihr ihn wissen wollt«, sprach die Mutter, »so sucht ihn selber«, und die Tochter setzte hinzu: »Habt Ihr Sorge, daß Ihr ihn nicht findet, so nehmt Euch einen Wegweiser mit.« Die Stieftochter aber sprach: »Armer Mann, ich will dich führen, komm mit mir.« Da zürnte der liebe Gott über die Mutter und Tochter, wendete ihnen den Rücken zu und verwünschte sie, daß sie sollten schwarz werden wie die Nacht und häßlich wie die Sünde. Der armen Stieftochter aber war Gott gnädig und ging mit ihr, und als sie nahe am Dorf waren, sprach er einen Segen über sie und sagte: »Wähle dir drei Sachen aus, die will ich dir gewähren.« Da sprach das Mädchen: »Ich möchte gern so schön und rein werden wie die Sonne«; alsbald war sie weiß und schön wie der Tag. »Dann möchte ich einen Geldbeutel haben, der nie leer würde«, den gab ihr der liebe Gott auch, sprach aber: »Vergiß das Beste nicht.« Sagte sie: »Ich wünsche mir zum dritten das ewige Himmelreich nach meinem Tode.« Das ward ihr auch gewährt, und also schied der liebe Gott von ihr.

Als die Stiefmutter mit ihrer Tochter nach Hause kam und sah, daß sie beide kohlschwarz und häßlich waren, die Stieftochter aber weiß und schön, so stieg die Bosheit in ihrem Herzen noch höher, und sie hatte nichts anders im Sinn, als wie sie ihr ein Leid antun könnte.

Die Stieftochter aber hatte einen Bruder namens Reginer, den liebte sie sehr und erzählte ihm alles, was geschehen war. Nun sprach Reginer einmal zu ihr: »Liebe Schwester, ich will dich abmalen, damit ich dich beständig vor Augen sehe, denn meine Liebe zu dir ist so groß, daß ich dich immer anblicken möchte.« Da antwortete sie: »Aber ich bitte dich, laß niemand das Bild sehen.« Er malte nun seine Schwester ab und hing das Bild in seiner Stube auf; er wohnte aber in des Königs Schloß, weil er bei ihm Kutscher war. Alle Tage ging er davorstehen und dankte Gott für das Glück seiner lieben Schwester.

Nun war aber gerade dem König, bei dem er diente, seine Gemahlin verstorben, und die war so schön gewesen, daß man keine finden konnte, die ihr gliche, und der König war darüber in tiefer Trauer. Die Hofdiener bemerkten aber, daß der Kutscher täglich vor dem schönen Bilde stand, mißgönnten's ihm und meldeten es dem König. Da ließ dieser das Bild vor sich bringen, und als er sah, daß es in allem seiner verstorbenen Frau glich, nur noch schöner war, so verliebte er sich sterblich hinein. Er ließ den Kutscher vor sich kommen und fragte, wen das Bild vorstellte. Der Kutscher sagte, es wäre seine Schwester, so entschloß sich der König, keine andere als diese zur Gemahlin zu nehmen, gab ihm Wagen und Pferde und prächtige Goldkleider und schickte ihn fort, seine erwählte Braut abzuholen.

Wie Reginer mit der Botschaft ankam, freute sich seine Schwester, allein die Schwarze war eifersüchtig über das Glück, ärgerte sich über alle Maßen und sprach zu ihrer Mutter: »Was helfen nun all Eure Künste, da Ihr mir ein solches Glück doch nicht verschaffen könnt.«

»Sei still«, sagte die Alte, »ich will dir's schon zuwenden.« Und durch ihre Hexenkünste trübte sie dem Kutscher die Augen, daß er halb blind war, und der Weißen verstopfte sie die Ohren, daß sie halb taub war. Darauf stiegen sie in den Wagen, erst die Braut in den herrlichen königlichen Kleidern, dann die Stiefmutter mit ihrer Tochter, und Reginer saß auf dem Bock, um zu fahren. Wie sie eine Weile unterwegs waren, rief der Kutscher:

»Deck dich zu, mein Schwesterlein,
Daß Regen dich nicht näßt,
Daß Wind dich nicht bestäubt,
Daß du fein schön zum König kommst.«

Die Braut fragte: »Was sagt mein lieber Bruder?«

»Ach«, sprach die Alte, »er hat gesagt, du solltest dein gülden Kleid ausziehen und es deiner Schwester geben.« Da zog sie's aus und tat's der Schwarzen an, die gab ihr dafür einen schlechten grauen Kittel. So fuhren sie weiter; über ein Weilchen rief der Bruder abermals:

»Deck dich zu, mein Schwesterlein,
Daß Regen dich nicht näßt,
Daß Wind dich nicht bestäubt
Und du fein schön zum König kommst.«

Die Braut fragte: »Was sagt mein lieber Bruder?«

»Ach«, sprach die Alte, »er hat gesagt, du solltest deine güldene Haube abtun und deiner Schwester geben.« Da tat sie die Haube ab und tat sie der Schwarzen auf und saß im bloßen Haar. So fuhren sie weiter; wiederum über ein Weilchen rief der Bruder:

»Deck dich zu, mein Schwesterlein,
Daß Regen dich nicht näßt,
Daß Wind dich nicht bestäubt
Und du fein schön zum König kommst.«

Die Braut fragte: »Was sagt mein lieber Bruder?«

»Ach«, sprach die Alte, »er hat gesagt, du möchtest einmal aus dem Wagen sehen.« Sie fuhren aber gerade auf einer Brücke über ein tiefes Wasser. Wie nun die Braut aufstand und aus dem Wagen sich herausbückte, da stießen sie die beiden hinaus, daß sie mitten ins Wasser stürzte.

Als sie versunken war, in demselben Augenblick, stieg eine schneeweiße Ente aus dem Wasserspiegel hervor und schwamm den Fluß hinab. Der Bruder hatte gar nichts davon gemerkt und fuhr den Wagen weiter, bis sie an den Hof kamen. Da brachte er dem König die Schwarze als seine Schwester und meinte, sie wär's wirklich, weil es ihm trübe vor den Augen war und er doch die Goldkleider schimmern sah. Der König, wie er die grundlose Häßlichkeit an seiner vermeinten Braut erblickte, ward sehr bös und befahl, den Kutscher in eine Grube zu werfen, die voll Ottern und Schlangengezücht war. Die alte Hexe aber wußte den König doch so zu bestricken und durch ihre Künste ihm die Augen zu verblenden, daß er sie und ihre Tochter behielt, ja daß sie ihm ganz leidlich vorkam und er sich wirklich mit ihr verheiratete.

Einmal abends, während die schwarze Braut dem König auf dem Schoße saß, kam eine weiße Ente zum Gossenstein in die Küche geschwommen und sagte zum Küchenjungen:

»Jüngelchen, mach Feuer an,
Daß ich meine Federn wärmen kann.«

Das tat der Küchenjunge und machte ihr ein Feuer auf dem Herd; da kam die Ente und setzte sich daneben, schüttelte sich und strich sich die Federn mit dem Schnabel zurecht. Während sie so saß und sich wohltat, fragte sie: »Was macht mein Bruder Reginer?«

Der Küchenjunge antwortete:

»Liegt in der Grube gefangen
Bei Ottern und bei Schlangen.«

Fragte sie weiter: »Was macht die schwarze Hexe im Haus?«

Der Küchenjunge antwortete:

»Die sitzt warm
In 's Königs Arm.«

Sagte die Ente:

»Daß Gott erbarm!«

und schwamm den Gossenstein hinaus. Den folgenden Abend kam sie wieder und tat dieselben Fragen, und den dritten Abend noch einmal. Da konnte es der Küchenjunge nicht länger übers Herz bringen, ging zu dem König und entdeckte ihm alles.

Der König aber wollte es selbst sehen, ging den andern Abend hin, und wie die Ente den Kopf durch den Gossenstein hereinstreckte, nahm er sein Schwert und hieb ihr den Hals durch, da ward sie auf einmal zum schönsten Mädchen und glich genau dem Bild, das der Bruder von ihr gemacht hatte. Der König war voll Freuden; und weil sie ganz naß dastand, ließ er köstliche Kleider bringen und ließ sie damit bekleiden. Dann erzählte sie ihm, wie sie durch List und Falschheit wäre betrogen und zuletzt in den Fluß hinabgeworfen worden; und ihre erste Bitte war, daß ihr Bruder aus der Schlangenhöhle herausgeholt würde.

Und als der König diese Bitte erfüllt hatte, ging er in die Kammer, wo die alte Hexe saß, und fragte: »Was verdient die, welche das und das tut?« Und erzählte, was geschehen war. Da war sie so verblendet, daß sie nichts merkte, und sprach: »Die verdient, daß man sie nackt auszieht und in ein Faß mit Nägeln legt und daß man vor das Faß ein Pferd spannt und das Pferd in alle Welt schickt.« Das geschah alles an ihr und ihrer schwarzen Tochter. Der König aber heiratete die weiße und schöne Braut und belohnte den treuen Bruder, indem er ihn zu einem reichen und angesehenen Mann machte.

Das Zauberross

Der Vater war gestorben und hatte seinem Jungen nichts hinterlassen als ein Schwert; damit zog er fort und wollte dienen gehen. Nur einmal begegnete ihm ein alter Mann, der war auf einem Auge blind und sah auch mit dem andern nicht recht, der fragte ihn: »Wo gehst du hin, Junge?«

»Dienen!« sprach der Junge.

»Ich brauche gerade so einen; willst du meine Schafe weiden?« Es war dem Jungen recht, und der Alte nahm ihn mit sich. Als er ihm die Herde übergeben, sprach er: »Hüte dich nur, in jenen Wald zu gehen, denn keiner meiner Knechte ist lebendig herausgekommen.«

Der Junge hielt sich einige Zeit daran, aber bald dachte er bei sich: »Du mußt doch einmal sehen, was dort ist; was könnte dir schaden, du hast ja dein gutes Schwert!« Kaum hatte er den Wald betreten und die große Herrlichkeit darin angesehen, so kam ein dreihäuptiger Drache auf ihn zu und schrie: »Menschenkind, wie kommst du herein? Kein Vöglein wagt es, meinen Wald zu verunreinigen, willst du ihn mit deinen Schafen verätzen? Du mußt mit mir schlagen oder ringen, was willst du lieber?«

»Ringen!« sprach der Junge. Da faßte ihn der Drache und schlug ihn bis zu den Knien in den Erdboden. Der Junge faßte darauf sein Schwert und hieb dem Drachen die drei Häupter ab und trug sie nach Hause und hing sie auf die Zaunpfähle.

»Was hast du da?« fragte der Alte, denn er konnte es

nicht sehen. »Drei Häupter von einem Bock, den ich im Walde erschlagen!«

»Du Junge, das mag dir schlecht frommen; gehe nicht mehr in den Wald!«

Aber am andern Tage trieb die Lust den Knaben noch tiefer hinein; da war es noch stiller und herrlicher; nur einmal kam ein sechshäuptiger Drache: »Ha, Menschenkind, kein Vöglein kommt in unsern Wald, du hast ihn mit deinen Schafen verunreinigt und mir meinen Bruder umgebracht; du mußt mit mir schlagen oder ringen, was willst du lieber?«

»Ringen!« Da faßte ihn der Drache und schlug ihn bis an den Nabel in den Erdboden. Der Junge ergriff sein Schwert und hieb dem Drachen alle Häupter ab und trug sie nach Haus und steckte sie auf die Zaunpfähle.

»Was hast du da?« fragte der Alte. »Sechs Häupter von einem Bock, den ich im Wald erschlagen!«

»Das mag dir schlecht frommen, gehe nicht mehr in den Wald!« Tags darauf hatte der Knabe noch viel größere Lust und ging tiefer in den Wald, und es war da noch stiller und herrlicher. Nur einmal kam ein neunhäuptiger Drache: »Ha, Menschenkind, kein Vöglein kommt in unsern Wald, du hast ihn verunreinigt und meine Brüder umgebracht; du mußt mit mir schlagen oder ringen, was willst du lieber?«

»Ringen!« Da faßte ihn der Drache und schlug ihn bis unter die Achseln in den Erdboden. Der Knabe konnte sein Schwert noch schwingen und hieb dem Drachen alle Häupter ab, trug sie nach Hause und steckte sie zu den andern auf die Zaunpfähle.

»Was hast du da wieder?« fragte der Alte. »Neun Häupter von einem Bock, den ich im Wald erschlagen!«

»Das mag dir schlecht frommen, gehe nicht mehr in den

Wald!« Aber am folgenden Tag drang der Junge noch tiefer hinein, und es war da noch viel stiller und herrlicher. Nur einmal kam ein zwölfhäuptiger Drache herangefahren: »Ha, Menschenkind, kein Vöglein kommt in unsern Wald, du hast ihn verunreinigt und meine Brüder umgebracht; du mußt mit mir schlagen oder ringen, was willst du lieber?«

»Schlagen!« sprach der Junge. Denn er fürchtete, der Drache werde ihn bis über den Kopf in den Erdboden stoßen, und dann könnte er sein Schwert nicht brauchen. Da schlug der Drache ihn mit seinem Schweif, daß er zwölf Klafter weit fortflog. Jetzt kam aber der Junge mit seinem Schwert herbeigelaufen und hieb dem Drachen elf Häupter auf einmal ab. Bis er das zwölfte abschlug, waren die andern elf wieder gewachsen, und wenn er die elf abschlug, wuchs das zwölfte wieder. So ging es bis gegen Abend.

Als aber die Sonne unterging, verlor der Drache alle Kraft, und die des Knaben wuchs, und so schlug er die zwölf Häupter auf einmal ab. Als er nach Hause kam, steckte er sie zu den andern auf die Zaunpfähle, und alle Pfähle um den Hof waren jetzt besetzt. Da fragte der Alte: »Was hast du da?«

»Zwölf Häupter von einem Bock, den ich im Wald erschlagen!«

»Das wird dir schlecht frommen, gehe nicht mehr in den Wald!« Allein jetzt war die Lust und Begierde des Knaben gerade auf das höchste gestiegen: »Was wird noch dasein!« dachte er und ging am folgenden Tage noch tiefer hinein. Da war es viel stiller und schöner. Nur einmal sah er in der Ferne ein Häuschen, und davor stand eine steinalte Frau, das war die Buschmutter. Er ging zu ihr und grüßte sie freundlich. »Komm herein!« sprach die

Alte. Da führte sie ihn in ein Zimmer, darin lag ein Toter. »Das ist mein jüngster Sohn, den du mir zuerst erschlagen hast!«

Dann kamen sie in ein anderes Zimmer: »Hier liegt sein älterer Bruder, den du zum zweitenmal erschlugst!« Sie öffnete eine andere Türe und rief: »Und dahin kommst du!« Da wollte sie ihn packen, aber der Knabe erhob sein Schwert und schlug sie gleich zu Boden. Doch konnte er sie, wie sehr er auch schlug, nicht verwunden, und die Alte verlachte und verhöhnte ihn. Wie aber seine rechte Hand ermüdet war, nahm er das Schwert in die Linke: »O weh! O weh!« schrie sogleich die Alte. »Haue nicht, ich will dir was Heilsames sagen!«

»So sprichst du gleich!« rief der Junge und hielt das Schwert gezückt über ihr. Die alte Hexe zitterte und sprach: »Hinter diesem Hause steht ein Baum, unter dessen Wurzel ist ein mächtiger Stein, und darauf liegt eine Kröte; nimm diese und bestreiche damit dreimal dem Alten die Augen und schleudere sie ihm zuletzt gegen die Stirn, daß sie zerplatzt; so wird er wieder sehen!«

»Ist das alles?« sprach der Junge. »Ja!« sprach die Hexe. Kaum hatte sie es gesagt, so ließ er das Schwert auf sie niederfahren, und ihr Kopf lag gleich auf dem Boden.

Nun grub er unter dem Baum bis auf den mächtigen Stein, fand die Kröte, nahm sie und eilte nach Hause, bestrich dem Alten dreimal die Augen und schleuderte sie ihm dann an die Stirn, daß sie in tausend Stücke zerschmettert wurde, und alsbald waren seine Augen heil, und er sah wie die Sonne.

Aus der zerschmetterten Kröte war aber auch eine kleine Gestalt hervorgesprungen. Diese rief: »Ich danke dir, daß du mich erlöst hast. Die alte Hexe hat nicht alles gesagt. Ich mußte, in die garstige Kröte verschlossen, auf dem Schatz der Drachenbrüder liegen und ihn bewachen!« Damit schlüpfte sie in eine Bergspalte.

Nun sah der Junge gleich nach und fand richtig unter dem mächtigen Stein den unermeßlichen Schatz. »Lasse den Schatz da«, sprach der Alte, »den kannst du jederzeit heben. Allein ich gebe dir eine köstlichere Gabe dafür, daß du mir das Licht der Augen zurückgegeben, das mir die alte Hexe genommen hatte! Nimm das Roß aus meinem Stall, damit reite in die Welt, denn du bist noch jung.«

Das Roß aber war kein gewöhnliches; es hatte acht Füße und war wunderschön, aber das Beste an ihm war, daß es sprechen konnte und große Weisheit besaß. Der Junge war sehr froh, setzte sich gleich auf und ritt in die Welt. Wie er ein Stück geritten war, sah er auf der Erde eine kupferne Feder liegen. »Die mußt du aufheben!« sprach das Roß. Der Junge tat es. Ein wenig weiter lag eine silberne Feder und noch ein wenig weiter eine goldne. Auch diese hob er auf, wie ihn das Roß geheißen hatte.

Nun gelangte er bald in die große Stadt, wo der König wohnte. Er ging an den Hof und fragte, ob man keinen Knecht brauche, er wolle gerne dienen mit seinem Roß. Der König nahm ihn an. Nach einiger Zeit machte man eine Jagd. Da erjagte der Junge eine Menge Wild, denn mit seinem Roß konnte er alles ereilen. Das gefiel nun dem König so sehr, daß er den Jungen liebgewann vor den andern Knechten. Diese aber überkam der Neid, und sie sannen darauf, wie sie ihren Kameraden verderben könnten. Der Junge hatte dem König die kupferne, silberne und goldene Feder geschenkt. Da gingen eines Tages die andern Knechte zu ihrem Herrn und sagten: »Der Jungknecht hat sich gerühmt: Ja, es wäre ihm ein leichtes, auch die drei Vögel zu bekommen, von denen die Federn wären.«

Den König überkam sogleich die Lust und Begierde, die Vögel zu besitzen. Er ließ den Jungen rufen und sagte: »Wenn du mir in drei Tagen die Vögel nicht zur Stelle schaffst, so ist es aus mit deinem Leben!« Da war der Junge traurig und wußte sich nicht zu helfen. Wie er in den Stall trat, fragte ihn sein Roß: »Warum bist du so traurig?« Da erzählte es der Junge. »Geh zum König«, sprach das Roß, »und verlange von ihm einen kupfernen, silbernen und goldnen Vogelkorb.«

Als er die drei Käfige hatte, sprach das Roß weiter: »Jetzt setze dich auf mich und reite ins Feld.« Und wie sie dort angelangt waren, sprach es wieder: »Nun rufe einmal nach allen vier Weltgegenden ›Vögel her!‹« Kaum war das geschehen, so kamen eine Menge Vögel von allen Seiten herbei, und auch der Vogelkönig erschien und fragte den Jungen, was er befehle. »Kannst du mir nicht sagen, wo die drei Vögel zu finden, von denen diese Federn sind?«

»Die gehören nicht meinem Reiche an!« sprach der Vogelkönig. »Gleich will ich aber bei meinem Volke fragen, ob niemand Bescheid weiß.« Aber kein Vogel konnte Auskunft geben. »Fehlt niemand?« fragte der König. Als man jetzt nachzählte, so fehlten drei Vögel, die kamen eben herbeigeflogen und waren sehr müde. »Wir hörten wohl den Ruf, aber wir konnten nicht so leicht kommen. Denn wir waren am Weltende!« sprachen sie und erzählten nun von den Wunderdingen, die sie gesehen, der eine vom kupfernen Drachen und kupfernen Vogel, der andere vom silbernen Drachen und silbernen Vogel und der dritte vom goldnen Drachen und vom goldnen Vogel, wie die Drachen sich gesonnt und wie die drei Vögel sie in den Schlummer gesungen hätten.

Das war dem Jungen sehr angenehm zu hören, und der

Vogelkönig befahl, daß die drei ihm den Weg zeigen sollten. Auf seinem schnellen Roß war er bald an Ort und Stelle, und mit seinem Schwert erschlug er die Drachen alsbald, und der kupferne und silberne und goldene Vogel ließen sich leicht fangen. Der König freute sich sehr, als der Junge ihm nur einmal die Vögel brachte, und von da an liebte er ihn noch viel mehr.

Aber die anderen Knechte wurden um so neidischer und falscher und suchten immer, wie sie ihn verderben könnten. Da sprachen sie eines Tages wieder zum König: »Der Jungknecht hat sich gerühmt, es sei ihm ein leichtes, die schöne Meerjungfrau seinem Herrn zu verschaffen.« Den König ergriff sogleich ein unendliches Verlangen, das schöne Weib zu besitzen. Er ließ den Knaben vor sich kommen und sprach: »Wenn du in drei Tagen mir nicht die schöne Meerjungfrau bringst, so hat dein Leben ein Ende. Bringst du sie aber, so sollst du mein halbes Königreich und meine Schwester zur Frau bekommen!« Der Junge freute sich über das letzte, wie er aber an das erste, an den schweren Auftrag dachte, ward er sehr betrübt. Da fragte ihn wieder sein Roß, warum er so traurig sei. Er erzählte ihm's. »Geh hin zum König und verlange von ihm ein ganz weißes Brot und eine Flasche vom besten Wein.« Als der Junge das Brot und den Wein brachte, sprach das Roß wieder: »Nun setze dich auf mich und reite zum Meere!«

Als sie da anlangten, sagte es weiter: »Jetzt lege Brot und Wein ans Ufer, sobald das Meer dann anfängt zu steigen, wird die Meerjungfrau kommen und vom Brot essen und vom Wein trinken. Sobald das geschehen, rufe gleich aus dem Versteck ›Gesehen, gefangen!‹, aber ja nicht eher, als bis sie gegessen und getrunken, denn es wäre dann umsonst und sie verschwände schnell in die Flut, aber ja früher, als bis die Welle ihren Fuß wieder genetzt hat. Dann ist sie gebannt und muß uns zu Hofe nachfolgen.«

Also tat der Knabe, wie ihn das weiße Roß gelehrt hatte. Die Jungfrau kam langsam, sah zuerst genau um sich, horchte, endlich trat sie aus dem Wasser ans Ufer, nahm von dem Brot und trank von dem Wein, und schon wollte sie zurück. Nun erscholl der Ruf: »Gesehen, gefangen!« Da stand sie bleich und festgebannt, und der Junge mit dem Roß sprang schnell hervor, grüßte sie schön und bat sie zu folgen, denn sie solle die Gemahlin seines Königs werden. Die Jungfrau folgte, weil sie mußte, aber sie trug mit sich großen Zorn. Als der König sie sah, grüßte er sie fein und freute sich sehr und hätte gerne bald Hochzeit gehalten. Doch die Meerjungfrau blickte finster und sprach: »Zuerst mußt du mir noch meinen Fohlenhengst und mein Gestüte hierherschaffen.« Da ging der König wieder zum Knaben und sagte: »Hast du mir die Meerjungfrau gebracht, so mußt du mir auch ihren Fohlenhengst und ihr Gestüte hierherführen, sonst hat dein Leben ein Ende. Ist das aber vollbracht, so will ich nichts mehr von dir verlangen, und dann sollst du den versprochenen Lohn haben!«

Der Knabe ward wieder ganz betrübt, und wie er so in den Stall kam, fragte ihn wieder sein Roß, was ihm fehle. Er erzählte ihm von dem neuen Auftrag. »Geh zum König und verlange von ihm zwölf Büffelhäute und zwölf Pfund Harz, dann klebe diese zusammen und überziehe mich damit.« Als das geschehen war, sprach das Roß weiter: Jetzt sitze auf mich und ziehe ans Meer!« Als sie da angekommen waren, sprach das Roß wieder: »Jetzt nimm meinen Halfter und verkrieche dich. Dann will ich den Hengst herbeilocken und mit ihm kämpfen. Wenn du siehst, daß er zur Erde fällt, so komme und lege ihm den Halfter an.«

Kaum hatte sich der Junge versteckt, so stampfte das Roß und wieherte. Nur einmal kam der Fohlenhengst herbeigerannt und schnaubte Feuer und Flammen. Da fing der Kampf an. Er durchbiß ein Büffelfell nach dem anderen, als er aber das zwölfte durchbissen hatte, sank er vor Ermattung nieder. Jetzt lief der Junge hinzu und legte ihm den Halfter an. »Nun schnell auf und davon!« flüsterte ihm sein Roß zu. Der Junge schwang sich auf, und der Fohlenhengst mußte aufstehen und nachfolgen. Da stampfte er einmal gewaltig und wieherte so laut, daß es dem Jungen durch Mark und Bein ging. Nach einiger Zeit sprach das Roß: »Sieh zurück, merkst du nichts?«

»Ich sehe eine Wolke aufsteigen.«

»Das ist das Gestüt, wenn das uns erreicht, so sind wir verloren, denn wir werden von ihm zertreten!« Da stampfte der Fohlenhengst noch einmal und wieherte. »Sieh zurück!« sprach das Roß. »Ich sehe schon die vielen Pferdehäupter!« Da rannten sie aus allen Kräften, und als sie durchs Schloßtor zogen, so stampfte der Schloßhengst zum drittenmal und wieherte. Alsbald waren auch die Stuten da und kamen in den Schloßhof.

Der Junge aber hatte sein Roß schnell in den Stall gebunden und hatte dem König die Nachricht gebracht, der Auftrag sei vollführt. Der freute sich sehr. Die Meerjungfrau jedoch sah noch viel wilder und entsetzlicher aus als früher. »Bis du nicht alle Stuten gemolken und in der siedenden Milch dich gebadet hast, werde ich dein Weib nicht!« Da kam der König wieder zum Knaben und sprach: »Melke die Stuten sogleich in einen großen Kessel, und wenn du es nicht tust, so ist dein Leben am Ende.«

»O König«, sprach der Junge, »hältst du so dein Versprechen?« Er ward traurig, ging in den Stall und klagte seinem Roß. »Was gibt es denn wieder?« fragte dieses. Er sagte ihm von dem neuen Auftrag. »Führe mich in den Hof, so wirst du gleich melken können!«

Kaum war das geschehen, blies das Roß aus seinem linken Nasenflügel solche Kälte heraus, daß die Füße der Stuten an die Erde anfroren; so molk der Knabe leicht, denn die Stuten standen ruhig wie Lämmer.

Als der Kessel voll war, machte man Feuer darunter, und als die Milch siedete, zitterte der König, denn er merkte, es könne sein Leben kosten. Da rief die Meerjungfrau: »Der Knecht soll zuerst baden, der mich und meinen Fohlenhengst und mein Gestüt hierhergebracht hat!« Denn sie haßte ihn deshalb und wollte ihn zuerst verderben. »Ja«, rief der König, »nur schnell, steige hinein.« Der Junge dachte: »Nun ist es aus mit dir«, und war ganz niedergeschlagen: »Lasse mich nur einmal noch mein Roß sehen!« Das wurde ihm gestattet.

Als er hinkam, sagte ihm das Roß: »Führe mich nur zum Rande des Kessels und fürchte dich dann nicht.« Also tat der Knabe, und sowie er in den Kessel stieg, blies das Roß auf einmal so viel Kälte hinein, daß die Milch lauwarm wurde. Es dünkte ihn sehr gut, und er rief: »Wie tut das wohl!« Als der König sah, daß sein Knecht unversehrt blieb, bekam er Mut und sprach: »Heraus mit dir, daß ich jetzt einsteige.«

Kaum war der Junge heraus, so war auch der König schon drinnen, und das Bad schien ihm angenehm. Aber nun blies das Roß aus dem rechten Nasenflügel auf einmal so viel Glut in den Kessel, daß die Milch gleich hoch aufsiedete und der König verbrannte.

Da lächelte die Meerjungfrau und dachte, der Junge werde nun ihr Gemahl werden, doch er ging hin und nahm die Schwester des Königs. Die stolze Meerjungfrau aber, die ihn hatte verderben wollen, machte er zu ihrer Dienstmagd. Als er nun Herr und König war, sagte das Roß zum Jungen: »Noch einen Dienst kann ich dir tun, setze dich auf mich und nimm den Fohlenhengst und alle Stuten und bringe dir den Schatz her.« Da zog der Knabe hin und brachte den unermeßlichen Schatz, der unter dem Baum lag. Als das geschehen war, sprach das Roß: »Von nun an bedarfst du meiner nicht«, und verschwand vor den Augen des Jungen. Wahrscheinlich zog es wieder zu jenem alten Mann, seinem Herrn. Die Meerjungfrau aber, ihren Fohlenhengst und ihre Stuten behielt der neue König immerfort in seinem Dienst und war reich und mächtig, glücklich und zufrieden.

Der Wundermann

Ist einmal ein Graf gewesen, ein sehr stolzer Herr und ein Freund der Jagd, wie weitum keiner. Hier hat er hart und grausam werden können, wenn ihm jemand etwas dazwischengetan hat.

Einmal ist nun auch der Graf wieder auf die Jagd gegangen, doch war nichts gekommen. Daher fürchtete das Gesinde schon seine Zornausbrüche. Am dritten Tag vergeblicher Jagd meldete der Jagdgehilfe dem Grafen, er habe tief im Walde einen Wundermann singen gehört, und das wunderschön. »Den bringt mir«, erwiderte der Jagdherr, »und ich will zufrieden sein. Und den will ich fürstlich belohnen, der ihn gefangen bringt.«

Da eilte nun alles in den Wald, um den Wundermann zu fangen, auch der Jagdgehilfe, der genau wußte, wo er ihn antreffen werde. Vorsichtig schlich er den Wundermann an, während dieser sang, und packte ihn am Hals. Umsonst verlegte sich der Greis aufs Bitten. Der Jagdgehilfe war des Lohnes und der Gunst des Grafen zu froh, als daß er den Wundermann ausgelassen hätte.

Im Schloß angekommen, sperrte man den Wundermann in einen Turm. Dort sang er über sein Leid und seine Gefangenschaft so schön, daß alle, auch der Graf, vor dem Fenster staunend stehenblieben, und alles Jagdpech war vergessen.

Einmal nun fuhr der Graf in die Stadt und brachte seinem Söhnchen Heinrich einen goldenen Ball mit. Für alle hatte er etwas, und den Jagdgehilfen beschenkte er fürstlich.

Nun traf es sich, daß der Knabe im Schloßhof mit dem Ball spielte, und dabei flog dieser durch das offene Fenster ins Zimmer des Wundermannes. Der war trotz des guten Essens und der schönen Wohnung immer trauriger geworden, und die Lieder wurden immer schwermütiger und dabei schöner. Wie hatte er alle Tage den Grafen auf den Knien um die Freiheit gebeten, aber davon wollte der nichts wissen. Nun lag der Ball oben beim Wundermann, doch blieb im Zimmer alles mäuschenstill.

»Ach, der Wundermann schläft«, sagte Heinrich zu sich, »da kann ich wohl hinaufgehen und mir den Ball holen.« Geschwind war er in des Vaters Zimmer um den Schlüssel und sperrte das Zimmer des Wundermannes auf. Der schlief jedoch nicht, sondern saß traurig auf dem Bett. Wie nun der Knabe hereinkam, zog er ihn an sich, küßte ihn gerührt und sagte: »Zum Dank schenke ich dir diesen Ring. Wenn es dir schlechtgehen sollte, so schau auf diesen Ring und denk an mich!«

Der Knabe steckte verblüfft den Ring an den Finger und bückte sich nach dem Ball, indes der Wundermann zur Tür ging und dort verschwand.

Als der Knabe die Flucht des Wundermannes wahrnahm und sein Rufen nach ihm nichts nützte, da warf er sich verzweifelt auf den Boden und schluchzte heftig, denn er kannte wohl den Zorn und die Härte seines Vaters.

Bald wars im ganzen Schloß bekannt, daß der Wundermann durch Verschulden des jungen Grafen entflohen sei, aber niemand getraute sich, dies dem heimkehrenden Schloßherrn zu melden.

Sein erster Weg war ins Zimmer des Wundermannes, es

war leer. Da rief er im höchsten Zorn den Oberförster und fragte ihn, wer den kostbaren Fang habe fahren lassen. Was blieb dem übrig, als die Wahrheit zu gestehen, obwohl Heinrich der Liebling aller war. Da wurde der Graf ganz blaß und sagte mit unheimlicher Ruhe: »Der Jagdgehilfe, der mir den Wundermann gebracht, soll mit meinem Sohn in den Wald gehen, ihn dort töten und zum Zeichen seiner Tat ihm die beiden Augen ausstechen und mir bringen. Soll jetzt der Wundermann sehen, was er durch seine Flucht angerichtet hat.«

Und so geschah es. Am andern Tag ging der Jagdgehilfe mit dem jungen Heinrich hinaus in den Wald. Auf dem Wege dahin nun gestand ihm der Jagdgehilfe, was er tun müsse. Da jammerte der Knabe, warf sich ihm zu Füßen und bat ihn, er möge ihn schonen. »Ich komme nimmer zurück, und nie wird mein harter Vater deine Liebestat erfahren.«

Der Jagdgehilfe ließ sich erweichen, hieß ihn schwören, nie zurückzukehren, und nahm von einem erlegten Hasen die Augen mit ins Grafenschloß.

Heinrich stand nun allein im tiefen Wald und wußte weder aus noch ein. Gestern noch ein Grafensohn und heute ein Bettelkind. Und wie er da nachsann, sah er auf den Ring und dachte: »Wenn doch nur wenigstens der Wundermann da wäre!«

Da stand denn dieser auch schon vor ihm und erfuhr, in welches Unglück seine Flucht den Knaben gestürzt hatte. Er nahm den Knaben zu sich in seine unterirdische Wohnung und wies ihm ein wohnliches Stübchen an. Hier lernte er vom Wundermann das Lautenspiel und viele wunderschöne Lieder. Im Fluge waren zehn Jahre vergangen, und aus dem Knaben war ein hübscher, blondlockiger Jüngling geworden. Jetzt nahm er aber Abschied von

seinem Freund und Lehrer und zog von Burg zu Burg, von Dorf zu Dorf, von Stadt zu Stadt und sang zu seiner Laute wundersame Lieder.

So kam er denn auch, als bereits der Winter die Blätter mit Schneeflocken mengte, in eine Königstadt. Das Wandern im Winter ist ein hartes Los und bitterer noch, mit erstarrten Fingern die Saiten der Laute zu spielen. Deshalb fragte er im Königschloß nach, ob man nicht einen Diener brauche, und fand als Küchenbursche einen Dienst.

Tagsüber half er dem Koch am Herd. Am Abend aber, wenn alle Arbeit ruhte, setzte er sich an das Fenster seines Stübchens und sang Lieder zur Laute, so schön wie nicht besser der Wundermann. Die Dienerschaft horchte auf, und droben in den königlichen Gemächern hörten der König, die Königin und die drei Königstöchter beglückt dem Sange zu, und jedes der drei Mädchenherzen ward dem unbekannten Sänger hold.

Da kam ein Krieg. Der König mußte mit den Rittern und Kriegern ausziehen gegen den Feind. Die Not kam ins Land, der Feind war siegreich und drängte den König und die Seinen immer mehr zurück. Eine Trauernachricht nach der andern kam in die Stadt, und Heinrich hatte herzliches Mitleid mit den verweinten Augen der Königstöchter.

So beschloß er, auch in den Krieg zu ziehen, aber als Ritter, und dem König zu helfen. Und so sah er denn auf seinen Ring und wünschte den Wundermann herbei. Da ging die Tür auf, herein trat der Gewünschte. »Was wünschest du, mein Heinrich?« fragte er.

»In den Krieg will ich ziehen als ein Ritter, wie es einem Grafensohn gebührt«, entgegnete ihm Heinrich. »Wenn es in deiner Macht liegt, bringe mir eine Rüstung und ein Schwert, einen Schild und auch ein Pferd! Und segne mich, daß ich tapfer bin!«

Da verließ ihn rasch der Wundermann, und bald trat ein junger Mann ein, so blond wie er, und brachte Rüstzeug, Schwert und Schild. Drunten im Burghof aber stand ein schwarzes Roß. Auf diesem ritt nun Heinrich als ein

schwarzer Ritter ins Feld. Indessen tat der Jüngling an seiner Stelle den Küchendienst, und niemand merkte, daß der Blondlockige beim Herd doch ein anderer war als die Tage bisher.

Währenddessen aber tat Heinrich Wunder der Tapferkeit in der Schlacht. Wo er hinkam, flogen nur die Köpfe der Feinde von den Rümpfen, und entsetzt nahm bald das ganze Heer Reißaus. Ein paar Tage darauf war das Land vom Feind gesäubert. Der König wußte wohl, daß er dem schwarzen Ritter allein seinen Sieg verdanke, und so schickte er einen Trabanten aus, diesen ins Königszelt zu holen. Aber der schwarze Ritter war davongeritten, und niemand wußte wohin.

Heinrich war wieder daheim, hatte das schwarze Pferd im Hof stehengelassen und sich der Rüstung entledigt. Am nächsten Tag stand er schon wieder beim Herd und half dem Koch.

Aber der feindliche König war mächtig und wollte die Niederlage wiedergutmachen; bald standen seine Soldaten wieder im Lande des Königs. Vergebens war alles Wehren, und neuerdings kam eine traurige Nachricht nach der andern.

Da beschloß denn Heinrich von neuem, die Tränen der Königstöchter zu trocknen und in den Krieg zu ziehen. Er sah auf den Ring und dachte an den Wundermann, und da war er auch schon.

»Was wünschest du, mein Heinrich?« fragte er.

»Wieder will ich in den Krieg ziehen, und du sollst mir neuerdings behilflich sein. Auch bitt ich um deinen Segen.«

Da verließ ihn rasch der Wundermann, und bald brachte ein blondlockiger Jüngling Harnisch, Schild und Schwert, und im Burghof stand ein weißes Roß. Auf diesem ritt nun Heinrich als weißer Ritter hinaus, und wieder stand der Jüngling an seiner Statt in der Küche, und niemand merkte den Wechsel.

Währenddessen stürzte sich der weiße Ritter in den Kampf, und allenthalben flohen die Feinde, wo er auftauchte. Bald war das Land vom Feind gesäubert. Der König, der die Heldentaten des weißen Ritters gesehen hatte, schickte nun einen Trabanten aus, den weißen Ritter zu holen. Aber das war wieder vergebens. Der weiße Ritter war davongeritten, und niemand wußte, wohin.

Doch die Feinde ließen sich trotz der zweiten Niederlage nicht einschüchtern, ja, sie brachen so rasch wieder ein, daß es ihnen bei einem Haar gelungen wäre, den König selbst zu fangen. Da wurde das Elend des Volkes groß, und die drei Königstöchter weinten mehr denn früher und sie erbarmten den Heinrich sehr. Deshalb sah er wieder auf seinen Ring und wünschte den Wundermann herbei. Dieser kam und sprach: »Was wünschest du von mir, mein lieber Heinrich?«

»Ach, schau des Volkes Not an! Ich will zum drittenmal in den Krieg ziehen und diesmal nicht eher fortgehen, bevor sich nicht der Feind zu einem schimpflichen Frieden entschließt.«

»Nun gut, aber wisse, ich zäume dir das Roß zum letztenmal«, erwiderte ihm der Wundermann, und alsbald brachte ein blonder Knappe eine goldene Rüstung und ein Schwert mit goldenem Griff. Drunten aber stand ein Falbe mit goldenem Zaum. Auf diesem ritt er aus und kam gerade zurecht, als der Feind den König gefangennehmen wollte. Jetzt waren aber Heinrichs Hiebe ganz fürchterlich, und alles floh mit dem Rufe: »Der Unbekannte ist da!« Und weit verfolgte Heinrich mit den Soldaten des Königs die Feinde ins eigene Land; schon sah er die feindliche Königsburg. Da winkte der Feind mit weißen Fahnen und bat um Frieden.

Heinrich aber ritt auf einsamen Wegen heim, und vergebens war des Königs Auftrag, auf den goldenen Ritter aufzupassen und diesen zu ihm zu führen. An einem Bach saß er im Gebüsch, als des Königs Trabanten die Au durchsuchten, und wusch sich das Blut vom Fuß. Denn diesmal hatte ein Lanzenstich ihn verwundet, und die Spitze war in der Wunde geblieben. Doch das wußte nicht nur er, das wußten viele aus des Königs Heervolk, und ein Trabant hatte die Lanze erobert. Des goldenen Ritters Verwundung war nun auch dem König hinterbracht und ihm die Lanze übergeben. Doch vergebens war alles Suchen nach dem Retter.

Dieser war auf sein Roß gestiegen und heimgeritten, wo unterdessen der blonde Jüngling unerkannt für ihn Dienst getan hatte. Dem zeigte Heinrich die Wunde und wollte, daß sie sogleich heil sei. »Mein lieber Heinrich«, sagte der verkleidete Wundermann, »das kann ich nicht. Aber daß dich die Wunde zwei Wochen nicht schmerzt, das kann ich wohl und werde dir helfen.« So kam denn hinkend Heinrich wieder zum Koch und half ihm in der Küche.

Unterdessen hatte der König durch seine Trabanten in allen Burgen des Reiches verkünden lassen, der Ritter, der zur abgebrochenen Lanze die passende Spitze beibringe, solle sein Nachfolger und Eidam sein. Da kamen viele Ritter mit Lanzenspitzen, aber nicht eine paßte auf die abgebrochene Lanze.

So gingen die vierzehn Tage herum, und der Fuß des Küchenjungen schwoll groß an. Doch schleppte er sich in die Küche, bis er dort ohnmächtig zusammenbrach. Man rief den Hofarzt herbei, dieser untersuchte den wunden Fuß und fand die Lanzenspitze.

Bald hörte auch der König von dem sonderbaren Fund im Fuß des Küchenburschen und ließ sich die Spitze geben. Sie paßte genau auf die gebrochene Lanze. Nun war kein Zweifel mehr, er war der Held.

Als Heinrich vom tiefen Schlaf erwachte, erstaunte er nicht wenig. Er lag nicht mehr im schlichten Bett, sondern in einem königlichen Prunkgemach in feinstem Linnen und Seide. Dienerschaft umstand das Bett, und einer der Trabanten holte den König. Dieser legte ihm alles klar vor und fragte ihn, wie denn alles war.

Da erzählte nun Heinrich alles, wie er stets verschwand, um seine Abkunft zu verbergen, und auch vom Wundermann. Und er mußte versprechen, den Wundermann zur Tafel zu rufen, wenn er seine Verlobung feiere; denn der König hatte ihm gesagt, daß er sein Nachfolger und Eidam werden sollte. Und Heinrich sagte, daß er die jüngste Tochter am liebsten habe.

So war der Grafensohn Heinrich seines eigenen Vaters König. Den ließ er ohne weitere Kunde von einem Trabanten holen und an den Hundekotter anketten. So hatte es der Wundermann ihm geraten, der nun nicht mehr von der Seite Heinrichs wich. Alle Tage brachte ein Trabant von der Königstafel dem Grafen das Essen zum Hundekotter, und während des Essens machte ihm der Wundermann die heftigsten Vorwürfe wegen des Kindermordes, bis der Graf nach Verlauf einer Woche ganz weich wurde. Dann erst ließ der junge König seinen Vater bringen und gab sich diesem zu erkennen. Das war dann ein lustiges Wiedersehensfest. Ich denk noch gern daran, wie es gewesen ist.

DER ARME SCHUSTER

Es war einmal ein armer Schuster, der vor lauter Not und Elend nicht mehr wußte, was er anfangen sollte. Und so ging er an einem Abend hinaus in den Wald, um zu horchen, ob vielleicht ein Vogerl oder sonst wer seinem Elend Rat wüßte. Und wie er dahinging, kam er zu einem Felsofen, da schien es ziemlich lebhaft zuzugehen – es war nämlich eine große Räuberschar versammelt, und jeder trug einen Metzensack voll Geld auf dem Rücken. Und sie standen herum und warteten auf ihren Hauptmann und beachteten den Schuster nicht, ja hielten ihn vielleicht für einen der ihrigen.

Endlich kam der Hauptmann, trat zum Felsofen hin und sagte: »Felsen, tu dich auf!« Und alsbald teilte sich der Felsen, und alle verschwanden in der Tiefe, worauf sich der Felsen wieder schloß.

Währenddessen ging der Schuster durch den Wald und wieder zurück und sagte immer vor sich hin: »Felsen, tu dich auf!« Als er aber merkte, daß wieder alle Räuber den Felsen verlassen hatten und weit weggezogen waren, da versuchte er sein Glück, stellte sich vor den Felsen hin und rief: »Felsen, tu dich auf!« Und alsbald teilte sich vor dem armen Schuster der Felsen. Rasch stieg er hinein, warf einen Sack über die Schulter und lief damit zur Räuberhöhle hinaus und heim.

Ei, war das eine Freude daheim bei den hungrigen Kindern, als die Mutter für eine einzige Münze einen großen Brotwecken heimbrachte!

Aber den Geldhaufen zu zählen schien dem Schuster zu beschwerlich, und so schickte er zum reichen Greißler um ein Litermaß. Dem Geizhals war schon erst der Taler aufgefallen, mit dem die Schusterfrau das Brot bezahlt hatte, jetzt war er noch neugieriger, wozu der arme Schuster ein Litermaß brauche, und strich daher den Boden der Maßerei mit Honig an. Als nun der Schuster das Geld gemessen hatte und das Litermaß dem reichen Greißler mit vielem Danken zurückschickte, da sah er mit Staunen, daß ein Taler im Honig auf dem Boden der Maßerei klebengeblieben war. Sofort nun lief er zum Schuster und sagte: »Du hast Silbergeld gemessen. Nun weiß jedermann, daß du ein armer Mensch warst. Woher hast du nun soviel Silbergeld? Wenn du es nicht sagst, so zeige ich dich beim Richter an.«

Umsonst beteuerte der Schuster seine Unschuld, schließlich mußte er doch mit der Wahrheit herausrükken. Weil's nun schon Abend war, so wartete der Greißler bis zum nächsten Tag, dann aber spannte er seinen Esel ein und fuhr in den Wald zum Felsofen. Dort rief er: »Felsen, tu dich auf!« Und auch ihm öffnete sich der Felsen, und er nahm einen Sack nach dem anderen heraus und legte ihn auf den Karren.

Nun war aber den Räubern schon das letzte Mal aufgefallen, daß der Felsen offenstehen geblieben war, sie waren deshalb nicht zu weit weggegangen, um den zu erwischen, der sie selber bestahl. Wie sie nun zu ihrer Höhle zurückkehrten, stand sie wieder angelweit offen, und ein Eselsgespann sahen sie davor, und es währte gar nicht lange, so keuchte auch schon der Greißler mit einem Geldsack aus der Höhle heraus. Da fielen sie über ihn her, banden ihn an Händen und Füßen und ließen ihn zerreißen. Zur Warnung aber hängten sie die eine Hälfte des Greißlers vor die Höhle, die andere Hälfte legten sie in der Höhle nieder. Dann zogen sie lustig weiter auf Raub aus.

Als aber des Greißlers Weib die ganze Zeit und auch die Nacht darauf vergebens auf ihren Mann gewartet hatte, ging sie zum Schuster und klagte ihm ihre Angst und Sorge. Der Schuster, der selber ein Unglück befürchtete, machte sich deshalb auf die Suche nach dem Greißler und kam vorsichtig umherspähend zum Felsofen im Walde, da fand er denn zu seinem Entsetzen die eine Hälfte des Greißlers an einem Baum hängen. Da sprach er wiederum vor dem Felsofen das Wort: »Felsen, tu dich auf!«, und als der Felsen sich wieder spaltete, stieg er hinab in die Räuberhöhle und fand drunten nicht nur die zweite Hälfte des Greißlers, sondern auch dessen Eselsgespann.

Da lud er die beiden Teile der Leiche auf den Karren und fuhr eilends hinunter ins Dorf zu der Greißlerin; der übergab er den Leichnam und das Gespann. Die Frau ließ nun von dem Dorfschneider, einer Allerweltsratschen, den Leichnam zusammennähen und ließ dann ihren Mann unter großer Feierlichkeit beerdigen. Als nun die Räuber ihre Höhle wieder angelweit offen sahen und außerdem merkten, daß der Leichnam verschwunden sei, da schickten sie einen der ihrigen ins Dorf, um den Täter ausfindig zu machen. Und da ihm der Ärmel zerrissen war, gedachte er zum Schneider zu gehen und den auszufratscheln. Und diese Dorftratschen erzählte alles dem Räuber vom Anfang bis zum Ende und zeigte ihm schließlich das Schusterhäuschen.

Da schlich der Räuber hin und machte an der unteren Seite der Haustür mit Kreide einen Strich, um das Schusterhaus zu kennzeichnen. Nun hatte aber der Schuster eine sehr gescheite Magd, und die sah, wie der Räuber das tat.

»Ei«, dachte sie sich, »was brauchst du unser Haus zu merken?«, nahm eine Kreide und machte an jeder Haustür an der unteren Seite einen Strich.

Als nun die Räuber in der Nacht kamen und nach dem bezeichneten Hause forschten, fanden sie, daß alle Häuser so bezeichnet waren, und glaubten, der Räuber habe sie gefoppt; da wurden sie wütend, zogen die Messer und erstachen den Boten.

Eine Zeitlang verging, und der Schuster war gerade dabei, sein Haus umbauen zu lassen und eine Herberge daraus zu machen. Da schickten die Räuber wieder einen

Boten aus, daß er nach dem Missetäter forsche. Der Kundschafter nun, ein Maurer von Beruf, wandte sich an die Maurer, die das Haus abrissen, und fragte sie aus. Diese aber wußten ihm zu erzählen, daß der Schuster ganz plötzlich so reich geworden sei und daß er einen Sack voll Geld aus dem Walde heimgetragen haben solle. Der Räuber wußte genug, und er zeichnete das verabredete Zeichen beim Schusterhaus an die Oberseite der Tür. Doch die Magd, die sich gerade zum Türabwaschen rüstete, sah den Kreuzelmacher und wusch nachher fein säuberlich das Zeichen weg.

Als nun wieder die Räuber in der Nacht kamen und nach dem bezeichneten Haus forschten, fanden sie keines mit dem Kreuzel an der Oberseite der Tür, und sie glaubten, auch dieser Räuber hätte sie gefoppt; da nahmen sie wieder ihre Messer und erstachen den Boten.

Nun nahm der Hauptmann selber die Sache in die Hand, zumal er so ziemlich wußte, daß der reiche Schusterwirt der Schlankel gewesen sei, der sie belauscht und bestohlen hatte. Aber um sein Vorhaben auszuführen, brauchte er geraume Zeit, und währenddessen war das Schusterwirtshaus fertig geworden, ein großer, schöner Bau; der Schusterwirt aber war auch jetzt noch ein Freund der Armen geblieben und seinen Dienstboten ein guter Herr. Und so war auch die kluge Magd noch bei ihm in Diensten, und seine Sache war auch ihre Sache.

Eines Tages nun kam ins Dorf ein reicher Ölhändler und führte auf Wagen 37 große Ölfässer mit; beim Schusterwirt aber nahm er für sich und seine Fuhrknechte Quartier, stellte seine Pferde in den geräumigen Stall ein und ließ die Fässer im Hof unbewacht stehen.

Die schlaue Magd nun glaubte hier am billigsten zu einem Öl zu kommen und wollte mit einem Heber ein paar

Liter herausnehmen, da hörte sie, wie die Fässer zueinander redeten, nur eines war still, ein echtes Ölfaß. Eiligst ging sie zu diesem und ließ sich Öl herab, machte es am Herd heiß und goß es in die Spundlöcher der anderen Fässer, bis alle Räuber erstickt waren. Dann ging sie zur Ruhe und schlief gut.

Der Ölhändler aber, wie der am nächsten Morgen in den Fässern seine Leute tot auffand, da ließ er alles und entfloh. Doch ließ die Rachsucht ihn nicht ruhen. Als Hausierer ging er im Dorf herum und erfuhr gar bald, wer den Leuten das Öl eingegossen habe; doch ging es noch nicht an, die Magd aus dem Wege zu räumen.

Im Fasching auf einem Ball glaubte er bei dem großen Gedränge am besten mit ihr abfahren und in der Räuberhöhle sie gottsjämmerlich martern zu können. Er putzte sich deshalb fein sauber heraus und setzte einen Zylinderhut auf. Und so tauchte er am Balle auf und machte sich alsbald an die kluge Magd. Doch die war klüger, als er dachte; sie erkannte in ihm den Ölhändler, den verkappten Räuber, und ehe er sich versah, hatten ihn die Gendarmen erfaßt und dingfest gemacht. Und für seine vielen Missetaten wurde er mit dem Tode bestraft.

Der Wirt aber ging noch manches Mal hinüber zum Felsofen, wenn er irgendwas brauchte, und sagte: »Felsen, tu dich auf!«

Und als sein Weib gestorben und die kluge Magd sein Eheweib geworden war, da ging auch die hinüber und fand noch vielen Schmuck.

Und ich wette, wenn du hingehst und sagst: »Felsen, tu dich auf!«, du findest Ohrringel für dich.

Die Geschichte des Bauern Kiebitz

Ein armer Bauer mit Namen Kiebitz lebte mit seiner Frau in einem kleinen Dorfe ziemlich ruhig und zufrieden. Eines Tages, als er mit seinen beiden Ochsen seinen Acker pflügte, hörte er auf einmal seinen Namen rufen, er sah sich um und erblickte einen Vogel, welcher ihn zu wiederholten Malen ausrief. (Es war nämlich der Vogel Kiebitz, der bekanntlich wie der Kuckuck immer seinen eigenen Namen ausruft.) Der Bauer dachte aber, der Vogel spotte seiner, er nahm darum einen Stein, um ihn damit zu werfen, der Vogel flog aber ruhig davon, und der Stein, anstatt daß er den Vogel treffen sollte, fiel auf einen seiner Ochsen und schlug ihn auf der Stelle tot. »Was sollst du nun wohl noch mit dem anderen Ochsen machen?« dachte Kiebitz bei sich selbst, und ohne längeres Zögern schlug er auch diesen tot, zog ihnen das Fell ab und ging sogleich nach der Stadt, um sie dort an einen Gerber so gut als möglich zu verkaufen.

Er fand auch bald ein Haus, worin ein Gerber wohnte. Er klopfte hier an, und ehe man ihm aufmachte, sah er durch ein Fenster, daß eine Frau einen jungen Menschen, der ihr Liebhaber war, in einen Kasten versteckte. Jetzt wurde ihm aufgemacht. Die Frau fragte, was er wolle, und als er ihr sagte, daß er Felle verkaufen wolle, bekam er zur Antwort, daß der Gerber nicht zu Hause wäre und man nichts ohne des Herrn Wissen kaufen könnte. Der Bauer sagte, man sollte ihm nur den alten Kasten da (er wies nämlich auf den, worin der Liebhaber saß) geben.

Dieses wollte natürlich die Frau nicht zugeben, sie zankten sich so lange darum, bis der Gerber nach Hause kam und fragte, was es denn hier gäbe. Der Bauer erzählte nun alles und daß er ihm doch den Kasten geben möchte. Der Gerber sagte zu seiner Frau, warum sie denn nicht den Kasten geben wollte, sie könnte froh sein, wenn der Bauer damit zufrieden wäre. Und nun nahm der Bauer den Kasten, die Frau mochte sagen, was sie wollte, das half alles nichts, er lud ihn auf seinen Wagen und fuhr damit fort. Als er ungefähr die Hälfte Weges gefahren war, fing der junge Herr an zu schreien, zu rufen und zu bitten, daß der Bauer ihn doch loslassen möchte. Unser Kiebitz aber ließ sich nicht bewegen. Er ließ sich endlich Geld bieten, aber auch damit wollte er anfangs nicht zufrieden sein, bis er ihm tausend Taler bot, hiermit wollte er ihn loslassen. Er ließ es sich auszahlen und ihn dann laufen.

Nun kehrte er vergnügt nach seinem Dorfe zurück und erzählte, wie gut er seine Felle angebracht hätte. Als dieses die übrigen Bauern hörten, schlugen sie alle ihre Ochsen tot und wollten das Fell auch an den Gerber verkaufen. Als sie aber zu ihm hinkamen, fragte er sie, ob sie wohl gescheit wären, er hätte dem Kiebitz ja nur einen alten Kasten gegeben. Darüber erzürnt, daß sie der Bauer Kiebitz so angeführt hatte, nahmen sie sich vor, ihn totzuschlagen, und zwar dann, wenn er in seinem Garten stände und grübe.

Dies erfuhr aber mein Kiebitz, er sagte also zu seiner Frau, daß sie einmal sich einen Spaß machen wollten: Sie möchte doch seine Kleider anziehen und in dem Garten graben, damit die Bauern dann glauben sollten, daß er es wäre. Die Frau versprach, es auch zu tun; sie stellte sich also am Morgen in den Garten und grub. Da kamen denn die Bauern und schlugen sie tot mit dem guten Glauben, sie hätten den Kiebitz totgeschlagen.

Unser Kiebitz freuete sich indes inniglich, daß ihm der Plan so gut gelungen war. Indes dachte er auch noch, von seiner toten Frau einigen Nutzen ziehen zu können; er nahm sie nämlich, zog ihr ordentliche Kleider einer Bauersfrau an, gab ihr einen Korb mit den schönsten Früchten, die jetzt sehr selten waren, da es schon Winter, in die Hand und setzte sie in der Stadt auf ein breites Geländer; er aber versteckte sich nicht weit von diesem Orte.

Nach einer Weile kam ein sehr schöner Wagen mit sechs Pferden, Bedienten und einem Vorreiter gefahren, worin eine sehr hochachtliche Herrschaft saß. Als diese die Früchte sah, schickte sie einen Bedienten zu der Frau, daß er sie fragen sollte, wieviel die Früchte kosteten. Der Bediente ging hin und fragte, wieviel sie kosteten, bekam aber keine Antwort. Nachdem er ein paar Male gefragt hatte, ward er ärgerlich, er dachte, sie schliefe, und stieß sie an, daß sie aufwachen sollte, aber die Frau fiel rücklings ins Wasser hinein. Nun kam der Kiebitz dazugesprungen und schrie und jammerte, daß man ihm seine Frau ins Wasser geworfen hätte und daß er die Herrschaft mit dem Diener verklagen wollte. Die Herrschaften sagten ihm, er möchte nur ruhig sein, sie wollten ihm auch den ganzen Wagen mit Dienern und allem geben. Mein Bauer tat, als wenn er ihnen eine große Gefälligkeit erwiese, und nahm es an, setzte sich hinein und fuhr schnell nach seinem Dorfe zurück. Als er hier ankam, verwunderten sich die Bauern ob des schönen Wagens und der Pferde, als aus der Kutsche unser Kiebitz herausstieg. Er erzählte ihnen nun seine ganze Geschichte, aber nun noch zorniger auf ihn und weit neidischer gemacht, sperrten sie ihn in eine Tonne und wollten ihn so in das Wasser werfen.

Indem sie die Tonne nach dem Wasser vor sich hin rollten, kamen sie bei einem Kruge vorbei, eine Gelegenheit, die sie nicht vorübergehen lassen wollten, um sich mit einem guten Schnaps zu ihrem Vorhaben zu stärken. Sie ließen daher die Tonne draußen liegen, nachdem sie sie an einen Baum gerollt und daran festgebunden hatten. Kaum merkte Kiebitz sich allein, als er auch gleich daran dachte, sich zu befreien. Bald hörte er auch: trappel, trappel, trappel eine Herde Schafe ankommen und fing nun gleich an zu schreien: »Ich will nicht Bürgermeister werden! Ich mag nicht Bürgermeister werden!« Der erstaunte Schäfer trat hinzu und sagte: »Mann, warum schreit Ihr so?«

»Je«, sagte Kiebitz, »sie wollen mich zum Bürgermeister machen, und das will ich nicht, und da ich nicht will, wollen sie mich ins Wasser werfen und ersäufen.«

»Bürgermeister möchte ich wohl werden«, antwortete der Schäfer. »Nun, denn öffnet nur das Faß«, sagte Kiebitz, »laßt mich heraus und kriecht hinein, und sie werden Euch gleich zum Bürgermeister machen.« Gesagt, getan; der Schäfer kroch hinein, Kiebitz war frei und trieb die Herde fröhlich gegen sein Dorf zu.

Als die Bauern aus dem Kruge kamen, rollten sie stracks ihr Faß weiter, während der Schäfer schrie: »Ich will nun Bürgermeister werden!«

»Das glauben wir gerne«, antworteten die Bauern, und patsch! lag die Tonne im Wasser, und die Bauern gingen heim, fröhlich über ihre Tat. Aber wie sie zum einen Ende des Dorfs hineintreten, trieb Kiebitz zu ihrem nicht geringen Erstaunen die Herde Schafe zum andern Ende ins Dorf. »Kiebitz, wo kommst du denn her?« erscholl es aus einem Munde. »Je«, antwortete er, »habt ihr die weißen Blasen gesehen, als ihr mich ins Wasser warft? Das ist ein verzaubertes Wasser. Alle die weißen Blasen sind Schafe, da habe ich mir denn die kleine Herde zusammengetrieben; es sind noch tausendmal mehr da.«

»Können wir denn auch wohl welche bekommen?« fragten die Bauern. »Warum nicht?« war die Antwort. »Ihr müßt nur hineinspringen und sie euch holen.«

So ward denn beschlossen, alle Bauern wollten sich Schafe holen; erst der Schulze, dann die andern Bauern, einer nach dem andern. Der Schulze sprang zuerst, die weißen Bläslein stiegen auf, und nun erwachte der Geiz in den übrigen Bauern, welche fürchteten, der Schulze möchte zu viele nehmen und sie nichts bekommen; alle sprangen auf einmal hinein und ertranken. Und Kiebitz erbte das ganze Dorf und ward ein reicher Mann.

Die Sterntaler

Es war einmal ein kleines Mädchen, dem war Vater und Mutter gestorben, und es war so arm, daß es kein Kämmerchen mehr hatte, darin zu wohnen, und kein Bettchen mehr, darin zu schlafen, und endlich gar nichts mehr als die Kleider auf dem Leib und ein Stückchen Brot in der

Hand, das ihm ein mitleidiges Herz geschenkt hatte. Es war aber gut und fromm.

Und weil es so von aller Welt verlassen war, ging es im Vertrauen auf den lieben Gott hinaus ins Feld. Da begegnete ihm ein armer Mann, der sprach: »Ach, gib mir etwas zu essen, ich bin so hungerig.« Es reichte ihm das ganze Stückchen Brot und sagte: »Gott segne dir's«, und ging weiter. Da kam ein Kind, das jammerte und sprach: »Es friert mich so an meinem Kopfe, schenk mir etwas, womit ich ihn bedecken kann.« Da tat es seine Mütze ab und gab sie ihm.

Und als es noch eine Weile gegangen war, kam wieder ein Kind und hatte kein Leibchen an und fror: da gab es ihm seins; und noch weiter, da bat eins um ein Röcklein, das gab es auch von sich hin.

Endlich gelangte es in einen Wald, und es war schon dunkel geworden, da kam noch eins und bat um ein Hemdlein, und das fromme Mädchen dachte: »Es ist dunkle Nacht, da sieht dich niemand, du kannst wohl dein Hemd weggeben«, und zog das Hemd ab und gab es auch noch hin. Und wie es so stand und gar nichts mehr hatte, fielen auf einmal die Sterne vom Himmel, und waren lauter harte, blanke Taler; und ob es gleich sein Hemdlein weggegeben, so hatte es ein neues an, und das war vom allerfeinsten Linnen. Da sammelte es sich die Taler hinein und war reich für sein Lebtag.

Lügenmärchen

Es war einmal ein gewaltiger Herr, hieß Dummohr von der Schnauze, war klein von Gestalt und groß von Nase, auf welcher Nase unlängst saß ein gestiefelter Dragoner. Dadurch geschah es, daß Herr Dummohr nicht wohl sehen konnte, weshalb er gegen den ersten Maitag rannte und seine Nase daran tödlich verwundete. Die Ärzte ließen durch sein linkes Nasenloch einen feinen weißen Schornsteinfeger kriechen, der untersuchte alles ganz wohl mit einer Laterne, wo kein Licht in war, meinte, durch das rechte Nasenloch wieder herauszukommen, fand aber keine Wunde daran und stieg deshalb in Herrn Dummohrs Hintermund, der aber war auch noch gesund, wollte ihm nachsehen Gurgel und Kehl', fand alles ohne Fehl', blieb aber hangen an einem Brotkrümchen und fiel damit in Herrn Dummohrs Magen, wo er wohl noch sitzen wird, wenn er nicht unterweilen erlöst worden ist.

Das geschah in den Hundstagen zu der Zeit, wo das Bächlein Donau bis auf den Grund zugefroren war. Alle nüchternen Kälber des ganzen Landes Moldau waren auf den Beinen und rannten umher gleich brüllenden Schnekken, fuhren in schönen Schlitten aufs Eis und liefen so schnell wie ein Hase, der auf einen Baum klimmt.

All die Einwohner des ganzen Landes standen da und starrten es an mit geschlossenen Augen und lachten wie ein Schwein, welches Essig trinkt. Da kam eine Begine [Mitglied einer halbklösterlichen Frauenvereinigung], die wollte ein Faß Wein heiraten, aber der Pfarrer verbot es, weil die beiden zu nah verwandt waren.

Trotzdem trank sie in einem Schlucke den Wein und die Tonne und den Zapfen und den Kran und den Keller dazu; dann nahm sie einen Riegel und band damit ihre Strümpfe, und Herr Dummohr sprach, daran hätte sie wohl getan.

Indem strauchelte eine Mücke, die oben auf dem Kreuze des Kirchturms saß, über einen Pflasterstein, der ein bißchen hervorguckte, purzelte und stürzte auf die Straße hinab, daß sie Hals und Beine brach. Ein Schwimmer, der gerade splitternackt auf dem Markte herumschwamm, nahm ihre Eingeweide und band sie in sein Taschentuch, und ihre Beine steckte er in die Tasche, und das übrige salzte er ein. Als er es aber in seinen Keller tragen wollte, fiel er die Treppe hinunter in den Mond hinein, blieb da an einem Horne hängen, und die ganze Nachbarschaft lachte sich fast dumm und bucklig.

Vom Vogel Fenus

Es waren einmal arme Leute, die hatten sehr viele Kinder. Als sie wieder ein kleines Kind bekamen, fanden sie niemanden mehr im ganzen Dorf, der es zur Taufe tragen wollte. Der Mann ging von Haus zu Haus und fragte alle Nachbarn und Freunde, aber alle wehrten ab und sagten:

»Geh nur weiter, wir können es nicht tun.« Traurig ging der Mann heim und klagte: »Weib, was sollen wir tun? Es ist niemand im ganzen Dorf, der unserm Kind Gevatter sein will.«

»Geh ins Nachbardorf«, sagte die Frau. »Ist ja nicht weit, und red dort jemand an, er soll es in die Kirche tragen.« Es blieb dem Mann nichts anderes übrig, als zu tun, was ihm sein Weib riet.

Auf dem Wege mußte er durch einen kleinen Wald, und als er mitten drinnen war, kam ihm ein alter Bettelmann entgegen, der redete ihn sehr freundlich an. »Na wohin, Vetter?« sagte er. »Ich muß ins Nachbardorf gehen um einen Gevatter«, gab der arme Vater zur Antwort. »Wir haben schon so viele Kinder. Wir wissen nicht mehr, wie wir sie taufen sollen, und kein Mensch trägt sie in die Kirche für uns.«

»Geh zurück«, sagte der Bettler. »Wenn ich dir gut genug bin, will ich dir dein Kind gerne in die Taufe tragen.«

»Warum nicht?« meinte der Vater hocherfreut. »Wenn du so gut bist, komm gleich mit, dann brauche ich nicht mehr weiter zu suchen.« So wanderten sie miteinander heimwärts, und als sie zu Hause ankamen, fragte der Bettelmann die Mutter: »Ist es dir recht, wenn ich dir dein Kind in die Taufe trage?«

»Ja, freilich«, sagte sie. »Wenn es nur getauft wird, mehr will ich nicht.« Es war ein gesundes, festes Buberl. Sie wickelte es warm ein, und der Bettler trug es in die Kirche.

Als der geistliche Herr es aufdeckte und taufen wollte, stand auf der Stirne des Kindes mit goldenen Buchstaben geschrieben: »Dieser Anton wird der reichste Kaufmann im Land sein.« Erstaunt las der geistliche Herr die seltsame Schrift, und er wußte nicht, was sie bedeuten sollte. Er wollte sie mit einem Schweißtuch abwischen, aber es war vergebens. So taufte er das Kind Anton, und der Bettler trug es nach Hause.

Wie sehr wunderte sich die Mutter, als sie das Kind auspackte und die goldenen Buchstaben sah! »Was soll denn das heißen?« fragte sie. Aber der Bettler gab ihr darauf keine Antwort. »Ich danke dir schön, daß du mir dein Kind anvertraut hast«, sagte er. »Es war eine große Ehre für mich.« Er verabschiedete sich und ging fort.

Die Mutter badete das Kind und wollte die goldene Schrift von seiner Stirne herunterwaschen, aber glaubt ihr, sie hätte damit etwas erreicht? Sie konnte die Buchstaben auch mit Seife und warmem Wasser nicht wegwaschen, darum plagte sie sich nicht mehr damit, ja, sie war sogar stolz darauf und freute sich darüber, wie schön das Gold glänzte.

Viele Leute kamen von weit und breit, um das Kind anzuschauen, und sie brachten ihm Geschenke mit, weil sie doch nicht mit leeren Händen kommen wollten. Es war ein wunderschöner Bub, und obwohl seine Eltern bitterarm waren, war er immer lustig und vergnügt, und wer ihn nur anschaute, mußte fröhlich sein.

Als das Kind schon sechs Jahre alt war, fuhr eine Kutsche vor und hielt gerade vor dem Haustor. Ein Herr sprang heraus und fragte die Kinder, die neugierig vor dem Tor standen: »Wohnt hier der Bub, der die goldenen Buchstaben auf seiner Stirn trägt?«

»Ja, freilich«, sagten die Kinder, »wollt Ihr ihn sehen?« Sie riefen den Anton herbei, und dem Fremden gefiel der Bub so sehr, daß er zu seiner Mutter sagte: »Beste Frau, verkauft mir den Buben.«

»Den kann ich nicht hergeben«, antwortete die Mutter. »Der ist mir der allerliebste von allen meinen Kindern.«

»Ich bin hergekommen, um den Buben zu holen«, sagte der Fremde. »Ich gebe euch alles, was ihr für ihn verlangt.« Die Frau rief ihren Mann und erzählte ihm, was der Fremde gesagt hatte. »Ja, wir verkaufen Euch den Buben«, sagte der Mann. »Aber Ihr müßt uns versprechen, daß Ihr uns so viel Geld gebt, daß wir unser ganzes Leben genug haben und nie mehr Hunger leiden müssen.« Der Fremde war damit einverstanden und unterschrieb den Kontrakt, dafür durfte er den Buben mit sich nehmen.

Der Toni freilich weinte bitterlich, als er von zu Hause fortmußte, aber der Fremde tröstete ihn und sagte: »Du sollst es bei mir immer gut haben. Ich bin der reichste Kaufmann im ganzen Land.« Er nahm ihn mit und schickte ihn in die beste Schule und ließ ihn alles lernen, was ein Kaufmann wissen muß.

So wuchs der Toni heran. Er wurde ein großer, starker Bursche, und auch an Klugheit fehlte es ihm nicht, so daß man ihm mit Recht ein großes Kaufmannsgeschäft übergeben konnte.

Der alte Kaufmann hatte keine Kinder. Als der Toni ausgelernt hatte, sagte er zu ihm: »Du bist jetzt alt genug, daß du mein Geschäft übernehmen kannst. Ich will es dir aber nicht übergeben, bis du mir nicht drei Federn vom Vogel Fenus bringst. Geh in die Welt und such den Vogel Fenus! Wenn du mir die drei Federn bringst, sollst du mein Kaufmannsgeschäft übernehmen. Anders nicht.«

»Ich will den Vogel Fenus suchen«, sagte der Bursche. Der alte Kaufmann schenkte ihm ein Roß und gab ihm viel Geld mit, daß er unterwegs nicht Hunger leiden sollte. So machte sich der Toni auf den Weg und ritt von einem Dorf zum anderen. Überall fragte er die Leute nach dem Vogel Fenus, aber niemand konnte ihm den rechten Weg sagen. Er konnte nichts erfragen.

Als es Nacht wurde, beschloß er in einem Dorf zu übernachten. »Wohin geht die Reise?« fragten ihn die Leute, als er sie um ein Nachtquartier bat. Sie wunderten sich über seine goldene Stirn und wußten gleich, daß sie es mit einem besseren Herrn zu tun hatten. »Ich habe noch eine weite Reise vor mir«, sagte er. »Ich muß den Vogel Fenus aufsuchen. Wißt ihr nicht, wo ich ihn finden kann?«

»Das wissen wir leider nicht«, sagten die Leute. »Aber wenn du den Vogel Fenus suchst, hätten wir eine große Bitte an dich. Wir haben eine Tochter, die ist über und über voll von Grind. Seit sie sieben Jahre alt war, ist sie so voll von Grind, daß wir sie gar nicht anschauen mögen. Es wird immer ärger, und wir wissen uns schon gar nicht mehr zu helfen. Wenn du vom Vogel Fenus erfragen kannst, warum unsere Tochter so voll von Krätze ist, wollen wir dich reich belohnen.«

Am Morgen ritt der Bursche weiter, so weit ihn sein Roß bis zum Abend tragen konnte, aber er konnte wiederum keine Spur von dem Vogel Fenus entdecken. Wiederum mußte er in einem Dorf über Nacht bleiben. »Wohin reitest du denn?« fragten ihn die Leute, als er sie um eine Nachtherberge bat. »Zum Vogel Fenus«, war die Antwort. »Wir hätten eine große Bitte an dich«, sagten sie. »Wir haben einen Brunnen im Hof, der hat immer so viel Wasser gehabt, und jetzt gibt er auf einmal keinen Tropfen Wasser. Wenn du vom Vogel Fenus erfragen kannst, warum unser Brunnen versiegt ist, wollen wir dich reich belohnen, wenn du am Heimweg wieder bei uns vorbeikommst.« Wo er aber den Vogel Fenus finden könne, das wußten sie ihm leider auch nicht zu sagen.

So blieb er bei ihnen über Nacht, und am nächsten Morgen ritt er weiter, bis es so dunkel war, daß er sich wieder um eine Nachtherberge umsehen mußte. Auch diesmal mußte er in einem Dorf übernachten. »Wohin reitest du denn?« fragten ihn die Leute. »Zum Vogel Fenus.«

»Wenn du hinkommst, frage ihn doch einmal, warum unser alter Birnbaum im Garten keine Birnen mehr trägt. Früher hat er so viele gehabt, daß sich die Äste gebogen haben, und jetzt ist er ganz verwelkt und dürr. Wenn du zurückkommst und uns sagen kannst, was schuld ist, daß der Baum keine Birnen mehr trägt, wollen wir dich reich belohnen.«

Der Bursche versprach ihnen, daß er sie nicht vergessen wollte. Am nächsten Morgen ritt er weiter, wohin sein Roß nur laufen wollte, aber keiner, den er fragte, konnte ihm Auskunft geben, wo er den Vogel Fenus finden könne. Schließlich kam er zu einem großen Fluß, und drüben am anderen Ufer sah er ein Haus stehen. Ein Fährmann fuhr mit seinem Schiff von einem Ufer zum anderen, und alle Leute, die hinüberwollten, mußten bei ihm zukehren und ihn bitten, daß er sie hinüberfahre.

Der Bursche wartete, bis der Fährmann mit seinem Boot am Ufer anlegte, und fragte ihn nach dem Vogel Fenus. »Das kann ich dir schon sagen, wo der Vogel Fenus zu finden ist«, sagte der Fährmann. »Dort drüben in dem Haus am anderen Ufer wohnt er. Ich will dich gern hinüberfahren. Wenn du hinkommst, frage ihn, wie lange ich noch mit meinem Boot hinüber- und herüberfahren muß und wann ich mir endlich Ruhe gönnen kann.«

Als der Toni am anderen Ufer ankam, ging er geradewegs auf das Haus zu. Vor dem Haustor stand ein gewaltiger Riese auf Wache, der schrie den Burschen an: »Wo willst du hin?«

»Zum Vogel Fenus.«

»Ja, da bist du am rechten Ort, der ist drinnen«, sagte der Riese, sperrte das Tor auf und ließ ihn hinein.

Auf dem Haus saß eine weiße Taube. Als sie den Burschen kommen sah, flog sie herunter und setzte sich auf seine Achsel. »Auf dich warte ich schon lange Jahre«, sagte sie. »Was willst du denn von mir?«

»Ich möchte dich recht schön bitten, daß du mir drei Federn gibst, deshalb hab ich mich auf den Weg gemacht zu dir.«

Der Vogel schüttelte sich und schlug mit den Flügeln, daß drei schöne weiße Federn vor dem Burschen niederfielen. »Da hast du deine drei Federn«, sagte er. Der Toni freute sich, daß er dem alten Kaufmann seinen Wunsch erfüllen konnte, aber nun stellte er dem Vogel alle die anderen Fragen, die ihm unterwegs aufgetragen worden waren: »Wie lange muß denn der Fährmann noch über das Wasser fahren?«

»Laß dich zuerst ans andere Ufer fahren«, riet der Vogel Fenus. »Wenn du in Sicherheit bist, sag dem Fährmann, daß er noch so lange fahren muß, bis er jemandem das Ruder in die Hand gibt. Der muß ihn ablösen, er selber aber kann gehen, wohin er will.«

»Ich bin an einem Dorf vorübergekommen, dort steht ein Birnbaum, der ist ganz abgewelkt und dürr. Was ist denn schuld daran, daß der Baum keine Birnen mehr trägt?«

»Sag den Leuten, sie sollen das Erdreich unter dem Baum aufgraben, an der Herzwurzel sitzt ein großer Wurm, der frißt sie ab. Solange der Wurm an dem Baume nagt, kann er keine Früchte tragen. Sie müssen ihn töten und den Baum wieder eingraben, dann wird er mehr Birnen tragen als je zuvor.«

»In einem anderen Dorf ist ein Brunnen, der hat immer viel Wasser gehabt, und jetzt hat er keinen Tropfen mehr. Was hat denn das zu bedeuten?«

»Sag den Leuten, eine Steinplatte ist über die Quelle gewachsen. Sie sollen einen Steinbohrer nehmen und die Platte durchbohren, dann werden sie wieder Wasser genug haben.«

»Ich habe noch eine letzte Frage. In einem Dorf ist ein Mädchen, das ist über und über voll Grind, daß man sie gar nicht mehr anschauen kann. Die Eltern möchten gerne wissen, wie ihre Tochter wieder gesund werden kann.«

»Sag ihren Eltern, in der Küche neben dem Herd ist ein roter Ziegelstein, darunter sitzt eine große Kröte. Wenn das Mädchen der Kröte den Kopf abbeißt, dann wird sie wieder gesund. Sonst gibt es keine Hilfe für sie. Als sie sieben Jahre alt war, hat sie ein Stückchen Brot ausgespuckt, weil es ihr einmal nicht geschmeckt hat, und deshalb ist sie mit solch einer Krankheit gestraft worden.« Nun wußte der Bursche alles, was er wissen wollte. Als er Abschied nahm, bedankte sich der Vogel Fenus bei ihm und sagte: »Ich danke dir, daß du zu mir gekommen bist. Du hast mich erlöst. Ich habe schon so lange Jahre auf dich gewartet.«

Zufrieden machte sich der Toni auf den Heimweg. Als er zu dem Fährmann kam, wollte der gleich wissen, was der Vogel Fenus gesagt hatte. »Fahre mich zuerst hinüber!« sagte der Bursche. »Dann will ich dir verraten, wie du von hier fortkommen kannst.« Am anderen Ufer stieg der Bursche aus. Aber ehe er fortritt, rief er dem Fährmann zu: »Wenn wieder einer kommt und ans andere Ufer will, gib ihm dein Ruder in die Hand, dann muß er an deiner Stelle Fährmann sein, du aber bist frei.«

Als er zu den Leuten kam, in deren Garten der Birnbaum stand, sagte er ihnen, was der Vogel Fenus geraten hatte. »Warte nur«, sagten die Leute. »Wir wollen gleich nachgraben. Wenn es wahr ist, sollst du deinen Lohn haben.« Sogleich gruben sie bei dem Birnbaum nach und fanden den großen Wurm an der Herzwurzel. Kaum hatten sie den Baum wieder eingegraben, hingen auch schon wieder die reifen Birnen daran, und die Äste bogen sich unter der schweren Last. Zum Dank für seinen guten Rat schenkten sie ihm viel Gold, und fröhlich ritt er weiter zu dem Brunnen, dessen Wasser versiegt war.

»Eine Steinplatte ist über die Quelle gewachsen«, sagte er zu den Leuten, denen der Brunnen gehörte. »Nehmt einen Steinbohrer und bohrt in die Tiefe, so werdet ihr Wasser genug haben.«

»Warte nur«, sagten die Leute. »Wir wollen gleich nachbohren. Wenn es wahr ist, sollst du deinen Lohn haben.« Das Wasser sprang ihnen in einem starken Strahl entgegen, als sie die Steinplatte durchbohrt hatten, und nun gab es Wasser im Überfluß. Deshalb freuten sie sich sehr und beluden sein Roß mit Gold.

Zuletzt kam er zu dem Mädchen, das voll Aussatz war. »Sie hat einmal ein Stück Brot ausgespuckt, weil es ihr nicht geschmeckt hat«, sagte der Bursche. »Grabt neben dem Herde unter dem Ziegelstein, der dort liegt, nach. Dort sitzt eine Kröte, der muß sie den Kopf abbeißen, wenn sie wieder gesund werden will.«

Die Mutter grub sogleich unter dem Ziegelstein nach, und siehe da! Da saß wirklich eine große, fette Kröte unter dem Stein. Kaum hatte das Mädchen ihr den Kopf abgebissen, da war ihr Gesicht wieder rein und schön, als wäre sie nie krank gewesen. Ihr könnt euch denken, wie sehr sich die Eltern darüber freuten, daß ihre Tochter wieder gesund war. Sie belohnten ihn so reichlich mit Gold, daß sein Pferd es kaum mehr tragen konnte.

Als er nach Hause kam, wartete der Kaufmann schon sehnlichst auf ihn, denn er war schon alt und wollte sich ausruhen. Der Toni gab ihm die drei Federn. Darüber freute sich der Kaufmann so sehr, daß er dem Burschen gleich sein ganzes Vermögen überschreiben ließ, und so war der Toni wirklich zum reichsten Kaufmann im ganzen Lande geworden. Er suchte sich eine brave Frau, und jetzt halten sie gerade miteinander Hochzeit. Wenn die Hochzeit vorbei ist, will ich weitererzählen.

Das Kind mit dem Tränenkrug

Einer jungen Frau war das einzige Kind gestorben. Sie weinte über alle Maßen und konnte sich nicht zufriedenstellen. Jede Nacht lief sie hinaus auf das Grab und jammerte, daß es die Steine hätte erbarmen mögen. In der Nacht vor dem heiligen Dreikönigsfeste sah sie Perchta [die Anführerin der Wilden Jagd] nicht weit von ihr vorüberziehen, da gewahrte sie, den andern Kindern hinterdrein, ein kleines mit einem ganz durchnäßten Hemdchen angetan, das in der Hand einen Krug mit Wasser trug und, matt geworden, den übrigen nicht folgen konnte; ängstlich blieb es vor einem Zaun stehen, den Perchta überschritt und die andern Kinder überkletterten. In diesem Augenblick erkannte die Mutter ihr Kind, eilte hinzu und hob es über den Zaun. Während sie es so in den Armen hielt, sprach das Kind: »Ach, wie warm sind Mutterhände! Aber weine nicht so sehr, du weinst mir meinen Krug sonst gar zu schwer und voll, da sieh, ich habe mir mein ganzes Hemdchen schon damit beschüttet.«

Von jener Nacht an, so erzählt man in Wilhelmsdorf, habe die Mutter aufgehört zu weinen.

Zu Bodelwitz erzählen die Leute, das Kind habe gesagt: »Ach, wie warm ist Mutterarm« und seiner Bitte »Mutter, weine nicht so sehr« dann noch die Worte beigefügt: »Ich muß ja jede Zähre, die du weinest, in meinen Krug sammeln.« Da weinte sich die Mutter noch einmal herzlich aus.

Der junge Fleischer

Ist einmal ein junger Fleischer gewesen, der ist auf seiner Wanderschaft in ein Räuberhaus gekommen. Dort hat er eine Frau und drei Hunde angetroffen, einen grauen, einen schwarzen und einen weißen. Den grauen nun hat er der Frau abgebettelt, und sie hat ihm den gegeben unter der Bedingung, daß er sich nichts gefallen läßt. Und so ist er fortgegangen. Wie er da durch den Wald geht, begegnen ihm die Räuber und wollen ihn ausrauben. Er aber pfiff nach dem Hund und schrie die Räuber an: »Ich laß mir nichts gefallen.« Da ist der Hund derart scharf auf die Räuber losgefahren, daß sie davongelaufen sind.

Nun ist er aber wieder zurück zum Räuberhaus gegangen und hat seine Heldentat dem alten Weibel gemeldet. Das war darüber so herzlich froh, daß sie zu ihm sagte: »Zum Dank, daß du mich von den Räubern befreit hast, will ich dir zu einer sehr schönen Frau verhelfen. Geh nur diesem Weg nach da in den Wald hinein. Du wirst dann zu einem Waldteich kommen, in dem sich eine Menge Mädchen waschen. Dabei haben sie ihre Gürtel auf die nahen Bäume gehängt. Schau dich nach der Jungfrau um, die dir am besten gefällt, und nimm dir ihren Gürtel vom Ast. Wo du auch seist, wenn du den Gürtel drehst, wird die Jungfrau dir behilflich sein. Jedoch gibt acht, daß niemand sonst den Gürtel sieht; denn sonst müßtest du dir das Mädchen vom Spiegelberg holen.«

So sagte die Alte, und der junge Fleischer ging den bezeichneten Weg nach zum Weiher im Walde. Schon von weitem hörte er das Reden und Pritscheln der Mädchen, und wie er hinzukam, sah er eine große Anzahl von Mädchen in langen weißen Kleidern an dem Ufer des Teiches stehen, und nicht eine der Jungfräulein hatte den Gürtel um; diese hingen samt und sonders an den Bäumen. Lange hörte er dem munteren Geplauder der Waschenden zu und wählte sich mit den Augen die schönste aus. Deren Gürtel löste er dann vom Ast und ging fort in den Wald zurück.

Im Walde, den er wegen seines Hundes nicht fürchtete, verirrte er sich aber einmal und fand sich nicht mehr zurecht. Da zog er den Gürtel hervor und drehte sich um. Da stand auch schon das Mädchen, das er sich ausgesucht hatte, vor ihm und fragte ihn, was er wolle.

»Ich bin schon weit gewandert und will nun heimgehen. Nun habe ich aber den Weg verloren und weiß nicht aus noch ein.«

»Hast du keine größeren Wünsche? Der ist dir leicht gewährt«, erwiderte sie ihm und führte ihn auf den rechten Weg und aus dem Wald hinaus. Jetzt sah er schon sein Heimatdorf, und bald klopfte er an die Tür seines Elternhauses.

Den Gürtel verbarg er im Strohsack seines Bettes; der Hund aber begleitete ihn immer auf allen Wegen. Ein paar Tage drauf räumte die Mutter gründlich auf und drehte auch den Strohsack um; dabei fiel der Gürtel heraus. Sie nahm ihn auf und legte ihn auf den Tisch. Und als er heimkam, fragte sie ihn, woher er den Gürtel habe.

»O weh«, rief da der junge Fleischer aus, »nun ist's aus. Jetzt muß ich zuerst den Spiegelberg suchen gehen und ihn dann ersteigen, damit ich meine Braut wiederfinde.«

Und so ist er auf die Suche gegangen und nach vielem Hin- und Hergehen zum Spiegelberg gekommen. Hier war das Hinaufsteigen freilich keine Kleinigkeit, denn der ganze Berg war mit Glas überzogen und spiegelte in der Sonne wie der Teich im Frühlingssonnenschein.

Er hat wohl gleich hinaufkraxeln wollen, aber nach ein paar Schritten ist er zurückgerutscht. »O weh«, rief er aus, »ist denn niemand da, der mir sagen könnt, wie ich da hinaufkommen kann?«

Da ist oben ein junges Mädchen hervorgekommen, hat ihm einen Strick herabgelassen, und an dem hat er sich hinaufgehandelt bis zum Gipfel des Spiegelberges. Droben ist ein großes Schloß gestanden, doch ist kein Tor dagewesen, daß er hätte hineingehen können.

»So, jetzt wär ich da und kann nicht hinein. Ist das eine Plagerei!« klagte da der Bursch. »Und niemand ist da, der mir sagen tät, wie ich da hineinkomm.«

Da ist oben eine schwarze Frau erschienen, die hat Leintücher ausgebeutelt. Eines ist ihr ausgekommen und gleich unter dem Fenster hängengeblieben. An das hat er sich drangehängt, es hat gehalten, und so ist er vorsichtig hinaufgeklettert und droben beim Fenster hineingestiegen. Wie er hineinsteigt, steht die schwarze Frau vor ihm und fragt ihn, was er will.

»Meine junge Frau geh ich holen«, sagte er drauf trutzig.

»Da mußt du zuerst drei Arbeiten verrichten«, sagte sie darauf. Sie erscheinen zwar sehr schwer, sind aber, wenn man's geschickt angeht, spielend leicht. Da hast du eine Hacke, mit der mußt du mir morgen den Wald umhauen.«

»Den ganzen Wald?« hat der Fleischer gefragt. Dabei sind ihm die Augen stehengeblieben, so groß war der Wald.

Aber in aller Früh ist er mit frischem Mut hinausgegangen in den Wald und hat gearbeitet, fleißig gearbeitet, und doch bis zur Nachmittagsjausen nur einen Baum abgestockt. Schwitzend hat er daher dem Mädchen, das ihm die Jausen brachte, sein Leid geklagt.

»All dein Schweiß ist unnötig und unnütz«, hat sie geantwortet, »du brauchst ja nur mit der Breitseite der Hacke an die Stämme schlagen, und du wirst Wunder sehen.«

Da nun tat er, wie ihm geheißen, und am Abend lag der ganze Wald. Lachend ist er heimgegangen und hat der schwarzen Frau gesagt, daß er den ganzen Wald gefällt.

»Hat dir jemand geholfen?« fragte sie ihn.

»O nein, hab alles selbst getan«, hat er erwidert und doch nicht gelogen.

Darauf hat ihm die Frau eine Sense gegeben und befohlen, morgen eine Wiese abzumähen. Die Wiese war aber ungeheuer groß. Und wieder ist er in aller Früh hinausgegangen und hatte nur ein kleines Fleckerl abgemäht, wie das Mädchen mit der Jause kam. Schwitzend hat er ihr daher wieder sein Leid geklagt.

»All dein Schweiß ist unnötig und unnütz«, hat sie ihm entgegnet, »du brauchst nur mit der Sense vor dir hinschieben, so wirst du Wunder sehen.«

Das tat er, und am Abend war die ganze Wiese abgemäht. Lachend ist er heimgegangen und hat der schwarzen Frau gesagt, daß er die Wiese abgemäht.

»Hat dir jemand geholfen?« hat sie wieder gefragt.

»Daß ich nicht wüßt; alles selbst getan«, hat er gesagt und doch nicht gelogen.

Darauf hat sie ihm ein Zugscheit gegeben und gesagt, morgen solle er das Heu einführen.

Und wieder ist er in aller Früh hinausgegangen und hat einen Karren mit Heu hoch aufgeladen und nur drei solche Fuder bis zur Nachmittagsjausen eingeführt. Schwitzend hat er daher wieder dem Mädchen, als sie ihm die Jausen brachte, sein Leid geklagt.

»All dein Schweiß ist unnötig und unnütz«, hat sie ihm erwidert, »du brauchst nur das Zugscheit in die Hand nehmen und von einem End der Wiese zum anderen gehen, und du wirst Wunder sehen.«

Das tat er nun, und das ganze Heu ist ihm nachgefolgt. Lachend ist er am Abend in das Schloß gegangen und hat der schwarzen Frau gesagt, er habe das ganze Heu eingebracht.

»Hat dir jemand geholfen?« hat sie gefragt.

»Alles selbst getan«, hat er erwidert und nicht gelogen.

»Nun aber sieh zu, jetzt kommt das Schwerste«, sagte sie darauf. »Paß auf, heute in der Nacht mußt du beim Fenster hinausschauen. Da werden viele Mädchen vorübergehen. Siehe zu, daß du die erkennst, deren Gürtel du hast.«

Da war freilich guter Rat teuer, aber er fand doch Gelegenheit, mit dem hilfreichen Mädchen zu sprechen. »Sag mir, wie ich meine Braut erkennen kann?« fragte er sie.

»Ich werde einen Bienenkorb statt eines Hutes tragen«, entgegnete sie. »Denn wisse, ich bin deine Braut und bin nur dadurch, daß ich mich gar nicht vorgedrängt, zu dir auf das Feld geschickt worden.«

Getrost sah er nun der Nacht entgegen, und als die Mädchen vorüberzogen, rief er laut: »Die ist es mit dem Bienenkorb.«

Da ist die alte schwarze Frau wohl zornig geworden, weil sie eingesehen, daß das Mädchen sie bemogelt hatte. »Dieses Mädchen hat schon zu viel Zauberei gelernt«, rief sie aus, »aber ich werde ihr helfen, daß ihr das ganze Zaubern nichts nützt.«

Und sie hat das Mädchen in einen Zauberkasten gesperrt und noch dazu Zeichen darauf geschrieben, so viel und so gut, daß das Mädchen mit all ihrer Zauberkunst von innen den Kasten nicht öffnen konnte.

Aber Liebe ist stärker als Zauberei. Der junge Mann hatte nun nichts mehr zu tun, er langweilte sich und wollte schon die Burg verlassen; aber nun ging ihm seine Braut ab. Und so ging er auf die Suche, kam in jedes Zimmer, und als er sie nirgends fand, so klopfte er alle Kästen ab; kein Wunder, daß er auch zum Zauberkasten kam.

Wie er anklopfte, gab sie ihm Antwort und auch die Anweisung, wie er an die Schnalle drücken solle. Und wirklich ging die Tür auf. Aber ein Luftzug schlug mittlerweile die Tür des Kämmerchens zu. Zum guten Glück aber war die Kammer der Aufbewahrungsort für Wolle. Ohne weiteres machte sich das Mädchen daran, aus der Wolle ohne Spindel einen Strick zu spinnen, und der junge Mann half ihr fleißig dabei. Noch in der Nacht ließen sich die beiden über die Burgmauern hinab und flohen in den Wald.

Wie aber die Alte am Morgen die Flucht der beiden wahrnahm, schickte sie ihnen ihre ältere Tochter in Gestalt einer weißen Wolke nach. Das fliehende Mädchen erkannte aber, daß die Wolke nicht echt war. Flugs verwandelte sie ihren Begleiter in einen Dornenstrauch und sich in ein Röslein darauf. Das hat freilich die ältere nicht wahrgenommen und ist heimgeflogen und hat zur Mutter gesagt: »Ich habe die beiden nicht gesehen, nur Bäume und einen blühenden Dornenstrauch.«

»Dummes Mädel«, schrie die Alte, »das waren sie ja.«

Und sie schickte die zweite Tochter nach ihnen aus, und zwar diesmal als schwarze Wolke. Wie nun die Flüchtende die Wolke sah, hat sie den jungen Mann in einen Felsstein verwandelt und sich als Bäumlein darauf gesetzt. Unverrichteter Dinge kam die Tochter heim.

»Ich habe nichts von ihnen gesehen«, sagte sie, »nur einen Felsstein und ein Bäumerl drauf.«

»Dummes Mädel«, hat da die Alte geschimpft, »das waren sie ja.«

Und so ist die Alte den beiden selber nachgeflogen. Das haben die beiden gesehen, und flugs hat das Mädchen sich in eine Kapelle verwandelt und ihn als Pfarrer drein. Wie nun die Alte gekommen ist, da hat der Pfarrer gerade gebetet und nicht aufgehört, und da ist ihr Zauber vergebens gewesen. Fuchsteufelswild ist die Alte daher wieder heimgeflogen, damit die dummen Töchter keine Dummheiten machen.

Das Paar aber hat dann in der Stadt geheiratet. Und draußen auf dem Lande hat es ein Schloß hergezaubert und viel Geld und Gut.

Vielleicht steht's heute noch.

– – – Und die Hunde?

Ach ja, geh selber zu der Frau und hol dir einen; dann baust du dir etwa auch ein Haus und führst eine hexerische Braut heim.

Die Hexe und die Königskinder

Mitten in einem Walde wohnte eine alte schlimme Hexe ganz allein mit ihrer Tochter, welche letztere ein gutes, mildes Kind war und bei der das Sprüchwort »Der Apfel fällt nicht weit vom Stamme« nicht zutraf. Der Stamm nämlich war über alle Maßen knorrig, stachlich und häßlich; wer die Alte sah, ging ihr aus dem Wege und dachte: »Weit davon ist gut vor'm Schuß.« Die Alte trug beständig eine grüne Brille und über ihrem Zottelhaar, das ungekämmt ihr vom Kopfe weit herunterhing, einen roten Tuchlappen und ging gern in kurzen Ärmeln, daß ihre dürren, wettergebräunten Arme weit aus dem sie umschlotternden Gewand hervorragten. Auf dem Rücken trug sie für gewöhnlich einen Sack mit Zauberkräutern, die sie im Walde sammelte, und in der Hand einen großen Topf, darin sie dieselben kochte und damit Ungewitter, Hagel und Schloßen, Reif und Frost zuwege brachte, sooft es ihr beliebte. Am Finger trug sie einen Hexenreif von Golde mit einem glühroten Karfunkelstein, mit dem sie Menschen und Tiere bezaubern konnte. Dieser Ring machte die Alte riesenstark und lebenskräftig und machte sie, wenn sie wollte, auch ganz und gar unsichtbar; da konnte sie hingehen, wohin sie wollte, und nehmen, was sie wollte – und das tat sie auch, und im Walde suchte sie die Hirschkühe auf, und wenn die Tiere den Ring sahen und sahen den Stein funkeln, da mußten sie, an eine Stelle gebannt, stehenbleiben, und dann ging die Alte zu den Hirschkühen und molk deren Milch in ihren Topf und trank sie mit ihrer Tochter. Diese Tochter hieß Käthchen und hatte es nicht gut bei ihrer bösen Mutter, doch trug sie geduldig alles Leid. Am schmerzlichsten war ihr, daß ihre Mutter manches Mal Kinder mitbrachte, mit denen Käthchen gern gespielt hätte, allein die Alte nahm immer den Kindern ihre Kleider, sperrte die Kinder ein und fütterte sie mit Hirschmilch, daß sie fett wurden, und was sie dann mit ihnen vornahm, ist gruselig zu erzählen; sie verwandelte sie nämlich in Hirschkälbchen und verkaufte diese an Jäger. Die Jäger aber schossen die armen verwandelten und verkauften Hirschkälbchen tot und lieferten sie in die Stadt, wo die Leute das junge Wildbret gar gern essen. So schlimm und böse war die häßliche Alte, und da sie den ganzen Tag nichts tat als zaubern und böse Ränke ersinnen und dabei oft und viel laut vor sich hin murmelte, so lernte ihre Tochter Käthchen ihr unvermerkt einige Zauberstücklein ab, die sie ganz im stillen für sich behielt.

Da brachte eines Abends die Alte wieder zwei wunderschöne Kinder geführt, einen Knaben und ein Mädchen, denen sah man an, daß es Geschwister waren und reicher Leute Kinder; beide hatten sich im Walde verirrt, waren von der Alten gefunden und nach ihrem Hause mitgenommen worden, und sie hatte ihnen gesagt, sie wolle sie zurück zu den Eltern bringen. Die Kinder sahen sich schrecklich getäuscht, als die Alte ihnen ihre schönen Kleider auszog, ihnen dafür Lumpen anlegte und sie in ein dunkles Kämmerchen einsperrte. Doch bekamen sie einen ganzen Topf voll Hirschmilch zu essen, welche gut schmeckte, und ein Stück schwarzes Brot dazu, welches weniger gut schmeckte, aber endlich doch auch verzehrt wurde.

Am andern Morgen humpelte die Alte schon frühzeitig in den Wald und winkte den Hirschkühen. Da war eine

Hirschfamilie, welche die Alte besonders gut kannte und schätzte, bestehend aus dem Herrn Hirsch, der Frau Hirschin und zwei jungen Kälbchen, die hielten sich immer treulich im Walde zusammen, waren aber doch in steter Furcht vor der bösen Alten, welche machen konnte, daß sie alle still stehen mußten, und mußten sich von der bösen Hexe die Muttermilch nehmen lassen, so daß die Kälbchen sich nicht satt trinken und nicht fett werden konnten. »Könnt ich dir nur einmal mein Geweih durch den dürren Leib rennen«, dachte oft der Hirsch, und die Hirschin hatte auch keine guten Wünsche für die Alte – es half aber ihr Wünschen allen beiden nichts. Während die Alte im Walde war, schlich Käthchen zu dem Kämmerlein und sah durch eine Ritze in der Tür die armen gefangenen Kinder, welche seufzten und weinten, in großem Herzeleid. Da fragte Käthchen: »Wer seid ihr denn, ihr armen Kinder?«

»Wir sind eines Königs Kinder! O mache uns frei, mein Vater wird es dir lohnen!« sprach der Königsprinz.

»Und meine Mutter auch«, sagte die kleine Prinzessin, indem sie hinzufügte: »Du sollst auch unsre gute Schwester sein und sollst bei mir im seidnen Bettchen schlafen, und ich will dir gar schöne goldne Kleider geben, hilf uns, hilf uns nur!«

Da sagte Käthchen: »Seid nur geduldig, liebe Königskinder; ich will schon zusehen und darauf sinnen, daß ich euch befreie.«

Am andern Morgen in aller Frühe machte das gute Käthchen ein Zauberstück. Sie verließ eilig ihr Lager, hauchte hinein und sagte leise:

»Liebes Bettchen, sprich für mich,
Bin ich weg, sei du mein Ich!«

So auch hauchte sie auf ihre Lade, auf die Treppe und auf den Herd in der Küche und sprach das nämliche Sprüchlein. Darauf ging sie an das wohlverwahrte Kämmerlein der Königskinder, hielt eine Springwurzel, welche die Alte auf dem Kannrück liegen hatte, an das Schloß und sagte:

»Riegel, Riegel, Riegelein,
Öffne dich, laß aus und ein!«

Da sprangen gleich Schloß und Riegel auf, und Käthchen führte alsbald die Königskinder hinweg und in den Wald hinein.

Als die Alte aufwachte, rief sie: »Käthchen, stehe auf und schüre Feuer an!« Da rief es aus dem Bettchen:

»Ich bin schon auf und munter!
Ich komme gleich in die Küche hinunter!«

Die Alte blieb nun noch liegen, doch da sie nach einer Weile nichts hörte, rief sie wieder: »Käthchen! Wo bleibt denn das faule Ding?«

»Gleich!« rief es von der Lade:

»Ich sitze auf der Lade
Und binde das Strumpfband über die Wade!«

Da nun wieder eine Weile verging und sich im Hause nichts rührte noch regte, so ward die Alte böse und schrie: »Käthe! Balg! Wo bleibst du denn?« Da scholl eine Stimme von der Treppe:

»Ich komme schon, ich fliege!
Ich bin ja schon leibhaftig auf der Stiege!«

Die Alte beruhigte sich noch einmal, aber nicht gar lange, denn da wieder alles still blieb, so fuhr sie auf und schalt und fluchte. Da rief es vom Herde her:

> *»Wozu die bösen Flüche?*
> *Ich bin ja schon am Herd und in der Küche!«*

Gleichwohl blieb es in der Küche und im ganzen Hause totenstill. Jetzt riß der Alten völlig der Geduldsfaden, sie sprang aus ihrem Bett, fuhr in die Kleider und nahm einen Besenstiel, willens, Käthchen unbarmherzig durchzuprügeln. Aber wie sie hinauskam, war kein Käthchen da, nicht zu sehen, nicht zu hören, und was das Schönste, für die Alte aber das Schlimmste war, auch die Königskinder waren fort. Jetzt hättet ihr sollen die Hexensprünge sehen, welche das zornige böse alte Weib machte. Ihr Ring zeigte ihr sogleich die Richtung an, nach welcher Käthchen mit den Kindern geflohen war, und sie raste nun wild hinter ihnen her. Die Kinder aber, als sie in den Wald gekommen waren, hatten dort den Herrn von Edelhirsch nebst Gemahlin, Sohn und Tochter angetroffen und dieser Familie in aller Eile ihr Unglück und ihre Flucht erzählt und ihre edlen Herzen mächtig gerührt, so daß sie sich bereit zeigten, ihnen alle mögliche Hilfe angedeihen zu lassen. Die gute Dame Hirsch bot den Kindern ihren Rücken dar, sie alle drei nach dem Königsschlosse zu tragen, das jenseits des Waldes lag, und der Gemahl befahl seinen Kindern, sich in das Dickicht zurückzuziehen, er selbst stellte sich hinter dichtes Laubgebüsch nahe am Weg, willens, die Alte, wenn sie vorbeirenne und er ihren Ring nicht sehe, über den Haufen zu stoßen.

Es währte auch gar nicht lange, so kam die Alte in großen Sprüngen gesetzt; in ihrem Zorn und Eifer vergaß sie ganz, unsichtbar sein zu wollen, hielt auch den Finger mit dem Ring nicht empor. Und so geschah es, daß plötzlich ein großes und stattliches Hirschgeweih mit ihr in eine sehr verwickelte Berührung kam, bei welcher eines der Enden des Geweihes mit Gewalt den Finger der Alten so streifte, daß der Zauberring vom Finger herabging und sich auf dem Ende feststeckte, und ehe sich's einer versah, so hatte der Hirsch die alte Hexe aufgegabelt, die nun durch des Ringes Kraft selbst starr und steif wurde, und trug sie in gestrecktem Lauf der Fährte nach, welche die gute Hinde, seine Gemahlin, im tauigen Grase zurückgelassen. Diese war indes mit den drei Kindern bereits im Königsschloß angekommen, und von dem König und der Königin waren die verlorenen Kinder und das gute Käthchen, das sie gerettet, mit großer Freude empfangen worden, als sie plötzlich alle mit großer Verwunderung die Alte, auf dem Geweih des stattlichen Edelhirsches sitzend und getragen, daherschweben sahen. Der Hirsch aber sprang ohne Säumen in den Schloßteich und tauchte mit dem Kopfe unter. Als er wieder auftauchte, war sein Geweih frei von der Last. Aber auch der Zauberring blieb im Grunde. Hirsch und Hirschin kehrten zu ihrem Walde und zu ihren Kindern zurück und waren sehr froh, daß ihnen nun niemand mehr ihre Milch nahm; Käthchen aber blieb bei den Königskindern und schlief in einem seidnen Bettchen und trug goldne Kleidchen und wurde selbst gehalten wie ein Königskind.

DIE NIXE IM TEICH

Es war einmal ein Müller, der führte mit seiner Frau ein vergnügtes Leben. Sie hatten Geld und Gut, und ihr Wohlstand nahm von Jahr zu Jahr noch zu. Aber Unglück kommt über Nacht: wie ihr Reichtum gewachsen war, so schwand er von Jahr zu Jahr wieder hin, und zuletzt konnte der Müller kaum noch die Mühle, in der er saß, sein Eigentum nennen. Er war voll Kummer, und wenn er sich nach der Arbeit des Tags niederlegte, so fand er keine Ruhe, sondern wälzte sich voll Sorgen in seinem Bett.

Eines Morgens stand er schon vor Tagesanbruch auf, ging hinaus ins Freie und dachte, es sollte ihm leichter ums Herz werden. Als er über dem Mühldamm dahinschritt, brach eben der erste Sonnenstrahl hervor, und er hörte in dem Weiher etwas rauschen. Er wendete sich um und erblickte ein schönes Weib, das sich langsam aus dem Wasser erhob. Ihre langen Haare, die sie über den Schultern mit ihren zarten Händen gefaßt hatte, flossen an beiden Seiten herab und bedeckten ihren weißen Leib. Er sah wohl, daß es die Nixe des Teichs war, und wußte vor Furcht nicht, ob er davongehen oder stehenbleiben sollte. Aber die Nixe ließ ihre sanfte Stimme hören, nannte ihn bei Namen und fragte, warum er so traurig wäre. Der Müller war anfangs verstummt, als er sie aber so freundlich sprechen hörte, faßte er sich ein Herz und erzählte ihr, daß er sonst in Glück und Reichtum gelebt hätte, aber jetzt so arm wäre, daß er sich nicht zu raten wüßte. »Sei ruhig«, antwortete die Nixe, »ich will dich reicher und

glücklicher machen, als du je gewesen bist, nur mußt du mir versprechen, daß du mir geben willst, was eben in deinem Hause jung geworden ist.«

»Was kann das anders sein«, dachte der Müller, »als ein junger Hund oder ein junges Kätzchen?« Und sagte ihr zu, was sie verlangte. Die Nixe stieg wieder in das Wasser hinab, und er eilte getröstet und gutes Mutes nach seiner Mühle. Noch hatte er sie nicht erreicht, da trat die Magd aus der Haustüre und rief ihm zu, er sollte sich freuen, seine Frau hätte ihm einen kleinen Knaben geboren. Der Müller stand wie vom Blitz gerührt, er sah wohl, daß die tückische Nixe das gewußt und ihn betrogen hatte. Mit gesenktem Haupt trat er zu dem Bett seiner Frau, und als sie ihn fragte: »Warum freust du dich nicht über den schönen Knaben?«, so erzählte er ihr, was ihm begegnet war und was für ein Versprechen er der Nixe gegeben hatte. »Was hilft mir Glück und Reichtum«, fügte er hinzu, »wenn ich mein Kind verlieren soll? Aber was kann ich tun?« Auch die Verwandten, die herbeigekommen waren, Glück zu wünschen, wußten keinen Rat.

Indessen kehrte das Glück in das Haus des Müllers wieder ein. Was er unternahm, gelang, es war, als ob Kisten und Kasten von selbst sich füllten und das Geld im Schrank über Nacht sich mehrte. Es dauerte nicht lange, so war sein Reichtum größer als je zuvor. Aber er konnte sich nicht ungestört darüber freuen: die Zusage, die er der Nixe getan hatte, quälte sein Herz. Sooft er an dem Teich vorbeikam fürchtete er, sie möchte auftauchen und ihn an seine Schuld mahnen. Den Knaben selbst ließ er nicht in die Nähe des Wassers: »Hüte dich«, sagte er zu ihm, »wenn du das Wasser berührst, so kommt eine Hand heraus, hascht dich und zieht dich hinab.« Doch als Jahr auf Jahr verging und die Nixe sich nicht wieder zeigte, so fing der Müller an, sich zu beruhigen.

Der Knabe wuchs zum Jüngling heran und kam bei einem Jäger in die Lehre. Als er ausgelernt hatte und ein tüchtiger Jäger geworden war, nahm ihn der Herr des Dorfes in seine Dienste. In dem Dorf war ein schönes und treues Mädchen, das gefiel dem Jäger, und als sein Herr das bemerkte, schenkte er ihm ein kleines Haus; die beiden hielten Hochzeit, lebten ruhig und glücklich und liebten sich von Herzen.

Einstmals verfolgte der Jäger ein Reh. Als das Tier aus dem Wald in das freie Feld ausbog, setzte er ihm nach und streckte es endlich mit einem Schuß nieder. Er bemerkte nicht, daß er sich in der Nähe des gefährlichen Weihers befand, und ging, nachdem er das Tier ausgeweidet hatte, zu dem Wasser, um seine mit Blut befleckten Hände zu waschen. Kaum aber hatte er sie hineingetaucht, als die Nixe emporstieg, lachend mit ihren nassen Armen ihn umschlang und so schnell hinabzog, daß die Wellen über ihm zusammenschlugen. Als es Abend war und der Jäger nicht nach Haus kam, so geriet seine Frau in Angst. Sie ging aus, ihn zu suchen, und da er ihr oft erzählt hatte, daß er sich vor den Nachstellungen der Nixe in acht nehmen müßte und nicht in die Nähe des Weihers sich wagen dürfte, so ahnte sie schon, was geschehen war. Sie eilte zu dem Wasser, und als sie am Ufer seine Jägertasche liegen fand, da konnte sie nicht länger an dem Unglück zweifeln. Wehklagend und händeringend rief sie ihren Liebsten mit Namen, aber vergeblich; sie eilte hinüber auf die andere Seite des Weihers und rief ihn aufs neue; sie schalt die Nixe mit harten Worten, aber keine Antwort erfolgte. Der Spiegel des Wassers blieb ruhig, nur das halbe Gesicht des Mondes blickte unbeweglich zu ihr herauf.

Die arme Frau verließ den Teich nicht. Mit schnellen Schritten, ohne Rast und Ruhe, umkreiste sie ihn immer von neuem, manchmal still, manchmal einen heftigen Schrei ausstoßend, manchmal in leisem Wimmern. Endlich waren ihre Kräfte zu Ende, sie sank zur Erde nieder und verfiel in einen tiefen Schlaf. Bald überkam sie ein Traum. Sie stieg zwischen großen Felsblöcken angstvoll aufwärts; Dornen und Ranken hakten sich an ihre Füße, der Regen schlug ihr ins Gesicht, und der Wind zauste ihr langes Haar. Als sie die Anhöhe erreicht hatte, bot sich ein ganz anderer Anblick dar. Der Himmel war blau, die Luft mild, der Boden senkte sich sanft hinab, und auf einer grünen, bunt beblümten Wiese stand eine reinliche Hütte.

Sie ging darauf zu und öffnete die Türe, da saß eine Alte mit weißen Haaren, die ihr freundlich winkte.

In dem Augenblick erwachte die arme Frau. Der Tag war schon angebrochen, und sie entschloß sich gleich, dem Traum Folge zu leisten. Sie stieg mühsam den Berg hinauf, und es war alles so, wie sie es in der Nacht gesehen hatte. Die Alte empfing sie freundlich und zeigte ihr einen Stuhl, auf den sie sich setzen sollte. »Du mußt ein Unglück erlebt haben«, sagte sie, »weil du meine einsame Hütte aufsuchst.« Die Frau erzählte ihr unter Tränen, was ihr begegnet war. »Tröste dich«, sagte die Alte, »ich will dir helfen: da hast du einen goldenen Kamm. Harre, bis der Vollmond aufgestiegen ist, dann geh zu dem Weiher, setze dich am Rand nieder und strähle dein langes schwarzes Haar mit diesem Kamm. Wenn du aber fertig bist, so lege ihn am Ufer nieder, und du wirst sehen, was geschieht.«

Die Frau kehrte zurück, aber die Zeit bis zum Vollmond verstrich ihr langsam. Endlich erschien die leuchtende Scheibe am Himmel, da ging sie hinaus an den Weiher, setzte sich nieder und kämmte ihre langen schwarzen Haare mit dem goldenen Kamm, und als sie fertig war, legte sie ihn an den Rand des Wassers nieder. Nicht lange, so brauste es aus der Tiefe, eine Welle erhob sich, rollte an das Ufer und führte den Kamm mit sich fort. Es dauerte nicht länger, als der Kamm nötig hatte, auf den Grund zu sinken, so teilte sich der Wasserspiegel, und der Kopf des Jägers stieg in die Höhe. Er sprach nicht, schaute aber seine Frau mit traurigen Blicken an. In demselben Augenblick kam eine zweite Welle herangerauscht und bedeckte das Haupt des Mannes. Alles war verschwunden, der Weiher lag so ruhig wie zuvor, und nur das Gesicht des Vollmondes glänzte darauf.

Trostlos kehrte die Frau zurück, doch der Traum zeigte ihr die Hütte der Alten. Abermals machte sie sich am nächsten Morgen auf den Weg und klagte der weisen Frau ihr Leid. Die Alte gab ihr eine goldene Flöte und sprach: »Harre, bis der Vollmond wiederkommt, dann nimm diese Flöte, setze dich an das Ufer, blas ein schönes Lied darauf, und wenn du damit fertig bist, so lege sie auf den Sand; du wirst sehen, was geschieht.« Die Frau tat, wie die Alte gesagt hatte. Kaum lag die Flöte auf dem Sand, so brauste es aus der Tiefe: eine Welle erhob sich, zog heran und führte die Flöte mit sich fort. Bald darauf teilte sich das Wasser, und nicht bloß der Kopf, auch der Mann bis zur Hälfte des Leibes stieg hervor. Er breitete voll Verlangen seine Arme nach ihr aus, aber eine zweite Welle rauschte heran, bedeckte ihn und zog ihn wieder hinab.

»Ach, was hilft es mir«, sagte die Unglückliche, »daß ich meinen Liebsten nur erblicke, um ihn wieder zu verlieren.« Der Gram erfüllte aufs neue ihr Herz, aber der

Traum führte sie zum drittenmal in das Haus der Alten. Sie machte sich auf den Weg, und die weise Frau gab ihr ein goldenes Spinnrad, tröstete sie und sprach: »Es ist noch nicht alles vollbracht, harre, bis der Vollmond kommt, dann nimm das Spinnrad, setze dich an das Ufer und spinn die Spule voll, und wenn du fertig bist, so stelle das Spinnrad nahe an das Wasser, und du wirst sehen, was geschieht.« Die Frau befolgte alles genau. Sobald der Vollmond sich zeigte, trug sie das goldene Spinnrad an das Ufer und spann emsig, bis der Flachs zu Ende und die Spule mit dem Faden ganz angefüllt war. Kaum aber stand das Rad am Ufer, so brauste es noch heftiger als sonst in der Tiefe des Wassers, eine mächtige Welle eilte herbei und trug das Rad mit sich fort.

Alsbald stieg mit einem Wasserstrahl der Kopf und der ganze Leib des Mannes in die Höhe. Schnell sprang er ans Ufer, faßte seine Frau an der Hand und entfloh. Aber kaum hatten sie sich eine kleine Strecke entfernt, so erhob sich mit entsetzlichem Brausen der ganze Weiher und strömte mit reißender Gewalt in das weite Feld hinein. Schon sahen die Fliehenden ihren Tod vor Augen, da rief die Frau in ihrer Angst die Hilfe der Alten an, und in dem Augenblick waren sie verwandelt, sie in eine Kröte, er in einen Frosch. Die Flut, die sie erreicht hatte, konnte sie nicht töten, aber sie riß sie beide voneinander und führte sie weit weg.

Als das Wasser sich verlaufen hatte und beide wieder den trocknen Boden berührten, so kam ihre menschliche Gestalt zurück. Aber keiner wußte, wo der andere geblieben war; sie befanden sich unter fremden Menschen, die ihre Heimat nicht kannten. Hohe Berge und tiefe Täler lagen zwischen ihnen. Um sich das Leben zu erhalten, mußten beide die Schafe hüten. Sie trieben lange Jahre ihre

Herden durch Feld und Wald und waren voll Trauer und Sehnsucht.

Als wieder einmal der Frühling aus der Erde hervorgebrochen war, zogen beide an einem Tag mit ihren Herden aus, und der Zufall wollte, daß sie einander entgegenzogen. Er erblickte an einem fernen Bergesabhang eine Herde und trieb seine Schafe nach der Gegend hin. Sie kamen in einem Tal zusammen, aber sie erkannten sich nicht, doch freuten sie sich, daß sie nicht mehr so einsam waren. Von nun an trieben sie jeden Tag ihre Herde nebeneinander; sie sprachen nicht viel, aber sie fühlten sich getröstet.

Eines Abends, als der Vollmond am Himmel schien und die Schafe schon ruhten, holte der Schäfer die Flöte aus seiner Tasche und blies ein schönes, aber trauriges Lied. Als er fertig war, bemerkte er, daß die Schäferin bitterlich weinte. »Warum weinst du?« fragte er. »Ach«, antwortete sie, »so schien auch der Vollmond, als ich zum letztenmal dieses Lied auf der Flöte blies und das Haupt meines Liebsten aus dem Wasser hervorkam.« Er sah sie an, und es war ihm, als fiele eine Decke von den Augen, er erkannte seine liebste Frau; und als sie ihn anschaute und der Mond auf sein Gesicht schien, erkannte sie ihn auch. Sie umarmten und küßten sich, und ob sie glückselig waren, braucht keiner zu fragen.

DIE ZWEI BUCKLIGEN MUSIKANTEN

In einem Dorf lebten zwei Musikanten, die recht lustig aufspielen konnten; nur von der Natur waren sie etwas stiefmütterlich bedacht, denn jeder hatte einen beträchtlichen Höcker. Einer wußte sich durch sein freundliches Benehmen bei den Leuten beliebt zu machen, und auch die Krämerstochter sah ihn nicht ungern, wenn er nur den Höcker nicht gehabt hätte; der Krämer selber war ihm gewogen, aber von einem buckligen Schwiegersohn wollte er durchaus nichts wissen.

Als der Musikus einst spät in der Nacht von einer Hochzeit über einen Berg nach Hause ging, kam er auf eine Wiese. Der Mond leuchtete hell; da sah er unter einer Linde eine Menge kleiner Männchen, die um den Baum herumtanzten; sie machten die sonderbarsten Sprünge und fingen zuletzt noch zu singen an, aber diese kleinen Leute hatten feine dünne Stimmen, es fehlte der Baß. Obschon der Musikus etwas furchtsam war, trat er doch näher hinzu und ließ seine Stimme kräftig erschallen, denn singen konnte er wie eine Grasmücke. Das schien den Männchen zu gefallen, und sie sangen mit noch größerem Eifer, ohne sich jedoch um den im Gebüsch verborgenen Bassisten weiter zu kümmern.

Aber als sie mit ihrem Gesang zu Ende waren, gingen sie auf ihn zu, schlossen um ihn einen Kreis, tanzten um ihn wie toll herum und fragten, was er für seinen geleisteten Dienst begehre. »Mein Gott!« rief der kaum zu Atem

kommende Musikus, »nichts als – von meinem Buckel möcht ich loskommen.«

»Das kann gleich geschehen«, riefen die Männchen, und zwei davon sprangen ihm auf den Rücken, hoben den Höcker herab und warfen ihn ins Gebüsch; so war er schlank wie eine Tanne. Er bedankte sich und eilte nach Hause.

Als ihn der Krämer am nächsten Morgen sah, schlug er die Hände vor Verwunderung zusammen, und seine Tochter blinzelte verstohlen durch die Fensterläden und wußte nicht, ob sie ihren Augen trauen sollte.

Am Dorfplatz begegnete ihm sein Kamerad, er hatte die Baßgeige auf dem Rücken und ging eben zu einer Musik über Land. »Wie schaust du denn aus«, rief dieser, und die Baßgeige wäre ihm bald vom Höcker gefallen, »was hast du denn angefangen, daß du auf einmal so schlank bist?« Und der Musikus erzählte ihm von der Bergwiese und von den Männlein und wie er mitgesungen und wie sie ihm aus Dankbarkeit den Buckel abgenommen haben.

Da war sein Entschluß schnell gefaßt: gleich an demselben Abend, als er von der Musik heimging, schlug er den Weg über die Bergwiese ein. Es war eine mondhelle Nacht, und die Männchen tanzten wieder um die Linde und sangen mit ihren feinen dünnen Stimmchen; da fiel der Musikant mit seiner tiefen Stimme ein. Schnell sprangen die Männchen auf ihn zu, umringten ihn und fragten, was sein Begehr sein. »Ach, mein Buckel« – aber sie ließen ihn nicht ausreden, kicherten, was sie aus dem Halse brachten, und tanzten wie besessen um ihn herum. Zwei davon huschten ins Gebüsch und brachten den Höcker seines Kameraden und hefteten ihn auf seinen Rücken; so mußte er statt mit einem mit zwei Höckern nach Hause wandern, und das Gekicher der Männchen hallte ihm noch aus der Ferne nach.

Und wie lachten die Leute, als sie ihn mit seinen Hökkern durchs Dorf gehen sahen. Sein Kamerad aber hing die Geige auf den Nagel, heiratete die Tochter des Krämers und war ein gemachter Mann.

Der Wettlauf zwischen dem Hasen und dem Igel

Diese Geschichte ist ganz lügenhaft zu erzählen, Jungens, aber wahr ist sie doch, denn mein Großvater, von dem ich sie habe, pflegte immer, wenn er sie erzählte, dabei zu sagen: »Wahr muß sie doch sein, meine Söhne, denn sonst könnte man sie ja nicht erzählen.« Die Geschichte aber hat sich so zugetragen:

Es war einmal an einem Sonntagmorgen in der Herbstzeit, just als der Buchweizen blühte. Die Sonne war goldig am Himmel aufgegangen, der Morgenwind ging frisch über die Stoppeln, die Lerchen sangen in der Luft, die Bienen summten in dem Buchweizen, und die Leute gingen in ihren Sonntagskleidern nach der Kirche, kurz, alle Kreatur war vergnügt und der Swinegel auch.

Der Swinegel aber stand vor seiner Türe, hatte die Arme übereinandergeschlagen, kuckte dabei in den Morgenwind hinaus und trällerte ein Liedchen vor sich hin, so gut und so schlecht, als es nun eben am lieben Sonntagmorgen ein Swinegel zu singen vermag. Indem er nun noch so halbleise vor sich hinsang, fiel ihm auf einmal ein, er könne wohl, während seine Frau die Kinder wüsche und anzöge, ein bißchen im Felde spazieren und dabei sich umsehn, wie seine Steckrüben stünden. Die Steckrüben waren das nächste bei seinem Hause, und er pflegte mit seiner Familie davon zu essen, und deshalb sah er sie denn auch als die seinigen an. Der Swinegel machte die Haustüre hinter sich zu und schlug den Weg nach dem

Felde ein. Er war noch nicht sehr weit vom Hause und wollte just um den Schlehenbusch, der da vor dem Felde liegt, hinaufschlendern, als ihm der Hase begegnete, der in ähnlichen Geschäften ausgegangen war, nämlich um seinen Kohl zu besehen. Als der Swinegel des Hasen ansichtig wurde, bot er ihm einen freundlichen guten Morgen. Der Hase aber, der nach seiner Weise ein gar vornehmer Herr war und grausam hochfahrig dazu, antwortete nichts auf des Swinegels Gruß, sondern sagte zu ihm, wobei er eine gewaltig höhnische Miene annahm: »Wie kommt es denn, daß du schon bei so frühem Morgen im Felde rumläufst?«

»Ich gehe spazieren«, sagte der Swinegel. »Spazieren?« lachte der Hase, »mir deucht, du könntest die Beine auch wohl zu besseren Dingen gebrauchen.« Diese Antwort verdroß den Swinegel über alle Maßen, denn alles kann er vertragen, aber auf seine Beine läßt er nichts kommen, eben weil sie von Natur schief sind. »Du bildest dir wohl ein«, sagte nun der Swinegel, »daß du mit deinen Beinen mehr ausrichten kannst?«

»Das denk ich«, sagte der Hase. »Nun, es käme auf einen Versuch an«, meinte der Swinegel, »ich pariere, wenn wir wettlaufen, ich laufe dir vorbei.«

»Das ist zum Lachen, du mit deinen schiefen Beinen!« sagte der Hase, »aber meinetwegen mag es sein, wenn du so übergroße Lust hast. Was gilt die Wette?«

»Einen goldnen Lujedor und eine Buttelje Schnaps«, sagte der Swinegel. »Angenommen«, sprach der Hase, »schlag ein, und dann kann's gleich losgehen.«

»Nein, so große Eile hat es nicht«, meinte der Swinegel, »ich bin noch ganz nüchtern; erst will ich zu Hause gehn und ein bißchen frühstücken. In einer halben Stunde bin ich auf dem Platze.« Darauf ging der Swinegel, denn der Hase war es zufrieden.

Unterwegs dachte der Swinegel bei sich: »Der Hase verläßt sich auf seine langen Beine, aber ich will ihn schon kriegen. Er dünkt sich zwar ein vornehmer Herr zu sein, ist aber doch ein dummer Kerl, und bezahlen muß er doch.« Als nun der Swinegel zu Hause ankam, sagte er zu seiner Frau: »Frau, zieh dich eilig an, du mußt mit ins Feld hinaus.«

»Was gibt es denn?« sagte die Frau. »Ich habe mit dem Hasen um einen goldenen Lujedor und eine Buttelje Schnaps gewettet, ich will mit ihm um die Wette laufen, und da sollst du dabei sein.«

»O mein Gott, Mann!« schrie den Swinegel seine Frau, »bist du nicht klug, hast du den Verstand verloren? Wie kannst du mit dem Hasen um die Wette laufen wollen?«

»Halt das Maul, Weib«, sagte der Swinegel, »das ist meine Sache. Räsonniere nicht in Männergeschäfte. Marsch, zieh dich an und dann komm mit.« Was sollte den Swinegel seine Frau machen? Sie mußte wohl folgen, sie mochte wollen oder nicht.

Als sie nun miteinander unterwegs waren, sprach der

Swinegel zu seiner Frau also: »Nun paß auf, was ich dir sagen werde. Sieh, auf dem langen Acker, dort wollen wir unsern Wettlauf machen. Der Hase läuft nämlich in der einen Furche und ich in der andern, und von oben fangen wir an zu laufen. Nun hast du weiter nichts zu tun, als du stellst dich hier unten in die Furche, und wenn der Hase auf der andern Seite ankommt, so rufst du ihm entgegen: ›Ich bin schon da.‹«

Damit waren sie beim Acker angelangt, der Swinegel wies seiner Frau ihren Platz an und ging nun den Acker hinauf. Als er oben ankam, war der Hase schon da. »Kann es losgehen?« sagte der Hase. »Jawohl«, erwiderte der Swinegel. »Dann man zu!« Und damit stellte sich jeder in seine Furche. Der Hase zählte: »Eins, zwei, drei!«, und los ging er wie ein Sturmwind den Acker hinunter. Der Swinegel aber lief nur ungefähr drei Schritte, dann duckte er sich in die Furche nieder und blieb ruhig sitzen.

Als nun der Hase im vollen Laufe unten ankam, rief ihm dem Swinegel seine Frau entgegen: »Ich bin schon da!« Der Hase stutzte und verwunderte sich nicht wenig. Er meinte nicht anders, es wäre der Swinegel selbst, der ihm das zurufe, denn bekanntlich sieht den Swinegel seine Frau geradeso aus wie ihr Mann.

Der Hase aber meinte: »Das geht nicht mit rechten Dingen zu.« Er rief: »Noch einmal gelaufen, wieder herum!« Und fort ging es wieder wie der Sturmwind, so daß ihm die Ohren am Kopfe flogen. Den Swinegel seine Frau aber blieb ruhig auf ihrem Platze. Als nun der Hase oben ankam, rief ihm der Swinegel entgegen: »Ich bin schon da!« Der Hase aber ganz außer sich vor Eifer schrie: »Noch mal gelaufen, wieder herum!«

»Mir recht«, antwortete der Swinegel, »meinetwegen sooft als du Lust hast.« So lief der Hase dreiundsiebzigmal, und der Swinegel hielt es immer mit ihm aus. Jedesmal, wenn der Hase unten oder oben ankam, sagte der Swinegel oder seine Frau: »Ich bin schon da.«

Zum vierundsiebzigstenmal aber kam der Hase nicht mehr zu Ende. Mitten auf dem Acker stürzte er zur Erde, das Blut floß ihm aus dem Halse, und er blieb tot auf dem Platze. Der Swinegel aber nahm seinen gewonnenen Louisdor und die Flasche Branntwein, rief seine Frau aus der Furche ab, und beide gingen vergnügt nach Hause, und wenn sie nicht gestorben sind, leben sie noch.

So begab es sich, daß auf der Buxtehuder Heide der Swinegel den Hasen zu Tode gelaufen hat, und seit jener Zeit hat es sich kein Hase wieder einfallen lassen, mit dem Buxtehuder Swinegel um die Wette zu laufen.

Die Lehre aber aus dieser Geschichte ist erstens, daß keiner, und wenn er sich auch noch so vornehm dünkt, sich soll beikommen lassen, über den geringen Mann sich lustig zu machen, und wäre es auch nur ein Swinegel. Und zweitens, daß es geraten ist, wenn einer freiet, daß er sich eine Frau aus seinem Stande nimmt, die just so aussieht als er selbst. Wer also ein Swinegel ist, der muß darauf sehen, daß seine Frau auch ein Swinegel sei.

Der beherzte Flötenspieler

Es war einmal ein lustiger Musikant, der die Flöte meisterhaft spielte; er reiste daher in der Welt herum, spielte auf seiner Flöte in Dörfern und in Städten und erwarb sich dadurch seinen Unterhalt. So kam er auch eines Abends auf einen Pachtershof und übernachtete da, weil er das nächste Dorf vor einbrechender Nacht nicht erreichen konnte. Er wurde von dem Pachter freundlich aufgenommen, mußte mit ihm speisen und nach beendeter Mahlzeit einige Stücklein auf seiner Flöte vorspielen.

Als dieses der Musikant getan hatte, schaute er zum Fenster hinaus und gewahrte in kurzer Entfernung bei dem Scheine des Mondes eine alte Burg, die teilweise in Trümmern zu liegen schien. »Was ist das für ein altes Schloß?« fragte er den Pachter, »und wem hat es gehört?« Der Pachter erzählte, daß vor vielen, vielen Jahren ein Graf da gewohnt hätte, der sehr reich, aber auch sehr geizig gewesen wäre. Er hätte seine Untertanen sehr geplagt, keinem armen Menschen ein Almosen gegeben und sei endlich ohne Erben (weil er aus Geiz sich nicht einmal verheiratet habe) gestorben. Darauf hätten seine nächsten Anverwandten die Erbschaft in Besitz nehmen wollen, hätten aber nicht das geringste Geld gefunden. Man behaupte daher, er müsse den Schatz vergraben haben und dieser möge heute noch in dem alten Schloß verborgen liegen. Schon viele Menschen wären des Schatzes wegen in die alte Burg gegangen, aber keiner wäre wieder zum Vorschein gekommen. Daher habe die Obrigkeit den Eintritt in dies alte Schloß untersagt und alle Menschen im ganzen Lande ernstlich davor gewarnt.

Der Musikant hatte aufmerksam zugehört, und als der Pachter seinen Bericht geendigt hatte, äußerte er, daß er großes Verlangen habe, auch einmal hineinzugehen, denn er sei beherzt und kenne keine Furcht. Der Pachter bat ihn aufs dringendste und endlich schier fußfällig, doch ja sein junges Leben zu schonen und nicht in das Schloß zu gehen. Aber es half kein Bitten und Flehen, der Musikant war unerschütterlich.

Zwei Knechte des Pachters mußten ein Paar Laternen anzünden und den beherzten Musikanten bis an das alte schaurige Schloß begleiten. Dann schickte er sie mit einer Laterne wieder zurück, er aber nahm die zweite in die Hand und stieg mutig eine hohe Treppe hinan. Als er diese erstiegen hatte, kam er in einen großen Saal, um den ringsherum Türen waren. Er öffnete die erste und ging hinein, setzte sich an einen darin befindlichen altväterischen Tisch, stellte sein Licht darauf und spielte die Flöte. Der Pachter aber konnte die ganze Nacht vor lauter Sorgen nicht schlafen und sah öfters zum Fenster hinaus. Er freute sich jedesmal unaussprechlich, wenn er drüben den Gast noch musizieren hörte. Doch als seine Wanduhr elf schlug und das Flötenspiel verstummte, erschrak er heftig und glaubte nun nicht anders, als der Geist oder der

Teufel oder wer sonst in diesem Schlosse hauste, habe dem schönen Burschen nun ganz gewiß den Hals umgedreht.

Doch der Musikant hatte ohne Furcht sein Flötenspiel abgewartet und gepflegt; als aber sich endlich Hunger bei ihm regte, weil er nicht viel bei dem Pachter gegessen hatte, so ging er in dem Zimmer auf und nieder und sah sich um. Da erblickte er einen Topf voll ungekochter Linsen stehen, auf einem andern Tische stand ein Gefäß voll Wasser, eines voll Salz und eine Flasche Wein. Er goß geschwind Wasser über die Linsen, tat Salz daran, machte Feuer in dem Ofen an, weil auch Holz dabeilag, und kochte sich eine Linsensuppe. Während die Linsen kochten, trank er die Flasche Wein leer, und dann spielte er wieder Flöte. Als die Linsen gekocht waren, rückte er sie vom Feuer, schüttete sie in die auf dem Tische schon bereitstehende Schüssel und aß frisch darauf los. Jetzt sah er nach seiner Uhr, und es war um die zwölfte Stunde. Da ging plötzlich die Türe auf, zwei lange schwarze Männer traten herein und trugen eine Totenbahre, auf der ein Sarg stand. Diesen stellten sie, ohne ein Wort zu sagen, vor den Musikanten, der sich keineswegs im Essen stören ließ, und gingen ebenso lautlos, wie sie gekommen waren, wieder zur Türe hinaus. Als sie sich nun entfernt hatten, stand der Musikant hastig auf und öffnete den Sarg. Ein altes Männchen, klein und verhutzelt, mit grauen Haaren und grauem Barte, lag darinnen; aber der Bursche fürchtete sich nicht, nahm es heraus, setzte es an den Ofen, und kaum schien es erwärmt zu sein, als sich schon Leben in ihm regte. Er gab ihm hierauf Linsen zu essen und war ganz mit dem Männchen beschäftigt, ja fütterte es wie eine Mutter ihr Kind. Da wurde das Männchen ganz lebhaft und sprach zu ihm: »Folge mir!« Das Männchen ging voraus, der Bursche aber nahm seine Laterne und folgte ihm sonder Zagen. Es führte ihn nun eine hohe verfallene Treppe hinab, und so gelangten endlich beide in ein tiefes schauerliches Gewölbe.

Hier lag ein großer Haufen Geld. Da gebot das Männchen dem Burschen: »Diesen Haufen teile mir in zwei ganz gleiche Teile, aber daß nichts übrigbleibt, sonst bringe ich dich ums Leben!« Der Bursche lächelte bloß, fing sogleich an zu zählen auf zwei große Tische herüber und hinüber und brachte so das Geld in kurzer Zeit in zwei gleiche Teile, doch zuletzt – war noch ein Kreuzer übrig. Der Musikant aber besann sich kurz, nahm sein Taschenmesser heraus, setzte es auf den Kreuzer mit der Schneide und schlug ihn mit einem dabeiliegenden Hammer entzwei. Als er nun die eine Hälfte auf diesen, die andere auf jenen Haufen warf, wurde das Männchen ganz heiter und sprach: »Du himmlischer Mann, du hast mich erlöst! Schon hundert Jahre muß ich meinen Schatz bewachen, den ich aus Geiz zusammengescharrt habe, bis es einem gelingen würde, das Geld in zwei gleiche Teile zu teilen. Noch nie ist es einem gelungen, und ich habe sie alle erwürgen müssen. Der eine Haufen Geld ist nun dein, den andern aber teile unter die Armen. Göttlicher Mensch, du hast mich erlöst!« Darauf verschwand das Männchen. Der Bursche aber stieg die Treppe hinan und spielte in seinem vorigen Zimmer lustige Stücklein auf seiner Flöte.

Da freute sich der Pachter, daß er ihn wieder spielen hörte, und mit dem frühesten Morgen ging er auf das Schloß (denn am Tage durfte jedermann hinein) und empfing den Burschen voller Freude. Dieser erzählte ihm die Geschichte, dann ging er hinunter zu seinem Schatz, tat, wie ihm das Männchen befohlen hatte, und verteilte die eine Hälfte unter die Armen. Das alte Schloß aber ließ er niederreißen, und bald stand an der vorigen Stelle ein neues, wo nun der Musikant als reicher Mann wohnte.

Die drei Proben

Ein Ritter, welcher ein kühner Jäger war, hatte seinem Jägerburschen die strenge Weisung erteilt, den Hunden ihr Futter nie in der Pfanne, sondern in ihrer Schüssel vorzusetzen. Einmal aber kam der Ritter gerade dazu, wie die Hunde aus der Pfanne fraßen. Voll Zorn über diesen Ungehorsam entließ der gestrenge Schloßherr den Burschen sofort aus dem Dienst; erst wenn er ein Handwerk gelernt habe, könne er wiederkommen. Nach kurzer Zeit meldete sich der Jägerbursche wieder beim Ritter.

»Was hast du gelernt?« fragte ihn dieser.

»Stehlen, Herr Ritter!« war die Antwort.

»Wollen sehen«, sagte der Ritter. »Ich fordere von dir drei Proben, ob du dein Handwerk auch wirklich verstehst. Die erste lautet: Du mußt diese Nacht mein Leibroß aus dem Stall führen, ohne daß es jemand bemerkt, und am Morgen muß es vor dem Schloßtor stehen. Als zweite Probe mußt du mir vom Dorf herauf den Pfarrer und den Mesner, jeden in einem Sack, aufs Schloß bringen. Die dritte Probe ist, daß du mir den Ehering meiner Gemahlin überreichst. Führst du diese Proben zu meiner Zufriedenheit aus, dann alle Anerkennung, da kannst du meine Tochter zur Frau haben.«

Der Jägerbursche, voll Freude, daß er nun Aussicht hatte, das schöne Ritterfräulein zur Frau zu bekommen, ging und machte sich sogleich an die Ausführung der drei Proben. Er verkleidete sich als Bettler und stieg bei Einbruch der Nacht zum Schloß hinauf, wo er um ein Heulager im

Pferdestall bat, welches ihm auch, da man ihn nicht erkannte, gewährt wurde. Als er den Pferdestall betrat, sah er, daß auf des Ritters Leibroß ein Reiter saß.

»Was sitzt Ihr denn da im Stall auf einem Pferd oben?« redete er diesen an.

Der Reiter antwortete, das sei des Ritters Leibroß, und damit es nicht heute nacht unbemerkt aus dem Stall geführt werde, müsse er bis zum Morgen darauf sitzen. In der Nacht zog der vermeintliche Bettler aus der Tasche seines zerlumpten Rockes eine Schnapsflasche hervor, welche aber einen starken Schlaftrunk enthielt, tat, als ob er daraus trinke, und bot sie dann dem Reiter an. Dieser nahm erfreut die Flasche und tat einen guten Zug aus ihr. Alsbald machte sich die Wirkung des Trankes bemerkbar, und der Mann versank in einen tiefen Schlaf.

Nun befestigte der Bettler den Sattel, auf dem der Reiter saß, mit Stricken an der Stalldecke, so daß er ihm das Pferd unter demselben wegnehmen konnte und der Reiter in der Luft schwebte. Dann führte er das Roß aus dem Stall und band es vor dem Schloßtor an, wo es in der Früh der erstaunte Ritter vorfand.

Nun ging's an die zweite Probe. Der Jägerbursche begab sich zu einem Teich und fing eine Anzahl Frösche. Als es dunkelte, ging er mit zwei Säcken und den Fröschen auf den Friedhof, klebte jedem ein Wachskerzlein auf den Rücken, zündete es an und ließ einen nach dem andern laufen. Jetzt weckte der Bursche den Pfarrer und den Mesner, sie sollten doch schleunigst auf den Friedhof kommen, da würden sie etwas sehen.

Die beiden gingen sogleich mit ihm und waren sprachlos vor Erstaunen, als sie die Lichtlein auf den Gräbern herumhüpfen sahen. Diese Lichtlein, sagte der Jägerbur-

sche zum Pfarrer, seien arme Seelen, die er als frommer Priester erlöst habe, und er selbst sei ein Abgesandter Gottes, welcher den Auftrag habe, ihn und den Mesner in den Himmel zu holen, sie brauchten nur in die mitgebrachten Säcke zu schlüpfen. Die beiden befolgten die Weisung, und der Bursche nahm den Sack, in welchem sich der Pfarrer befand, auf den Rücken, während er den Sack mit dem Mesner nachzog.

Bald wurde ihm aber der Pfarrer zu schwer, und er mußte auch ihn im Sack nachziehen. Jetzt jammerte der Pfarrer über den rauhen, steinigen Weg, worauf der Bursche sagte, er habe ja selbst oft gepredigt, daß der Weg in den Himmel rauh sei. Endlich kam der Jägerbursche mit den beiden auf dem Schlosse an und meldete dem Ritter, daß er nun auch die zweite Probe ausgeführt habe.

Darauf entfernte sich der Bursche wieder und rüstete sich zur dritten und letzten Probe. Er verfertigte heimlich einen Strohmann, und in der Nacht schlich er mit demsel-

ben zum Schloß hinauf. Dort lehnte er eine Leiter unter einem Fenster des Schlafgemaches des Ritters und seiner Gemahlin an die Mauer und stellte den Strohmann hinauf, so daß dessen Kopf von innen sichtbar war. Alsbald wurde der Ritter des Kopfes vor dem Fenster gewahr und glaubte, es sei der Jägerbursche, welcher von dort ins Zimmer gelangen wolle, um seiner Frau den Ehering wegzunehmen. Sofort stürmte der Ritter hinaus, um dem Burschen das Handwerk zu legen und ihm einen Denkzettel zu verpassen. Kaum jedoch hatte der Ritter das Schlafgemach verlassen, trat der Bursche, welcher sich in der Nähe versteckt hatte, in dasselbe ein und sagte zur Schloßfrau, indem er die Stimme des Ritters annahm, sie solle ihm den Ehering geben. Da die Burgherrin in der Dunkelheit glaubte, ihr Gemahl spreche zu ihr und verlange den Ring, streifte sie ihn vom Finger und reichte ihn dem vermeintlichen Eheherrn, worauf sich dieser mit seiner Beute schleunigst davonmachte.

Am Morgen brachte der Jägerbursche dem Ritter auch den Ring seiner Gemahlin und hatte somit die drei Proben glänzend bestanden. Bald auch wurde die Hochzeit des Ritterfräuleins mit dem Jägerburschen mit großem Prunk gefeiert.

DIE KRISTALLKUGEL

Es war einmal eine Zauberin, die hatte drei Söhne, die sich brüderlich liebten; aber die Alte traute ihnen nicht und dachte, sie wollten ihr ihre Macht rauben. Da verwandelte sie den ältesten in einen Adler, der mußte auf einem Felsengebirge hausen, und man sah ihn manchmal am Himmel in großen Kreisen auf- und niederschweben. Den zweiten verwandelte sie in einen Walfisch, der lebte im tiefen Meer, und man sah nur, wie er zuweilen einen mächtigen Wasserstrahl in die Höhe warf. Beide hatten nur zwei Stunden jeden Tag ihre menschliche Gestalt. Der dritte Sohn, da er fürchtete, sie möchte ihn auch in ein reißendes Tier verwandeln, in einen Bären oder einen Wolf, so ging er heimlich fort. Er hatte aber gehört, daß auf dem Schloß der goldenen Sonne eine verwünschte Königstochter säße, die auf Erlösung harrte; es müßte aber jeder sein Leben daran wagen, schon dreiundzwanzig Jünglinge wären eines jämmerlichen Todes gestorben und nur noch einer übrig, dann dürfte keiner mehr kommen. Und da sein

Herz ohne Furcht war, so faßte er den Entschluß, das Schloß von der goldenen Sonne aufzusuchen.

Er war schon lange Zeit herumgezogen und hatte es nicht finden können, da geriet er in einen großen Wald und wußte nicht, wo der Ausgang war. Auf einmal erblickte er in der Ferne zwei Riesen, die winkten ihm mit der Hand, und als er zu ihnen kam, sprachen sie: »Wir streiten um einen Hut, wem er zugehören soll, und da wir beide gleich stark sind, so kann keiner den andern überwältigen; die kleinen Menschen sind klüger als wir, daher wollen wir dir die Entscheidung überlassen.«

»Wie könnt ihr euch um einen alten Hut streiten?« sagte der Jüngling.

»Du weißt nicht, was er für Eigenschaften hat, er ist ein Wünschhut, wer den aufsetzt, der kann sich hinwünschen, wohin er will, und im Augenblick ist er dort.«

»Gebt mir den Hut«, sagte der Jüngling, »ich will ein Stück Wegs gehen, und wenn ich euch dann rufe, so lauft um die Wette, und wer am ersten bei mir ist, dem soll er gehören.« Er setzte den Hut auf und ging fort, dachte aber

an die Königstochter, vergaß die Riesen und ging immer weiter. Einmal seufzte er aus Herzensgrund und rief: »Ach, wäre ich doch auf dem Schloß der goldenen Sonne!« Und kaum waren die Worte über seine Lippen, so stand er auf einem hohen Berg vor dem Tor des Schlosses.

Er trat hinein und ging durch alle Zimmer, bis er in dem letzten die Königstochter fand. Aber wie erschrak er, als er sie anblickte: sie hatte ein aschgraues Gesicht voll Runzeln, trübe Augen und rote Haare. »Seid Ihr die Königstochter, deren Schönheit alle Welt rühmt?« rief er aus. »Ach«, erwiderte sie, »das ist meine Gestalt nicht, die Augen der Menschen können mich nur in dieser Häßlichkeit erblicken, aber damit du weißt, wie ich aussehe, so schau in den Spiegel, der läßt sich nicht irremachen, der zeigt dir mein Bild, wie es in Wahrheit ist.« Sie gab ihm den Spiegel in die Hand, und er sah darin das Abbild der schönsten Jungfrau, die auf der Welt war, und sah, wie ihr vor Traurigkeit die Tränen über die Wangen rollten. Da sprach er: »Wie kannst du erlöst werden? Ich scheue keine Gefahr.«

Sie sprach: »Wer die kristallne Kugel erlangt und hält sie dem Zauberer vor, der bricht damit seine Macht, und ich kehre in meine wahre Gestalt zurück. Ach«, setzte sie hinzu, »schon so mancher ist darum in seinen Tod gegangen, und du junges Blut, du jammerst mich, wenn du dich in die großen Gefährlichkeiten begibst.«

»Mich kann nichts abhalten«, sprach er, »aber sage mir, was ich tun muß.«

»Du sollst alles wissen«, sprach die Königstochter, »wenn du den Berg, auf dem das Schloß steht, hinabgehst, so wird unten an einer Quelle ein wilder Auerochs stehen, mit dem mußt du kämpfen. Und wenn es dir glückt, ihn zu töten, so wird sich aus ihm ein feuriger Vogel erheben, der trägt in seinem Leib ein glühendes Ei, und in dem Ei

steckt als Dotter die Kristallkugel. Er läßt aber das Ei nicht fallen, bis er dazu gedrängt wird, fällt es aber auf die Erde, so zündet es und verbrennt alles in seiner Nähe, und das Ei selbst zerschmilzt und mit ihm die kristallne Kugel, und all deine Mühe ist vergeblich gewesen.«

Der Jüngling stieg hinab zu der Quelle, wo der Auerochse schnaubte und ihn anbrüllte. Nach langem Kampf stieß er ihm sein Schwert in den Leib, und er sank nieder. Augenblicklich erhob sich aus ihm der Feuervogel und wollte fortfliegen, aber der Adler, der Bruder des Jünglings, der zwischen den Wolken daherzog, stürzte auf ihn herab, jagte ihn nach dem Meer hin und stieß ihn mit seinem Schnabel an, so daß er in der Bedrängnis das Ei fallen ließ. Es fiel aber nicht in das Meer, sondern auf eine Fischerhütte, die am Ufer stand, und die fing gleich an zu rauchen und wollte in Flammen aufgehen. Da erhoben sich im Meer haushohe Wellen, strömten über die Hütte und bezwangen das Feuer. Der andere Bruder, der Walfisch, war herangeschwommen und hatte das Wasser in die Höhe getrieben. Als der Brand gelöscht war, suchte der Jüngling nach dem Ei und fand es glücklicherweise; es war noch nicht geschmolzen, aber die Schale war von der plötzlichen Abkühlung durch das kalte Wasser zerbröckelt, und er konnte die Kristallkugel unversehrt herausnehmen.

Als der Jüngling zu dem Zauberer ging und sie ihm vorhielt, so sagte dieser: »Meine Macht ist zerstört, und du bist von nun an der König vom Schloß der goldenen Sonne. Auch deinen Brüdern kannst du die menschliche Gestalt damit zurückgeben.« Da eilte der Jüngling zu der Königstochter, und als er in ihr Zimmer trat, so stand sie da in vollem Glanz ihrer Schönheit, und beide wechselten voll Freude ihre Ringe miteinander.

DIE KORNÄHREN

Es war einmal eine Zeit, aber das ist schon undenklich lange her, da trugen alle Kornhalme, und auch die von anderem Getreide, volle goldgelbe Ähren herab bis auf den Boden; da gab es keine Armut und keine Hungersnot, niemals, und das war die goldene Zeit. Da konnten sich alle Menschen mit Wonne sättigen, und auch die Vögel, die gerne Körner fressen, Hühner und Tauben und andere Vögel, fanden Futter vollauf.

Aber da waren unter den Menschen welche, die waren undankbar und gottvergessen und achteten die schöne werte Gottesgabe, das liebe Getreide, für gar nichts. Da gab es Frauen, die nahmen, wenn ihre kleinen Kinder sich verunreinigt hatten, die vollen Ährenbüschel und reinigten damit ihre Kinder und warfen die Ähren auf den Mist; und die Mägde scheuerten mit den vollen Ähren, und die Buben und kleinen Mädchen jagten sich durch das liebe Korn, spielten Verstecken darin, wälzten sich darauf herum und zertraten es. Das jammerte den lieben Gott, der das Getreide den Menschen zur Nahrung gegeben hatte und dem Vieh zum Futter und nicht zum Verurzen (mutwillig verderben), und dachte bei sich: »Wir wollen es anders machen, und die goldne Zeit soll ein Ende haben.«

Und da schuf der liebe Gott, daß hinfort jeder Halm nur eine einzige Ähre trug, einmal für die Menschen, damit sie das liebe Getreide besser schonen lernten, und einmal für die unschuldigen Tiere, damit sie doch noch ihr Futter haben sollten, wenn auch die Menschen nicht einmal die eine Ähre wert wären.

Von da an ist Hunger und Teuerung und Armut in die Welt gekommen. Nur zuweilen und selten läßt der liebe Gott da oder dort einen Wunderhalm mit vielen, vielen Ähren emporschießen und zeigt so dem Menschen, wie es einst beschaffen war um das Getreide und was Er kann.

Und es geht eine alte Prophezeiung unter dem Volke, daß einmal nach langen Jahren, wenn das Engelwort sich erfüllt haben wird: »Ehre sei Gott in der Höhe, Friede auf Erden und unter allen Menschen Wohlwollen, Segnung und Liebe«, daß dann der Boden auch wieder von Gott erweckt werden solle, solche Halme zu tragen, die bis zur Wurzel voll Ähren sind. Unser keiner aber wird das erleben.

Der Ritt auf den Glasberg

Ein Bauer hatte drei Söhne, der älteste hieß Fritz, der zweite Johann und der jüngste Krischan; der galt bei seinem Vater und seinen Brüdern für ein bißchen dämlich und hieß deshalb nur der Dumme. Als nun der Bauer zu sterben kam, rief er seine Söhne an sein Bett und sagte: »Liebe Kinder, wenn ich tot bin, dann soll mein Sarg offen in der Kirche hingestellt werden, und jede Nacht soll einer von euch bei mir wachen, zuerst Fritz, dann Johann, dann Krischan.« Wie er nun gestorben war und der erste Abend herankam, sagte Fritz zu Krischan: »Krischan, mir graut davor, bei Vatern zu wachen, geh du hin und wach für mich.« Das tat denn Krischan auch. Als die Glocke zwölf schlug, da richtete sich der Tote auf und sagte: »Fritz, mein Sohn, bist du hier?«

»Nein, Vater«, antwortete Krischan, »Fritzen graute vor dir, ich bin Krischan.«

»Hier, Krischan«, sagte der Tote, »hast du eine schwarze Flöte. Wenn du des Morgens hier weggehst, dann flöte auf beiden Enden und wart ab, was kommt.« Das tat Krischan und blies am Morgen erst auf dem rechten Ende, da stand ein schöner Rappe mit reichem Sattelzeug und prächtigen Kleidern auf dem Rücken vor ihm. Die Kleider zog er an, setzte sich auf das Pferd und ritt eine Weile herum. Dann stieg er ab, zog seine alten Kleider wieder an und blies auf dem andern Ende, da war der Rappe mitsamt dem prächtigen Staat weg. Krischan aber steckte die Flöte in die Kirchhofsmauer und ging nach Hause.

Am zweiten Abend kam die Reihe an Johann; der sagte zu Krischan: »Mir graut davor, in der Nacht bei Vatern zu wachen; geh du hin und wach für mich.« Und Krischan tat so, und es ging die Nacht wie die erste, nur bekam er diesmal eine braune Flöte. Und wie er am Morgen darauf blies, stand da ein schöner Brauner, auf dem ritt er ein wenig herum, dann blies er am andern Ende, und der Braune war verschwunden. Er steckte auch diese Flöte in die Mauer und ging nach Hause.

Am dritten Abend kam an ihn die Reihe, und diesmal gab ihm der Vater eine weiße Flöte und sagte, nun brauche keiner mehr bei ihm zu wachen. Am Morgen pfiff er sich einen Schimmel her, der war noch schöner als die beiden andern Pferde; und nachdem er auch darauf geritten hatte, ließ er ihn wieder verschwinden, legte die weiße Flöte zu den andern und ging heim.

Seit seine Brüder die beiden ersten Nächte hinter sich hatten, war er wieder bei ihnen das fünfte Rad am Wagen. Sie wollten in der Wirtschaft allein die Herren sein und gingen ganz niederträchtig mit ihm um, gaben ihm schlechtes Essen und dabei so wenig, daß er nie satt wurde; aber mit Prügeln knauserten sie nicht. In der Stube durfte er sich kaum sehen lassen, die meiste Zeit mußte er im Stalle leben. Und der dumme Krischan ließ alles über sich ergehen, sagte aber seinen Brüdern kein Wort von dem, was in den drei Nächten geschehen war.

Nicht lange danach wurde von einer schönen Prinzessin erzählt, die auf einem hohen, steilen Glasberge wohnte. Der König, ihr Vater, ließ bekanntmachen, wer den Berg zu Pferde hinaufreiten und seiner Tochter den Ring vom Finger ziehen und ihr Taschentuch nehmen könne, der solle sie zur Frau haben. Daran versuchten viele ihr Glück, aber keinem gelang es. Auch Fritz und Johann wollten es wagen; als Krischan das hörte, sagte er, sie möchten ihn doch mitnehmen. »Ach«, sprachen die Brüder, »dazu bist du viel zu dumm; du bleibst zu Hause«, und buken ihm die Pantoffeln an die Strümpfe fest, damit er ihnen nicht nachkommen könnte. Wie sie weg waren, zog Krischan die Strümpfe samt den Pantoffeln aus, wusch sich geschwind am Brunnen, ging barfuß nach dem Kirchhof, nahm die schwarze Flöte und flötete, und als der Rappe vor ihm stand, zog er die schönen Kleider an und ritt stracks nach dem Glasberg. Als er dorthin kam, war er schon von weitem zu hören, es klingelte und klirrte alles an ihm von Gold und Silber; und ein Leuchten war, daß alle Leute nach ihm hinsahen. Der Rappe kam bis an die Mitte des Berges, so weit war noch keiner gekommen; aber da konnte er auch nicht weiter. Krischan machte kehrt und jagte im Galopp davon, und alle, die zusahen, zerbrachen sich den Kopf, wer wohl der feine Prinz gewesen sein möchte. Abends, wie die beiden älteren Brüder nach Hause kamen, war Krischan allda und hatte seine hölzernen Pantoffeln an. Die Brüder sprachen ein langes und breites von dem schönen Herrn, der bis zur Hälfte heraufgeritten war, und Krischan hörte ihnen stumm zu; zuletzt aber konnte er sich nicht mehr halten und platzte heraus: »Ihr gesehen, ich gewesen.« Da wurden sie fuchtig, fielen über ihn her und verprügelten ihn, daß er grün und blau wurde.

Am andern Tage ritten die Brüder wieder hin und Krischan hinter ihnen, diesmal auf seinem Braunen, und er sah noch prächtiger aus als am ersten Tage. Und als er nun gar beinahe bis an die Spitze des Glasbergs kam, da waren alle außer sich vor Verwunderung. Abends kehrten die Brüder nach Hause zurück und fanden Krischan schon vor; sie erzählten wieder von dem fremden Herrn, und Krischan saß lange dabei, ohne ein Wort zu sagen; zuletzt aber konnte er doch den Mund nicht mehr halten und sprach: »Ihr gesehen, ich gewesen.« Da wurden seine Brüder fuchswild und schlugen ihn, daß er kaum mehr gehen konnte.

Am dritten Tage ritt Krischan auf dem Schimmel in den schönsten Kleidern nach dem Glasberg und strahlte wie die Sonne am Himmel. Diesmal kam er bis auf den Gipfel, nahm der Prinzessin Ring und Taschentuch, ritt rasch wieder hinab und jagte im Galopp davon. Gar zu gern hätten nun der König und alle anderen Leute gewußt, wer es eigentlich gewesen sei; aber keiner kannte den fremden Prinzen.

Als die beiden ältesten Brüder nach Hause kamen, rieten sie ebenfalls hin und her und meinten bald dies, bald das; und der dumme Krischan, der wieder seine Holzpantoffeln anhatte, hörte ihnen zu und schwieg. Zuletzt jedoch fuhr es ihm heraus: »Ihr gesehen, ich gewesen.« Da schlugen sie ihn beinahe kurz und klein, daß er liegenblieb; und hatte er es vorher schon schlimm genug bei ihnen gehabt, so bekam er's jetzt noch alle Tage schlechter.

Der König aber ließ das ganze Land durchsuchen nach dem, der seiner Tochter Ring und Taschentuch hätte. Schließlich kamen die Boten auch zu den Brüdern. Als sie bei diesen vergeblich nachgesehen hatten und schon wieder fortgehen wollten, sagte jemand: »Im Stall ist noch einer!«

»Ih«, riefen die Brüder, »ob ihr den verrückten Kerl untersucht oder keinen! Der ist's gewiß nicht gewesen.« Doch die Boten ruhten nicht eher, bis auch der dumme Krischan sich durchsuchen ließ; da kamen Ring und Taschentuch zum Vorschein, er hatte beides unter der Weste auf der Brust verwahrt. Sie nahmen ihn nun mit zum

König und führten ihn der Prinzessin vor. »Was?« rief die entsetzt. »Der schmutzige Bettler soll mein Gemahl werden?« Auch die Hofleute gerieten außer sich, und bald wäre es dem dummen Krischan schlecht ergangen. Aber er besann sich noch rechtzeitig auf seine Flöte und blies aus Leibeskräften; da kamen die drei Pferde herbei mit den prächtigen Kleidern auf dem Rücken.

Nun wurde ein Bad zurechtgemacht, und der dumme Krischan wurde ganz rein abgewaschen; dann wurden ihm die Haare zurechtgeschnitten, und zuletzt zog er sich die allerkostbarsten Kleider an. Da stand er wieder vor der Königstochter als der wunderschöne fremde Prinz, und sie nahm ihn mit Freuden zum Mann.

DER REITER UND SEIN ROSS

Wer im Kleinen nicht Sorge trägt, muß im Großen Schaden leiden ... Das erfuhr einst ein Kaufherr, der, um eines schlechten Nagels halber, ein schönes Roß verlor. Dieser ritt von dem Markte nach seiner Heimat zurück, wohl bepackt mit Geld und Geldsorgen. In einem Städtchen hielt er Mittag; und der Knecht, als er ihm sein Pferd vorführte, sagte: »Herr, es fehlt dem Roß ein Nagel am Hufeisen, am linken Hinterfuß.«

»Ei was!« sagte der Kaufherr, »Nagel hin, Nagel her! Die sechs Stunden, die ich noch zu machen habe, wird das Eisen wohl noch halten. Ich hab' Eile.« Und damit ritt er fort. Nach etlichen Stunden, als er wieder einkehrte und dem Rosse Brot geben ließ, kam der Knecht in die Stube und sagte: »Herr, es fehlte euerm Pferde ein Hufeisen am linken Hinterfuß. Soll ich's wohl zum Schmied führen?«

»Hm!« sagte der Kaufherr, »Hufeisen hin, Hufeisen her! Die paar Stunden, die ich noch zu machen habe, wird das Pferd wohl aushalten. Ich hab' Eile.« Und er ritt wieder fort. Er ritt aber nicht lange, so fing das Pferd zu hinken an; und das Pferd hinkte nicht lange, so fing es zu stolpern an, und es stolperte nicht lange, so fiel es endlich und brach sich ein Bein und stand nicht mehr auf. Da sagte der Kaufherr freilich nicht mehr: »Pferd hin, Pferd her«, sondern er kratzte sich hinter den Ohren, schnallte ganz stet [vorsichtig] die Geldkatze und den Mantel ab und setzte seinen Weg fort, zu Fuß, wohlbeladen mit Geld und Geldsorgen; und er hatte nun keine Eile mehr. Unterwegs aber dachte er wohl: »An dem ganzen Unglück ist doch nur der vermaledeite Nagel schuld.« Aber

Vorgetan und nachbedacht
Hat manchen schon in Schaden gebracht.

Zu dieser Ausgabe

Unsere Ausgabe vereinigt 60 Märchen aus dem deutschsprachigen Raum. Der Begriff Märchen ist hier wie bei den Brüdern Grimm weit gefaßt und schließt lustige, humorvolle Erzählungen und Schwänke ebenso ein wie Tiermärchen. So sind etwa auch *Die sieben Schwaben* mit ihren merkwürdigen und berühmtesten Abenteuern vertreten. Die Texte wollen die Vielfalt der Märchen widerspiegeln, wie sie von den Brüdern Grimm selbst, von Ludwig Bechstein und anderen gesammelt worden sind. Darüber hinaus sind einige wenige Geschichten, die bereits vor 1812/15, dem erstmaligen Erscheinen der berühmten Sammlung der Brüder Grimm, erschienen sind, in unserer Auswahl vertreten. Andere Texte stammen aus den wichtigsten deutschen Sammlungen, die nach dem Vorbild der *Kinder- und Hausmärchen* der Brüder Jacob und Wilhelm Grimm entstanden: in Mecklenburg, Niedersachsen, Schleswig-Holstein, Thüringen, Baden-Württemberg ... Märchen wurden aber auch in anderen, damals deutschsprachigen Gebieten, wie etwa Siebenbürgen, aufgezeichnet. Auch sie sollen einen Eindruck von der Verwendungsvielfalt der Texte vermitteln. Weitere Texte sind österreichischen Sammlungen entnommen und stammen vor allem aus Kärnten und der Steiermark, andere Texte sind in Südtirol aufgezeichnet worden.

Seit vielen Jahrzehnten gibt es einige wenige Texte, die zu unseren Lieblingsmärchen zählen und daher in einer solchen Ausgabe nicht fehlen dürfen. Darum sind hier auch die schönsten Märchen wie *Aschenputtel*, *Der kleine Däumling*, *Das Dornröschen*, *Die Sterntaler* vertreten, aber nicht immer nach Grimm erzählt, sondern von anderen Märchensammlern wie etwa dem Thüringer Ludwig Bechstein (1801–1860), aus dessen *Märchenbuch* einige charakteristische Stücke hier ihren Platz fanden.

Ausgestattet ist die Ausgabe mit 94 Abbildungen, deren Vorlagen Otto Ubbelohde (1867–1922) ursprünglich für eine 1907–1909 im Marburger Turm-Verlag erschienene Ausgabe der Grimmschen *Kinder- und Hausmärchen* geliefert hatte. Sie sind hier den Märchen typologisch zugeordnet. Bis heute haben Ubbelohdes bildliche Darstellungen nichts von ihrer Wirkkraft eingebüßt und werden als Klassiker geschätzt. Seine Märchenillustrationen, ausgestattet mit viel hessischem Lokalkolorit, haben wesentlich dazu beigetragen, daß der große hessische Meister der Federzeichnung, Landschaftsmaler, Graphiker und Designer sich einen bleibenden Platz innerhalb zeitloser Märchenillustrationen geschaffen und bis heute viele Generationen damit begeistert hat.

Verzeichnis der Quellen

Bei den Nachweisen zu den »Deutschen Märchen« findet sich auch eine Angabe zur internationalen Typologie der Texte. Die Klassifizierung erfolgte in Anlehnung an den international gebräuchlichen und leicht zugänglichen Katalog von Antti Aarne und Stith Thompson (AaTh: *The Types of the Folktale*. Helsinki 1961). Das hier verwendete Sigel ATU (Aarne/Thompson/Uther) bezieht sich auf den im Erscheinen begriffenen neuen internationalen Typenkatalog (2004). Dieser Katalog versteht sich als grundlegende Neubearbeitung und ersetzt die Ausgabe von 1961:

Uther, Hans-Jörg: *The Types of International Folktales 1–2*. Helsinki 2004 (viele Nummern sind mit der Vorgänger-Version AaTh identisch):

Der ATU-Katalog enthält umfangreiche Hinweise auf Varianten sowie bibliographische Angaben. Die bei ATU angegebenen Titel der Erzähltypen verweisen außerdem auf das entsprechende Stichwort in der *Enzyklopädie des Märchens* (Berlin/New York 1975 ff.); bis 2004 sind bereits die Artikel Aa–Sab erschienen.

1. Das Gruseln. – Ludwig Bechsteins Deutsches Märchenbuch. ed. Hans-Jörg Uther. München 1997, Nr. 80. – ATU 326: Fürchtenlernen.
2. Die Geiß mit ihren zehn Zicklein und der Bär. – Halt-

rich, Josef: Deutsche Volksmärchen aus dem Sachsenlande in Siebenbürgen. 3. Aufl. Wien 1882, Nr. 83. – ATU 123: Wolf und Geißlein.

3. Glück und Verstand. – Nach Haltrich, Josef: Deutsche Volksmärchen aus dem Sachsenlande in Siebenbürgen. 3. Aufl. Wien 1882, Nr. 42. – ATU 945: Glück und Verstand.
4. Brüderchen und Schwesterchen. – Brüder Grimm [d. i. Jacob und Wilhelm Grimm]: Kinder- und Hausmärchen. Berlin 1812, Nr. 11. – ATU 450: Brüderchen und Schwesterchen.
5. Aschenputtel. – Brüder Grimm [d. i. Jacob und Wilhelm Grimm]: Kinder- und Hausmärchen. Nach der Großen Ausgabe von 1857, textkritisch revidiert, kommentiert und durch Register erschlossen. ed. Hans-Jörg Uther. München 1996, Nr. 21. – ATU 510A: Cinderella.
6. Lieber große als kleine Fische. – Nach Melander, Otho: Joco-Seria: Das ist Schimpff und Ernst [...]. Darmstadt 1618 (Text im Archiv der »Enzyklopädie des Märchens«, Göttingen, Nr. 17.397). – ATU 1567C: Fisch: Den großen F. befragen.
7. Goldmariken und Goldfeder. – Nach Müllenhoff, Karl: Sagen, Märchen und Lieder der Herzogtümer Schleswig, Holstein und Lauenburg. Neue Ausg. besorgt von O. Mensing. Schleswig 1921, Nr. 598. – ATU 480: Mädchen: Das gute und das schlechte M.
8. Das kleine Rotkäppchen. – Holting, Gustav [d. i. Karl Gustav Winckelmann]: Das kleine Rothkäppchen. Ein Kinder-Märchen. Berlin [1840]. – ATU 333: Rotkäppchen.
9. Das Pfefferkuchenhaus. – Nach Peter, Anton: Volks-

thümliches aus Österreichisch-Schlesien 2. Troppau 1867, S. 164–166. – ATU 327B: Hänsel und Gretel.

10. Die Geschichte von der Metzelsuppe. – Nach Meier, Ernst: Deutsche Volksmärchen aus Schwaben. Stuttgart 1852, Nr. 66. – ATU 1792: Pfarrer: Der geizige P. und sein Schwein.
11. Armreich und Schmerzenreich. – Nach Bünker, Johann Reinhard: Schwänke, Sagen und Märchen in heanzischer Mundart. Leipzig 1906, S. 353–361, Nr. 101. – ATU 706: Mädchen ohne Hände.
12. Das Märchen von dem Knüppel aus dem Sacke. – Nach Grimm, Albert Ludwig: Lina's Märchenbuch. Frankfurt a. M. 1816, Nr. 4. – ATU 563: Tischlein-deck-dich.
13. Der kleine Däumling. – Nach [Bertuch, Friedrich Justin:] Die blaue Bibliothek aller Nationen. Bd. 1. Gotha 1790, S. 70–86. – ATU 327B: Däumling und Menschenfresser.
14. Die zwölf Räuber und die Müllerstochter. – Deutsche Märchen aus dem Donauland. Hrsg. von Paul Zaunert. Düsseldorf/Köln [2]1958, S. 35–39 (Steiermark). – ATU 956B: Mädchen: Das tapfere M. und die Räuber.
15. Gevatter Tod. – [Aurbacher, Ludwig:] Ein Volksbüchlein. 2. Aufl. München 1835, Nr. 51. – ATU 332: Gevatter Tod.
16. Die Mär vom Machandelbaum. – Nach Goldschmied, Friedrich: Deutsche Volksblumen. Leipzig [1836], S. 76–87. – ATU 720: Totenvogel.
17. Die sieben Schwäne. – Wesselski, Albert: Deutsche Märchen vor Grimm. Brünn/München/Wien 1942, Nr. 6. – ATU 451: Mädchen sucht seine Brüder.
18. Das Dornröschen. – Ludwig Bechsteins Märchen-

buch. ed. Hans-Jörg Uther. München 1997, Nr. 52. – ATU 410: Schlafende Schönheit.

19. Sneewittchen. – Brüder Grimm [d. i. Jacob und Wilhelm Grimm]: Kinder- und Hausmärchen. Nach der Großen Ausgabe von 1857, textkritisch revidiert, kommentiert und durch Register erschlossen. ed. Hans-Jörg Uther. München 1996, Nr. 53. – ATU 709: Schneewittchen.
20. Der Löwe, der Bär und die Schlange. – Meier, Ernst: Deutsche Volksmärchen aus Schwaben. Stuttgart 1852, S. 54–56, Nr. 14. – ATU 160: Dankbare Tiere, undankbarer Mensch.
21. Der goldene Vogel. – Nach Haltrich, Josef: Deutsche Volksmärchen aus dem Sachsenlande in Siebenbürgen. 3. Aufl. Wien 1882, Nr. 7. – ATU 550: Vogel, Pferd und Königstochter.
22. Wer bekommt das Haus? – Zingerle, Ignaz und Joseph: Kinder- und Hausmärchen aus Süddeutschland. Regensburg 1854, S. 48–50 (Hinterpustertal, Osttirol). – ATU 1653: Räuber unter dem Haus.
23. Die zwei Brüder. – Grimm [d. i. Jacob und Wilhelm Grimm]: Kinder- und Hausmärchen. Nach der Großen Ausgabe von 1857, textkritisch revidiert, kommentiert und durch Register erschlossen. ed. Hans-Jörg Uther. München 1996, Nr. 60. – ATU 300: Drache, Drachenkampf, Drachentöter + ATU 303: Brüder: Die zwei B.
24. Die drei Königssöhne. – Uther, Hans-Jörg: Märchen vor Grimm. München 1990, Nr. 28 (Albert Ludwig Grimm, 1809). – ATU 554: Dankbare (hilfreiche) Tiere.
25. Die zwölf Jäger. – Brüder Grimm [d. i. Jacob und Wilhelm Grimm]: Kinder- und Hausmärchen. Nach der

Großen Ausgabe von 1857, textkritisch revidiert, kommentiert und durch Register erschlossen. ed. Hans-Jörg Uther. München 1996, Nr. 67. – ATU 884: Frau in Männerkleidung + ATU 313: Magische Flucht.

26. Zauberwettkampf. – Nach Pröhle, Heinrich: Märchen für die Jugend. Halle 1854, Nr. 26. – ATU 325: Zauberer und Schüler.
27. Hühnchen und Hähnchen (urspr. Titel: Erschreckliche Geschichte vom Hühnchen und Hähnchen). – Arnim, Ludwig Achim von / Brentano, Clemens: Des Knaben Wunderhorn. Band 3. Heidelberg 1808, S. 23–26. – ATU 2021: Tod des Hühnchens.
28. Bruder Lustig. – Meier, Ernst: Deutsche Volksmärchen aus Schwaben. Stuttgart 1852, 215–223. – ATU 785: Lammherz + ATU 330: Schmied und Teufel.
29. Hans Wohlgemut. – Wernicke, August: Hans Wohlgemuth. In: Wünschelruthe 33 (1818) S. 129–131. – ATU 1415: Hans im Glück.
30. Die drei Musikanten. – Ludwig Bechsteins Märchenbuch. ed. Hans-Jörg Uther. München 1997, Nr. 40. – ATU 301: Prinzessinnen: Die drei geraubten P.
31. Wie der Bauer ein Doktor ward. – Jahn, Ulrich: Schwänke und Schnurren aus Bauern Mund. Berlin o. J., S. 67–73. – ATU 1641: Doktor Allwissend.
32. Der Bärenhäuter. – Nach Aurbacher, Ludwig: Ein Volksbüchlein 1–2. Leipzig [1878/79], hier Teil 2, S. 124–127. – ATU 361: Bärenhäuter.
33. Bauer und Bäurin. – Brüder Zingerle [d. i. Ignaz und Josef]: Kinder- und Hausmärchen. Innsbruck 1852, S. 75–80, Nr. 14 (Südtirol). – ATU 1540: Student aus dem Paradies.
34. Von dem Breikessel. – Nach Colshorn, Carl und

Theodor: Märchen und Sagen. Hannover 1854, Nr. 3 (aus Springe, Niedersachsen).

35. Die Eiche am Elbufer. – Müllenhoff, Karl: Sagen, Märchen und Lieder der Herzogtümer Schleswig, Holstein und Lauenburg. Neue Ausg. besorgt von O. Mensing. Schleswig 1921, S. 145 f., Nr. 209. – ATU 960A: Kraniche des Ibykus.
36. Der Deserteur mit dem Feuerzeug. – Nach Bünker, Johann Reinhard: Schwänke, Sagen und Märchen in heanzischer Mundart. Leipzig 1906, S. 137–140, Nr. 60 (Niederösterreich). – ATU 562: Geist im blauen Licht.
37. Die Geschichte von den sieben Schwaben. – Geschichte von den sieben Schwaben. Nebst einigen schwäbischen Volksliedern. Leipzig 1838 (Volksbücher 7). – ATU 1231: Sieben Schwaben.
38. Die Schlösser am Meer. – Pramberger, Romuald: Märchen aus Steiermark. Seckau 1946, S. 21–31. – ATU 400: Mann auf der Suche nach der verlorenen Frau.
39. Der Krautesel. – Brüder Grimm [d. i. Jacob und Wilhelm Grimm]: Kinder- und Hausmärchen. Nach der Großen Ausgabe von 1857, textkritisch revidiert, kommentiert und durch Register erschlossen. ed. Hans-Jörg Uther. München 1996, Nr. 122. – ATU 567: Vogelherz: Das wunderbare V. + ATU 566: Fortunatus.
40. Beutel, Hütlein und Pfeiflein. – Zingerle, Ignaz und Joseph: Kinder- und Hausmärchen aus Tirol. ed. Otto von Schaching. 2. Aufl. Regensburg/Rom 1916, S. 174–184. – ATU 569: Ranzen, Hütlein und Hörnlein.
41. Die weiße und die schwarze Braut. – Brüder Grimm

[d. i. Jacob und Wilhelm Grimm]: Kinder- und Hausmärchen. Nach der Großen Ausgabe von 1857, textkritisch revidiert, kommentiert und durch Register erschlossen. ed. Hans-Jörg Uther. München 1996, Nr. 135. – ATU 403: Die schwarze und die weiße Braut.

42. Das Zauberroß. – Haltrich, Josef: Deutsche Volksmärchen aus dem Sachsenlande in Siebenbürgen. 3. Aufl. Wien 1882, Nr. 10. – ATU 314A: Hirt und die drei Riesen + ATU 314: Goldener.

43. Der Wundermann. – Pramberger, Romuald: Märchen aus Steiermark. Seckau 1946, 77–84. – ATU 502: Mann: Der wilde M.

44. Der arme Schuster. – Deutsche Märchen aus dem Donauland. Hrsg. von Paul Zaunert. Düsseldorf/Köln [2]1958, S. 51–56. – ATU 954: Ali Baba und die vierzig Räuber.

45. Die Geschichte des Bauern Kiebitz. – Nach Büsching, Johann Gustav: Volks-Sagen, Märchen und Legenden. Leipzig 1812, Nr. 61. – ATU 1535: Unibos.

46. Die Sterntaler. – Brüder Grimm [d. i. Jacob und Wilhelm Grimm]: Kinder- und Hausmärchen. Nach der Großen Ausgabe von 1857, textkritisch revidiert, kommentiert und durch Register erschlossen. ed. Hans-Jörg Uther. München 1996, Nr. 153. – ATU 779H*: Sterntaler.

47. Lügenmärchen. – Wolf, Johann Wilhelm: Deutsche Märchen und Sagen. Leipzig 1845, Nr. 39. – ATU 1935: Verkehrte Welt + ATU 1930: Schlaraffenland.

48. Vom Vogel Fenus. – Zenker-Starzacher, Elli: Eine deutsche Märchenerzählerin aus Ungarn. München 1941, S. 27–36. – ATU 461: Haare: Drei H. vom Bart des Teufels.

49. Das Kind mit dem Tränenkrug. – Witzschel, August:

Sagen aus Thüringen. Wien 1866, 220, Nr. 218. – ATU 769: Tränenkrüglein.

50. Der junge Fleischer. – Pramberger, Romuald: Märchen aus Steiermark. Seckau 1946, S. 134–140. – ATU 313: Magische Flucht.
51. Die Hexe und die Königskinder. – Ludwig Bechsteins Märchenbuch. ed. Hans-Jörg Uther. München 1997, Nr. 45. – ATU 313: Magische Flucht.
52. Die Nixe im Teich. – Brüder Grimm [d. i. Jacob und Wilhelm Grimm]: Kinder- und Hausmärchen. Nach der Großen Ausgabe von 1857, textkritisch revidiert, kommentiert und durch Register erschlossen. ed. Hans-Jörg Uther. München 1996, Nr. 181. – ATU 316: Nixe im Teich + ATU 313: Magische Flucht.
53. Die zwei buckligen Musikanten. – Franzisci, Franz: Märchen aus Kärnten. Klagenfurt [1884], S. 5–7. – ATU 503: Gaben des kleinen Volkes.
54. Der Wettlauf zwischen dem Hasen und dem Igel. – Ludwig Bechsteins Märchenbuch. ed. Hans-Jörg Uther. München 1997, Nr. 60. – ATU 275C: Wettlauf der Tiere.
55. Der beherzte Flötenspieler. – Ludwig Bechsteins Märchenbuch. ed. Hans-Jörg Uther. München 1997, Nr. 30. – ATU 326: Fürchtenlernen.
56. Die drei Proben. – Dörler, Adolf: Sagen und Märchen aus Vorarlberg. In: Zeitschrift für österreichische Volkskunde 14 (1908) S. 165–167, Nr. 12. – ATU 1525A: Meisterdieb + ATU 1740: Lichterkrebse + ATU 1737: Pfarrer im Sack.
57. Die Kristallkugel. – Brüder Grimm [d. i. Jacob und Wilhelm Grimm]: Kinder- und Hausmärchen. Nach der Großen Ausgabe von 1857, textkritisch revidiert, kommentiert und durch Register erschlossen. ed.

Hans-Jörg Uther. München 1996, Nr. 197. – ATU 552: Tierschwäger + ATU 518: Streit um Zaubergegenstände + ATU 302: Herz des Unholds im Ei.

58. Die Kornähren. – Ludwig Bechsteins Deutsches Märchenbuch. ed. Hans-Jörg Uther. München 1997, Nr. 28. – ATU 779G*: Ährenfrevel.
59. Der Ritt auf den Glasberg (urspr. Titel: Der dumme Krischan). – Nach Bartsch, Karl: Sagen, Märchen und Gebräuche aus Meklenburg. 1: Sagen und Märchen. Wien 1879, S. 492 f. – ATU 530: Prinzessin auf dem Glasberg.
60. Der Reiter und sein Roß. – Aurbacher, Ludwig: Büchlein für die Jugend. München 1835, S. 71 f.

Inhalt

Hans-Jörg Uther

Die schönsten Märchen und Geschichten zur Weihnachtszeit

Dieser kleine, liebevoll aufgemachte Märchenband bietet wunderschönen Erzählstoff für die langen Winterabende.

Das Märchen von Frau Holle, die den Schnee rieseln läßt, die Geschichte vom heiligen Nikolaus, vom Tannenbäumchen, vom glücklichen Prinzen und von Meister Floh – für junge und ältere Leser erfüllen sie die Zeit der Vorbereitung auf das Weihnachtsfest mit ihrem ganz besonderen Zauber.

Mit wunderbaren historischen Illustrationen ausgestattet.

ISBN 3-426-66114-4